la idea de tenerte

robinne lee

la idea de tenerte

TITANIA

Argentina • Chile • Colombia • España
Estados Unidos • México • Perú • Uruguay

Título original: *The Idea of You*
Editor original: St. Martin's Griffin
Traducción: Lidia Rosa González Torres

1.ª edición Junio 2024

ISBN: 978-84-19131-77-5
E-ISBN: 978-84-10159-91-4
Depósito legal: M-9.957-2024

Fotocomposición: Urano World Spain, S.A.U.
Impreso por Romanyà Valls, S.A. – Verdaguer, 1 – 08786 Capellades (Barcelona)

Impreso en España – *Printed in Spain*

Para Eric,
quien mejor me ha querido.

Agradecimientos

Mi más sincero agradecimiento a todas las personas que me acompañaron a lo largo de este viaje.

Mi agente, Richard Pine, quien se enamoró de esta historia en el momento en el que llegó a su escritorio y quien compartió su brillantez y experiencia con generosidad. ¡Me siento muy afortunada de haber tenido a un campeón tan entusiasta a mi lado! A su asistente, la inestimable Eliza Rothstein, por sus agudas aportaciones. Y a todos los de InkWell Management.

Mi sumamente talentosa editora, Elizabeth Beier, quien creyó en la magia de Solène y Hayes e hizo posible que los compartiera con el mundo. Mi correctora, Mary Beth Constant, quien tiene un ojo exquisito para el más mínimo detalle. Danielle Fiorella, quien diseñó una portada fascinante. Nicole Williams, por mantener todo organizado. Brittani Hilles, Marissa Sangiacomo, Jordan Hanley y el resto del excepcional equipo de St. Martin's Press.

Mi equipo de lectores beta: mi hermana Kelley, por ser siempre la primera y más apreciativa; Colette Sartor, Lisanne Sartor, Laura Brennan, Aimee Liu, Gloria Loya y las mujeres increíblemente comprensivas y exitosas del Yale Women LA Writing Group; Monica Nordhaus, por insistir en que la acompañara a los AMA y por crearme oportunidades; Esperanza Mineo, Colleen Cassidy Hart, M. Catherine OliverSmith y Dawn Cotton Fuge (mi experta en todo lo británico), por leer, escuchar y estar ahí cuando necesitaba llorar; y Mary Leigh Cherry, cuya experiencia en el mundo del arte fue esencial para crear el universo de Solène.

Mi sistema de apoyo: mis amigos que fueron un apoyo constante y que me animaron a contar esta historia: Louise Santacruz,

Emily Murdock, Carrie Knoblock, Michelle Jenab, Julie Simon, Kate Seton, Mia Ammer y Meghan Wald; a mis compañeros Joy Luckers, especialmente a Denise Malausséna, por mejorar mi francés; Bestie Row, por soportar mi locura; con un agradecimiento muy especial a Amanda Schuon, por la llamada telefónica; mis compañeros escritores en plena misión: Jennifer Maisel y Dedi Feldman; a mi familia de Facebook, por responder tantas preguntas aleatorias, desde *whisky* escocés hasta hidroaviones y todo lo demás. En conjunto, son mejores que Google.

Mis queridos Alexander y Arabelle, quienes me permitieron el tiempo y la libertad para escribir según sus locos horarios y quienes no perdieron la paciencia conmigo ni una vez.

Mi madre y mi padre, quienes siempre han sido los mayores admiradores de lo que escribo.

Y, sobre todo, mi extraordinario esposo, Eric, quien cuando bromeé: «Estoy pensando en dejarte por un chico de una *boy band*», respondió: «Eso sería un gran libro», y al hacerlo, me brindó el regalo de toda una vida. (Gracias, cariño).

Y por último, mi musa favorita. Puede que, aun así, hubiera escrito esta historia si no hubiera visto su cara. Pero dudo que hubiera sido tan divertida.

Todo el amor,
Robinne

Las Vegas

Supongo que podría echarle la culpa de todo a Daniel.

Dos días antes de la escapada que había planeado a Ojai, se presentó en casa con un esmoquin y acompañado de nuestra hija Isabelle. Había dejado el coche arrancado en el camino de entrada.

—No puedo ir a las Vegas —dijo, poniéndome un sobre de papel manila en la mano—. Todavía estoy trabajando en el acuerdo de Fox y no va a cerrarse pronto.

Debí de mirarlo con incredulidad, porque añadió:

—Lo siento. Sé que se lo prometí a las chicas, pero no puedo. Llévalas tú. O me comeré las entradas. Me da igual.

En la mesa de entrada había un paquete sin abrir de pinceles Da Vinci Maestro de pelo kolinsky junto a un set de treinta y seis acuarelas de la marca Holbein. Me había gastado una fortuna en Blick para abastecerme de materiales para mi retiro de artista. Fueron, al igual que mi viaje a Ojai, un autorregalo. Cuarenta y ocho horas de arte, dormir y vino. Y ahora mi exmarido estaba en mi salón con una corbata negra y elegante diciéndome que había habido un cambio de planes.

—¿Ella lo sabe? —pregunté. Isabelle, que se había retirado a su habitación de inmediato (sin duda para estar con el móvil), se había perdido la conversación entera.

Negó con la cabeza.

—No me ha dado tiempo a decírselo. Quería esperar primero a ver si tú podías llevarlas.

—Qué conveniente.

—No empieces, ¿vale? —Se giró hacia la puerta—. Si no puedes, dile que me llame y se lo compensaré la próxima vez que el grupo vaya a la ciudad.

Era tan propio de él tener una salida para todo. Darles la espalda a los compromisos sin sentirse culpable. Ojalá yo hubiera adquirido ese gen.

Isabelle y sus dos amigas habían estado contando los días que faltaban para ver al grupo August Moon, un quinteto de chicos guapos de Gran Bretaña que cantaba canciones pop agradables y volvía locas a las adolescentes. Daniel había «ganado» las entradas en la subasta silenciosa de la escuela. Había pagado una cantidad considerada para cuatro vuelos a Las Vegas, el alojamiento en el hotel Mandalay Bay y asistir al concierto y a un *meet and greet* con el grupo. Cancelarlo ahora no caería bien.

—Tengo planes —dije mientras lo seguía al camino de entrada.

Se metió detrás del BMW y sacó una bolsa voluminosa del maletero. El equipo de esgrima de Isabelle.

—Lo supuse. Lo siento, Sol.

Se quedó callado durante unos segundos, absorbiéndome con la mirada: los tenis, los *leggings*, todavía húmedos por haber corrido ocho kilómetros. Y luego:

—Te has cortado el pelo.

Asentí con la cabeza y me llevé las manos al cuello, cohibida. Ahora apenas me llegaba a los hombros. Mi acto de rebeldía.

—Ya tocaba un cambio.

Esbozó una vaga sonrisa.

—Nunca dejar de estar guapa, ¿no?

Justo en ese momento, la ventanilla tintada del asiento del copiloto descendió y una criatura esbelta se asomó y saludó con la mano. Eva. Mi reemplazo.

Llevaba un vestido verde esmeralda. Tenía el pelo largo y del color de la miel recogido en un moño. De ambas orejas colgaban diamantes. No bastaba con que fuera una asociada estrella joven, despampanante, mitad holandesa, mitad china del bufete, sino que estaba sentada en el Serie 7 de Daniel, en mi camino de entrada, con aspecto de princesa por todas partes mientras que yo estaba chorreando de sudor. *Eso* sí que escocía.

—Vale. Las llevaré.

—Gracias —dijo, y me tendió la bolsa—. Eres la mejor.

—Eso es lo que dicen todos los chicos.

Se quedó quieto y arrugó su nariz aristocrática. Me esperaba un respuesta, pero no llegó ninguna. En vez de eso, sonrió sin gracia y se inclinó para darme ese beso en la mejilla incómodo de divorciados. Llevaba colonia, algo que no había hecho nunca durante los años que estuvo conmigo.

Observé cómo se dirigía al asiento del conductor.

—¿A dónde vais? Tan emperifollados...

—Recaudación de fondos —respondió mientras se subía al coche—. De Katzenberg. —Y, tras eso, se alejó. Dejándome con la carga.

No era fan de Las Vegas: ruidosa, opulenta, sucia. Los bajos fondos de Estados Unidos reunidos en un excremento chillón en el desierto. Estuve una vez, años atrás, para una fiesta de despedida de soltera que todavía intentaba olvidar. El olor a clubs de estriptis, a perfume de supermercado y a vómito. Esas cosas no se van. Pero esta no era mi aventura. Esta vez no era más que una acompañante. Isabelle y sus amigas me lo habían dejado claro.

Se pasaron la tarde dando vueltas por el resort con la misión de encontrar a sus ídolos mientras que yo las seguía obediente. Me había acostumbrado a esto: mi hija apasionada intentándolo absolutamente todo, mostrándose decidida y forjándose su camino. Isabelle y su espíritu entusiasta estadounidense. Clases de trapecio, patinaje artístico, musicales, esgrima... Era intrépida, y me encantaba que fuera así, incluso lo envidiaba. Me gustaba que corriera riesgos, que no esperara a tener permiso, que siguiera a su corazón. A Isabelle le parecía bien vivir fuera de las normas.

Tenía la esperanza de convencer a las chicas de visitar el Centro de Arte Contemporáneo. Habría estado bien meter algo de cultura de verdad en el fin de semana. Grabarles algo que valiera la pena en sus influenciables mentes. De niña me pasé innumerables horas siguiendo a mi madre por el Museo de Bellas Artes de Boston. Siguiendo el ruido de sus tacones Vivier, el aroma de la fragancia hecha a medida que compraba todos los veranos en Grasse. Qué culta me parecía en ese momento, qué femenina. Me conocía las salas de ese museo igual de bien que mi aula de tercero. Sin embargo, Isabelle y su séquito se opusieron a la idea.

—Mamá, sabes que en cualquier otro momento habría dicho que sí. Pero este viaje es diferente. ¿Por favor? —imploró.

Habían venido a Las Vegas por una única razón, y nada iba a frustrar su misión. «Nuestras vidas empiezan esta noche», había proclamado Georgia, la de la piel sedosa y oscura, durante el vuelo. Rose, la pelirroja, estuvo de acuerdo, y las tres no tardaron en adoptarlo como su mantra. No había expectativas demasiado altas. Tenían toda la vida por delante. Tenían doce años.

El *meet and greet* era a las seis. No sé qué me esperaba exactamente, algo un poco elegante, civilizado, pero no. Nos apiñaron en una sala de espera iluminada con fluorescentes y situada en las entrañas del estadio. Unas cincuenta devotas en varios estados de la pubertad: chicas con aparatos, chicas en sillas de ruedas, chicas en celo. Con los ojos abiertos de par en par, embelesadas y al borde de la combustión. Era precioso y desesperado al mismo tiempo. Y me dolió darme cuenta de que Isabelle ahora formaba parte de esta tribu. Este grupo variopinto que buscaba la felicidad en cinco chicos de Gran Bretaña a quienes no conocían ni podrían conocer nunca y que jamás les devolverían la adulación.

Varios padres estaban esparcidos por toda la sala. Una sección selecta del Medio Oeste de los Estados Unidos: vaqueros, camisetas, zapatos prácticos. Las caras con tonos rosados a causa de una exposición brutal al sol de Las Vegas. Caí en la cuenta de que me iban a meter en el mismo saco que a esas personas. «Augies», como habían apodado los medios de comunicación al *fandom*. O, aún peor, una «Madre Augie».

Las chicas estaban empezando a moverse con nerviosismo cuando se abrió una puerta lateral y entró un hombre descomunal y calvo con un puñado de pases plastificados.

—¡¿Quién está preparada para conocer al grupo?!

Los chillidos atravesaron el aire y, de repente, me acordé de que se me habían olvidado los tapones en la habitación del hotel. Lulit, mi socia y confidente de todas las cosas que merecían la pena confiar, lo mencionó ayer en la galería, me dijo que estaba loca si pensaba entrar en un estadio lleno de Augies sin llevar un par. Al parecer, una vez fue a un concierto con su sobrina.

—Los chicos son adorables, pero madre mía, el ruido que hacen las fans.

A mi lado, a Isabelle le había empezado a temblar todo el cuerpo.

—¿Emocionada? —Le apreté los hombros.

—Frío. —Le restó importancia. Siempre la distante.

—Los chicos van a estar cinco minutos más —continuó el hombre descomunal—. Se quedarán unos veinte minutos. Necesito que forméis una fila aquí, a la izquierda. Todas tendréis vuestro turno para un saludo rápido y una foto con el grupo. Nada de *selfies*. Nuestro fotógrafo hará las fotos y podréis descargároslas más tarde por Internet. Os mandaremos el enlace. ¿Entendido?

Resultaba demasiado impersonal. Sin duda, Daniel podría haberse gastado el dinero en algo mejor. Mientras nos ponían en fila, me puse a pensar que, con unas sandalias Alaïa, iba demasiado elegante y que estaba fuera de lugar. Que iba arreglada y acicalada y, una vez más, para bien o para mal, destacaba. Esto, según me había explicado en numerosas ocasiones la madre de mi padre, era mi derecho de nacimiento:

—Eres francesa en lo más profundo de tu ser. *Il ne faut pas l'oublier.*

Era imposible olvidarlo, mi lado francés. De modo que me resistí a que se me agrupara con estas mujeres, pero al mismo tiempo fui tremendamente consciente de su generosidad, su paciencia. Las cosas que hacíamos por nuestros hijos. ¿Qué clase de madre sería si le negara este momento a Isabelle?

Y, entonces, entraron. Los cinco. Hubo una oleada de desmayos audibles, y Rose soltó un pequeño grito, como si fuera un cachorro al que le hubieran pisado la cola. Georgia le lanzó una mirada que decía: «Contrólate, hermana», y, en efecto, lo hizo.

Eran jóvenes, eso fue lo primero que pensé. Tenían una piel brillante y fresca, como si los hubieran criado en una granja orgánica. Eran más altos de lo que me esperaba, esbeltos. Como el equipo de natación de la Universidad Brown. Solo que más guapos.

—Bueno, ¿quién es quién? —pregunté, e Isabelle me mandó callar. Vale.

Nos dirigimos hacia donde estaban los chicos, delante de una pancarta con el logo de August Moon: letras amarillas y grandes sobre un fondo gris. Parecían felices, aturdidos incluso, de relacionarse con sus fans. Una historia de amor mutuo. Cómo se exhibían ante la cámara y tranquilizaban a las adolescentes torpes, cómo coqueteaban con sus fans de más edad —con picardía, pero sin pasarse de la raya—, cómo llamaban la atención de las preadolescentes y cautivaban a las madres. Era un arte. Lo habían hecho perfecto.

Cuando las siguientes de la cola éramos nosotras, Isabelle se inclinó hacia mí.

—De izquierda a derecha: Rory, Oliver, Simon, Liam y Hayes.

—Entendido.

—No digas nada vergonzoso, ¿vale?

Le prometí que no lo haría.

Y, entonces, nos tocó a nosotras.

—¡Vaya, hola, muchachitas! —exclamó Simon con los ojos abiertos y los brazos estirados. Tenía una envergadura impresionante. Isabelle mencionó durante el vuelo que estuvo en el equipo de remo en el internado—. ¡Acercaos, no seáis tímidas!

A las chicas no les hizo falta que se lo dijera dos veces. Georgia se lanzó a los brazos de Simon y Rose se acercó a Liam, el bebé del grupo, con los ojos verdes y pecas. Isabelle fue la única que vaciló, moviendo los ojos de un lado a otro. Pito, pito, gorgorito... Como en una tienda de golosinas.

—¿Te está costando decidirte? —habló el alto del otro extremo—. Venga, ponte a mi lado. No muerdo, prometido. Rory, Rory puede que muerda, y Ollie es impredecible, así que... —Esbozó una sonrisa deslumbrante. Boca amplia, labios carnosos, dientes perfectos, hoyuelos. Hayes.

Isabelle sonrió y se dirigió hacia él.

—¡Ja! ¡Gané! Gané... ¿Cómo te llamas, cielo?

—Isabelle.

—¡Gané a Isabelle! —Le pasó el brazo por encima de sus estrechos hombros, como de forma protectora, y luego me miró—: Y tú debes de ser la hermana mayor.

Isabelle se rio, cubriéndose la boca. Sus rasgos eran delicados, como un pequeño pájaro.

—Es mi madre.

—¿Tu madre? —Hayes alzó una ceja mientras me sostenía la mirada—. ¿*En serio*? De acuerdo. *Madre de Isabelle.* ¿Quieres salir en la foto con nosotros?

—No, estoy bien. Gracias.

—¿Segura? Prometo hacer que valga la pena.

Me reí ante eso.

—Me gustaría ver cómo lo consigues.

—Me gustaría *enseñártelo.* —Sonrió, atrevido—. Venga. Querrás tener algo que conmemore nuestra noche loca en Las Vegas.

—Bueno, si me lo pintas tan bien...

La primera foto que tengo con Hayes es en la que salimos los nueve, en el sótano del Mandalay Bay. Me está rodeando con un brazo y a Isabelle con el otro. Pedí dos copias. Con el tiempo, Isabelle destruiría la suya.

—Es impresionante que hayáis venido hasta aquí solo por nosotros. —Los chicos estaban conversando con mi prole, exprimiendo al máximo nuestros noventa segundos. Liam le estaba preguntando a Rose por nuestra excursión a Sin City y Simon estaba tocándole el pelo a Georgia.

—Me encantan los rizos.

—¿Sí? —Georgia daba todo de sí. Se había beneficiado de tener una hermana mayor.

—Es todo un lujo tomar un avión para un día. —Hayes estaba interactuando con Isabelle, apoyado sobre su hombro como un hermano mayor. Como si la conociera de toda la vida. Sabía que, por dentro, mi hija se estaba muriendo.

—Dos días —aclaró.

—Ha sido un regalo de su padre —solté.

—¿«Su padre»? —Hayes me miró. Volvió a alzar la ceja—. ¿No *tu marido*?

—*Era* mi marido. Ahora solo es su padre.

—Vaya… —Hizo una pausa—. Qué fortuito, ¿no?

Me reí.

—¿Eso qué significa?

—No lo sé. Dímelo tú.

En ese momento, hubo algo en él. Su comodidad. Su acento. Su sonrisa arrogante. Desarmaba.

—¡Siguientes! —Se nos había acabado el tiempo.

Volvió a complacernos al final del *meet and greet*. Cuando todo el mundo se había hecho las fotos de rigor y el grupo estaba firmando autógrafos, nos acercamos a él en medio de un mar de cuerpos en movimiento. Peces nadando contra la corriente. A nuestro alrededor había chillidos y tambaleos colectivos y «Hayes, ¿puedo tocarte el pelo?», pero mi grupo estaba aguantando el tipo. Puede que fuera la insensibilidad propia de Los Ángeles: las personas estaban acostumbradas a ver a gente como los Beckham en el parque o a «Spider-Man» en el carril para vehículos compartidos cuando las llevaban a clase. Hacía falta algo más para perturbarlas. A pesar de la exuberante supervisión que llevaron a cabo en el resort aquella misma tarde, fue sorprendente lo serenas que se mostraron.

—Amo el disco *Pequeños deseos*. Es profundo en muchos sentidos —comentó Georgia con entusiasmo.

—Sí —intervino Rose—. Las letras son superinteligentes. Me encanta *Siete minutos*.

—Es como si... hubierais conectado con nuestra generación. Habláis por todos nosotros. —Isabelle se agitó el pelo en un amago de coqueteo, pero la sonrisa torpe y de labios fruncidos no dejaba ver su juventud. Debajo llevaba aparatos. Oh, cielo, con el tiempo...

Había sacado mi cara. Ojos grandes y almendrados, labios franceses carnosos, tez aceitunada pálida. El pelo grueso, castaño, casi negro.

Observé cómo Hayes observaba a las chicas. Su mirada se movía de una a otra, divertido. Imaginé que estaba acostumbrado a esto. Al final, se dirigió a mí.

—¿Dónde vais a estar sentadas, señoritas?

Las chicas recitaron los números de nuestros asientos.

—Venid al *backstage* después del concierto. Le diré a alguien que vaya a la pista a por vosotras. No os vayáis. —En ese momento, me miró. Ojos verdes azulados penetrantes y una mata de rizos oscuros. No podía tener más de diecinueve años—. ¿Vale?

Asentí con la cabeza.

—Vale.

Había algo confuso en salir de una charla íntima con un miembro de la *boy band* más importante de la última década y que te metieran en un estadio con doce mil de sus fans gritando. Hubo un cambio en el equilibrio, una desconexión. Por un momento, perdí el sentido de dónde estaba, cómo había llegado hasta allí, cuál se suponía que era mi papel. Las chicas estaban entusiasmadas y se apresuraron a encontrar nuestros asientos de pista, y yo estaba entrando en una espiral. No estaba preparada para el ataque violento: el rugido, el tono, el nivel de energía de tantas adolescentes en el punto máximo de la excitación. Que esto, todo esto, fuera por los chicos que acabábamos de dejar en el sótano parecía algo inconcebible. Eran hechizantes, sí, pero seguían siendo de carne y hueso.

El festival de gritos comenzó antes de que los chicos se subieran al escenario y continuó sin pausa durante las siguientes dos horas y media. Lulit tenía razón. Se llegaba a un nivel de decibelios al que era casi imposible acostumbrarse. Sobre todo para una mujer que rozaba los cuarenta.

El año que cumplí los dieciséis, vi a los New Kids on the Block en el estadio Foxboro durante su gira Magic Summer Tour. Fuimos unos cuantos por el cumpleaños de Alison Aserkof. Su padre había conseguido asientos de pista y pases para el *backstage*. Hubo mucho ruido, fue difícil de manejar y, por lo general, no fue lo mío. Las *boy bands* no formaban parte de la cultura de la escuela secundaria. Crecimos escuchando a los Stones, U2, Bob Marley. Música que nunca pasaba de moda. Así pues, en teoría, cinco chicos de clase trabajadora de Dorchester, Massachusetts, no deberían haber tenido ningún atractivo.

No obstante, hubo algo. El subidón, las hormonas, el calor del escenario. La idea de que tantas personas los anhelaban y deseaban los hizo más atractivos de manera exponencial. Y, por un breve momento, pensé que podría dejarme llevar, adentrarme en la locura. Pero entonces me di cuenta de lo poco delicado que parecería, lo impropio. Y recordé quién se suponía que era en el fondo. Y detuve toda adulación sin sentido antes de que echara raíces. Mucho antes del bis durante el concierto de los New Kids.

Casi un cuarto de siglo después, amenazaba con manifestarse de nuevo.

A pesar del ruido y de las hormonas que corrían por el Mandalay Bay, la banda dio un gran concierto, aunque desconocía si un grupo podía calificarse como «banda» si no tocaba ningún instrumento. Rory tocó la guitarra en un puñado de canciones y Oliver se sentó al piano una o dos veces, pero aparte de eso, la única instrumentación procedía de la banda que los acompañaba. En su mayoría, los chicos cantaban y saltaban por el escenario como palos de salto jóvenes y viriles. Hubo muchas peleas amistosas y payasadas y muy poca coreografía, pero a las fans no pareció importarles.

—¡Los amo! ¡Los amo! ¡Los amo! —exclamó Georgia tras una entusiasta interpretación de *Deslumbrante sonrisa*, el tema principal del primer álbum del grupo. Por su cara de muñeca corrían lágrimas y, debido a la humedad, se le estaban empezando a encrespar los rizos—. Me llegan al *alma*.

Rose estaba claramente de acuerdo, chillando cada vez que Liam caminaba por la plataforma extendida que lo acercaba a escasos metros de nosotras. Isabelle estaba en su propio trance, cantando y balanceándose al ritmo de la música. Eran un grupo feliz. Y, en ese momento, le perdoné a Daniel que se hubiera escaqueado como solía hacer, porque su error me había otorgado la oportunidad de presenciar el éxtasis de las chicas. No se le podía poner precio a eso.

Como un reloj, un hombre negro y fornido con credenciales llegó a nuestra sección justo cuando la banda salió del escenario tras el último bis. Hayes había cumplido su promesa.

—¿Alguna de vosotras es Isabelle?

Apenas entendí lo que decía a causa del zumbido incesante que notaba en los oídos, la sensación de estar hablando bajo el agua. Pero lo seguimos hasta la puerta, donde nos entregó pulseras y cordones para tener acceso completo.

Durante el largo camino por el *backstage* no se pronunció ni una palabra. Sospechaba que las chicas no querían arruinar el momento, que las despertaran del sueño. Sus expresiones eran expectantes, serias. Apenas eran capaces de mirarse por la emoción. «Nuestras vidas empiezan esta noche».

Me dio la impresión de que el guardia de seguridad estaba acostumbrado a esto, a sacar a chicas de entre el público y entregárselas a la banda. Durante un momento temí en lo que podríamos estar metiéndonos. ¿A dónde nos estaba llevando? ¿Y hasta qué punto podía ser responsable de poner en riesgo la vida de menores? Porque estaba claro que entregar a un trío de chicas de doce años para consumo supondría alguna clase de delito menor, si no grave. No, no iba a perderlas de vista. Después de todo, estábamos en Las Vegas.

No obstante, cuando entramos en la *after-party*, se volvió evidente que no hacía falta que me preocupara. Las chicas de consumo parecían ser contadas: un par de modelos irreconocibles, la danesa del número de bañadores de la *Sports Illustrated*, una estrella de *reality* y una actriz de una serie de Netflix. Aparte de eso, parecían ser familiares y amigos cercanos: unos cuantos británicos, unos tipos de la industria y un puñado de jóvenes fans educadas y afortunadas. Sin duda, era seguro.

Al rato, la banda apareció, recién duchada y con el cabello húmedo y sin ningún tipo de producto. Hubo aplausos, silbidos y el *pop* del champán. Y tuve que preguntarme si esto sucedía todas las noches. Esta clase de celebración para autofelicitarse. Isabelle y sus amigas no perdieron el tiempo y fueron en manada hacia Simon y Liam, que se encontraban en el centro de la fiesta. Con la compostura recuperada, volvían a estar en mitad de una misión. No estaba segura de cuál era exactamente esa misión: «Hacer que dicho miembro de August Moon se enamore de mí» sonaba bien y, sin embargo, seguro que se habían dado cuenta de lo poco probable que era eso. Tal como estaban las cosas, Rory estaba charlando con la modelo de bañadores en un rincón. El gorro calado hasta la frente, las manos metidas hasta el fondo en los bolsillos, bajándose la cintura de los vaqueros negros más de su ya ridícula latitud. La manera en la que inclinaba la cabeza y su lenguaje corporal lo transmitían todo: la había reclamado.

Oliver estaba inmerso en una conversación con quien supuse que era un ejecutivo discográfico: un hombre con un traje gris y brillante que podía ser o no que estuviera tirándole la caña. Era el más elegante del grupo. Esbelto, considerado, con unos ojos color avellana y el cabello dorado. El chico del que me habría enamorado en la universidad solo para descubrir que era gay. O demasiado intenso como para estar interesado en una carrera de Historia del Arte. Fuera como fuese, me habría roto el corazón.

Y luego estaba Hayes. Siendo el centro de atención al igual que Simon y Liam, pero de una manera que parecía más deliberada, intensa. Desde mi punto de vista, situada al otro lado de la habitación, donde un escritor de *Vanity Fair* estaba charlando conmigo, veía a Simon bromeando y a Liam siendo joven, ambos cautivando a sus fans. Sin embargo, Hayes era más difícil de interpretar. La atención de Hayes parecía honesta. Incluso desde la distancia, la conversación que estaba manteniendo con sus aduladoras parecía sincera.

No fue hasta unos treinta minutos más tarde, cuando casi me había terminado un vaso de Perrier-Jouët y me había librado del escritor, que Hayes se acercó a mí en un rincón.

—Vaya, hola, madre de Isabelle…

—Solène.

—So-lène. —Se tomó su tiempo—. ¿En plan, «sol en la playa»? Me reí.

—Exacto.

—So-lène —repitió—. Me gusta. ¿Es francés? ¿Eres francesa?

—Mis padres lo son. Mucho.

—So-lène. —Asintió—. Yo soy Hayes.

—Sé quién eres.

—Ya. Increíble, ¿eh? —Esbozó una media sonrisa, con la comisura izquierda de la boca doblada hacia arriba, lo que puso en relieve sus preciosos hoyuelos. Tenía la boca demasiado grande para su cara; era ancha y sin remordimientos. Pero tenía hoyuelos, y lo que podría haber sido arrogancia se convirtió en adorable—. ¿Te lo estás pasando bien?

—Sí, gracias.

—Bien. —Se quedó ahí, sonriendo, con los brazos cruzados sobre su ancho pecho. Estaba haciendo eso que a veces hacen las personas altas, adoptar una postura muy abierta para acercarse a mi altura—. ¿Te ha gustado el concierto?

—Ha estado... entretenido.

Se le ensanchó la sonrisa.

—No te ha gustado.

—Es increíble el ruido que había. —Me reí.

—¿No te avisó nadie? Lo siento, Solène.

Había algo en su forma de pronunciar mi nombre: voz áspera, mirada firme, el movimiento de su lengua. Parecía... íntimo.

—Me advirtieron, pero está claro que no lo suficiente. Vuestras fans son...

—Excitables.

—Es una forma de decirlo.

Se rio, echando la cabeza hacia atrás. Tenía una mandíbula preciosa.

—Son un grupo alocado. La próxima vez te daremos unos auriculares.

—¿La próxima vez?

—Siempre hay una próxima vez. —Lo dijo con el rostro serio, pero había algo que me hizo reflexionar.

—¿Cuántos años tienes, Hayes?

—Veinte.

—Veinte —repetí, y me bebí el resto del champán. De un trago. Bueno, al menos era mejor que diecinueve.

—Veinte. —Se mordió el labio inferior y sonrió.

Ese habría sido un buen momento para excusarme. Recoger a las chicas y dar por concluida la noche. No obstante, veía sus expresiones desde el otro lado de la habitación. Simon estaba acariciándole el pelo a Georgia otra vez y Liam estaba haciendo alarde de sus movimientos de *breakdance*, y la euforia era palpable. Llevábamos allí menos de una hora. Llevármelas ahora sería cruel.

—Estás pensando en irte, ¿verdad? —La voz de Hayes me atrajo de nuevo—. Por favor, no lo hagas. Voy a traerte otra copa.

—No, estoy bien, gracias.

—Tonterías. Estamos en Las Vegas. —Me guiñó un ojo antes de recoger la copa de champán vacía de mi mano y dirigirse a la barra improvisada.

No había habido muchos desde Daniel: una serie de citas con uno de los padres del equipo de esgrima de Isabelle y un coqueteo de dos meses con el guionista de televisión de mi clase de *spinning*. Ninguno de los dos había llegado a consumarse. En cuanto amenazaron con ir más allá del coqueteo casual, lo paré. Me había cerrado en banda. Y si bien es cierto que tres años de celibato accidental había sido algo deprimente a veces, no iba a meterme en la cama con una estrella de *rock* a la que le sacaba el doble de edad porque me había guiñado un ojo en una fiesta. No iba a ser un cliché.

Antes de que pudiera planear del todo mi salida, Hayes volvió con otra copa de champán y una botella de agua para él. Se le había secado el pelo y se le había transformado en una mata de rizos sedosos envidiable. Había blogs dedicados al pelo de Hayes —eso lo descubriría más tarde—, pero allí, en el interior del Mandalay Bay, luché contra el impulso de tocárselo.

—Bueno, Solène, ¿qué haces cuando no estás asistiendo a conciertos de August Moon?

—Qué divertido eres, Hayes Campbell.

—Ja. Te sabes mi apellido…

—Sí, porque vivo con una niña de doce años.

—¿Pero no con tu exmarido?

—No con mi exmarido, no. —Me reí—. Podría ser tu madre, ¿sabes?

—Pero no lo eres.

—Pero podría.

—*Pero no lo eres.* —Me sostuvo la mirada mientras sonreía de lado.

En ese momento lo sentí, ese pequeño giro de ciento ochenta grados en la boca del estómago que me dijo que, fuera lo que fuese lo que estuviera haciendo este chico de veinte años, estaba funcionando.

—¿Me vas a dar la copa? ¿O la has traído para meterte conmigo?

—Para meterme contigo. —Se rio y le dio un sorbo al champán antes de tendérmelo—. Salud.

Me quedé allí, mirándolo, sin beber. Disfrutando.

—Eres malo…

—A veces…

—¿Te funciona?

Se rio.

—La mayoría de las veces. ¿No está funcionando ahora?

Sonreí mientras negaba con la cabeza.

—No tan bien como te crees.

—Ay, eso duele. —Acto seguido, recorrió la habitación con la mirada, buscando—. ¡Oliver!

Oliver alzó la mirada en nuestra dirección. Seguía arrinconado por el hombre del traje brillante y parecía ansioso por salir de allí. Observé cómo se excusaba y se acercaba a nosotros.

—Ol, ella es Solène.

—Hola, Solène. —Sonrió, encantador.

Ambos se quedaron allí, mirándome, igual de altos, igual de seguros de sí mismos. Y, durante un momento, deseé no haber llevado zapatos planos, porque, incluso midiendo un metro setenta y tres, entre estos chicos me sentía pequeña.

—Dime, Ol, ¿Solène podría ser mi madre?

Oliver enarcó una ceja y, acto seguido, se tomó un tiempo prolongado para examinarme.

—No, para nada. —Se giró para estar cara a cara con Hayes—. Y tu madre es una mujer muy guapa…

—Mi madre *es* una mujer guapa.

—Pero no es así.

—No. —Hayes sonrió.

Los ojos de Oliver eran impresionantes.

—¿Qué hace una mujer como *tú* en un lugar como *Las Vegas*?

Le di un sorbo al champán. Comenzaba el juego.

—He acabado atrapada en un concierto de August Moon. ¿Y vosotros?

Los dos se quedaron callados un segundo. Hayes se rio primero.

—Y un ingenio brillante, por si fuera poco. Ol, puedes irte.

—Acabas de invitarme a la fiesta, hombre.

—Bueno, pues ahora estás siendo desinvitado.

—Hayes Campbell. No juega bien con otros —dijo Oliver, inexpresivo.

—Acabo de salvarte del idiota del traje malo. Me lo debes.

Oliver negó con la cabeza antes de extender la mano con elegancia.

—Solène, ha sido un placer, si bien breve.

¿«Si bien breve»? ¿Quiénes *eran* esos chavales? Este quinteto despreocupado. Estaba claro que Isabelle y las otras tropecientos millones de chicas de todo el mundo iban por el buen camino.

—¿No juega bien? —inquirí una vez que Oliver se hubo ido.

—Juego muy bien. Solo que no comparto.

Le sonreí, asombrada. Su rostro, como el arte. Su boca, una distracción. Y lo que cruzaba mi mente no era del todo puro.

—Bueno —continuó—, háblame de ti.

—¿Qué quieres saber?

—¿Qué estás dispuesta a contarme?

Me reí. Hayes Campbell, veinte años y haciéndome sudar.

—Lo menos posible.

Esbozó su media sonrisa.

—Te escucho...

—Ya veo. —Le di un sorbo a la copa—. Por dónde empiezo... Vivo en Los Ángeles.

—¿Eres de allí?

—No. De la Costa Este. De Boston. Pero llevo allí un tiempo, así que... supongo que es mi hogar. Tengo una galería de arte, con mi compañera Lulit.

—¿Compañera? —Enarcó una ceja.

—No esa clase de compañera.

Sonrió y se encogió de hombros.

—No es que estuviera juzgándote...

—¿Pero estabas fantaseando?

Se rio en alto.

—¿Nos acabamos de conocer?

—¿Quieres saber más o no?

—Quiero saberlo todo.

—Tenemos una galería de arte. En Culver City. Vendemos arte contemporáneo.

Se quedó sin responder durante un segundo antes de hablar.

—¿Eso es diferente del arte moderno?

—«Arte moderno» es un término amplio que abarca unos cien años y que engloba muchos movimientos diferentes. El arte contemporáneo es actual.

—¿Así que deduzco que vuestros artistas siguen todos vivos?

Sonreí.

—Casi siempre, sí. Bueno... —Iba a necesitar más champán—. ¿Qué haces *tú* cuando no estás asistiendo a conciertos de August Moon?

Se rio al tiempo que cruzaba los brazos sobre el pecho.

—No estoy seguro de acordarme. Esto ha consumido los últimos años de mi vida. Giras, componer, grabar, publicidad...

—¿Escribís vuestra propia música?

—La mayor parte.

—Impresionante. ¿Tocas el piano?

Asintió.

—Y la guitarra. El bajo. Un poco el saxofón.

Sonreí. Estaba claro que había subestimado a los integrantes de las *boy bands*.

—¿Alguna vez te vas a casa y no haces nada?

—No muy a menudo. ¿Y tú?

—No tanto como me gustaría.

Asintió despacio con la cabeza, bebió un sorbo de agua y luego preguntó:

—¿Qué aspecto tiene? Tu casa.

—Es moderna. Líneas limpias. Muchos muebles de mediados de siglo. Está en el Westside, en lo alto de las colinas, con vistas al océano. Hay paredes de cristal y la luz cambia constantemente. Las habitaciones cambian, al amanecer, al atardecer. Es como vivir dentro de una acuarela. Me encanta. —En ese momento me detuve.

Estaba allí de pie y, con toda probabilidad, no debería estar mirándome como me estaba mirando. Era ridículamente joven. Y yo era la madre de alguien. Y era imposible que eso condujera a algo bueno.

—Guau —dijo con suavidad—. Suena como una vida bastante perfecta.

—Sí. Salvo por...

—Salvo por el exmarido —terminó mi pensamiento.

—Sí. Y todo lo que eso conlleva.

Como si nada, Isabelle saltó hacia nosotros con los ojos muy abiertos y feliz.

—¡Mamá, esta es la mejor fiesta de la *historia*! Estábamos hablando de ello, y esto es incluso mejor que el bar mitzvá de Harry Wasserman.

—¿No es el bar mitzvá de Harry? —Hayes había salido de dondequiera que le hubieran llevado sus pensamientos y había vuelto al modo ídolo adolescente.

Isabelle se sonrojó y se tapó la boca.

—Hola, Hayes.

—Hola, Isabelle.

—¿Te has acordado de mi nombre?

—Un golpe de suerte. —Se encogió de hombros—. ¿Qué está haciendo Liam? ¿Te está enseñando cómo hace el gusano? Sabes que yo le enseñé todo lo que sabe, ¿verdad? ¿Te apetece una batalla de gusanos? ¡Liam! —gritó Hayes hacia el otro extremo de la habitación—. ¡Batalla de gusanos! ¡Ya!

Noté cómo estalló Isabelle cuando Hayes le echó el brazo por los hombros y empezó a llevársela.

—Discúlpanos, Solène. Tenemos una competición por delante.

Verlos a ellos dos, mi torpe hija y la atractiva estrella de *rock*, atravesando la habitación fue tan extraño e irónico que no me quedó más remedio que reírme.

Hayes estaba en su elemento. En poco tiempo se había convertido en el centro de atención, postrado en el suelo, preparándose para la competición, con sus compañeros de banda y fans acumulándose a su alrededor. Mientras que la constitución enjuta de Liam y sus movimientos bruscos podrían haberlo convertido en un bailarín más natural, Hayes era mucho más cautivador. Desprendía cierta gracia mientras se deslizaba por el suelo con los vaqueros negros y las botas. Sus pies se elevaban en el aire, alzaba las caderas del suelo de forma intermitente. Los músculos del brazo se le tensaban cada vez que empujaba. Un trozo de abdomen se le asomó por debajo de la fina camiseta. Era una visión tan grande de virilidad que casi resultaba obsceno observarlo.

Hubo gritos y silbidos, y cuando Hayes por fin se levantó del suelo, Simon lo agarró en un abrazo de hombres.

—¡Este chico de aquí! —aulló, con los ojos azules muy abiertos y el pelo rubio erizado—. ¡¿No hay nada que no pueda hacer ?!

Hayes echó la cabeza hacia atrás y se rio, con el pelo desordenado y los hoyuelos resplandeciendo.

—Nada. —Sonrió. Pero en ese momento sus ojos se encontraron con los míos y la carga fue tan fuerte que tuve que apartar la mirada.

Nos fuimos poco después de la «batalla de gusanos». Cuando una chica morena atractiva y dudosamente mayor de edad se colocó sobre el regazo de Liam, los labios de Rory estaban sobre el cuello de la modelo de bañadores en la esquina y al menos media docena de miembros del equipo habían salido y luego habían reaparecido con los ojos vidriosos, supuse que sería un buen momento para sacar a las chicas de allí. El escritor de *Vanity Fair* hacía rato que se había ido.

—Nos lo hemos pasado muy bien. Gracias por invitarnos.

Nos habíamos congregado junto a la puerta, Rose marchitándose, Isabelle bostezando y el cabello de Georgia creciendo hasta alcanzar proporciones impresionantes.

—¿No puedo convenceros a todas para que os quedéis más tiempo?

—Es tarde y salimos por la mañana.

—Podrías cambiar el vuelo.

Noté cómo se me entrecerraban los ojos, algún tic involuntario que debí de haber adquirido de mi madre.

—Vale, sí, no sería una buena idea —se retractó.

—Lo dudo. No.

—Ha sido la mejor noche de mi vida.

—Brillante.

—Épica —dijeron todas las chicas a la vez.

—Me alegro de que os hayáis divertido. —Hayes sonrió—. Lo repetiremos algún otro día, ¿vale?

Hubo un acuerdo unánime de mi entorno.

—Bueno, esto… —Era él quien se estaba demorando, buscando con los ojos, pasándose los dedos por el pelo abultado—. ¿Cómo dijiste que se llamaba tu galería? Ya sabes, por si alguna vez estoy en California y quiero algo de arte contemporáneo…

—Marchand Raphel. —Sonreí.

—Marchand Raphel —repitió—. Y tú eres…

—Ella es Marchand —intervino Georgia.

—Solène Marchand. —Su sonrisa se ensanchó. Sin duda, sus dientes eran poco ingleses. Grandes, rectos, blancos. Alguien se había gastado mucho dinero en esos dientes—. ¿Hasta la próxima, entonces?

Asentí, pero la semilla ya estaba plantada. Si no hubiera tenido a las chicas…

Y luego, completamente consciente de lo que estaba sugiriendo y con una vacilación sorprendentemente escasa, mordí el anzuelo:

—Siempre hay una próxima vez.

Bel-Air

Llamó.

Cinco días después de Las Vegas, recibí un mensaje en el correo de voz de la galería. Su voz: elegante y ronca con ese encantador deje británico. *Hola, Solène. Soy Hayes Campbell. Voy a estar en Los Ángeles unos días. Me preguntaba si te apetecería ir a tomar algo.*

Debí de escucharlo cinco veces.

Hayes Campbell. En mi correo de voz. A pesar de todo su encanto coqueteo y calculado en Las Vegas, me tomó desprevenida. No me esperaba esa perseverancia. Y, lo que había pasado como un flirteo inofensivo en la parte inferior del Mandalay Bay, de repente parecía escabroso bajo la luz del sur de California. *Ir a tomar algo.* Con un chico de veinte años. De una *boy band.* ¿Bajo qué circunstancias podría considerarse algo aceptable?

Intenté ponerlo en un segundo plano y seguir con mi trabajo. No obstante, permaneció allí todo el día. Sutil, tentador, como el último trozo de chocolate de la caja guardado a buen recaudo. Un pequeño regalo que me estaba guardando para mí. Ni siquiera se lo conté a Lulit. Y le contaba bastante.

Nos conocimos quince años atrás en Nueva York, en el programa exclusivo de formación de Sotheby's. Para mí, Lulit destacó entre una clase de personas excepcionales. Extremidades morenas como una sílfide, acento lírico etíope, amor por Romare Bearden. Me encantaba cómo usaba los brazos cuando hablaba, en particular sobre arte: «¡Basquiat está tan enfadado que los dientes no le caben en la boca!, ¡unas ovejas muertas en una caja no es arte! Agrega un poco de pan y tienes la cena».

Cuando nos conocimos, se acababa de licenciar en Yale y yo ya había terminado el máster, pero compartíamos cierta sensibilidad por el arte contemporáneo y el deseo de formar parte de algo emocionante e inesperado. Lo encontramos en el creciente escenario artístico de Los Ángeles.

Fue a Lulit a la que se le ocurrió la idea de representar únicamente a artistas femeninas y a artistas de color. Se había pasado tres años en el Departamento de Arte Contemporáneo de Sotheby's siguiendo nuestro programa. Yo había trabajado un año en la Galería Gladstone antes de que Daniel y yo nos mudáramos a Los Ángeles. Llevábamos cinco meses casados antes de quedarme embarazada de Isabelle y entregar todo lo que me hacía ser *yo*. Cuando Lulit llegó a la Costa Oeste, animada y dispuesta a cambiar el mundo del arte, me dejé llevar por su entusiasmo. El matrimonio y la maternidad habían empezado a atenuar el mío.

—Vamos a cambiar un poco las cosas, ¿no? —exclamó mientras comíamos sushi en Sasabune—. Ya sabes, los hombres blancos están muy sobrevalorados.

En ese momento, me pasaba los días atendiendo a una niña obstinada de veinte meses mientras que Daniel estaba fuera facturando dos mil ochocientas horas; me incliné a coincidir. Al cabo de un año nació Marchand Raphel.

El día que Hayes Campbell me dejó un mensaje en el correo de voz, vendimos la última pieza de nuestra exhibición actual. La artista argentina Pilar Anchorena era conocida por sus deslumbrantes *collages* de técnicas mixtas. Obras contemplativas de colores vivos que siempre ofrecían algún comentario sobre raza, clase o privilegio. No era para aquellos en busca de imágenes mansas y bonitas, sino hierba gatera para el coleccionista avanzado.

Junto con nuestro director de ventas, Matt, y la encargada de la galería, Josephine, Lulit y yo brindamos con una botella de Veuve Clicquot. Un momento dulce para celebrar antes de encargarnos de la logística de la exhibición de mayo.

A última hora de la tarde, cuando los demás se habían ido, me encerré en el despacho y le di un bocado a mi chocolate metafórico.

—Conque me has localizado, ¿no?

—Así es. —La voz ronca de Hayes llenó el teléfono.

—Muy habilidoso.

—Tengo una asistenta…

—Pues claro.

—Se llama Siri. Es bastante buena en su trabajo.

Me reí.

—Bien jugado, Hayes Campbell. ¿Qué puedo hacer por ti?

—Madre mía. —Se aclaró la garganta—. El nombre y el apellido. Sentencia de muerte.

—¿Por?

—Demasiado formal.

—¿Cómo quieres que te llame?

—Con Hayes va bien.

—¿Hayes va bien para qué? —Me reí—. Es broma. Perdona. Ha sido un día largo. —Eché un vistazo a mi reloj. Tenía cuarenta y cinco minutos antes de ir a recoger a Isabelle de esgrima. Tardaría entre doce minutos y una hora en llegar. Los Ángeles.

—Déjame llevarte a cenar. —Era una afirmación, no una pregunta.

¿«Cenar»? Yo había pensado algo más en la línea de un Starbucks. Le Pain Quotidien a lo mejor…

Se me aceleró el pulso.

—No puedo… esta noche. Es con poca antelación y no tengo niñera. —Era una verdad a medias. Isabelle no necesitaba ninguna niñera. Tenía doce años. Pero cenar parecía demasiado oficial. Demasiado *algo*.

»Tal vez unas copas mañana —ofrecí como concesión, y luego me di cuenta de mi metedura de pata. Todavía no tenía veintiún años.

Eso no pareció perturbarlo.

—Mañana no puedo. Tocamos en el Staples Center.

—Oh. —Claro que sí. El Staples Center. Lo había dicho con total naturalidad. Sin presunción. Como cuando Daniel anunció que tenía que trabajar hasta tarde en un trato—. Entonces no te viene bien, ¿no?

—No. —Se rio, esa risa ronca que lo hacía parecer mayor de veinte años. O eso quería creer—. Digamos que tengo que estar presente. ¿Qué te parece entonces almorzar?

Tenía un almuerzo con un cliente programado para el viernes. Se lo dije.

—¿Para desayunar?

No podía. Habían contratado a la banda para un par de conciertos matutinos. Propuse el sábado y el domingo como opciones para cenar y lo rechazó. Tocaban cuatro noches en el Staples y luego se dirigirían a la Bahía de San Francisco. Intenté imaginarme cuántas chicas gritando hacían falta para llenar el Staples Center cuatro veces, pero fui incapaz.

—¿Por qué no lo dejamos para la próxima vez que vengas a la ciudad, Hayes?

—Porque quiero verte ahora.

—Bueno, no siempre podemos conseguir lo que queremos, ¿no? ¿O las reglas habituales no se aplican a ti?

Se rio.

—¿Vas a hacer que suplique?

—Solo si es algo que crees que debes hacer.

No sabía por qué le estaba dando falsas esperanzas. Era absurdo. A lo mejor si hubiera sido una persona más audaz, si no me hubiera importado lo que la gente pensara de mí, podría haber considerado la idea de tener una aventura con un integrante de una *boy band* de veinte años. Pero no lo era, y lo hice, así que igual la emoción estaba en *saber* que podía hacerlo. Iríamos a almorzar y darlo por concluido.

La línea estaba en silencio, pero algo me dijo que no lo había perdido.

—Está bien —dijo—. Te lo suplico. Almuerzo. Mañana. *Por favor*.

Volví a mirar el reloj. Iba recoger a Isabelle tarde. No sería la primera vez. Me estaría esperando en el gimnasio, en medio del tintineo del metal, el murmullo de los ventiladores y el zumbido agudo de la máquina de anotar. Los entrenadores gritando en ruso. Mi pequeño pájaro en ese espacio extranjero. Le parecía sorprendentemente bien. Y, para mí, nunca estaba más grácil que cuando competía. Controlada, poderosa, elegante.

—Bien. Almuerzo mañana —accedí—. Moveré mi agenda.

Cancelar el almuerzo de un cliente era algo irresponsable, pero intenté racionalizarlo. El cliente era un viejo amigo de Daniel de Princeton. No se iba a ir a ninguna parte. Además, tenía la satisfacción de haber vendido una exhibición entera. ¿Qué más daba si hacía novillos por una mañana?

—¡Sí! —Hayes emitió un pequeño sonido de alegría, y me imaginé su sonrisa al otro lado de la línea, con hoyuelos y todo—. Vayamos al hotel Bel-Air, ¿vale? A las doce y media. Yo me encargo de la reserva.

Pues claro que iba a elegir un sitio elegante y tremendamente romántico. «Tomar algo», sin duda.

—Hayes —dije antes de colgar el teléfono—, no es más que un almuerzo.

Hizo una pausa durante unos segundos y me pregunté si me había escuchado.

—Solène..., ¿qué iba a ser si no?

Ya estaba allí cuando llegué. Escondido en uno de esos huecos empotrados en el lado más alejado de la terraza del restaurante, detrás de una pared de vidrio y con vistas a los jardines. Me esperaba que llegara tarde y que entrara con una sonrisa hechizante y la arrogancia propia de una estrella de *rock*. Sin embargo, fue puntual, incluso llegó temprano. Y el hecho de verlo allí sentado con una camisa con estampado gris y blanco (¿eran flores de la marca Liberty?) y el cabello peinado me dijo que había hecho un esfuerzo. Estaba estudiando la carta con minuciosidad y haciendo girar unas Ray-Ban Wayfarer entre el pulgar y el índice cuando nos acercamos. El *maître* me había echado un vistazo y —tras un «señora Marchand, supongo»— me acompañó junto a mi inverosímil cita.

Ojalá hubiera capturado la expresión de Hayes cuando alzó la mirada y me vio. Igual que la mañana de Navidad. En un único momento se juntaron alegría, sorpresa, promesa e incredulidad. Se le iluminaron los ojos azul verdoso y su boca ancha dio paso a una sonrisa deslumbrante.

—Has venido —dijo, y se levantó para saludarme. Parecía todavía más alto a la luz del día. Supuse que medía un metro ochenta y cinco…, tal vez noventa.

—¿Pensabas que no iba a aparecer?

—Pensé que existía la posibilidad.

Me reí y me incliné para rozarle la mejilla. Un beso en el aire propio del mundo del arte. Relativamente bajo en términos de intimidad.

—No te imagino como la clase de persona a la que suelen dejar plantada.

—Tampoco soy la clase de persona que suplica para una cita. Hay una primera vez para todo. —Sonrió, tras lo que se echó a un lado para permitirme acceder al banco.

—Espero que el sitio te parezca bien. No fue hasta después de hacer la llamada que me di cuenta de que no tenía idea de dónde estaba Culver City y si te estaba pidiendo que vinieras desde la otra punta del mundo para quedar conmigo. Resulta que en Los Ángeles no hay nada que esté cerca…

—Eso es verdad. Pero sí, me parece bien.

—Vale, bien. Porque es un espacio precioso. Es como estar de vacaciones —dijo al tiempo que contemplaba la terraza bañada por la perfecta luz de California. Árboles frutales y palmeras en macetas, manteles blancos adornados con orquídeas *Dendrobium* violetas, ramas de buganvillas fucsias que se derramaban a través de las lamas del techo.

—Sí, es fascinante. Es el Rockwell Group.

—¿Cómo?

—El Rockwell Group. Hicieron la remodelación del restaurante Wolfgang. Un flujo precioso de espacios interiores y exteriores. Ganó un montón de premios. Y hay un Gary Lang increíble en el comedor. Círculos concéntricos pintados. Agresivo. Inesperado.

Hayes volvió su atención a mí y el lado izquierdo de su boca se curvó en una sonrisa.

—¿Círculos agresivos? Suena sexi.

Me reí.

—Supongo. Si te gusta eso...

Se quedó callado durante unos segundos, mirándome.

—Me encanta que sepas tanto sobre arte.

«Oh, muchacho», quería decirle, «si pudiera enseñarte las cosas que sé».

—Dime qué le dijiste al *maître* —dije en su lugar—. ¿Cómo me ha identificado?

Hayes abrió y cerró la boca un par de veces antes de sacudir la cabeza, riéndose.

—Eres dura.

—Dímelo.

—Le dije... —Habló en voz baja, despacio, inclinándose hacia mí—. Le dije que había quedado con una amiga, que tenía el pelo oscuro y unos ojos cautivadores y que lo más probable es que iría muy bien vestida. Que parecía una estrella de cine clásico. Y que tenía una boca *increíble*.

Me quedé allí sentada, quieta.

—¿En sentido figurado o literal?

—¿La boca?

—Sí.

—Ambos.

Estaba tan cerca de mí que podía oler el aroma que le emanaba de la piel. Una especie de sándalo o cedro. Y lima. Me desconcertó. La forma en la que me miraba me desconcertó. El plan no era este. No es que tuviera uno, la verdad. Pero, sin duda, no era que este chico le diera la vuelta a las cosas a los cinco minutos de empezar la cita. Ni siquiera habíamos pedido algo de beber.

—¿En qué piensas? —Esbozó esa sonrisa encantadora.

—Quiero saber cuáles son tus intenciones, Hayes Campbell.

—¿Cuáles son *tus* intenciones? ¿Has venido para venderme arte?

—Puede ser.

—Mmm... —dijo, sin romper el contacto visual—. Pues... yo he venido a comprar lo que sea que estés vendiendo.

En ese momento, dio igual la edad que tuviera ni cuántas fans había acumulado. En ese momento, me tuvo. Y me di cuenta de que no bastaría solo con *saber* que podía tener una aventura.

Asintió, como si estuviera sellando algún pacto tácito, y volvió su atención hacia el comedor mientras agitaba la mano en el aire.

—¿Pedimos?

—¿Qué tal está Isabelle? —preguntó una vez que el camarero se hubo marchado.

—Está bien. Gracias.

—¿Qué dijo cuando le dijiste que íbamos a almorzar juntos?

—No se lo he contado.

Hayes levantó una ceja en mi dirección.

—¿No? —Sonrió.

No estaba orgullosa de eso. Guardar secretos.

—Vaya, eso es *revelador*.

Esa mañana, para el desayuno de Isabelle, había preparado un tazón de chocolate caliente. Tal y como lo hacía cuando era pequeña, tal y como me lo hacía mi madre, tal y como su madre se lo hacía a ella. Y con él vinieron una avalancha de recuerdos: los veranos en el sur de Francia, en la terraza bajo los pinos, el chocolate caliente acompañado de *baguette et confiture*, el olor a azahar y a mar. Y siempre era más reconfortante por las mañanas, cuando me había pasado la mitad de la noche despierta por el mistral que golpeaba las contraventanas y los monstruos que entraban.

—*Chocolat*. —A Isabelle se le iluminaron los ojos cuando entró en la cocina—. ¿Es una ocasión especial?

Me quedé congelada ante la vitrocerámica. ¿Tan obvia era mi culpa?

Me rodeó con sus delgados brazos y me apretó.

—Ya no lo haces nunca. Gracias.

❧✳❧

—¿Te estás riendo de mí? —le pregunté a Hayes.

—Qué va… Yo nunca haría eso. —Se había entrelazado ambas manos detrás de su hermosa cabeza y estaba reclinado en el asiento. Había algo encantador en lo cómodo que se sentía en su piel. Lo a gusto que estaba con su cuerpo. Le pertenecía. Estaba contento con eso. Los chicos eran muy diferentes de las chicas.

—¿Cómo está tu *madre*? ¿Qué dijo cuando le dijiste que íbamos a almorzar juntos?

—¡Ja! —Hayes echó la cabeza hacia atrás y soltó una profunda carcajada—. Eres buena.

—No te haces una idea. —No era mi intención decirlo en voz alta, pero ahí estaba.

—¿Has…? Estás *coqueteando* conmigo.

—Estoy discutiendo. No estoy coqueteando.

—¿He de notar la diferencia cuando la veo?

—No lo sé. Depende de lo listo que seas.

Acto seguido, se sentó erguido. Y luego, sin una pizca de estratagema, dijo:

—Me gustas.

—Lo sé.

—¡Hayes! —Un hombre trajeado se estaba acercando a la mesa. Los trajes eran una rareza en Los Ángeles. Nueve de cada diez veces, un hombre trajeado era un agente. Cinco de cada diez veces, no se podía confiar en él. Eso decía Daniel.

Percibí cómo una expresión rápida de molestia bañaba las facciones de Hayes antes de girarse para ver quién lo estaba llamando. Y luego, así como así, activó el carisma.

—Eyyy.

—Max Steinberg. WME.

—Claro, sé quién eres. ¿Cómo estás, Max?

—¿Cómo estás *tú*? La gira va increíble, ¿no? Estamos todos entusiasmados. Mañana por la noche voy al Staples. Llevaré a dos de mis sobrinas. No podrían estar más emocionadas. Y anoche os vi en *Jimmy Kimmel*. No os dejan tranquilos…

¿«Jimmy Kimmel»? ¿Eso fue antes o después de nuestra llamada? Hayes no lo había mencionado. Abrí la boca para decir algo y luego me detuve.

—Salió bien, sí.

—Os *adoraron*. Todo el mundo os adora. Esa nueva balada, *Siete minutos*. Increíble. Y una conversación increíble. Hola, soy Max Steinberg. —El trajeado, que por fin había reconocido mi presencia en la mesa, se inclinó para estrecharme la mano.

—Max, ella es Solène Marchand.

Max ladeó su cabeza en forma de huevo mientras intentaba ubicarme.

—¿Estás con Universal?

—No.

—¿42West?

Negué con la cabeza.

—Solène tiene una galería de arte en Culver City.

—Oh… Qué bien. —Hizo lo que hacía la gente de Hollywood cuando descubría que no estaba en la industria: desconectó—. Bueno, de acuerdo, no te entretengo más.

»Hayes, buena suerte esta noche, colega. Nos vemos mañana. Iré acompañado de dos adolescentes chillonas. Pero supongo que estás acostumbrado a eso, ¿eh? Solo chicas… por todas partes… Qué aproveche. —Me guiñó un ojo—. Solène, un placer conocerte. Si no habéis pedido todavía, id a por el halibut. Se te derrite en la boca.

—Conque Max Steinberg... —dije una vez que estuvo lo suficientemente lejos como para oírnos.

—Max Steinberg. —Hayes se rio—. Lo siento, ha sido maleducado. Ese comentario sobre las «chicas» ha sido completamente innecesario... No sé en lo que estaba pensando.

—No sé si lo *estaba* —dije—. En esta ciudad los hombres ni siquiera *ven* a las mujeres que tengan más de cierta edad. Y si lo hacen, las registran como «madre» o «negocios». Supongo que se pensó que trabajaba para ti. Lo que debería servirte de prueba de lo inapropiado que es esto.

Hayes estaba boquiabierto.

—Ni siquiera sé qué decir... Lo siento.

—Ya, bueno, menos mal que no es más que un almuerzo. —Sonreí—. ¿Verdad?

No dijo nada. Se limitó a quedarse ahí mirándome con una expresión inescrutable grabada en las facciones. Tuve el impulso de extender la mano y acariciarle ese rostro juvenil, pero ya estaba mezclando los mensajes que daba.

—¿En qué piensas, Hayes?

—Todavía estoy procesando.

—No pasa nada. No es demasiado tarde para dar marcha atrás.

En ese momento, llegó el camarero con nuestros platos.

En cuanto nos quedamos solos, Hayes se volvió hacia mí.

—Mira, no voy a preguntarte cuántos años tienes porque no es educado, pero quiero que sepas que hay muy pocas cosas que puedas decir que vayan a disuadirme. Y me importa un comino lo que piense la gente como Max. Si lo hiciera, no te habría invitado a venir. Así que no, en el caso de que te lo estés preguntando, no pienso dar marcha atrás.

—Vale.

—¿Vale?

—Vale —repetí.

—Bien. Salud.

—Treinta y nueve. Y medio.

Hayes bajó el vaso de Pellegrino, lo que reveló una sonrisa enorme.

—Vale. Puedo apañármelas con eso.

Madre mía, ¿dónde me estaba metiendo?

❧

—Bueno —empezó cuando todavía no llevaba ni dos minutos con su pollo *jidori* a la brasa—, ¿cómo es que tus padres «muy franceses» acabaron en Boston?

Sonreí. Se había acordado.

—El mundo académico. Mi padre es profesor de Historia del Arte en Harvard.

—Sin presiones.

—Ninguna. —Me reí—. Mi madre era conservadora.

—¿Conque el arte es el negocio familiar?

—Más o menos, sí. ¿Y qué hay de ti? ¿Este es tu negocio familiar? ¿Tu padre fue un Beatle?

—Un Rolling Stone, en realidad... —Hayes se rio, y se le arrugaron las esquinas de los ojos—. No, nada más cerca de la realidad. Ian Campbell es un QC altamente respetado, un Consejero de la Reina. Desciendo de una larga línea de personas altamente respetadas. Por ambas partes. Y, entonces, algo salió mal.

—¿Había algo en el agua de Notting Hill?

Sonrió.

—Kensington. Casi. Sí, puede ser. Salí cantando. Y escribiendo canciones. No les hizo gracia.

Se movió, y me acarició la rodilla desnuda con la pierna. Fue casual, pero no hubo lugar a dudas. Durante unos segundos la dejó ahí y, luego, con la misma naturalidad, la retiró.

—¿Fuiste a Harvard?

—Fui a Brown. Y luego a Columbia para un máster en Administración de Arte.

—¿Eso cabreó al profesor?

—Un poco. —Sonreí.

—Seguro que no tanto como negarse a ir a Cambridge para formar una *boy band*.

Me reí.

—¿Eso fue lo que hiciste? ¿Alguien os juntó?

—*Yo* nos junté, muchas gracias.

—¿En serio?

—En serio. ¿Te sorprende? Voy a imprimir unas tarjetas de visita: Hayes «Yo Junté a la Banda» Campbell.

Me reí y solté el tenedor y el cuchillo.

—¿Cómo lo hiciste?

—Fui a Westminster, un colegio bastante distinguido de Londres en el que la mitad de la promoción acaba yendo a Oxford o a Cambridge. Y, en vez de ese camino, decidí convencer a un par de colegas con los que había cantado para que formáramos un grupo. En un principio se suponía que íbamos a ser más bien una banda de pop, pero no parábamos de perder al batería. Y a Simon se le da como el culo tocar el bajo... y todos queríamos ser el cantante principal. —Se rio—. Así que fue un inicio bastante interesante. Pero tuvimos suerte. Tuvimos mucha, mucha, *muchísima* suerte.

Le brillaban los ojos. Estaba tan cómodo, animado, feliz.

—¿Todo eso lo puedo encontrar en Internet?

—Es probable. Sí.

—Mmm. —Volví a mi tortilla—. Dime algo que no pueda encontrar en Internet.

Sonrió, reclinándose en el asiento.

—Quieres saber todos mis secretos, ¿no?

—Solo los importantes.

—¿Los importantes? Vale. —Se estaba toqueteando el labio inferior. Supuse que era un hábito inconsciente, pero hacía maravillas llamando la atención sobre su boca madura—. Perdí la virginidad con la hermana de mi mejor amigo cuando tenía catorce años. Ella tenía diecinueve.

—Guau... —Era horroroso e impresionante a la vez—. ¿Cómo...? ¿Cómo eras a los catorce?

—Más o menos como ahora, pero más bajito. Me acababan de quitar los aparatos. —Se rio—. Así que, ya sabes, un arrogante instantáneo.

—Catorce es muy joven. —Estaba haciendo todo lo posible para no imaginarme a Isabelle. Los catorce estaban a la vuelta de la esquina.

—Lo sé; fue una travesura. *Yo* fui travieso.

—*Ella* fue traviesa. ¿Diecinueve? Supongo que eso no es legal en Inglaterra.

—Ya, bueno, me pasé dos años esperando y rezando para que ocurriera, así que digamos que no corrí a presentar cargos. —Su sonrisa era salaz—. En fin, no vas a encontrar eso en Internet, y si alguna vez saliera a la luz lo arruinaría todo: las amistades, la banda...

—¿La banda? —Hice *clic*—. ¿Con la hermana de quién te acostaste? ¿Quién es tu mejor amigo, Hayes?

Durante unos segundos no habló, sino que se quedó ahí tirándose del labio, debatiendo. Y entonces, por fin, respondió:

—Oliver.

Estiró el brazo por encima de la mesa, tomó sus Ray-Ban y se las puso.

El camarero apareció para retirar los platos. Hayes rechazó el postre, pero se pidió una tetera de té verde. Yo hice lo mismo.

—¿Fue solo una vez?

Negó con la cabeza, con una sonrisa traviesa bailándole sobre los labios.

—¿Quién más lo sabe?

—Nadie. Yo. Penelope... así se llama la hermana de Oliver. Y ahora tú.

El peso de lo que me estaba contando me golpeó.

—Necesito verte la cara —dije, y llevé las manos a sus gafas. Me tomó por sorpresa cuando me agarró ambas muñecas—. ¿Qué?

No habló, y bajó mis manos hasta el banco que había entre nosotros. Había metido el pulgar dentro de la correa doble de cuero de mi reloj y, entonces, despacio, con deliberación, me acarició allí donde me latía el pulso.

—¿Qué? —repetí.

—Simplemente quería tocarte.

Oí cómo se me aceleró la respiración y supe que él también lo había oído. Y me quedé así, paralizada, mientras me acariciaba el interior de la muñeca. No cabía duda de que era algo casto y, aun así, por cómo me estaba afectando, bien podría haber tenido la mano entre mis piernas.

Joder.

—Bueno —dijo después de que hubieran pasado varios segundos—. ¿Has venido para venderme arte?

Negué con la cabeza. ¿Así era como lo hacía? ¿Seducir? Sutil, efectivo, completo. Tenían habitaciones aquí, ¿no?

Sonrió y me soltó las muñecas.

—¿No? Pensaba que esa era tu intención, Solène.

Me encantaba cómo sonaba mi nombre cuando lo pronunciaba. Cómo saboreaba el «en». Como si lo estuviera degustando.

—Hayes Campbell... eres peligroso.

—No te creas. —Sonrió y se quitó las gafas de sol—. Simplemente sé lo que quiero. Y cuál es la finalidad de jugar, ¿verdad?

Nuestro té llegó en ese momento. Estaba presentado a la perfección. Un bodegón.

—Estás de gira —dije una vez que volvimos a estar solos.

—Estoy de gira —repitió.

—Y después de esto estás ¿dónde? ¿En Londres?

—Estoy en Londres, estoy en París, estoy en Nueva York... estoy en todas partes.

Dediqué un momento a organizar mis pensamientos mientras echaba un vistazo a la vegetación a través de la ventana. Nada de esto tenía sentido.

—¿Cómo va a pasar?

Hayes metió la mano debajo de la mesa, volvió a agarrarme la mía sobre el banco y enroscó el dedo en la correa de mi reloj.

—¿Cómo te gustaría que pasara?

Cuando no dije nada, añadió:

—Podemos ir averiguándolo sobre la marcha.

—Entonces, ¿quedo contigo para almorzar cuando estés en Los Ángeles y ya está?

Asintió mientras se mordía el labio inferior.

—Y en Londres. Y en París. Y en Nueva York.

Me reí, apartando la mirada. Me di cuenta de a qué estaba accediendo. El acuerdo.

Yo no era así.

—Es una locura. Te das cuenta, ¿verdad?

—Solo si alguien sale herido.

—Siempre sale herido alguien, Hayes.

No dijo nada mientras entrelazaba sus dedos entre los míos y me apretaba la mano. La intimidad del gesto me desconcertó. No le había dado la mano a nadie desde Daniel, y la de Hayes me pareció extraña. Grande, suave, hábil; el frío de un anillo inesperado.

Me moví dentro de la falda, y las piernas se me quedaron pegadas al cojín de cuero. Necesitaba salir de allí y, aun así, no quería que terminara.

Nos terminamos el té así: con los dedos entrelazados sobre el banco, lejos de las miradas fisgonas, y sabiendo que habíamos hecho una promesa.

Cuando se pagó la cuenta, el *maître* volvió a nuestra mesa. Preguntó si todo había sido de nuestro agrado. Y, luego, con mucha naturalidad, dijo:

—Señor Campbell, lamento informarle de que, al parecer, alguien se ha enterado de su localización y hay algunos paparazis esperándolo fuera. Lo lamento. No están en las instalaciones, pero están justo enfrente del servicio de aparcamiento. Quería advertirles en el caso de que quieran escalonar la salida.

Hayes le dedicó un momento a digerir la información y luego asintió.

—Gracias, Pierre.

—¿Eso qué significa? —pregunté una vez se hubo ido.

—Significa que, a no ser que mañana quieras estar en todos los blogs, lo más probable es que debas irte antes que yo.

—Oh. Vale. ¿Ya? —Estiré el brazo por encima del banco para recoger mi bolso de Saint Laurent.

Se rio y me volvió a acercar a él.

—No tienes por qué irte ya de ya.

—Pero debería.

—Esta es la cosa —empezó—. Si *no* salimos del restaurante juntos, nos arriesgamos a parecer culpables. Pero si vamos al aparcamiento juntos y las cámaras nos captan, nos arriesgamos a parecer culpables para un público mucho más grande.

—¿Conque es un juego?

—Es un juego. —Se puso las gafas de sol—. ¿Lista?

Empecé a reírme.

—Recuérdame cómo he acabado aquí.

—Solène. —Sonrió—. No es más que un almuerzo.

Si me las había apañado para olvidarme de que Hayes era una persona famosa durante nuestro almuerzo de casi dos horas, fue imposible ignorarlo cuando cruzamos la terraza del restaurante del hotel Bel-Air. Su más de metro ochenta, vaqueros negros y botas negras. Cabezas girándose, ojos abiertos de par en par, los gestos de los clientes, y parecía no darse cuenta. Se había acostumbrado a ignorarlos.

En la pasarela, justo antes de llegar al puente, me detuvo y me puso la mano en la cintura, familiar.

—Sigue tú, yo me quedo en el bar un momento.

Me pareció inteligente. No es que no pudiera venderles a los amigos curiosos que Hayes era un comprador en potencia. Era que no estaba segura de poder vendérselo a Isabelle.

Pareció darse cuenta de lo cerca que estaba y dio un paso atrás, aflojando los dedos despacio.

—Gracias —dijo—, por venir hoy. Ha sido perfecto.

—Lo ha sido. —Nos quedamos allí unos segundos, a un brazo de distancia, sintiendo la innegable atracción.

—Madre de Isabelle —articuló, sonriendo. No estaba segura de si disfrutaba del apodo o de la idea.

—Hayes Campbell.

—No puedo besarte aquí. —Su voz era baja, áspera.

—¿Quién ha dicho que quiera que lo hagas?

Se rio.

—*Yo* quiero.

—Pues tenemos un problema entonces, ¿no? Deberías haber elegido un lugar más aislado.

Hayes ladeó la cabeza, atónito.

—¿Perdona?

—Me estoy metiendo contigo. —Me reí—. Ha sido maravilloso.

—Porque si quieres puedo conseguirnos una habitación... —Sonrió.

—No lo dudo.

—Es solo que pensé que eras una dama respetable.

—Solo a veces. —Me incliné hacia él y le di un beso en la mejilla. No un beso al aire propio del mundo del arte, sino la oportunidad de apretar su piel contra la mía, respirar su aroma y guardarlo en mi memoria. Un poco como robar—. Gracias por el almuerzo, señor Campbell. Hasta la próxima... —Y, tras eso, me di la vuelta y caminé hacia los discretos paparazis.

Nueva York

No había ningún plan definitivo. Nos habíamos separado sin acordar nada específico; yo volví a mi vida plena y él a la suya. Y, sin embargo, tuve ganas de volver a verlo casi de inmediato.

Me llamaba desde la carretera, cada tres días más o menos, pidiéndome que nos viéramos. «Vente a Seattle, Solène... Reúnete conmigo en Denver, Solène... Phoenix... Houston...». Y cada vez me negaba. Estábamos hasta arriba de trabajo: inaugurando nuestra exhibición de mayo para el pintor conceptual Nkele Okungbowa, preparando nuestras obras para la feria Art Basel. Isabelle tenía la obra del colegio. Por mucho que quisiera, no podía subirme a un avión a su antojo y dejarme llevar. Tenía responsabilidades. Tenía prioridades. Me preocupaba la imagen que daría.

No obstante, a mediados de mayo, todo encajó cuando la feria de arte Frieze New York coincidió con el fin de semana en el que August Moon iba a tocar en el *Today Show*. El viaje llevaba meses en mi agenda, y darme cuenta de que tendría la satisfacción de ver a Hayes sin el dilema moral de cruzar el país en avión con ese único propósito fue como una victoria. Esto sí podía justificarlo. Incluso a mi hija.

La recogí del colegio el viernes anterior, y todavía estaba orgullosa por su actuación en *Sueño de una noche de verano* al principio de la semana.

—Scott, el profesor de teatro del instituto, se me acercó en el pasillo y me dijo que no recordaba la última vez que había visto a una Hermia más convincente. ¡Eso dijo! ¡*A mí*!

Estaba efusiva mientras salía de la zona para coches compartidos. Sonreía de oreja a oreja y le brillaban los ojos.

—Eso es genial, peque. *Estuviste* convincente. Lo hiciste muy muy bien.

—Sí, pero dices eso porque eres mi madre. Ah, y Ella Martin, su hermano Jack hizo de Lisandro. Es estudiante de undécimo y es guapísima e inteligente y todo el mundo la adora, y me felicitó.

—Eso es increíble —contesté, absorbiéndola. Su pelo largo, salvaje, libre—. ¿Qué tal el examen de álgebra?

—*Puaj*. —Sacó la lengua—. Tortura. Nunca se me van a dar bien las mates. Está claro que no he heredado el gen de papá.

—Lo siento. —Me reí.

—No es culpa tuya. Bueno, puede que un poco. —Sonrió. Estaba sincronizando su iPhone con el equipo de música del coche, echando un vistazo a sus diversas listas de reproducción mientras que yo circulaba entre el tráfico de Olympic. Al cabo de un rato, encontró lo que buscaba.

Empezó una introducción de piano vagamente familiar, melancólica. Se recostó en el asiento y cerró los ojos.

—Me encanta esta canción. Muchísimo.

No tuve que preguntar. La voz empezó a sonar, profunda, áspera, inconfundible.

—*Siete minutos* —dijo—. Hayes tiene la voz más sexi del mundo...

No fui capaz de decir nada por miedo a delatarme. Nos quedamos en silencio, con Hayes llenando el espacio entre nosotras. *¿Me sostendrás si me caigo?* Notaba cómo se me estaba calentando la cara, su pulgar en el interior de mi muñeca. Mis pensamientos se volvieron indecentes.

—¿Mi torneo de esgrima en San José es el finde que viene? —Isabelle se sentó hacia delante, rompiendo el hechizo—. ¿Quién me lleva, tú o papá?

—Papá. Yo estoy en Nueva York la semana que viene para la Frieze. ¿Te acuerdas?

Suspiró y se volvió a hundir en el asiento.

—Se me había olvidado.

—Lo siento.

—Siempre estás fuera…

—Izz…

—Lo sé, lo sé. Es por trabajo.

Estiré el brazo por encima de la consola y le apreté la mano.

—Te lo compensaré. Te lo prometo.

Nueva York fue como un baile en el que tuvimos que coordinar nuestros itinerarios para que Hayes y yo pudiéramos pasar unas horas juntos. Él estaba en el centro. Yo me alojaba en el Soho, pero iba a Randall's Island para la feria. Esta vez no íbamos a exponer, así que había ido sola para reunirme con los clientes mientras que Lulit cuidaba del fuerte en casa. Había comidas de negocios, cenas festivas y pocas oportunidades de socializar fuera del trabajo. No obstante, la agenda de Hayes hacía que la mía pareciera un juego de niños.

Fue su magnificencia, en una ciudad tan grande y bulliciosa como Manhattan, lo que me afectó de un modo que no me esperaba. La promoción de un álbum pegada en el lateral de un autobús urbano. La imagen del grupo en Times Square. Alguna que otra adolescente luciendo la ya familiar camiseta de la gira *Pequeños deseos*. El rostro de Hayes saludándome a ratos. Encantador e inquietante a partes iguales.

El viernes por la mañana había quedado con Amara Winthrop, una antigua compañera que ahora trabajaba en la sucursal de Gagosian, para desayunar temprano en el hotel Peninsula. Llegué quince minutos tarde y me deshice en disculpas por el pésimo tráfico que había.

—Por favor —dijo, agitando la mano—. Es viernes. Es el *Today Show*. Debería haberte avisado. Creo que va a tocar esa *boy band* británica. Es una locura. ¿Café con leche?

Hasta ese momento no me había dado cuenta de que, cuando Hayes había mencionado lo del concierto, estaba hablando de actuar ante cerca de veinte mil personas en plena Rockefeller Plaza. Que el efecto dominó de él y el grupo cantando al aire libre un viernes por la mañana en el centro de la ciudad me afectaría a mí y al millón de personas más que intentábamos gestionar nuestros desplazamientos matutinos. Tenía la ingenua idea de que si ignoraba su fama, me volvería inmune a ella, que dejaría de existir para mí. Me equivocaba.

Habíamos hecho planes provisionales para ir a almorzar. Había quedado con él en el hotel Four Seasons después de pasar la mañana en la Frieze. Me había advertido de que iba a ser un caos, pero nada me habría preparado para la avalancha de fans que rodeaba la entrada del hotel. Parecía haber unas trescientas, apiñadas, extasiadas, esperando ver a sus ídolos. Augies aferradas a fotos y móviles. Paparazis reunidos y preparados. Había barricadas a ambos lados de la entrada principal y en el lado opuesto de la calle. Al menos una docena de los miembros de seguridad del grupo se estaban paseando, vestidos de negro y con cordones identificativos. Otros siete guardias trajeados bloqueaban la entrada del hotel. Y media docena más o menos del cuerpo de policía de Nueva York. Se me aceleró el corazón al salir del Uber. Como si, al estar cerca, las chicas me hubieran contagiado la excitación. Estas fans eran mayores que Isabelle y su prole. Más apasionadas, más decididas. Y estar cerca de ellas me dejó con una sensación que fui incapaz de articular. Además de la euforia y los nervios, había un sentimiento parecido al miedo.

No tuve problemas para entrar en el hotel. Hayes me había dicho que no iba a tener ninguno. Que la seguridad del hotel asumiría que era una huésped y que no cuestionaría mi presencia. Tenía la edad y el nivel socioeconómico adecuados, y supuse que la mayoría de las *groupies* no llevaban ropa de The Row. A pesar de todo, le había pedido a uno de los guardaespaldas de la banda que se reuniera conmigo en el vestíbulo: Desmond, un pelirrojo fornido que me saludó con una pequeña reverencia antes de acompañarme a los ascensores y subir al piso treinta y dos. Me imaginé lo que se pensaba que podría suponer mi visita, pero si supuso algo impropio, no lo dejó entrever.

Había dos agentes de seguridad más en la planta de Hayes paseándose por los pasillos. Tal vez esto era parecido a tener una audiencia con un jefe de Estado. O una autorización en el Pentágono. Empecé a sudar.

Al final del pasillo, Desmond sacó una tarjeta de acceso y abrió la puerta de la *suite* de Hayes. No estaba preparada para la conmoción que se estaba produciendo en el interior. La habitación estaba abarrotada de arreglos florales, bandejas de fruta y minibotellas de Pellegrino, aunque nadie parecía estar comiendo. Había un joven sudasiático, todo negocios, negociando por el móvil; dos mujeres que parecían de relaciones públicas reunidas en un sofá, mandando mensajes como locas; una señora encargada del vestuario que sujetaba trajes de chaqueta con las dos manos y daba órdenes a su ayudante con un acento británico al estilo de Jamaica; la ayudante antes mencionada que iba y venía del dormitorio con numerosas bolsas de la compra; un tipo vestido de forma elegante aporreando un portátil en el escritorio; y en medio de todo: Hayes. Sus ojos se cruzaron con los míos desde el otro extremo del salón, donde estaba de pie, con los brazos extendidos como Jesús, mientras la mujer de vestuario le ponía una de las chaquetas.

—Hola —dijo. Sus labios se separaron para formar esa sonrisa deslumbrante.

—Hola —respondí.

En ese momento, todos giraron la cabeza y el séquito me observó sin mucho disimulo. Traté de leer sus miradas sin que me leyeran a mí. No era fácil.

—Gente, esta es mi amiga Solène. Solène, gente —anunció Hayes.

Las estilistas sonrieron con sinceridad y el hombre del móvil asintió con la cabeza, pero ahí se acabó la hospitalidad. El tipo del portátil se mostró desdeñoso y las mujeres del sofá reaccionaron con una frialdad sorprendente. El hecho de que mi papel allí ya hubiera sido evaluado y desacreditado fue sobrecogedor. Esto era justo lo que me temía.

Me di cuenta entonces de que era imposible que pareciera la típica *groupie*, y para que me descartaran de forma tan sumaria, era bastante posible que Hayes Campbell tuviera un «tipo».

—Lo siento, solo serán unos minutos más —dijo.

—No te preocupes.

—No me gusta esta camisa, cariño. Maggie, mira en la bolsa de Prada que hay en el dormitorio a ver qué camisas han mandado.

—¿Qué tiene de malo esta camisa? —Hayes hizo una mueca—. A Beverly no le gusta mi camisa.

—No me agrada el corte. —Beverly tiró de la tela que le sobraba de los costados y tensó la camisa sobre el abdomen de Hayes, lo que reveló su estrecha cintura—. Mira todo esto. No necesitas todo esto. Puedo estrecharla, pero veamos si te queda mejor otra cosa.

—Tenemos una cena elegante esta noche —explicó Hayes—, en la residencia del Consulado General Británico. Eso es todo, ¿no? —Se volvió hacia las mujeres del sofá.

—Eso es todo. —La más rubia de las dos sonrió—. Te estoy enviando el itinerario por correo electrónico ahora mismo. Junto con tus notas sobre la organización benéfica de Alistair.

Tenía razón: eran chicas de relaciones públicas. Treintañeras bien vestidas y arregladas, con peinados estilizados con secador a juego. Así era como supuse que me vio Max Steinberg. Igual no le había llegado la circular sobre el tipo de Hayes.

—Me gusta cómo te queda el corte de este traje, pero no la camisa —reflexionó Beverly—. ¡Maggie!

La ayudante de vestuario salió del dormitorio con dos camisas. Beverly las miró rápidamente, agarró la de la derecha e indicó a Hayes que se desvistiera.

Hayes se quitó la chaqueta del traje y se desabrochó la camisa antes de tomar la segunda opción. Durante un prolongado instante se quedó así, sin camisa, en medio del salón. Los demás estaban ocupados con lo que fuera que estuvieran haciendo, pero yo no pude resistir la tentación de contemplarlo. Era una maravilla: piel suave y de color crema, hombros anchos, abdominales firmes, brazos esculpidos. Impecable. Conque así era tener veinte años. Ese punto dulce entre la adolescencia y el momento en el que las cosas empiezan a torcerse.

—Perfecto —anunció Beverly cuando terminó de abotonarse la camisa de repuesto—. Tienes que seguir con los italianos, cariño. Hacen ropa para gente más delgada. Maggie, sé un amor y tráeme la corbata delgada que hay en la cama.

Observé a Beverly mientras trasteaba con su musa. Arreglándole el cuello, alisándole las solapas, anudándole la corbata. Como una madre... si Hayes tuviera una madre jamaicana de cuarenta y tantos años.

—Muy bien. Estoy contenta. Te dejo un par de zapatos de vestir en el dormitorio.

—¿No puedo llevar mis botas?

—No —respondieron al unísono Beverly, Maggie y el hombre vestido con elegancia del portátil.

—Ni de broma —añadió una de las relaciones públicas.

Hayes se rio y luego entrecerró los ojos, pícaro.

—Voy a ponerme las botas.

Beverly emitió una especie de cacareo de desaprobación con la boca mientras que ella y Maggie empezaban a recoger su variado vestuario y las bolsas de la compra.

—Deja las cosas colgadas en el armario y me aseguraré de plancharlas antes de esta noche. Enviaré a alguien más tarde para que te pula las botas.

—Gracias, Bev. ¿De quién es ese traje?

—Ese es para Oliver.

—¿Cómo es que Ol consigue todos los trajes de dandi? Igual yo quiero ser un dandi. ¿Va a llevar pajarita? Quiero una pajarita.

—¿Ahora quieres una pajarita?

—Puede.

—Dios santo. —A Beverly le estaba saliendo el jamaicano.

—Lo sé, lo sé… Soy un arrogante. —Se rio y se giró para encontrarme en la esquina—. Solène, ¿sabías que soy un «arrogante»? Es mi arquetipo oficial. En caso de que pienses que somos intercambiables. Eso es lo que piensas cuando me ves, ¿verdad? Piensas: «Oh, seguro que es un arrogante».

Me reí. Al igual que todas las otras mujeres en la habitación. Hayes y sus leales súbditas.

El hombre de negocios que, hasta entonces, había estado consumido por la llamada telefónica dejó escapar un pequeño grito, lo que llamó nuestra atención.

—Tú, amigo mío, me debes una enorme.

—¿TAG Heuer? —preguntó Hayes.

—TAG Heuer. Hola, soy Raj. Un placer. —Se inclinó para estrecharme la mano antes de volverse hacia Hayes—. Sí, van a mandar a alguien a las tres en punto con varios relojes. Debes elegir uno apropiado para esta noche. Y luego otro más informal para cada día.

—Bien hecho, Raj —dijo el del portátil.

—Esto podría ser enorme, Hayes. Si te lo ofrecen no puedes decir que no —intervino la más morena de las rubias.

—Sí, pero no pega, ¿no?

—No pega con August Moon. Sí pega con Hayes Campbell.

Hayes estaba haciendo eso de tirarse del labio inferior, pensativo.

—Creo que es algo elitista. En plan, las chicas de catorce años no van a comprar relojes TAG Heuer.

—Las hay en Dubái. —El del portátil otra vez.

—Esto va más allá de las chicas de catorce años, hombre. Esa es la finalidad. Estás expandiendo tu marca. Te estás redefiniendo. No vas a estar en una *boy band* para siempre.

En ese momento, Hayes se volvió hacia mí. Estaba tan apuesto con el traje. ¿Es que estas personas no se iban a ir nunca?

—Quieren que haga una campaña publicitaria para TAG Heuer. Solo. ¿Qué opinas?

Todos los ojos estaban puestos en mí, y supuse que se estaban preguntando si mi opinión debería importar y por qué.

—¿Quién más lo ha hecho?

—Brad, Leonardo —respondió Raj.

—¿Quién fotografía?

—Tienen un par de personas que utilizan para todos sus proyectos. Un trabajo muy competente e impecable, pero no son nombres famosos.

—Entonces, ¿no puede solicitar a Meisel, Leibovitz o Afanador?

—Perdona, ¿a qué te dedicabas? —El del portátil dejó de teclear.

Hayes esbozó una de sus medias sonrisas.

—Solène tiene una galería de arte en Los Ángeles. —Sonaba casi jactancioso—. Confío plenamente en su gusto.

Me habría reído de él si no me hubiera estado mirando con intensidad. Y ahí sí fueron los secretos.

—Bueno —dije después de un momento cargado—, si es lo suficientemente bueno para Brad y Leo… adelante. Dales su dosis de chulería.

***

—Te he echado de menos. —No mucho después de que el séquito se marchara y Hayes se quitara el traje, nos encontramos en el sofá. Solos.

La intensa energía de su fama se había disipado en ausencia de aquellos cuyo trabajo consistía en adular, mimar y atender. Por muy estimulante que pudiera ser la fama, tenía algo atractivo más allá de «Hayes Campbell, estrella del pop». Algo natural, puro, accesible.

—Solo han pasado dos semanas —dije.

—Para ti han sido dos semanas. Para mí han sido diez ciudades. —Acto seguido, me tomó de la mano y deslizó los dedos entre los míos. Sugerente.

—Bueno, si así es como mides el tiempo…

—Diez ciudades... ¿Qué? ¿Trece conciertos? Trescientas cincuenta mil chicas gritando... que no eran tú.

—No. Nunca he sido una chica que grite.

—Bueno, habrá que cambiar eso, ¿no?

Dios, era bueno. La facilidad con la que deslizó esas palabras: en apariencia inofensivas, pero cargadas.

La comisura de la boca se le curvaba de esa manera que había llegado a adorar.

—¿Por qué sonríes, Solène?

—Nada. —Me reí.

—Sé lo que estás pensando.

—¿Sí?

Asintió y estiró la mano libre para tocarme el pelo. Podía oler cualquiera que fuera la fragancia que se había puesto en la piel. Madera, ámbar y lima.

—Estás pensando: «Dios, ahora mismo me vendría de lujo almorzar algo».

—Sí. Exacto. Eso es justo lo que estaba pensando.

Durante unos segundos no habló, y escuché cómo me latía con fuerza el corazón en el pecho al tiempo que me recorría el costado de la mandíbula con el pulgar. Tan leve que podría habérmelo imaginado.

—Bueno... pues vayamos a comer algo.

Ya había cruzado la habitación cuando registré lo que estaba pasando.

—¿Afuera?

—Sí. Hay un sitio de sushi muy bueno no muy lejos de aquí. ¿Te gusta el sushi? Podemos ir andando, hace un día precioso —gritó desde el armario.

Me di cuenta de que, refugiado en la fortaleza del Four Seasons, lo más probable era que no fuera consciente del revuelo que había causado en la calle 57.

—¿Has visto cómo está la situación ahí fuera?

Regresó del dormitorio con un par de botas negras en la mano. Las infames botas, deduje.

—¿Qué? ¿Hay muchas fans? Vale, entonces le diré a Desmond que nos lleve en coche y luego…

—No se trata de ir andando o no, es… No creo que puedas salir del edificio. —La idea de intentar atravesar esa multitud acompañada de uno de los objetos de su deseo me aterrorizaba.

—¿Tan malo es? —Sus ojos buscaron los míos antes de dirigirse hacia la ventana. Pero la ventana no se abría y desde ese ángulo era imposible ver la calle.

»Pues menuda mierda —dijo, tirando los zapatos a un lado—. Nos han seguido desde Rockefeller después del concierto. Rodeando los coches. Una completa locura. —Se volvió hacia mí—. Lo siento…

—No es culpa tuya.

—*Odio* estar encerrado aquí… Vale, a ver, ¿plan B entonces? ¿Servicio de habitaciones? Joder, no suena nada romántico.

Me reí.

—¿Intentabas ser romántico?

—Quería probarlo. A menos que… —Abrió los ojos de par en par—. Ven conmigo. —Me agarró la mano y me llevó hacia el dormitorio. Romántico, sin duda.

Lo seguí al interior de la habitación, más allá de la cama y de un baúl para guardar ropa señalizado con AUGUST MOON/H. CAMPBELL, y salimos a una gran terraza. Ante nosotros se extendía unas vistas sin obstáculos del Alto Manhattan y de Central Park en todo su esplendor primaveral. Un oasis verde bajo un cielo azul claro.

—Bueno… —Me apretó la mano—. ¿Almuerzo? ¿Aquí?

—Sería divino almorzar aquí.

Hayes no perdió el tiempo y llamó para pedir la comida, tras lo que se unió a mí en la barandilla, absorbiendo la vista, el olor de la primavera, el sol. Había algo muy cómodo en estar cerca de él en ese espacio. Chocando contra su alto cuerpo. Su cercanía, ahora familiar.

—¿Qué pasaría si faltáramos el resto del día y lo pasáramos juntos?

—Tus representantes no estarían contentos. Y mi compañera menos.

—Pero piensa en cuánto podríamos divertirnos. —Se le iluminaron los ojos. Bajo el sol, habían pasado del verde al azul. Mutables, como el agua—. Metiéndonos en problemas. Fuera de control en Nueva York...

—Tampoco es que pudiéramos irnos. Eres como... *Rapunzel* aquí arriba. Encerrado en tu castillo... con todo ese *pelo*... Hayes Campbell, la Rapunzel del nuevo milenio.

—La Rapunzel del Four Seasons... —dijo. Nos reímos.

Por un momento, me sostuvo la mirada y sentí esa clara oleada. La comprensión de que esta atracción había dejado de ser solo física. De que había traspasado ese lugar. De que me gustaba.

—Cuando tenía diez años vine aquí por primera vez con mis padres. Nos alojamos en un hotel de Times Square y visitamos la Estatua de la Libertad e hicimos todas esas cosas turísticas. Fuimos a ver la Zona Cero y estaban empezando a construir de nuevo...

Me di cuenta de que esto, de lo que hablaba, fue hace solo diez años. Que para entonces yo vivía en Los Ángeles, todavía felizmente casada en cierto modo y con una niña de dos años. Nuestras referencias estaban muy lejos. Cuando las Torres cayeron, Hayes estaría en el equivalente a tercero de primaria.

—Hubo una tarde —continuó— que pasamos en Central Park. Simplemente caminando. Y estaban sucediendo tantas cosas. Familias latinas y enormes haciendo pícnics y tocando música. Gente patinando. Chicos jugando al fútbol... Estaba tan vivo, lleno de energía y *feliz*. Y recuerdo que sentí que era increíble que, por una tarde, yo formara parte de eso.

»Esta mañana estaba hablando con Rory y le decía lo maravilloso que era echar un día paseando por Central Park porque él nunca había estado. Nunca había venido antes de que se formara el grupo. Pero luego me di cuenta de que no podemos hacer eso.

Ya no puedo hacer eso. Quizás Rory nunca tenga la oportunidad de hacerlo. Lo cual es raro, ¿verdad? Es un sacrificio… —Se quedó en silencio durante un momento, mirando hacia la vegetación. Su impresionante perfil. Sus hermosos huesos.

De repente, se giró en mi dirección, presionando la espalda contra la barandilla.

—Estoy divagando, ¿no? Lo siento. A veces empiezo a hablar y…

Los labios de Hayes todavía se estaban moviendo cuando los besé. Esta piscina cálida, amplia y tentadora que me llamaba. No pude resistir el cebo. Su juventud, su belleza. Y todo, todo lo relacionado con el momento, fue maravilloso.

—V-Vale —dijo cuando, al fin, me permitió separarme—. *Eso* no lo he visto venir.

—Lo siento. Es que… tu boca.

—¿En serio? —Sonrió—. ¿No ha sido el pelo?

Empecé a reírme.

Sus grandes manos me rodearon la cintura y me atrajeron hacia él.

—¿No ha sido yo sintiendo nostalgia por las vacaciones de mi infancia? Porque una vez estuvimos en Mallorca…

—Cállate, Hayes.

—Sabes que esto significa que he ganado, ¿verdad? Porque he aguantado más.

—No sabía que era una competición.

Se encogió de hombros.

—No sabía que *no* lo era.

—Eso es porque tienes veinte años.

—Ya, bueno… parece que eso te gusta. —Dejó de hablar y se inclinó para besarme de nuevo. Deliberado, intenso. Dios, lo había echado de menos. La exploración de alguien nuevo.

Pasado un rato, se retiró, con una sonrisa plasmada en su exquisito rostro.

—Bueeeeno… ¿almorzamos?

La comida pasó demasiado rápido. El tiempo se dobló y se comportó de una manera impredecible. Y, mientras, él me absorbía.

—¿Dónde pasaste las vacaciones de tu infancia? ¿Francia?

—Principalmente. —Estaba observando cómo trazaba el borde de su vaso con el dedo. Apenas había tocado su sándwich—. Navidad en París con la madre de mi padre. Y los veranos en el sur con la familia de mi madre.

—¿Todavía están allí?

—Todos mis abuelos han fallecido.

—Lo siento...

—No pasa nada. Sucede cuando llegas a los noventa años.

Sonrió.

—Sí, supongo que tiene sentido.

—Tengo primos en Ginebra. No los veo tan a menudo como me gustaría.

—Eso tampoco está tan mal —gruñó, con la voz aún ronca por el concierto de la mañana—. Los míos sirven como un recordatorio brutal de que no estoy haciendo algo más noble con mi vida.

Sonreí.

—Tienes tiempo todavía.

—Les recordarás eso a mis padres, ¿no? No es que no estén orgullosos. Creo que están muy orgullosos. Pero creo que lo ven como algo temporal. Una especie de «oh, Hayes y su pequeño grupo pop. ¿No es estupendo?».

—La carga de ser hijo único...

—Sí. Único portador de todos sus sueños. Una tortura total.

Sonreí ante eso. Y, sin embargo, lo entendí. Si calculara el tiempo y la energía que Daniel y yo le habíamos dedicado a Isabelle hasta el momento, cultivando a esta persona extraordinaria (programas de inmersión en francés para niños pequeños, escuela privada, clases de esgrima, campamentos, ballet, teatro, todo eso), me imagino que me conmocionaría un poco si decidiera dejar la escuela y huir para unirse al circo. (A pesar de que habíamos pagado la factura de las lecciones de trapecio).

—¿Qué? —Había apartado el sándwich de pavo desmontado y estaba reclinado en la silla—. Tu expresión me dice que estás de su parte.

—No es que *esté de su parte...*

—¿Pero?

Me reí.

—Soy madre. Tenemos expectativas. Eso no quiere decir que no haya ido nunca en contra de los deseos de mis padres o que no haya buscado cosas solo para mí, porque lo hice. Y de algunas me arrepiento y de otras no. Pero creo que tienes que hacerlo. De eso se trata crecer.

Se quedó en silencio un momento.

—¿De qué te arrepientes?

—Casarme a los veinticinco años... lo cual no es *ridículo per se*, pero para mí era demasiado pronto...

—¿Es por eso que no duró?

—En parte. Éramos jóvenes. *Yo* era joven. Todavía estaba averiguando cosas: quién era, qué quería. Y, al final, queríamos cosas diferentes. No creo que haya sido culpa de nadie. Simplemente somos personas muy diferentes.

Asintió.

—¿Qué es lo que quieres, Solène?

Dudé. Había más de una manera de interpretar la pregunta.

—Probablemente lo que todo el mundo quiere: ser feliz. Pero todavía lo estoy definiendo por mí misma. Tuve que *redefinirme*. Porque no quería ser solo «la esposa de Daniel» o «la madre de Isabelle». Quería volver a trabajar, y Daniel no quería eso.

—¿Estuviste resentida con él?

—Más adelante. Y sigo... sin querer que me pongan en una caja. Quiero hacer cosas que me alimenten. Quiero rodearme de arte y gente fascinante y experiencias estimulantes... y belleza. Quiero sorprenderme a mí misma.

Hayes sonrió despacio, astuto.

—Es como cuando se abre una flor.

—¿El qué?

—Tú, revelándote. Tú, que juraste compartir lo menos posible.

Durante un momento me quedé allí sentada, sin hablar.

—Ha sonado demasiado cursi, ¿no? —Se le sonrojaron las mejillas—. Vale, finge que no he dicho eso.

Me reí.

—Vale.

❦

Hayes entró en el abarrotado bar del hotel Crosby Street como si fuera «el arrogante» de la cabeza a los pies. Alto y delgado con su traje con un corte impecable y su cabello peinado. Llamando la atención, como siempre. Habíamos quedado en vernos esa noche, después de mi cena y de su gala en el Consulado Británico. Se ofreció a ir hasta donde yo me alojaba en el Soho. No dudaba que cumpliría su palabra, pero aun así, que apareciera cuando dijo que lo haría tuvo algo que me emocionó.

—Sé por qué elegiste este lugar —dijo mientras se sentaba junto a mí en el banco a rayas color caramelo escondido en la esquina trasera.

—¿Sí?

Era oscuro, lúgubre, con lámparas de globo multicolores colgando del techo.

Asintió.

—El arte. Esa enorme *cabeza* que hay en el vestíbulo. ¿Qué es eso? ¿Es Martin Luther King?

Empecé a reírme.

—No. Eres gracioso. Es un Jaume Plensa.

—¿Un quién? ¿Un qué? —Se estaba aflojando la corbata.

—Jaume Plensa. Escultor español. Es bastante bueno.

—Es un poco inquietante, eso es lo que es.

Tenía razón. La cabeza esculpida se encontraba a unos tres metros de altura en el vestíbulo del hotel. Era un poco demasiado grande para las proporciones del espacio, lo que lo hacía todavía más llamativo.

—Y los perros. Hay como una jauría de perros salvajes hechos de papel. Perros de papel maché.

—Justine Smith. Es británica.

—Tiene sentido. —Se estaba quitando la chaqueta del traje y se detuvo para mirarme—. ¿Te sabes todo eso de memoria?

Asentí.

—Hace mucho tiempo que me dedico a esto. Además, no es la primera vez que me alojo aquí.

—Ja. —Pareció disminuir la velocidad para permitir que se asentara el subidón de dondequiera que viniera. Se centró en mí—. Estás impresionante.

—Tú tampoco estás mal.

—Dios. Guau.

Era nueva, mi Jason Wu. Comprada especialmente para este viaje. Una camiseta de tirantes con lentejuelas blancas y una falda de tubo color marfil. Combinado con unos tacones de Isabel Marant. Sexi, porque sabía que lo vería. Y porque, para ser honesta conmigo misma, quería dejarlo con ganas de más. Quería torturarlo.

—Ni siquiera puedo creer que estés conmigo. —Se rio mientras se desabotonaba los puños y se arremangaba.

—¿Por qué dices eso?

—Porque soy como un *niño*. Y está claro que tú no. Y lo digo de la manera más halagadora posible.

—Vale, no vuelvas a mencionar eso nunca más.

—Vale. —Sus manos alcanzaron la carta de cócteles—. ¿Vamos a beber?

—Ese era el plan.

Vi cómo examinaba la carta. A diferencia de Daniel, no necesitaba entrecerrar los ojos, ni siquiera en la penumbra.

Al rato apareció nuestro camarero. Elegí una mezcla de tequila, melocotón, chile y pimienta. Y, sin la menor vacilación, Hayes pidió un Laphroaig 10. Solo. El camarero, un hombre de unos treinta y tantos años, no pestañeó.

—¿*Whisky* escocés? —le pregunté una vez que se alejó de la mesa—. ¿Cuántos años tienes? ¿Sesenta?

Hayes se rio y se pasó las manos por el pelo, revolviéndolo de manera estratégica. Llevaba deconstruyéndose desde que llegó. No estaba segura de qué buscaba. Desaliñado pero elegante, tal vez.

—En Estados Unidos es menos probable que me pidan el carnet de identidad si parece que sé de lo que estoy hablando. Y —añadió— me gusta el sabor. Terroso.

Permitió que el comentario flotara en el aire. Y luego sonrió, coqueto.

—Eres de los que traen problemas.

—Pensaba que ya lo sabías...

—¿Cómo iba a saberlo? ¿Por uno de los muchos blogs? ¿Tumblr? Se rio.

—No los leas, son una basura. Prométeme que no los leerás.

—No tengo ningún deseo de hacerlo —dije. Debería haber añadido «otra vez». Habría sido más veraz.

Esa primera noche, después de nuestro almuerzo en el hotel Bel-Air, mientras los chicos saltaban en el escenario del Staples Center al otro lado de la ciudad, me encerré en mi habitación y busqué en Google «Hayes Campbell». La búsqueda reveló treinta millones de coincidencias, lo cual me pareció incomprensible. Y, entonces, presioné actualizar. Dos veces. Y luego, durante las siguientes tres horas, me bebí media botella de Shiraz mientras leí en sitio tras sitio todo lo relacionado con Hayes: noticias, fotografías, vídeos, blogs, *fan fictions*, odas a su cabello.

Todo el tiempo, Isabelle había estado al otro lado del pasillo hablando por teléfono con su amiga, sin darse cuenta de que su madre se estaba metiendo en la boca del lobo. De cabeza.

Pero aquí, en la intimidad del bar de un hotel, no sentía la ansiedad que sentí mientras buscaba en Internet. No sentía que lo estuviera compartiendo con sus veintidós millones de seguidores de Twitter. Aquí, esta noche, en este espacio, era mío. Él lo había dejado claro.

—No llevas puesto el reloj —dijo. Llevábamos dos copas y la multitud se había reducido un poco. La música se había suavizado y era un trip-hop atmosférico.

—No.

Deslizó la mano entre los dos y me rodeó la muñeca.

—¿Dónde está?

—Arriba.

—He llegado a depender de tu reloj.

—No es un TAG Heuer.

—No. Es un Hermès —dijo.

—Guau. Se te da bien.

Sonrió, su pulgar acariciando allí donde me latía el pulso.

—Últimamente me he vuelto muy bueno con los relojes.

No dije nada por un momento. Me limité a quedarme allí, dejando que su caricia me hipnotizara. Cuando su mano pasó de mi muñeca a mi muslo, me estremecí.

—Relojes, ¿eh?

—Relojes.

—¿Qué más se te da bien?

Abrió más los ojos y esbozó una de sus sonrisas pícaras.

—¿Es una pregunta con trampa? Vale, lo intentaré. Fútbol... tenis... esquí de pista... ajedrez... caza de zorros...

Me reí ante eso.

—¿Caza de zorros?

—Solo comprobaba si estabas prestando atención. —Deslizó los dedos por debajo del dobladillo de mi falda y me rozó la rodilla. Estaba prestando atención, vale.

»Remo... *squash*... bádminton... poesía... bailar *break dance*...

—¿El gusano?

—El gusano. —Se rio—. Te acuerdas de eso, ¿eh? Creo que así fue como te conquisté. —Sus dedos se movían sobre mi piel, sensuales.

—No sé. *Conquistarme* suena un poco fuerte. —Descrucé las piernas y vi cómo su mano se abría paso entre mis rodillas. Tenía unas manos grandes, labradas con belleza y con los dedos largos.

—Estabas interesada.

—Tal vez.

—Estás interesada ahora.

Asentí. Se me había empezado a acelerar el corazón. Me tomé la libertad de terminarme lo poco que me quedaba en el vaso. Se inclinó hacia mí. Pero no me besó, supuse que porque no estábamos solos. Porque había otra pareja dos asientos más allá y una habitación medio llena de extraños, seguramente con móviles. Puede que fuera lo mejor.

—Te toca, Solène. Dime qué se te da bien.

—Acuarelas. Francés. *Ballet*.

—¿*Ballet*? —Su mano había migrado hacia el norte y me presionaba el interior del muslo con los dedos.

—Solía bailar *ballet*. Era buena.

—¿Por qué lo dejaste?

—No era lo suficientemente buena.

—Mmm. —Asintió mientras sus dedos ascendían—. Sigue.

—Mmm… —Estaba perdiendo la concentración—. Correr. Cocinar. Pilates. *Spinning*.

—Intento imaginarte haciendo todo eso a la vez…

Me reí, inquieta, bajo el hechizo de su caricia. Temblorosa, ebria, mojada.

—Canto. ¿Lo he dicho? ¿Cómo se me ha podido olvidar? —Soltó una risita—. Canto. Se me da bastante bien. Escribo canciones. Doy conciertos. Se me da bien la gente. Me gustan los niños.

—No creo que debas hablar de que te gustan los niños cuando tienes la mano debajo de mi falda.

Esbozó su media sonrisa.

—¿Está debajo de tu falda?

—Está muy debajo de mi falda.

—¿Quieres que pare? —Empezó a retirarse. Le agarré la muñeca.

—No.

Acto seguido, se inclinó hacia delante y me besó. Su boca suave, ahumada por el *whisky* escocés, su lengua flexible. Fue breve, pero se había hecho entender.

Sus dedos persistieron, alternando la presión entre suave y fuerte.

—¿Sabes qué más se me da bien?

Asentí. Despacio.

—Vale. —Sonrió—. ¿Pedimos una habitación?

—Tengo una habitación.

—¿Vamos entonces?

—No.

Se rio.

—¿No confías en mí?

—No confío en *mí*.

—No te dejaré hacer nada que no quieras hacer. Prometido.

No pude evitar reírme.

—No voy a acostarme contigo, Hayes Campbell.

—Ohhh. —Dejó caer la cabeza—. ¿Hemos vuelto al nombre *y* apellido?

—Es quien eres, ¿no?

—Sí, pero es más la *idea* de mí que... Da igual —contestó—. Mira, no tenemos por qué acostarnos, podemos acurrucarnos y ya está. —Lo dijo con la mano derecha completamente entre mis muslos. Que no me estuviera tocando la ropa interior era una provocación calculada. *Acurrucarnos*, y una mierda.

—Está bien —accedí, respirando con dificultad—. Este es el plan. Vamos a subir. Vamos a tontear. *No* vamos a acostarnos. Y *no* vas a pasar la noche. ¿Trato?

—Trato.

Las habitaciones del hotel Crosby Street estaban hechas con elegancia: individuales, cálidas, eclécticas. Patrones inesperados y yuxtapuestos en colores relajantes. Maniquíes de modista a modo de arte. La luz era tenue cuando entramos y el ambiente, tentador. Apropiado para un encuentro amoroso.

—Me gusta —comentó Hayes, que colocó la chaqueta con cuidado sobre el brazo del sofá y se agachó para quitarse las botas.

—Te estás poniendo muy cómodo.

—¿No lo tengo permitido? ¿Eso no forma parte del trato?

Me reí ante su pregunta. Estaba claro que estaba más acostumbrado a esto que yo. Estar desnudo a nivel físico y emocional ante alguien cuyo segundo nombre no conocía. No quería calcular con qué frecuencia hacía esto.

—Lo último. —Sonrió y vació los bolsillos de los pantalones sobre la mesa de café. Un iPhone, una cartera, protector labial y un paquete de chicles. Notablemente ausente: un condón. O a lo mejor estaba en la cartera. O en el bolsillo de la chaqueta. Le estaba dando demasiadas vueltas.

—Quiero ver las vistas. ¿Quieres ver las vistas? —propuse con el fin de demorarlo, y atravesé la habitación y abrí las cortinas para dejar al descubierto las ventanas industriales que iban del suelo al techo. Manhattan por la noche tenía algo extraordinario: luces parpadeantes y un cielo índigo.

Me quedé allí un momento, con las manos presionadas contra los cristales fríos, preguntándome cómo había acabado aquí con el chico de los pósteres de Isabelle. Y lo que eso significaría para nuestra relación en el futuro. Me odiaría y, aun así…

—¿Estás nerviosa? —Hayes se acercó a mí por detrás y sus manos me recorrieron los brazos.

—No —mentí.

—No estés nerviosa, Solène. Solo soy yo.

Sí, ese era precisamente el problema.

Su cercanía, que había resultado tan tranquilizadora en el balcón del Four Seasons, aquí resultaba imprudente. De repente fui consciente de su altura, de su poder. Del hecho de que a lo mejor yo ya no estaba al mando.

Hayes lo notó. Deslizó los dedos entre los míos y me sostuvo las manos mientras se me pasaba el nerviosismo. Y luego, cuando había pasado suficiente tiempo, me rodeó con los brazos y me acercó más. Podía sentirlo, todo él, presionado contra mi espalda.

—Holaaaa —dijo, y me reí—. ¿Estás bien?

Asentí y me encontré con su mirada en el reflejo de nosotros que se formaba en el cristal.

—Estoy bien.

—¿Segura? —Se inclinó hacia delante y me besó el hombro desnudo.

—Segura.

—Bien. —Me besó una y otra vez. Y otra vez. Su boca se movía sobre mi hombro, hacia mi cuello, hasta el hueco justo detrás de mi oreja. Me inhaló y lo noté en los dedos de los pies. Su boca, su lengua, sus dientes en mi carne. Su mano se movió sobre las lentejuelas de la camiseta para acariciarme la garganta, tras lo que me inclinó la cabeza hacia la suya. Olía a jabón y a *whisky* escocés y sabía... cálido. Me volví hacia él, devorando su boca. Y oh, la sensación de tener su pelo en mis manos: espeso, suave y abundante. Puede que tirara demasiado fuerte.

Nos trasladamos a la cama.

Hayes se sentó en el borde y me colocó delante él.

—Solo quiero mirarte —dijo. Nos quedamos así, mis manos en su pelo, sus manos en mis caderas, corriendo de un lado a otro sobre la tela—. Dios, eres increíblemente sexi.

Me incliné para besarle los hoyuelos. Llevaban llamándome desde el Mandalay Bay. La ventaja que le había sacado a un defecto muscular...

—Me apuesto lo que sea a que les dices eso a todas las madres de tus fans.

Se rio y me deslizó las manos por el culo, a lo largo de los muslos, hasta el dobladillo de la falda.

—No, tanto no.

Notaba los anillos fríos en la parte posterior de las rodillas, provocadores. No había planeado hasta dónde quería que llegara la noche. No estaba segura de si existía un protocolo para las relaciones sexuales después del divorcio. ¿Segunda cita? ¿Tercera? Supuse que el protocolo era distinto al que se seguía cuando se tenía veinte años. La necesidad de que te respetaran por la mañana parecía menos apremiante. A lo mejor ya no importaba nada de eso. A lo mejor se trataba solo de la emoción. Y seguro que las estrellas de *rock* seguían reglas diferentes. Aquí, Hayes y yo éramos pioneros. Estábamos forjando un territorio nuevo. Inventando sobre la marcha.

—¿Sabes? —dijo, subiendo las manos, calientes contra mi piel—. Creo que esta falda te favorece mucho. De verdad. Pero creo que me gustaría más en el suelo.

Me reí.

—Eso sería práctico, ¿no?

Asintió y su boca encontró la mía.

—Pero en realidad —continué—, me interesa más ver qué eres capaz de hacer con la falda todavía puesta.

Hayes se rio, echando hacia atrás la cabeza.

—Aprecio el desafío.

—Lo sé.

Se desató la corbata y la lanzó sobre la cama antes de acostarse boca arriba.

—Ven aquí —ordenó. Obedecí, y me detuvo solo para quitarme los tacones con su correa a la altura del tobillo estilo *bondage*. Esta noche se habían ganado el sustento.

Hayes me colocó encima de él con facilidad y no tardé en percatarme de lo intrascendente que era mi ropa. Daba igual que todavía llevara la falda. Sentía su solidez debajo de mí, la amplitud de su pecho, la tensión de su abdomen. Sus muslos... Mierda, ¿eso era su verga?

—Oh.

—¿Oh? —repitió, sonriendo. Tenía una mano en mi pelo, la otra me cubría la mandíbula, y estaba moviendo el pulgar sobre mi boca.

—Oh, eso eres *tú*. —Me reí.

—Eso espero. En plan, espero que nadie más haya venido y haya usurpado mi lugar.

—¿«Usurpado»? —Le lamí el pulgar—. Me encanta lo correcto que eres.

—¿Sí? Porque puedo ser correcto toda la noche. O puedo parar... ¿Qué quieres, Solène?

—Quiero que me enseñes qué se te da bien.

Asintió y los labios se le curvaron en una sonrisa. Y luego, con poco esfuerzo, me puso boca arriba. Durante unos segundos se cernió sobre mí, su dominancia palpable.

—Avísame cuando quieras que pare.

Una vez más, se me empezó a acelerar el pulso. Sus dedos me trazaban la mandíbula, los labios.

—Dios, me encanta esta boca —dijo antes de pasar a mi cuello, deteniéndose en el hueco, y luego continuó hacia abajo, sobre el esternón y a través de la tela de la camiseta. Sus caricias eran mesuradas: leves, pero deliberadas. Y cuando me rozó los pechos con el dorso de la mano, me oí inhalar. Su respiración era superficial y tenía la boca cerca de mi oído, seductora. Me rozó la parte inferior del brazo con los dedos y me estremecí. Era una habilidad que fuera capaz de hacer que algo tan inocente pareciera sugerente.

No tardó en volver a ponerme la mano entre los muslos, obligando a mi falda a que se me subiera por encima de las rodillas.

—No voy a quitártela —dijo. Pero, en ese momento, ya no importaba. Lo habría dejado.

Se movió sobre mí y su boca se fundió con la mía. Con las caderas me inmovilizó contra la cama. Sus dedos, excitantes.

—¿Quieres que pare?

—No.

—¿Segura? —Su voz era baja, ronca. Había llegado a mi entrepierna con la mano y, para entonces, estaba tan mojada que era difícil discernir dónde terminaban mis bragas y dónde empezaba yo.

—Sí.

—Tampoco voy a quitarte esto —me aseguró al tiempo que acariciaba la fina tela con la mano—. Ni siquiera voy a echarlas a un lado... Y, *aun así*, voy a hacer que te corras.

Mantuvo su palabra.

No sé de dónde saqué la idea de que alguien de su edad sería demasiado entusiasta o inepto, o de que una persona en su posición estaría acostumbrada a que la consintieran y, por tanto, sería incapaz de devolver el favor. Pero Hayes disipó todos los mitos. Y lo hizo, de manera figurada, con una mano atada a la espalda. La forma en la que me tocó: sin prisas, concentrado, exacto. Sabía lo que hacía a la perfección. Aceleraba sus movimientos y luego disminuía la velocidad, una y otra vez, me llevaba al borde del abismo y luego se detenía, provocándome, una y otra y otra vez. Me introducía los dedos, me masajeaba el clítoris con el pulgar y con una presión intensa, y todo esto *a través* de la ropa interior. Dios le bendiga.

Me corrí. Y fue tan increíblemente intenso que por un momento pensé que me iba a desmayar. Allí, en los brazos de Hayes Campbell, en la habitación 1004 del hotel Crosby Street.

Durante mucho tiempo me quedé allí, temblando. Las extremidades entumecidas por el placer; la mente aturdida, incapaz de digerir la magnitud de lo que acababa de dejar que ocurriera. Lo que, si tuviera la oportunidad, dejaría que volviera a ocurrir. Me había embriagado tanto. Por su olor, su sabor y sus caricias. Por su aliento contra mi oído, su *whisky* escocés en mi lengua y sus putos dedos. Y el pensamiento ilícito de que apenas era un adulto y que no había permitido que eso me detuviera. Que no le había detenido a él.

Y, entonces, tuve la sombría revelación de que no me acordaba de la última vez que me había corrido con otra persona en la habitación. La sola idea de haberme negado eso durante tanto tiempo me golpeó. Fuerte.

Y allí, todavía en sus brazos, la mente empezó a irme a mil por hora y luché contra ello. No quería pensar en las repercusiones en ese momento. No quería pensar en Isabelle ni en Daniel ni en cómo lo verían mis clientes o las otras madres de la escuela Windwood (¡madre mía!). Quería disfrutar del resplandor un poco más. Saborear el regalo que me había dado.

No obstante, los pensamientos estaban ahí, justo bajo la superficie.

—¿Estás contenta? —preguntó, una vez que se me hubo calmado la respiración. No «¿estás bien?», «¿qué tal?», «¿cómo estás?». ¿Estás contenta?

Asentí al tiempo que intentaba encontrar la voz.

—Sí. Mucho.

—Bien.

—Estoy deseando ver cómo juegas al bádminton.

—¿Cómo? —Se quedó callado y, luego, hizo *clic*—. Sí. —Se rio—. Puede que se me dé un poco mejor esto que el bádminton.

—Por suerte para mí...

—Por suerte para ti, sí.

Nos quedamos tumbados un momento, acurrucados el uno con el otro, disfrutando de la tranquilidad de la habitación. Era un poco mágico, este tiempo intermedio. Este momento compartido. Pero sentía cómo volvían a surgir los pensamientos, la culpa, el pánico. En aumento. Y fui incapaz de detenerlo.

—Madre mía, ¿qué he hecho? —Me oí decir—. Se suponía que no era más que un almuerzo. Dios. ¿Qué estoy haciendo aquí contigo? Podrías ser mi *hijo*. Esto está muy mal. Tienes *veinte* años. Y eres una especie de estrella de *rock*. ¿En qué demonios estoy pensando?

Hayes se sentó a mi lado, con los ojos abiertos de par en par.

—¿Lo dices en serio?

La diarrea verbal me sorprendió tanto a mí como a él. Incluso mientras lo soltaba, reconocí que era muy estadounidense por mi parte y que mi madre se habría burlado.

—Más o menos, sí.

—¿Qué? ¿Ahora te sientes culpable? Hace dos segundos estabas contenta. *Muy contenta.*

—No me creo que te haya dejado hacer eso. Lo siento. Ha sido totalmente inapropiado por mi parte.

—¿Me estabas *forzando*? ¿Me he perdido algo? Ambos queríamos —dijo, sonando como el más racional. El adulto de la relación.

Lo miré entonces, todo despeinado con su camisa de Prada arrugada, el pelo suelto en cincuenta y una direcciones, los ojos cansados y un levísimo rastro de barba que le ensombrecía la mandíbula, y me vino el pensamiento de que era un hombre.

Necesitaba un momento.

—No me hagas caso. Es el pánico postorgasmo.

Se rio.

—¿Va a pasar siempre? Porque, si lo sé, lo anticiparé.

Sonreí.

—No. No va a pasar. No debería.

—Lo digo en serio, Solène. No puedo... No puedes entrar en pánico de esa forma. No me van las mujeres que entran en pánico. Te imaginaba diferente.

—¿Que tú *qué*?

—Joder. Lo siento. Es que...

—Ven aquí. —Estiré la mano hacia él.

—Joder —repitió mientras se tumbaba a mi lado.

Se quedó callado un momento. Y luego:

—Una vez, cuando estábamos en Tokio, hubo una chica que... Da igual. No quiero hablar de ello. Solo prométeme que no entrarás en pánico.

—Vale. —Sonreí—. Prometido.

Se volvió a incorporar.

—Y te pregunté, ¿verdad? Te pregunté si estabas bien. Varias veces. ¿Verdad? —Parecía inseguro.

—Sí, lo hiciste.

—Solo quiero asegurarme de que no estoy perdiendo la cabeza.

Era fascinante ver su ansiedad. Las cosas que lo atormentaban. No podía ni imaginarme cómo debía de ser su vida y la de los otros chicos del grupo. Sin saber en quién confiar y preocupados de que algo pudiera ser utilizado en su contra en cualquier momento. Supuse que había mucho en juego.

—Y no dejes que esa tontería de estrella de *rock* te afecte —dijo mientras se volvía a tumbar—. Porque no es real, es una estupidez. Es una *idea* y no es quién soy y... contigo voy a ser real siempre, ¿vale?

»Joder, qué tarde es —añadió, mirando su reloj—. Tengo que levantarme a las seis de la mañana. Es decir, dentro de tres horas y media. Y llevo despierto desde las cuatro. Dios, solo quiero un puñetero descanso.

—¿Ese es el reloj?

—Sí. ¿Qué te parece?

—Bonito.

—Es un poco elegante, ¿no? Es el Carrera... Carrera Calib-algo... No me acuerdo. Es tarde.

—Es un reloj muy bonito.

—Creo que es demasiado elegante para mí —dijo mientras se lo deslizaba por la muñeca para quitárselo—. Es más sofisticado de lo que suelo ser. Toma, pruébatelo tú.

Dejé que me pusiera el reloj. Era de acero inoxidable: limpio, masculino, elegante.

—Vaya, te queda muy bien. Quédatelo.

—No, gracias.

—Lo digo en serio. Te queda bien y lo más probable es que no me lo vaya a poner. Me han dado otros dos. Quédatelo.

—No voy a quedarme tu reloj —aseguré, entregándoselo.

—Vale, entonces tómatelo como un préstamo.

—Hayes, no soy la mujer que va a aceptar regalos como este de ti. Gracias, pero no.

—No pienses en él como un regalo. Te lo estoy prestando. Si te lo presto, me aseguro de que tendrás que volver a verme.

—¿Todavía quieres volver a verme? ¿Incluso después de que entrara en pánico contigo?

Asintió con la cabeza y por su amplia boca se extendió una sonrisa perezosa.

—Sí. Porque tienes que devolverme el favor. Y estoy demasiado agotado como para dejar que eso pase ahora.

Me eché a reír.

—¿En serio? ¿Conque vamos a repetirlo porque te lo *debo*?

—Sí. —Se rio, tras lo que se sentó y se movió hacia el otro extremo la cama—. Y porque hay muchas más cosas que quiero hacerte, pero estoy demasiado hecho polvo como para pensar en ellas.

Me incorporé y vi cómo recogía sus cosas, se abrochaba las botas, se alisaba el pelo y se aplicaba bálsamo labial.

Volvió a la cama para darme un beso.

—Ha sido divertido —dijo, despacio, sensual, con los párpados pesados—. Me gustas mucho.

—Tú también me gustas mucho.

—Gracias por darme el placer.

—Lo mismo digo.

Al salir de la habitación, se detuvo y dejó el TAG Heuer sobre el aparador decorado con plantillas que había en la esquina.

—El mes que viene estaré en el sur de Francia. Puedes devolvérmelo allí.

Y, tras eso, se marchó.

Côte D'azur

Sabía que iba a ir. La forma en la que lo dejó colgando en el aire...
como un caramelo. Un señuelo muy muy dulce. La forma en la
que lo dijo. Como si no tuviera elección. La forma en la que encajó
en mi agenda. Con facilidad.

Le pedí a la agencia de viajes de la galería que se encargara de
los preparativos: un rápido desvío a Niza después de la Art Basel.
Le mentí a Lulit y le dije que iba a visitar a mi familia. Le mentí a
mi familia y les dije que iba a ver a unos clientes. Intenté ser sincera conmigo misma. Este acuerdo no era más que físico. Carnal.
Nada más, nada menos. Y saber eso, pensé, me permitiría disfrutar del viaje.

Debería haber sido capaz de lograrlo: sexo sin culpa, sexo sin
vergüenza, sexo sin expectativas. Los franceses llevaban siglos haciéndolo. Lo llevaba en el ADN. Seguro que podía aprovechar esa
parte de mí que no había aflorado todavía. Tres días en la Riviera
con un chico guapo y sin ataduras. No me lo pensaría demasiado.
Iría, me divertiría y luego volvería a mi vida. Y nadie se daría cuenta. Habían pasado tres años. Me lo merecía.

La semana antes de irme a Suiza, Isabelle y yo pasamos el fin de
semana en Santa Bárbara. Las dos solas, en el Bacara Resort, recuperando el tiempo de madre e hija que le había prometido. Se iba
a Maine a un campamento de verano a finales de mes y estaría

fuera hasta mediados de agosto. Al igual que todos los años, la separación próxima pesaba sobre mí. La idea de que volvería junto a mí cambiada para siempre, de una forma u otra. El tiempo escapándosenos a las dos.

La tarde del sábado, estiramos una manta en un promontorio con vistas al océano y nos dispusimos a plasmar el paisaje con acuarelas. Pintar una al lado de la otra se había convertido en una especie de ritual. Temía el día en el que lo dejara atrás.

La observé mientras pintaba con trazos amplios y seguros, confiada en su habilidad artística. La nariz torcida por la concentración, un mohín francés. Llevaba el pelo largo recogido en la base del cuello, sujeto con un lápiz, como solía llevar yo el mío cuando iba a clases. A pesar de su independencia, seguía siendo mi mini-yo. Eso nos maravilló cuando era pequeña. Aquellas primeras semanas en casa después del hospital, cuando todo era nuevo y estaba lleno de asombro. Daniel y yo nos tumbábamos en la cama para abrazarla y contemplar sus rasgos, cada uno de sus pequeños movimientos. Descubriendo lo que era mío y lo que era suyo y lo que era, sin duda, de Isabelle. Enamorándonos de ella, y el uno del otro, de nuevo.

—¿Crees que volverás a casarte, mamá?

Salió de la nada. Las grandes preguntas siempre lo hacían.

—No lo sé, peque. Tal vez…

Se quedó callada un momento, rellenando su cielo.

—¿Por? ¿Por qué lo preguntas?

Isabelle se encogió de hombros.

—Me lo pregunto a veces. No quiero que te sientas sola.

—¿Sola? ¿Crees que me siento sola? —Me reí, incómoda—. Te tengo a ti.

—Lo sé, pero… —Se detuvo para mirarme—. Quiero que seas feliz.

No sabía de dónde venía todo aquello. Al principio, me había pasado mucho tiempo asegurándole que estaba bien. Que el divorcio era lo mejor para todos. Que Daniel y yo seríamos más felices separados y que eso, a su vez, nos haría mejores padres. Me costó mucho consuelo y dieciocho meses de terapia, pero últimamente el tema no había vuelto a aparecer.

—*Soy* feliz, cariño —le aseguré, y volví a mi caballete improvisado—. Tengo todo lo que necesito.

Sonaba sincero.

Me observó durante un rato. Escrutando mi horizonte, el encuentro entre el violeta y el cerúleo. Y entonces:

—Creo que papá se va a casar con Eva.

Fue una patada en el estómago.

—¿Por qué dices eso?

Se encogió de hombros, evasiva.

—¿Te ha dicho algo?

—Creo que me está tanteando —respondió.

Lo sentí: la opresión familiar en el pecho. Habían pasado años, pero ahí estaba, esa sensación densa y pesada de algo perdido.

—¿Por qué? ¿Qué te ha dicho?

Volvió a encogerse de hombros y apartó la mirada. Vi cómo se esforzaba para hacérmelo más fácil.

—¿Isabelle?

—Me dijo que tú siempre serías mi madre. Pasara lo que pasara. Que nada iba a cambiar eso.

Lo había dicho con monotonía, con poca emoción. Pero todo estaba ahí.

—Oh.

Durante un momento, ninguna de las dos habló, perdidas en nuestros pensamientos. El sonido de las olas. El sol brillando sobre el agua.

—Pensé que sonaba como si estuviera intentando prepararme para algo. Pensé que tú también deberías estar preparada.

Las preocupaciones de Isabelle se quedaron conmigo. No se lo comenté a Daniel porque no me correspondía. Pero me quedé con la mosca detrás de la oreja. Así pues, me fui a Europa con un pequeño vacío en el corazón. El que yo creía que se había curado. Y me esforcé por olvidar que estaba ahí.

Hayes y sus compañeros de banda se alojaban en una fabulosa villa en Cap d'Antibes. Solo iban a estar allí una semana antes de irse a grabar a un estudio de última generación situado en Saint-Rémy-de-Provence. Según él, se trataba de un lujo, ya que la mayoría de las veces grababan en habitaciones de hotel entre concierto y concierto. Hayes y Oliver, y en ocasiones Rory, componían la mayor parte de las canciones junto a sus productores a altas horas de la noche, y los chicos introducían las pistas vocales en el estudio improvisado, con colchones apoyados contra las paredes para la acústica. No había descanso para los agotados.

En el tiempo transcurrido desde la última vez que lo vi, habían terminado la parte estadounidense de la gira *Pequeños deseos*, habían pasado dos semanas relajándose en casa y se estaban preparando para su próximo álbum. Era una máquina, me había explicado. Los ordeñaban doce meses al año para alimentar a una comunidad de fans creciente que no parecía obtener suficiente de estos cinco chicos.

—Es como si hubiera un reloj haciendo tic-tac. Una fecha de caducidad —dijo una noche por teléfono desde Londres—. Creo que tienen miedo de que nos salga pelo en el pecho y de que nuestras fans se levanten y desaparezcan. Por lo que intentan sacarnos todo el dinero que puedan. Pero nos vendría bien un descanso. Take That están trabajando en otro álbum, y los New Kids siguen haciendo cruceros y tienen más de cuarenta años. Siguen teniendo fans incondicionales. Pero ambos se tomaron un descanso.

—¿Quieres seguir dedicándote a esto a los cuarenta? —La idea parecía absurda.

—No lo sé. Creo que simplemente quiero dedicarme a ello hasta que deje de ser divertido. A veces pienso que eso podría ser más pronto que tarde. Pero mira a los Rolling Stones. Siguen pasándoselo en grande.

August Moon *no* era los Rolling Stones. Pero no quería ser yo quien se lo dijera.

❧❧❧

El lunes por la mañana, después de la clausura de la Art Basel, volé directamente a Niza y apenas me dio tiempo de deshacer la maleta y ducharme en mi hotel de Cannes antes de que Hayes enviara un coche y un chófer a buscarme. Rechacé su oferta de quedarme en su villa, ya que no me gustaba la impresión que daba, pero acepté reunirme con él por la tarde.

La finca de Domaine La Dilecta era impresionante. Las puertas de hierro se abrieron para revelar un camino laberíntico, acres de césped exuberante, una casa de huéspedes de tamaño considerable, una villa majestuosa en lo alto de la colina; blanco puro contra un cielo azul. Podría acostumbrarme a esto, a vivir como una estrella de *rock*.

Estaba de pie debajo del pórtico. Alto y de caderas estrechas, vestido de negro de pies a cabeza y las Ray-Ban Wayfarer. Sus vaqueros, más ajustados que los míos.

—Conque... —dije mientras salía del coche—. ¿Esto eres tú?

Sonrió y se inclinó hacia mí. Oh, su olor.

—Esto somos *nosotros*.

—No está mal la casa.

—Ya. —Se encogió de hombros—. Es lo que consigues con treinta millones de discos. Bienvenida. ¿Sin equipaje?

—Te lo dije, no voy a quedarme.

—Claro. —Esbozó su media sonrisa, y sus hoyuelos me llamaron—. Sin presión.

Me tomó de la mano y me condujo al interior de la casa, a través del vestíbulo y escaleras arriba hasta la planta principal, tras lo que pasamos por una habitación tras otra de gran tamaño. La arquitectura era art déco y la decoración, ornamentada. No era mi estilo en particular, pero aun así era impresionante.

—¿Todo bien en la Basel?

—Todo bien en la Basel.

—¿Has vendido una plétora de arte? —Sonrió. Tenía la piel bronceada, bañada por el sol de la Riviera.

—Una plétora de arte. —Mi risa resonó sobre los suelos de mármol.

Había sido una semana de beber, cenar y adoptar una pose en una variedad de idiomas: inglés, francés e italiano, algo de alemán y japonés. Lulit se había quejado del hecho de que, a pesar de los tres títulos de la Ivy League que teníamos entre las dos, todavía se reducía todo a la longitud de nuestras faldas, pero nos habíamos apegado a nuestro mantra («Ve. A. Vender. Arte. A hombres blancos ricos»). y vendimos todo nuestro *stand* en la feria.

—Este lugar es enorme.

Hayes y yo habíamos entrado en un salón. Había un piano de media cola en el centro, y pasó los dedos por las teclas mientras caminábamos. El movimiento fue simple y, sin embargo, la melodía que produjo fue tan pura que permaneció conmigo.

—Tienes que ver el resto del terreno —dijo mientras seguimos cruzando el espacio—. El regalo de la discográfica. Un poco de «¡Bien hecho, muchachos! Divertíos un poco y luego volved a trabajar, ¿vale? Pero si estáis dispuestos a escribir algo mientras tanto, no os lo impediremos».

Abrió un par de puertas que daban a una gran terraza, lo que reveló el patio en todo su vasto y verde esplendor. Un poco más abajo había una piscina considerable, una espléndida caseta con piscina, y mucho, mucho más allá de las colinas y el horizonte de árboles, estaba el Mediterráneo.

Ambos nos quedamos allí durante un minuto, absorbiéndolo. Apenas era capaz de distinguir algunos cuerpos postrados en las tumbonas que había junto a la piscina. Pero, aparte de eso, parecía que teníamos el lugar para nosotros solos.

—Bueno —continuó Hayes—, estaremos aquí unos días más y luego nos dirigiremos al estudio para trabajar en *Sabio o desnudo*.

—¿*Sabio o desnudo*?

—El nuevo álbum.

—Oh. ¿Cuál de los dos eres tú?

Se rio.

—¿Cuál te gustaría que fuera?

—Lo ideal sería ambos.

—¡Ja! Eso es tontear, no discutir.

—Se te está empezando a dar bien.

—Tengo una profesora excepcional. Ven a conocer a nuestros amigos.

Lo seguí hasta el jardín y atravesé la amplia extensión de césped.

—¿Dónde está todo el mundo?

—Liam y Simon han tomado la barca para ir a montar en moto acuática con Nick y Desmond, un par de nuestros hombres de seguridad. Oliver está jugando al tenis en la pista con Raj. Trevor y Fergus, también de seguridad, están en el gimnasio. Y Rory... Creo que Rory se está echando una siesta bien merecida. —Se rio ante eso.

Y, entonces, lo entendí.

Tumbadas junto a la piscina había tres mujeres jóvenes, con unas siluetas sublimes, en varios estados de desnudez. Si no hubiera mantenido una conversación sincera conmigo misma acerca de sentirme cómoda con el hecho de que lo más probable era que iba a ser veinte años mayor que el resto de los regalos para la vista ofrecidos en el viaje, podría haber reaccionado de manera diferente. Podría haber regresado corriendo a mi hotel. A Los Ángeles. Pero lo había racionalizado comprando bañadores en Barneys. Y durante el vuelo a Suiza. Y otra vez, justo ahora, en el camino desde Cannes. Estaba aquí porque Hayes quería que estuviera. Y tener casi cuarenta años y haber dado a luz y amamantado a una niña no cambiaba nada de eso.

Hayes procedió a presentarme a sus invitadas. En un rincón, la novia de Oliver, Charlotte: una morena de piel de porcelana y en bikini que se había separado de las demás con la ayuda de un sombrero de gran tamaño y un iPad. Me sonrió desde su lugar bajo el sol, bebiendo Vittel y abriendo pistachos con la delicadeza de una duquesa.

Y en la otra esquina, las francesas Émilie y Carine. Las había confundido por gemelas, pero Hayes me dijo que no lo eran. Eran lugareñas, amigas de Rory, de una belleza maravillosa y ridículamente jóvenes, con braguitas de bikini negras a juego. Y gafas de sol.

—*Ça va?* —Asentí en su dirección. Crecí veraneando con chicas así. Solo paré de sentirme intimidada en cuanto me di cuenta de que la mezcla particularmente agresiva de bronceado competitivo, cigarrillos y Bordeaux las alcanzaba cuando llegaban a los treinta y dos años más o menos. Pero ahora podía apreciarlas por toda su belleza núbil. Supuse que Hayes también.

—*Avez-vous du feu?* —preguntó la que tenía los pechos un poco más perfectos.

—*Non, desolée. Je fume pas.*

—*Tant pis, alors.* —Sacudió su cabeza rubia.

Hayes me llamó desde el otro lado de la piscina. Alguien había preparado un delicioso banquete: crudités, fruta fresca y una selección de bebidas frías.

—¿Vino rosado?

—¿Cómo? ¿Nada de *whisky* escocés? —Me acerqué a él.

—Donde fueres...

—Tu amiga Émilie...

—La amiga de Rory —me corrigió mientras servía el vino.

—La amiga de Rory. Me ha llamado de *vous.*

—¿Y?

—Supongo que se piensa que soy tu madre. O que trabajo aquí.

—¿En serio? —dijo, y me entregó una copa llena. Y luego, antes de que pudiera darle un sorbo, me agarró la cabeza con ambas manos y me besó con firmeza en la boca—. Bueno... pues ya no lo piensa.

No sabía cómo, pero había conseguido olvidar lo maravillosa que era su boca. Suave, tentadora.

—Igual deberías volver a hacerlo. Solo para estar seguros.

—Solo para estar seguros —repitió. Y, acto seguido, me complació.

Cuando, al rato, se apartó, sentí los ojos de las chicas sobre nosotros. Incluso Charlotte, que todavía estaba abriendo pistachos.

—No es que no haya sido divertido —dijo en voz baja—, pero creo que no debería importarte lo que piense.

»Venga. —Agarró su copa—. Vamos a dar un paseo.

—Las chicas francesas, ¿cuántos años tienen? ¿Doce? —pregunté una vez que estuvimos lo suficientemente lejos como para que no nos oyeran.

Se rio.

—Dieciocho.

—¿Lo sabes a ciencia cierta?

—Desmond comprobó sus carnets de identidad.

Hice una pausa durante unos segundos para encontrarle un sentido.

—¿Eso es lo que hace Desmond? ¿Desmond verifica los carnets de identidad?

Hayes sonrió.

—Nadie menor de dieciocho años en las instalaciones. Esa es la regla.

No pude evitar reírme.

—Nadie me ha pedido *mi* carnet de identidad.

—Yo respondí por ti. Ven aquí. —Me agarró de la barbilla con la mano libre y me besó—. *Doce* años… —Se rio.

—A mí me parece que tienen doce años.

—Isabelle tiene doce años. Isabelle no es *así*. Todavía.

Le lancé una de mis mejores miradas fulminantes.

—Es broma. Isabelle no va a ser *nunca* así. Va a pasar directamente de los doce a los sesenta. Sin pararse en el medio.

En ese momento, miré hacia la piscina. Una de las chicas estaba echándole aceite en la espalda a la otra. ¿Esta era la vida real?

—Aahhh, Francia…

Hayes sonrió de oreja a oreja.

—Es como un regalo.

—Me lo imagino. Imagino que estar en una *boy band* también es como un regalo.

—A veces. —Le dio un sorbo a la copa.

—¿Solo a veces? ¿Cuándo no es un regalo?

—Cuando la mujer a la que estás intentando impresionar te recuerda que estás en una *boy band*.

—*Touché* —contesté. Estábamos caminando por el césped hacia la esquina sur de la propiedad—. ¿Estás intentando impresionarme?

—¿No era evidente?

—Estoy aquí, ¿no?

—Pero no has traído nada de equipaje.

—Tengo *esto*. —Sonreí y le enseñé el bolso de gamuza estilo hobo de Céline, perfecto para todo menos para llevar una muda de ropa.

—¿Dentro hay un cepillo de dientes?

—Eres malo...

—Si no, no me interesa.

—Me follarías aunque no haya traído cepillo de dientes.

Hayes se detuvo en seco y se subió las gafas de sol a la cabeza.

—Acabas de usar la palabra que empieza por «f».

—¿Te imaginas?

—Lo he hecho. Desde hace dos meses —admitió—. Te das cuenta de que esto lo cambia todo, ¿verdad? Estaba intentando ser un caballero, pero ¿para qué molestarme?

Sonreí y bebí vino.

—Me gusta que seas un caballero.

—Tú, Solène Marchand, eres muy compleja. Lo cual me parece increíblemente atractivo.

—¿Como cuando se abre una flor?

Tardó un momento en acordarse antes de sonreír.

—Como cuando se abre una flor.

Un repentino resplandor de luz llamó nuestra atención, y Hayes y yo alzamos la vista y vimos un carrito de golf que se acercaba a toda velocidad hacia nosotros desde donde supuse que se encontraban las pistas de tenis. Rory estaba al volante, Oliver iba a su lado, con las largas piernas extendidas sobre el salpicadero, y

Raj estaba sentado en el banco de atrás. Eran todo un espectáculo. Piel juvenil bronceada, rasgos cincelados. Como si hubieran salido de las páginas de un catálogo...

—¡Hola, chicos! —gritó Rory, que detuvo el carrito de forma abrupta junto a nosotros—. ¿A dónde vais? Hola, creo que no nos hemos visto antes. Soy Rory.

—Solène.

—*Enchanté* —contestó con un marcado acento de Yorkshire. Tenía una sonrisa torcida y tatuajes aleatorios en los brazos, y aun así le veía el atractivo. Los ojos oscuros y caídos, los collares de cuero, la barba incipiente en el rostro por lo demás juvenil.

—De hecho, sí que os habéis visto —intervino Hayes—. En Las Vegas.

—¿Este año?

—¿Qué tal en Suiza? —inquirió Oliver, lo que me desconcertó. Llevábamos sin hablar desde aquella noche en el Mandalay Bay y, aquí, se sabía mi itinerario. Hizo que me preguntara cuánto se contaban estos chicos. Mi mente volvió al hotel Crosby Street. ¿Qué le había contado Hayes, si es que le había contado algo?

—Suiza ha sido una maravilla, gracias.

Sonrió y asintió despacio. No fui capaz de discernir lo que estaba pasando detrás de sus gafas de aviador con montura dorada.

—Me alegro de verte, Solène. —Raj agitó la mano a modo de saludo. Con un polo y unos pantalones cortos de madrás, parecía menos un prodigio de los negocios y más el sexto miembro de la *boy band*.

—¿Venís de la piscina? ¿Siguen ahí las gemelas? —Rory arqueó una ceja.

—No son gemelas, ya lo sabes, hombre. Ni siquiera son hermanas. —Hayes se rio.

—Déjame tener la fantasía.

—Simon, Liam y los demás están de vuelta —informó Raj—. El partido es a las seis. Benoît está asando langosta. Podemos comer a las ocho. Y Croacia y México no empezará hasta las diez.

Sentí como si estuvieran hablando en código.

—¿Qué partido?

—Países Bajos y Chile —respondió Hayes. Y, cuando mi expresión indicó que no había registrado nada, añadió—: El Mundial.

—Oh. Claro.

—Va a ser un partido increíble —dijo Oliver—. Espero que te quedes.

—Todavía no hemos decidido lo que vamos a hacer —contestó Hayes, que me rodeó la cintura con el brazo de una manera que me pareció posesiva—. Ya te avisaremos.

—Está bien, ¡nos piramos! —anunció Rory.

—Bonito reloj —comentó Raj mientras se alejaban.

Hayes se rio.

—Me lo está manteniendo caliente. ¡Solo puedo llevarlos de uno en uno!

»No tenemos por qué quedarnos —añadió una vez que estuvimos solos de nuevo—. Va a haber mucho jaleo y alboroto, y si prefieres no hacerlo, lo entiendo. Podemos salir a cenar. O podemos volver a tu hotel, o… lo que te haga sentir más cómoda.

Había algo en Hayes cuando era cortés que me ponía mucho. La idea de que, por muy famoso que fuera, tenía una educación que perduraría.

—¿Sabes qué? ¿Por qué no vamos a tu habitación? —Mientras lo decía, noté cómo se me sonrojaba el rostro. No era propio de mí. Pero nada de esto lo había sido. Estaba *redefiniéndome*. Esta era yo tratando de divertirme. Esta era yo tratando de que no me importara.

Abrió los ojos como platos.

—¿Ahora?

—Sí. Ahora. ¿Por qué? ¿No está ordenada? —Le sonreí.

—Oh… está *ordenada*.

—Pues entonces bien.

—Pero pensaba que no querrías… verla… tan temprano.

—Bueno, solo vamos a mirarla, ¿verdad? —dije, y me acabé el vino rosado.

—Sí. —Asintió, todo hoyuelos—. Solo vamos a mirarla.

No tardamos mucho tiempo en regresar a la casa y subir a la *suite* de Hayes. Estaba, como todo lo demás en Domaine La Dilecta, lujosamente decorada: una mezcla ecléctica de muebles, varias obras de arte tridimensionales y trampantojos en las paredes.

—Conque aquí es donde ocurre la magia —dije, y solté el bolso sobre un sillón que había en la esquina. En la sala principal había un nicho hundido, luminoso y con unas magníficas vistas envolventes.

Hayes se rio y dejó el vino.

—¿Magia? Cero presiones.

—Ninguna en absoluto. Madre mía, esto es como Versalles.

—Creo que iban a por *algo*.

—¿*Algo*? —Me acerqué a él.

—*Algo* —repitió, agarrándome la cintura y atrayéndome hacia él—. Estás tan preciosa que te follaría ahora mismo.

—Has dicho la palabra que empieza por «f».

—Has empezado tú.

—Puede ser. —Me estremecí. Sus dedos se habían abierto paso por debajo del dobladillo de mi blusa y los noté sorprendentemente fríos contra mi piel.

—¿Tengo las manos frías? Lo siento —dijo, pero no las apartó.

Me quedé allí, inhalándolo. Maravillándome por la facilidad con la que logró abarcar mi cintura, lo que hacía que me sintiera frágil, casi rompible. Sus pulgares recorriéndome las costillas inferiores y alternando con acariciar la tela de la camiseta.

—Me gusta la blusa —comentó.

Era blanca, sin mangas, transparente en algunas zonas, con volantes en otras y, en suma, muy femenina. Con ella me sentía como una chica, y reconocía que ese era el motivo por el que la compré para este viaje. Para que no pareciera la madre de alguien.

—¿Vas a quedarte ahí contándome las costillas o piensas besarme?

Sonrió, sus ojos de un verde indudable.

—Te gusta que te bese.

—A ver, he venido hasta aquí…

—Pensaba que habías venido para devolverme el reloj.

—¿Quieres que te lo devuelva?

Sacudió la cabeza.

—Solo quiero mirarte un momento.

—Llevas más de una hora mirándome.

—Sí, pero antes intentaba no ser obvio al respecto. Ven aquí.
—Me condujo hasta el sofá cama que había contra la pared del
fondo y me sentó sobre su regazo.

Podía sentirlo a través de sus pantalones. Oh, las maravillas de
los veinte.

—¿Quieres que te bese, Solène? —Tenía las manos en mi pelo,
apartándomelo de la cara, tras lo que me envolvió el cuello.

—Sí. —Asentí—. ¿Crees que podrás gestionarlo?

—Veré lo que puedo hacer.

⁕⁕⁕

No llevábamos ni cinco minutos cuando me distrajo una serie de
llamadas que me llegaban al móvil. Lo oí vibrar en mi bolso. Al
otro lado de la habitación, en la silla, mientras tenía la boca de Hayes contra el cuello y sus manos en la parte trasera de la blusa. Intenté ignorarlo.

Luego, las llamadas pasaron a mensajes, uno tras otro. Me alejé de él un momento e intenté hacer los cálculos. ¿Qué hora era en
Los Ángeles? ¿Boston?

—¿Quieres responder? —Tenía las manos sobre mis pechos,
sobre el sujetador, y me estaba acariciando los pezones con los
pulgares a través de la tela transparente. Negro, seda, ridículamente caro, comprado a propósito para este viaje. *Responder* era lo
último que quería hacer.

Las ocho y veinticinco de la mañana, caí. Once veinticinco en
la zona horaria del este.

—No.

—¿Segura?

—Sí.

—Vale. —Sonrió y, despacio, me quitó la blusa—. Holaaa. —Esa cara.

—Hola a ti.

Enganchó el dedo debajo del tirante del sujetador antes de deslizarlo por mi esternón y sumergirlo dentro de la semicopa. Provocando. Alzó la vista, como para preguntarme si me parecía bien, antes de echar la tela hacia un lado y bajar la cabeza. Me quedé sin aliento cuando su lengua entró en contacto con mi pezón. Joder, joder, joder. ¿Qué tenía estar con él que hacía que me sintiera como si todo estuviera sucediendo por primera vez?

Entrelacé los dedos en su pelo mientras me desabrochaba el cierre y me agarraba los pechos con las manos.

—Dios, todo en ti es perfecto —dijo. Eso era justo lo que una mujer de casi cuarenta años quería oír sobre sus pechos.

Me estaba deleitando con el olor de su cabello y la sensación de su boca cuando lo volví a escuchar, mi móvil. Me cago en todo.

Esperé a que me llegaran dos mensajes más antes de intentar detenerlo.

—Hayes… Hayes.

Levantó la cabeza despacio.

—Creo que debería asegurarme de que no es una emergencia.

Asintió y sus ojos sostuvieron los míos mientras terminaba de quitarme el sujetador y lo colocaba a su lado en la cama.

—Ve —dijo, coqueto—. Pero vuelve junto a mí.

Había tres llamadas perdidas y mensajes de voz de Isabelle. Seguido de cinco mensajes:

Dónde estás?

Por favor, llámame!!

Es urgente!!!

Mamá!!!!!!!

Mami!!!!!

Mierda.

—Lo siento. Tengo que responder. Es Isabelle.

Estaba reclinado en el sofá cama, con los brazos entrelazados detrás de su hermosa cabeza y las largas piernas colgando del borde.

—Haz lo que tengas que hacer. Esperaré.

Isabelle respondió nerviosa. Frenética, lo cual no era típico de su comportamiento.

—Holaaa. ¿Qué pasa?

—¿Por qué no estás aquí?

—Porque, cariño, tenía que venir a la Basel. Ya lo sabes. ¿Va todo bien? ¿Qué ocurre? —Tenía la sensación en la boca del estómago de que había ocurrido, que Daniel le había propuesto matrimonio. Y que iba a tener que ser fuerte por ella, a más de nueve mil kilómetros de distancia y sin camiseta. Y que iba a tener que mentirle y decirle que eso no iba a cambiar nada, aunque en el fondo sabía que sí. Y que Hayes iba a ser testigo de todo.

Me crucé el brazo sobre los pechos «todo en ti es perfecto» y me preparé para lo peor.

—Deberías estar aquí. —Había empezado a llorar—. Te *necesito*.

—Izz…, ¿qué ha pasado?

—Me ha bajado la regla.

Me hundí en el sillón, aliviada.

—Izz, eso es genial. Es *maravilloso*. ¡Enhorabuena!

—No es maravilloso. No estás aquí.

—Lo sé, cariño, lo siento. Pero de todas formas nos hicimos a la idea de que había muchas probabilidades de que sucediera este verano mientras estuvieras en Maine. —Esta era yo tratando de desviar el hecho de que era una madre ausente que estaba vagando por el sur de Francia con estrellas de *rock* mientras mi hija experimentaba su primer y verdadero hito relacionado con el paso de ser niña a adulta. Era lo peor.

Se quedó en silencio un momento. Yo estaba contemplando el césped, el largo camino que serpenteaba colina abajo, lleno de verde.

—He manchado las sábanas —susurró.

—No pasa nada, puedes lavarlas. Utiliza agua fría. Pero hazlo ya, ¿vale? No esperes.

—Y no tengo nada, ya sabes, aquí.

—Nos encargaremos de eso. ¿Dónde está papá?

—Ha salido a correr.

—Vale. Puede pasarse por la farmacia antes de ir a trabajar.

—No voy a *decírselo*.

Noté cómo se estaba volviendo a alterar al teléfono.

—Isabelle, es tu padre.

—Es un *chico*.

Sonreí y miré hacia el nicho. Contra la pared del fondo había un estuche de guitarra. Hayes estaba en la misma posición en el diván, con los ojos cerrados. No estaba segura de si estaba dormido o simplemente acostado muy quieto, escuchando.

—Cielo, es tu padre. No es un *chico* solamente. Te lo prometo.

—No, no pienso contárselo. —Hizo una pausa—. Díselo tú.

—De acuerdo, le diré…

—No, no se lo digas.

Me reí.

—¿Dónde está Eva?

—En la ducha, creo.

Odiaba optar por esa opción. Odiaba saber que sería la primera en abrazarla, compartir miradas y codazos de complicidad y recorrer con ella los pasillos de la farmacia en busca de compresas con alas. Como una hermana mayor amigable o una tía cool y no la zorra de propiedad intelectual que se estaba acostando con su padre. Pero era inevitable.

—¿Te sientes cómoda hablando con Eva? —pregunté.

Se quedó un momento en silencio.

—No sé. Supongo…

—No es un chico.

—No es mi madre.

Eso dolió y sentó bien al mismo tiempo.

—Perdón por no estar ahí, Izz. De verdad. Lo siento. Te quiero.

—Yo también te quiero. Date prisa y vuelve a casa, ¿vale?

En ese momento, apareció un Range Rover negro seguido de dos coches más pequeños. Simon y Liam habían vuelto. Me vino el pensamiento de que a lo mejor podían ver a través de la ventana.

—Nos vemos el jueves en Boston. Y lo celebraremos. Prometido.

—Vale. —Suspiró—. Diviértete. No trabajes demasiado.

Eso último fue como retorcer el cuchillo.

—*Bisous* —dijo.

—*Bisous*.

—¿Todo bien? —preguntó Hayes cuando me senté a su lado en la cama.

—Sí.

—¿Cosas de chicas?

Sonreí y asentí.

—Se *moriría* si supiera que lo sabes.

—No se lo diré entonces. —Levantó la mano para acariciarme el pelo con movimientos lentos, aletargados.

—Tus amigos han vuelto.

—Sí. El partido va a empezar ya mismo.

—No creo que esto vaya a pasar ahora. —Me reí, incómoda, con los brazos todavía sobre los pechos—. Lo siento.

—No te disculpes. —Sonrió—. Era inevitable. Siento por Isabelle que no estuvieras allí.

Sentí que se me oprimía el pecho y, por un segundo, pensé que iba a llorar.

—Yo también lo siento.

—Ven aquí. —Me atrajo hacia él—. Ven, túmbate conmigo cinco minutos. Antes de la locura…

—¿La locura?

Asintió.

—Siempre es una locura.

Hayes tenía razón. Había un cierto nivel de locura. Simon y Liam hacían *ruido*, locos. Habían regresado de su excursión en moto acuática con dos chicas. Cada uno. No estaba segura de si acababan de conocerlas o eran conocidas de antes. No quise preguntar. Pero tuve un momento de «¿Qué estoy haciendo aquí?» seguido de «¿Dónde están las madres de estas chicas?». Y sentí la intensa necesidad de supervisarlas a todas.

Mucho más tarde, cuando tuve el valor de preguntarle a Hayes si era típico de sus compañeros de banda recibir a dos mujeres a la vez, se rio, divertido.

—No. Por lo general se interesan por una y la otra es una amiga o hermana que los acompaña a modo de apoyo moral. Una celestina, por así decirlo. Excepto en casos extremos… como Rory. O… Ibiza.

Para aquellos a los que les importaba, el partido entre Países Bajos y Chile estuvo tenso. Para mí, fue una oportunidad para beber vino rosado y comer ostras en la terraza mientras los demás gritaban y chillaban cosas británicas indescifrables en el salón.

Cuando terminó el partido y Países Bajos venció, la pandilla se dedicó a comer langosta y, después, a jugar un partido de fútbol improvisado y a divertirse en el césped.

—¿Tienes todo lo que necesitas? ¿Estás bien? —Hayes insistía en ver cómo estaba cada diez minutos más o menos. Se había recogido el pelo con una diadema y se había puesto una camiseta y unos pantalones cortos para jugar, y desprendía algo tan juvenil que casi parecía incorrecto. Casi.

—Estoy bien. Viendo cómo os divertís tú y tus amigos.

—Vale. —Me besó, el dulce olor a sudor en su piel—. Avísame cuando dejes de estar bien, ¿de acuerdo?

En algún momento de la noche, Rory subió a la terraza con las hermanas francesas y una guitarra y empezó a cantarles una serenata. Para cuando empezó a cantar una versión sorprendentemente buena de *Hotel California*, todos nos habíamos unido a él, Simon y Liam armonizando de forma impresionante. Me sentí como si volviera a estar en la universidad. Excepto que a estos chicos les pagaban por hacer esto. Disfruté del momento: Cap d'Antibes en una cálida noche de junio. Cerca de las diez, el cielo de un morado pálido, la inmensa extensión de verde, el olor del mar, el vino y, como decía la canción, «un montón de chicos muy muy guapos...».

Decidí no quedarme al segundo partido. Hayes insistió en llevarme al hotel, pero no me presionó para que subiera cuando le dije que estaba agotada.

—Ven conmigo a Saint-Tropez mañana —propuso—. Almorzaremos por ahí. —Estábamos sentados en su descapotable Bentley Continental de alquiler, en una plaza de aparcamiento de la Croisette, a pocas puertas del Hôtel Martinez. Alargando el momento—. Solo vamos a ser unos pocos en el barco. Mucha menos locura.

—No me importa la locura.

Sonrió y me tocó el pelo.

—A mí sí. Has estado soberbia. Es complicado lidiar con nosotros, lo sé. Prometo que mañana será diferente.

—¿He dicho que no me lo haya pasado bien? Si no quisiera estar aquí, no lo estaría.

—La verdad es que no te di otra opción. —Se rio.

—Siempre tengo elección, Hayes.

Se quedó pensativo un momento.

—Dios... Es una pena que estés tan hecha polvo. Estaría bien terminar lo que empezamos...

—Si subes ahora, te perderás el partido entero entre Croacia y México.

—No sé por qué, pero creo que valdría la pena.

Le retiré la mano de mi pelo y me la llevé a la boca, inhalando el olor a cuero de coche nuevo.

—Te… veré… mañana —dije, y le besé la palma. Dos veces.

Sonrió al tiempo que apoyaba la cabeza en el reposacabezas.

—Me estás provocando.

—Mañana —repetí.

—Entonces, ¿vendrás a Saint-Tropez?

—Iré a Saint-Tropez.

No es que no hubiera disfrutado de un día a solas descansando de la Art Basel en el club de playa del hotel, tomando Campari y zumo de naranja y deleitándome con todo lo bueno de Cannes en temporada baja. Pero ese no era el propósito de este viaje.

Y volví a recordarlo mientras navegaba por las aguas zafiro del Mediterráneo bajo un cielo despejado. La costa escarpada bañada por la luz de la Riviera se extendía a nuestro lado y nos ofrecía pinos frondosos y tejados color terracota. La extravagancia de un Moët & Chandon Rosé Impérial sin fin a bordo de un yate de veinte metros con tripulación. La indulgencia, la belleza, sobre todo con él.

Solo estábamos Oliver, Charlotte, Desmond, Fergus y nosotros dos. Los demás habían optado por recorrer la Grande Corniche hasta Mónaco y pasar el día en los casinos. Así pues, tal y como prometió Hayes, fue tranquilo. Nos tomamos nuestro tiempo para llegar, disfrutando del sol y de las vistas. Y cuando pasamos por Saint-Raphaël, el pueblo donde había pasado todos los veranos desde que tenía un año hasta los veintiuno, sentí bastante nostalgia.

Hayes y yo nos separamos de los demás en Saint-Tropez, donde compartimos un tranquilo almuerzo en la Place des Lices y paseamos por las estrechas calles adoquinadas. Era casi como tenerlo para mí sola. Y la docena de veces que lo pararon para que posara para una foto fue tan amable y sus fans tan devotas que no pude negarles el momento.

Se hizo evidente que, fuera lo que fuese que estuviésemos haciendo, nunca estaríamos los dos solos. Mientras que formara parte de August Moon, Hayes era alguien que compartía con el mundo. Y, entonces, comprendí por qué para él era tan importante que separara a Hayes de Hayes Campbell.

—¿Cómo lo haces? —le pregunté—. ¿Cómo haces para decir siempre que sí? —Estábamos saliendo de la heladería Barbarac, donde nos había parado una familia belga con dos chicas adolescentes. Hayes les había hecho el favor de hacerse fotos y firmar autógrafos mientras que yo intentaba pasar desapercibida, seleccionando sabores de helado hasta que terminaran.

Se encogió de hombros y lamió su cucurucho.

—Imagino que un gesto que te quita unos dos minutos de tu vida puede ser un momento mucho más significativo para otra persona. Así que no quieres arruinárselo.

Lo miré: gorra de béisbol al revés, gafas de sol, hoyuelos. El hecho de que fuera un alma sensible y concienzuda no hizo más que mejorar el trato.

—¿En qué piensas? —Sonrió—. Quieres un poco de mi helado, ¿verdad?

—Sí. —Me reí—. Quiero un poco de tu helado.

El plan era reunirse con los demás en el barco a las cuatro. Inglaterra jugaba contra Costa Rica a las seis, y los chicos no querían perdérselo. Acabábamos de salir de Rondini, la *boutique* de sandalias de cuero hechas a mano, donde había comprado unos pares iguales para Isabelle y para mí, y nos dirigíamos hacia la calle Georges Clemenceau cuando Hayes se detuvo en seco en la esquina frente a Ladurée.

—Joder.

—¿Qué? ¿Se te ha olvidado algo?

—Joder —repitió.

Y, entonces, lo vi. El muelle donde habíamos atracado estaba inundado de fotógrafos: entre diez y quince paparazis con cámaras enormes y dos docenas de turistas con los móviles.

—¿De dónde demonios han salido? —Me tomó de la mano y me hizo retroceder por la estrecha calle peatonal hasta Rondini.

—Lo siento, Solène. Adiós a las vacaciones…

Vi cómo sacaba el iPhone y escribía a Desmond, mientras que el caballero canoso que me había atendido antes me preguntaba en francés si todo iba bien.

—*Oui, pas de problème, merci. On attend quelqu'un.*

La silueta alta de Hayes ocupaba todo el espacio de la pequeña tienda y, al cabo de un minuto más o menos, se sentó en una de las pocas sillas que había y me subió a su regazo. La intimidad del acto me estremeció. Solo había un puñado de personas en la tienda, pero la luz era intensa, estábamos delante del escaparate y me pareció algo *público*.

Me puse tensa.

Lo notó de inmediato y hundió la cara en mi pelo.

—Me encanta cuando noto que te pones nerviosa —susurró.

Abrí la boca para responder, pero no salió nada.

—No te preocupes, Solène. Aquí no te conoce nadie.

Tenía la habilidad de meterse en mi cabeza. De saber lo que estaba pensando al mismo tiempo que lo estaba pensando. Era posible que fuera así con todo el mundo. Pero me gustaba pensar que solo era conmigo.

Desmond y Fergus no tardaron en aparecer en la puerta con un plan. Se abalanzaron como el MI6. Fergus me agarró a mí y a nuestras muchas bolsas de la compra, Desmond se llevó a Hayes. La estrategia era escoltarnos por separado. Hayes llegaría primero al muelle y se pararía a hacerse fotos con los civiles para alejarlos de la popa del barco. Y cuando su presencia causara suficiente revuelo, Fergus y yo embarcaríamos juntos. No estaba claro si éramos pareja o parte de la comitiva general. Supongo que al final no importaba. Siempre y cuando no apareciera en TMZ.

El plan funcionó. Y el pobre de Hayes tuvo que hacer de famoso durante quince minutos, mientras que Oliver, Charlotte y yo nos bebíamos otra botella de Moët bajo cubierta.

—Debes de gustarle mucho —comentó Oliver, con el rostro totalmente serio, mientras me servía la copa—. Para sacrificarse así.

No sabía qué responder.

—A veces este negocio es una mierda —continuó—. Y a veces es increíble. Por Hayes. —Levantó el vaso—. Por dar la cara por el equipo. ¡Salud!

De camino a Antibes, nos detuvimos para darnos un baño improvisado cerca del Macizo de l'Estérel. El agua tenía un color magnífico, y esa media hora que pasamos los seis chapoteando con las montañas rojas volcánicas asomándose por encima fue excepcional.

Hayes y yo nos tumbamos en las colchonetas que había en la proa del barco durante el resto del viaje. Su piel, bronceada, suave y cálida al tacto, era perfecta. Se lo dije.

—Volvamos a tu hotel —me dijo en voz baja mientras me recorría la espalda con los dedos.

—Pensaba que querías ver el partido.

—Quiero ver el partido. Pero me apetece más volver a tu habitación.

Me reí y me apoyé sobre los codos.

—¿Qué crees que va a pasar cuando lleguemos?

Se encogió de hombros, sus dedos jugueteando sobre los lazos de la parte superior de mi bikini, burlándose.

—Dímelo tú.

—Podríamos acurrucarnos. —Me incliné para besarlo. Sus labios sabían a sal, a sol. Me ofreció la lengua y la acepté.

—Acurrucarnos suena bien —contestó cuando nos separamos—. Desnudos.

Desmond nos dejó en el Hôtel Martinez y atravesamos el elegante vestíbulo lo más rápido que pudimos. Ya tenía el corazón acelerado. En el ascensor, por el pasillo, luchando con la tarjeta de acceso. Me la arrebató de la mano y me detuvo.

—Para efectos de transparencia —dijo—, creo que deberías saber que...

Me preparé para lo peor. VIH, herpes...

—He traído el cepillo de dientes. —Sonrió, evasivo—. Pero dejaría que me follaras aunque no lo hubiera traído.

Dentro, el sol de la tarde entraba por las cristaleras y bañaba de luz provenzal la gran sala. La luz de los artistas. Cézanne, Picasso, Renoir. Una luz digna de capturar. Sin duda, parecía apropiada.

—No son malas las vistas —dijo Hayes. Azul mediterráneo hasta donde alcanzaba la vista, las colinas del Macizo de l'Estérel al oeste.

Coincidí, dejé las bolsas, me quité las sandalias y me acomodé en la suave alfombra.

—¿Sabes qué más he traído? —Sonrió, estiró la mano hacia una bolsa de tela que había traído desde el barco y extrajo no una, sino dos botellas de Moët—. Supongo que vamos a estar aquí un rato.

Hayes abrió el champán mientras yo recogía unas copas del minibar.

Brindamos y bebimos. Sirvió más. Me aseguré de apagar el móvil y me acerqué a las ventanas para correr la cortina, lo que difuminó la luz. Se me acercó por detrás, como antes, en la habitación del hotel del Soho. Y con el dedo trazó una línea muy tenue sobre la curva de mi oreja, por la nuca, el hombro y el brazo. Sentí que me sofocaba, anticipando su boca, su beso, su aliento al lado de mi cara. Pero no llegó. En lugar de eso, sus manos bajaron por los costados de mi vestido de encaje hasta el dobladillo, justo por encima de la rodilla. Sus dedos tontearon con la falda antes de colarse por debajo. Me oía respirar, le oía respirar detrás de mí, pero la habitación estaba en silencio. Sus manos subieron hasta mis caderas y, sin dudarlo, me quitó la parte de abajo del bañador.

—Mmm… Esto no se parece en nada a acurrucarse.

Me giró hacia él, agarró mi copa y la dejó a un lado.

—Ni lo va a parecer.

—Me mentiste, Hayes Ca… —Me contuve.

Sonrió.

—Tal vez. —Y entonces, con lo que pareció poco esfuerzo, me levantó y me llevó hasta la cama—. No vas a entrar en pánico, ¿verdad?

—Depende de lo bien que lo hagas.

—Voy a hacerlo muy bien —dijo, deslizándome de nuevo sobre el edredón. En aquel momento, cuando me subió el vestido y descendió entre mis piernas, la comprensión de que aquello estaba ocurriendo de verdad me pareció absurda. Seguro que había habido muchas antes que yo, y habría muchas después, pero en aquel momento solo estaba yo. Y, por alguna razón, me arrancaron del mar de mujeres sin nombre ni rostro que habrían compartido de buena gana la cama de Hayes Campbell y me trajeron a este lugar, a este preciso instante, para participar en este acto.

Su boca subía por el interior de mi muslo mientras trazaba círculos débiles con la lengua. Sus movimientos eran lentos, enloquecedores. Y, en el momento en el que pensé que aterrizaría, abortó su misión y pasó al otro muslo. Como un sobrevuelo *cunnilingus*. Debí de tirarle del pelo, porque se rio y levantó la cabeza.

—Para alguien que solo quería acurrucarse, eres terriblemente impaciente.

—Solo quería asegurarme de que sabías adónde te dirigías.

—¿Quieres dibujarme un mapa? —Sonrió. Esos putos hoyuelos.

—¿Necesitas uno?

—No sé… —Bajó la cabeza y pasó la lengua lenta y explícitamente por mi clítoris antes de mirarme—. ¿Lo necesito?

Casi se me salió el corazón del pecho.

—No. No, vas bien.

—Sí. ¿Puedo hacerlo ya a mi manera?

Asentí, con los dedos todavía enredados en su pelo.

Se tomó su tiempo. Movió la boca hacia el interior de mi muslo otra vez, más arriba, más cerca. Provocándome con la lengua. Y, entonces se detuvo y esperó, a escasos centímetros, dejando que notara su aliento. No me atreví a moverme. Y en el momento en que pensé que ya no podría soportarlo, se metió de lleno. Su lengua bajó tanto que prácticamente llegó al culo y luego ascendió con un movimiento fluido por la abertura de la vagina hasta el clítoris. Lo hizo otra vez. Y otra vez. Y otra vez. Y cada vez fue tan increíblemente maravilloso y minucioso que sentí que ya no me quedaban secretos. Hayes, abriéndome con la boca.

En algún momento volvió a hacer una pausa, esperando, respirando, sabiendo lo que me estaba haciendo. Que tuviera tanto control a su edad me dejaba perpleja. Me levanté de la cama para ir a su encuentro cuando me detuvo con la palma de la mano.

—No me voy a ninguna parte, Solène —dijo. Su voz era grave, ronca, mientras jugueteaba sobre mis labios con los dedos antes de deslizarse en el interior.

Lo observé. La luz creaba un suave halo alrededor de su hermosa cabeza. Volvió a acercar su boca a mí y me oí gemir. La destreza de su lengua. Pero incluso si no hubiera sabido lo que estaba haciendo, la imagen de Hayes Campbell con la cabeza entre mis piernas era una a la que merecía la pena aferrarse.

No tardó mucho. Su boca, sus dedos, sublimes. No era su primera vez. Y la forma en la que me sujetó cuando me corrí, rodeándome las piernas con los brazos y negándose a apartarse incluso durante el «ParaParaParaParaPara», me puso tanto que pensé que iba a implosionar.

—¿Estás contenta? —preguntó antes de que fuera capaz de hablar. Se colocó junto a mí, conmigo en su cara.

Asentí, le limpié las mejillas y lo besé, saboreándome.

—Bueno, en ese caso supongo que mi trabajo aquí ha terminado. —Sonrió al tiempo que se tumbaba de espaldas.

—Si te vas ahora, igual puedas ver la segunda parte del partido.

—Estás haciendo bromas, ya veo. Supongo que es mejor que entrar en pánico.

—El pánico está. Solo que por dentro —contesté, y me coloqué encima de él.

—¿Qué te estás diciendo a ti misma? —Subió la mano hasta mi cabeza y sus dedos jugaron con mi pelo.

—Estoy diciendo: «Vaya, solo por eso ya ha merecido la pena volar a Europa».

—¿En serio? —Sonrió—. ¿Piensas que valió la pena un billete en primera clase o solo en turista?

—Valió... valió la pena volar en un avión privado. —Bajé las manos para subirle la camiseta y exponer sus abdominales, y permití que mis manos se desplazaran por su piel firme, sus músculos definidos, el surco que le recorría en diagonal desde la cadera hasta la ingle.

—Guau. Eso es un orgasmo de cien mil dólares.

—Por lo menos.

—Me siento halagado. ¿Igual debería subastarlos? ¿En eBay?

—Hazlo por una causa benéfica —respondí, tras lo que le subí más la camiseta y admiré la amplitud de su pecho, el color rojizo de sus pezones—. Vaya, tienes un bronceado de Saint-Tropez.

—¿Un qué?

—Un aceite bronceador antiguo, Bain de Soleil. Tenía unos anuncios geniales en los ochenta y... —De repente, me reí—. Y tú ni siquiera habías nacido.

—No.

—Qué pena. —Me las apañé para quitarle el resto de la camiseta. Su piel: tan perfecta, suave, como la de un bebé—. Es ridículo lo precioso que eres —dije, y casi me arrepentí al momento. No quería que supiera que me estaba colgando por él. Si, en efecto, era eso lo que estaba ocurriendo. Podía satisfacerlo intercambiando agudezas sexis, pero vacilaba a la hora de ir más allá. Era como volver a la secundaria. Aquel que guarda sus sentimientos, gana.

—Yo me siento igual con respecto a ti —contestó—. Me gusta todo de ti.

En ese momento, me quedé callada mientras le recorría el rostro con los dedos: la barbilla, la mandíbula, la boca. Decir más, pensé, podría afectar al orden de las cosas. Al acuerdo.

Lo besé y dejé que mi mano viajara por su firme abdomen hasta llegar a alguna zona situada al norte de su bañador. Introduje los dedos entre la cintura elástica y su piel, y se estremeció. Y, en ese instante, me acordé de que tenía veinte años.

Existe un momento que toda mujer conoce en el que mete la mano en los pantalones de su pareja por primera vez y no está segura de lo que va a encontrarse. Y pronuncia una pequeña plegaria a los dioses del pene y espera que se lleve una sorpresa agradable. Y, en mi caso, llevaba mucho tiempo sin pasarme. Sin embargo, me asombró que esa misma ansiedad estuviera ahí. Como en el máster, como en la universidad, como durante un verano memorable en Saint-Raphaël. Ese segundo en el que contuve la respiración y extendí la mano… y la forma en la que Hayes me llenó la palma fue algo muy bueno.

—Holaaaa —dijo, y me reí.

—Hola a ti. —Me tomé mi tiempo para quitarle el bañador, admirar cómo se le alineaba recta, gruesa, aterrizando justo encima del ombligo—. Señor Campbell. Es una verga muy bonita.

—Estás haciendo que me sonroje. —Se rio, echando la cabeza hacia atrás. Desde este ángulo, su mandíbula estaba bien definida, era exquisita, como arte. Su belleza, como un regalo que no paraba de revelarse a sí misma.

—Lo siento —dije—. Pensaba que deberías saberlo.

Se quedó callado cuando la rodeé con la boca. Sus manos jugando con mi pelo, delicado. Su cuerpo tenso debajo de mí. Todavía podía oler la crema solar que se había aplicado en el torso, saborear la sal de su piel. Este dulce chico.

Parecía que no había pasado mucho tiempo desde que las chicas y yo volamos a Las Vegas. Cuando no supe identificarlo en la alineación del *meet and greet*. Cuando no era más que un palo de salto sobre el escenario entre un mar de chicas que estaban perdiendo la cabeza. Y, ahora, aquí estábamos.

—No sé cuál es tu segundo nombre —dije tras detenerme.

—¿Perdona? —Tenía la respiración acelerada.

—Acabo de darme cuenta de que no sé cuál es tu segundo nombre.

Hayes puso una mueca, desconcertado.

—¿Para ti es un requisito o algo así?

—Si vas a correrte en mi boca, sí.

—¿En serio? —Se rio—. ¿De verdad? Philip.

—Philip —repetí. Era tan encantadoramente inglés—. Pues claro que sí.

—¿Eso es todo? ¿He aprobado?

—Con creces.

Ocurrió relativamente rápido, lo que supuse que era algo bueno. Ejercer semejante poder. Respiraba de manera entrecortada y super-ficial, me agarraba el cráneo con las manos, sus gemidos profundos y esporádicos; darme cuenta de que yo había provocado eso. Sobre todo, después de llevar tanto tiempo *sin* hacerlo. Y a alguien cuya idiosincrasia no conocía todavía. Como montar en bicicleta.

Se estremeció debajo de mí mientras su calor me llenaba la parte trasera de la garganta. Familiar.

Después, cuando su respiración hubo vuelto a la normalidad y yo estaba acurrucada a su lado con la cabeza enterrada en su cue-llo, dijo:

—Una cosa, si te hubiera dicho mi segundo nombre en Las Ve-gas, ¿habría ocurrido esto?

Me reí.

—¿Tú qué crees?

—Porque podrías haberlo buscado en Internet. Me habría aho-rrado mucho cortejo.

—Me gusta el cortejo.

Se quedó callado durante un momento, con los dedos acari-ciándome las costillas.

—Me gusta cortejarte.

Se me vino a la cabeza el pensamiento de que esto podía ser peligroso. No el sexo imprudente con una estrella del pop que acaba de salir de su adolescencia, sino el acurrucarnos juntos. El quedarme allí, bebiendo su esencia, viendo cómo asciende y desciende su pecho, permitiéndome deleitarme en mi propia felicidad. Así podría enamorarme.

—¿Puedo hacerte una pregunta? —inquirió. No solía empezar así—. ¿Daniel es la última persona con la que te acostaste?

Su consulta me desconcertó.

—¿Estás aquí tumbado pensando en Daniel?

—Estoy aquí tumbado pensando en ti.

El sol estaba cambiando, bañando la habitación de una tonalidad rosa pálido. Como estar dentro de una caracola, de una acuarela. Quería aferrarme al momento, pintarlo.

—Sí... ¿Eso cambia las cosas?

Negó con la cabeza, y sus dedos se movieron por la tela de mi vestido.

—No. Siempre y cuando a ti te parezca bien esto.

Debería haberle pedido que definiera «esto» con exactitud. Nos habría ahorrado mucha confusión y dolor.

—Me parece bien —dije en vez de eso.

—¿Segura?

Asentí con la cabeza.

—Avísame si cambia —pidió.

Se tomó su tiempo para quitarme el vestido, desatar la parte de arriba del bikini, besar y acariciar cada centímetro de mi cuerpo. Las clavículas, los pechos, la pendiente de la base de la espalda, los huesos de las caderas, las rodillas, el interior de las muñecas. Era tan dulce, tan completo a la hora de hacer el amor. Alguien le había enseñado bien.

—¿Tienes por ahí algo que deba conocer? —pregunté. Había sacado un condón de la bolsa de tela y estaba abriendo el envoltorio.

—¿Más allá de unas pocas de miles de fans psicóticas? —Sonrió—. No.

—¿Solo unas pocas de miles?

—¿Que estén psicóticas de verdad? Sí. —Se rio—. ¿Y *tú* tienes por ahí algo que deba conocer?

—Una hija de doce años que renegará de mí cuando se entere de lo que estoy a punto de hacer —respondí mientras observaba cómo se colocaba el condón. Condones. Claro. Dios, había pasado mucho tiempo.

—No se lo contaré si tú no lo cuentas.

—Bien. No se lo contaré a tus fans.

En ese último minuto, con Hayes encima de mí y la mente clara, me acordé de una antigua conversación.

—No es más que un almuerzo, ¿verdad?

Vaciló y, luego, sonrió.

—Puede que sea más que un almuerzo.

Ese primer momento de partida lo fue todo. Y, después de tres años de nada y de diez años de Daniel (quien era maravilloso, pero, sin duda, *no* era Hayes), fue transcendental.

Hayes era lento y gentil, y supe de inmediato por qué me había preguntado por mi ex. Porque se las había apañado para hacerme sentir como una virgen en sus manos de una forma que no me esperaba. Quería decirle que no hacía falta que fuera tan delicado, pero me gustaba. Me gustaba todo. Su peso, su tamaño, la suavidad de su espalda, la firmeza de su culo... todo. Ni siquiera me importó que doliera. Una parte de mí se preguntó por qué había esperado tanto tiempo. Quizás lo que estaba esperando era a él.

Después, nos quedaos allí tumbados, bañados por fractales de luz, viendo cómo las partículas de polvo bailaban en el aire, agotados, felices.

—Es una pena que no fume —dije al rato—, porque ahora mismo me vendría muy bien un cigarro.

—Tengo chicle.

—¿Chicle?

—Sí. —Se giró para rebuscar en su bolsa de tela de confianza. ¿Qué *no* llevaba ahí?—. Solène, ¿me permites ofrecerte un chicle poscoital?

Me reí.

—Pues sí, Hayes, me encantaría tomarme un chicle poscoital.

—Tendrías que hacer un *hashtag*. #chicleposcoital. Tendencia.

—Sí, a tus veintidós millones de seguidores les encantará.

Se detuvo.

—¿Sabes cuántos seguidores tengo?

Me sentí como si me hubieran cazado sabiendo algo que se suponía que no tenía que saber. Información que podría haber sido válida para que sus fans la consumieran en masa, pero no un dato general para aquellos que lo conocían en persona. Era delicado esto de ser famoso.

—¿Me sigues? —preguntó.

Negué con la cabeza.

—Sigo a unas doscientas personas. Y todas son de mi ámbito.

—Ajá —dijo mientras me miraba y sacaba el chicle poscoital. Hollywood, una marca francesa. Muy pertinente.

—¿Sería raro que te siguiera?

—No lo sé. Puede.

Se recostó, entrelazó sus dedos entre los míos y alzó nuestras manos hacia la luz.

—Aunque pensándolo bien, fui detrás de ti más bien con seriedad, así que igual no.

—Más bien —repetí—. Qué presumido es mi Hayes.

—Ya, bueno… funcionó. —Me miró y sonrió, una de sus enormes y encantadoras sonrisas—. Porque si aquella noche en Las Vegas me hubieras dicho que estaría aquí contigo, desnudo, en la habitación de un hotel, en el sur de Francia, dentro de dos meses… Te habría dicho: «No, lo más probable es que hagan falta tres».

No pude evitar reírme.

—Ni siquiera puedo meterme contigo como es debido. —Se rio y se giró hacia mí—. Me has sacado de mi juego por completo.

—Te conozco demasiado bien.

—Ya, ¿eh? Es increíble lo rápido que ha ocurrido.

—No te enamores de mí. Hayes Campbell.

—No me voy a enamorar de ti. Soy una estrella de *rock*. Nosotros no hacemos eso.

—Estás en una *boy band*. —Sonreí y le acaricié el pelo.

Abrió los ojos de par en par y formó una «O» perfecta con la boca. Supuse que iba a reñirme, pero se detuvo y su rostro se transformó en una sonrisa irónica.

—Bueno —dijo—, en ese caso, supongo que puede pasar de todo.

West Hollywood

—He conocido a alguien.

Era la semana siguiente, miércoles por la noche, y Lulit y yo estábamos terminando poco a poco nuestra exhibición de junio. Teníamos por delante el largo puente y la instalación de la exposición conjunta de julio, *Humo y espejos*. Pero en ese periodo muerto, tras el subidón de la Basel, la galería estaba relativamente tranquila y pensé que podría ser el momento adecuado para abordar el tema de Hayes.

—¿Cómo? No. ¿Quién? ¿Cuándo? —Lulit cerró la puerta del despacho. Matt y Josephine ya se habían ido, así que no sé de quién se estaba escondiendo.

—Tienes que prometerme que no vas a juzgarme.

—¿Juzgarte? ¿Por qué iba a juzgarte? No es un actor, ¿verdad? Por favor, dime que no.

Sonreí.

—No. Pero puede que sea peor.

—¿Peor que un actor? —Estaba apoyada contra la pared, con sus largos brazos cruzados delante de su estrecha figura—. ¿Qué? ¿Un artista?

Ambas nos reímos; era una broma compartida. Artistas: elegantes, brillantes, locos. Ya habíamos pasado por eso y nos habíamos prometido no volver ahí.

—¿Te acuerdas de que en primavera llevé a Isabelle y a sus amigas a Las Vegas al concierto de August Moon?

Asintió. Vi cómo se concentraba, intentando seguir el hilo. Era imposible que pudiera predecir la dirección que iba a tomar.

—Bueno, pues conocí a uno de ellos...

—¿Uno de ellos?

—De August Moon.

Abrió los ojos de par en par.

—¿Los *chicos*? ¿Los *chicos de la banda*? —Dicho por ella, sonaba sucio, mal, posiblemente ilegal—. Voy a necesitar un poco de vino. Voy a la cocina. Tú quédate aquí.

Volvió enseguida con dos copas y una botella de sauvignon blanc.

—Empieza por el principio. No te dejes nada.

Y, así, le conté la historia de Hayes. Hasta las treinta y seis horas que pasamos encerrados en la habitación del hotel de Cannes. Solo salimos al atardecer del miércoles para pasear por la Croisette y cenar en La Pizza porque insistí en que tomáramos el aire. Pero él se habría conformado con quedarse en nuestra guarida y hacerlo sin parar.

—¿Es el guapo? —preguntó Lulit.

—¿No lo son todos?

—No, me refiero al *sexi*.

Debí de poner una mueca rara, porque añadió:

—El que es *muy* sexi.

—¿El arrogante? —Sonreí.

—¡Sí! ¿El de los hoyuelos?

—Sí. Ese es el mío. El arrogante.

—Mierda —dijo al tiempo que se sentaba en el suelo con la botella. Rara vez decía palabrotas—. Eso es bastante impresionante.

—Gracias.

—¿Sabe que podrías ser su madre?

—Sí —respondí. Lulit no era de las que suavizaba las cosas—. Y, al parecer, le parece bien.

—¿A *Isabelle* le parece bien?

Agarré la copa de vino que había servido y bebí un trago, y el reloj de Hayes se deslizó por mi muñeca.

—Isabelle no lo sabe.

Todavía no se lo había dicho. Ni durante la noche en casa de mis padres en Boston, ni durante las casi tres horas de viaje hasta Denmark, Maine, ni cuando vació su mochila y colocó la foto enmarcada del *meet and greet* en un estante junto a su litera. Y allí estaba él: sonriendo de oreja a oreja, abrazándonos a las dos, avergonzándome desde los confines de 13x17 centímetros.

—¡Dios mío, los has conocido! ¡Me encantan! Los vi en el Garden —había dicho una de las compañeras de litera de Isabelle, una morena deportista de Scarsdale—. Estuvimos en pista. ¿Quién es tu favorito?

Isabelle se había encogido de hombros.

—La verdad es que no tengo favorito.

Gracias a Dios.

—A mí me encanta Ollie. —La compañera de litera había empezado a poner ojitos—. Sé que la gente dice que es gay, pero yo lo adooooro.

¿La gente decía que era gay? Eso era nuevo para mí. Si bien es cierto que había sido mi impresión inicial, me lo replanteé cuando me desnudó mentalmente en Las Vegas. Por un instante pensé en decírselo a la compañera de litera, pero luego decidí que era mejor no llamar la atención. En ese momento, me excusé y salí de la cabaña.

—No creo que se lo vaya a tomar muy bien —me dijo Lulit en este momento.

—Estaba esperando a saber qué era lo que le iba a contar.

—Que has acordado encontrarte con Sexi Arrogante en varias ciudades del mundo y acostarte con él. —Lo había pronunciado con una sonrisa irónica, pero la realidad de sus palabras me desanimó.

—Voy a necesitar una explicación mejor que esa.

Se quedó callada un momento, reflexionando.

—¿Es amable?

—¿Amable? Sí.

—¿Y te gusta? No toda esa conmoción que le acompaña. —Agitó los brazos en el aire en un gesto que, deduje, para ella significaba *conmoción*—. Sino él.

Asentí.

—¿Y te hace feliz?

—Mucho.

Tras eso, sonrió, tranquila, entornando sus ojos marrones.

—Entonces no creo que sea algo malo. Te mereces ser feliz, Solène. Ve a por tu estrella de *rock*.

—Gracias. —No necesitaba la aprobación de Lulit como tal. Ya había decidido que no sería un obstáculo independientemente de su opinión. Pero sentó bien saber que la tenía.

—De nada —contestó al tiempo que se levantaba del suelo. Y, mientras se dirigía de nuevo a la galería, añadió—: Supongo que habrá otras.

—¿Qué?

—Otras mujeres... —Lo dijo con ligereza, pero, Dios, cómo cayó.

No era algo que hubiera asumido. Asumí que hubo varias antes. Asumí que habría varias después. Pero no me había permitido imaginar que hubiera otras al mismo tiempo. Y darme cuenta de que ni siquiera me lo había planteado hizo que me entraran unas ganas repentinas de vomitar. ¿Cuándo? ¿Cómo? ¿Dónde estaba ocurriendo? ¿Las llevaba a las ciudades que yo había rechazado? ¿A cuáles? ¿Seattle, Phoenix, Houston? ¿Y quiénes, quiénes eran?

—¿No se te había pasado por la cabeza? —La voz de Lulit me sacudió—. Solène, tiene veinte años. Está en una *boy band*. Es como si hubiera chochos cayendo del cielo. Y cada vez que sale, llueve.

De repente, noté la frente húmeda y la garganta seca. Las paredes habían empezado a doblarse.

—Creo que voy a vomitar. —La empujé y corrí a los aseos que había en la parte trasera de la galería, donde vomité mi sauvignon blanc y la ensalada del almuerzo.

—¿Estás bien? —Lulit estaba en la puerta del baño con cara de preocupación.

—No.

—¿No estarás embarazada?

—Dios, no. —Me reí, a pesar de que las lágrimas me corrían por la cara.

Se quedó mirándome mientras me lavaba las manos, me enjuagaba la boca y me ponía presentable. Y entonces, cuando pude, volví a mirarla.

—Joder. Me gusta.

Lulit se echó a reír.

—No tiene gracia.

—Ay, cielo. —Me abrazó—. Eso es *bueno*. Llevaba sin gustarte nadie desde Daniel. Y Daniel llevaba años sin gustarte.

—Es verdad. —Me reí.

—Creo que Hayes podría ser una buena distracción para ti. Pero no lo confundas con más de lo que es… —Sonaba tan sensata, como mi madre—. Y usa condón… siempre.

La semana siguiente, Hayes vino a la ciudad para una serie de reuniones. Llegó tarde el miércoles, pero no lo vería hasta la noche siguiente.

—Tengo una cena temprano, pero me daré prisa —me dijo por teléfono—. Puedo ir a tu casa.

—No creo que sea buena idea —le respondí. Todavía me perturbaba la conversación que mantuve con Lulit: la posibilidad de que yo fuera una de tantas.

—¿No quieres que vea dónde vives? ¿Qué escondes ahí? ¿Otra *boy band*?

—Sí. Me has descubierto. Tengo a los Backstreet Boys en el ático.

Hizo una pausa y se echó a reír.

—¿«Los Backstreet Boys»? ¿Cuántos años tienes?

—Cállate, Hayes.

—¿Seguro que no tienes también a los Monkees ahí?

—Voy a colgar.

—Chateau Marmont. Mañana. A las nueve. Te dejaré una llave en recepción.

El jueves quedé con Daniel para comer en Soho House. El lugar me daba pavor. A pesar de su atractivo estético, no podía evitar ver cómo todo el mundo observaba a los demás, calculando las taquillas de cada uno, aparentando, juzgando. El aire de prepotencia. Daniel se unió cuando se inauguró, a pesar de mis muchas súplicas, y llevaba allí casi tantos negocios como en su bufete de Century City. Lo llamaba el «mal necesario» de ser un abogado del mundo del entretenimiento. Pero yo sabía que en el fondo lo disfrutaba.

Ya estaba planeando mi huida mientras avanzaba por el estrecho pasillo hacia el restaurante de la azotea. Las paredes eran famosas por estar cubiertas de Polaroids en blanco y negro del fotomatón del club y en ellas varios socios se habían inmortalizado para la posteridad. Muchos de ellos borrachos.

Daniel tenía regalos de cumpleaños para Isabelle que quería que le entregara el fin de semana de visita familiar del campamento. Me parecía bien entregárselos, pero temí que aprovechara la ocasión para hablarme de él y Eva. Era propio de él elegir un lugar público e impersonal donde pudiera evitar cualquier muestra de emoción.

Lo localicé enseguida, apostado en su mesa favorita, la de la esquina sureste de la sala. Era un lugar precioso: farolillos de mimbre sobre olivos maduros, macetas con hierbas y ventanales que iban del suelo al techo y que daban a lo mejor de West Hollywood y Sunset Strip. Y mi exmarido.

Estaba centrado en el *The New York Times*. Era una de las cosas que todavía me gustaba de él. Que no se hubiera entregado por completo a la era digital, que no tuviera que llenar los silencios con un iPhone.

Había empezado a serpentear en dirección a él cuando me llamó la atención una mesa grande situada cerca del estanque de kois del centro. Eran ocho, escandalosos. No reconocí los rostros que se encontraban en mi campo de visión, pero la parte posterior de una cabeza me resultó familiar. Y, entonces, oí la risa.

Se me oprimió el pecho. Dejé de respirar y me acerqué al perímetro de la mesa. Cuando llegué al lado opuesto, levantó la cabeza y sus ojos se encontraron con los míos. Ambos nos quedamos paralizados.

—Hola.

—Hola. —Los labios de Hayes se curvaron en una amplia sonrisa—. ¿Qué haces aquí?

—Quedado… He quedado… con alguien… —No me salían las palabras. Ni siquiera fui capaz de registrar al resto de comensales. Solo estábamos él y yo. En este espacio. Y, sin embargo, dolía ser consciente de que no podía tocarlo. Que la gente hablaría, que la gente juzgaría.

Se levantó, echando la silla hacia atrás.

—No, no te levantes…

—¿Dónde estás sentada?

Señalé vagamente hacia la esquina.

—Iré a saludarte.

Asentí, y luego me acordé del resto de la mesa.

—Disculpen. Siento interrumpir.

Había dos mujeres, tres hombres que no reconocí, uno que me resultaba familiar, y sentado junto a Hayes estaba Oliver, a quien, no sabía cómo, había pasado por alto.

—Hola.

—Solène. —Sonrió. La última vez que lo vi fue cuando nos bajamos del barco en Antibes, cuando yo olía a sal y a sol y estaba emocionada por el champán y la promesa de lo que estaba por venir. A un mundo de distancia.

Me excusé y me acerqué a Daniel, pero desde ese momento mi mente se quedó en otra parte. Hablamos de lo necesario: Isabelle, el tiempo. Estaba de espaldas a Hayes. No lo oía, pero lo sentía. Y solo saber que estaba allí me ponía nerviosa. Sobre todo, en presencia de mi ex.

—¿Estás bien? Pareces distraída —dijo Daniel, un tiempo después de que hubiéramos hecho nuestro pedido. Estaba, como de costumbre, impecablemente arreglado: piel suave, mandíbula cincelada, ni un pelo fuera de lugar; los años le habían sentado bien.

—Estoy bien.

—¿Trabajo?

—El trabajo va bien. Tenemos una exhibición el sábado.

—¿Qué artista?

Fue amable por su parte preguntar, porque no pensé que le importara.

—Es una exposición conjunta. Tobias James y Ailynne Cho.

—Bueno, debería salir bien. Oh, antes de que se me olvide...

—Se agachó y me tendió dos bolsas diminutas: una de Barneys, la otra de Tiffany—. Para la cumpleañera.

—¿*Dos* regalos lujosos? Vaya.

—Trece es una edad importante —contestó, y le dio un sorbo a su Evian. Y, luego, añadió—: Uno de ellos es de Eva.

Ahí fue cuando captó mi atención.

—¿Cuál?

—Barneys.

Lo que llevó a la pregunta:

—¿Por qué le ha comprado Eva un regalo de Barneys a Isabelle?

—No es para tanto, Sol.

—Sí que lo es.

—Es un pequeño anillo. No es para tanto.

—Un pequeño anillo de Barneys puede ser para tanto, Daniel.

Suspiró y se giró para mirar por la ventana, las vistas del sur.

—No hagamos esto aquí. ¿De acuerdo?

En ese momento, llegó nuestra comida y dejamos el tema. Me preguntó sobre mis padres, las compañeras de cuarto de Isabelle, qué pensaba del conflicto que acababa de estallar en Gaza. Hubo un tiempo en el que esto, encontrar cosas que decir, no era tan difícil. Cuando éramos jóvenes y amables el uno con el otro.

Aquella primera primavera en Nueva York, cuando estábamos enamorados y pasábamos horas en Central Park, estudiando en Sheep's Meadow y bebiendo entre las lilas del Conservatory

Garden. Era tan alto, brillante y seguro de sí mismo, y citaba a Sartre y Descartes y eso era todo lo que necesitaba.

Acababa de terminarme mi ensalada de col rizada cuando Hayes se acercó a nuestra mesa. Cortés y galante en modo arrogante total. Una camisa blanca estampada con los tres botones de arriba desabrochados, vaqueros negros ajustados y pelo revuelto. El polo opuesto de Daniel, con su traje gris Zegna y una corbata que no reconocí pero supuse que Eva tenía algo que ver.

—Qué casualidad verte aquí. —Sonrió.

—Sí. Hay que ver.

—Hola, soy Hayes. —Se acercó a la mesa para estrecharle la mano a Daniel.

—Daniel, este es Hayes. Hayes, este es Daniel.

—Daniel. ¿*El* Daniel?

—*El* Daniel, sí. —Me reí con nerviosismo, y Daniel me lanzó una mirada peculiar.

—Daniel, Hayes es… mmm… Hayes es…

—Hayes es un coleccionista de arte novato que está muy impresionado con el conocimiento sobre fovismo que tiene esta mujer —dijo, con sus hoyuelos brillando.

Me quedé allí quieta un segundo, absorbiendo la delicia del momento. Mientras, Daniel trataba de descifrarlo.

—De acuerdo, te dejo que vuelvas a tu… reunión. Nos pondremos en contacto más tarde.

—Suena bien. —Esbocé una sonrisa casual.

Observé cómo Daniel observaba a Hayes cruzar la habitación. Las cabezas se giraron, los miembros murmuraron, lo normal.

—¿Quién es ese?

—Un cliente.

—Me suena de algo. ¿Es actor?

—No. —No le di más detalles.

—¡Ford!

Mi interrogatorio se vio interrumpido por la aproximación de Noah Feldman, un viejo amigo de Daniel y compañero abogado especializado en el mundo del entretenimiento. Noah era magnético, amable, sincero, una rareza entre los tipos de Hollywood. Los había perdido a él y a su encantadora esposa en el divorcio. Junto con sus tres hijos. Dolió.

—¡Feldman! —lo saludó Daniel.

—*Solène*. Qué grata sorpresa. ¿Qué tal estáis?

—Bien. ¿Qué tal tú? ¿Cómo está Amy?

—Bien, genial. Consiguió un trabajo como escritora. —Se le iluminaron los ojos.

—Lo sé. Lo vi en Facebook.

—Es bastante importante. En plan, ya no la vemos. —Se rio—. Pero está feliz. Y yo estoy feliz de que ella esté feliz.

Sonreí. Por supuesto que sí. Qué idea tan novedosa: un marido que apoyaba el trabajo de su esposa. Una esposa que no cabía en una caja.

—¿Has visto los números de *Transformers*? —le preguntó Noah a Daniel.

—Puto Michael Bay...

—Puto Michael Bay...

En ese momento, mi móvil vibró sobre la mesa. Los chicos continuaron hablando de trabajo, y aproveché la oportunidad para echarle un vistazo al mensaje que había recibido.

Daniel???????????!!!!!

Tomé el móvil y me lo escondí en el regazo para responder.

Fovismo???

Un tiro a ciegas.

Nos vemos en el baño en 5 minutos?

¡Ja!

Ni en broma.

> Mierda.

Alcé la vista. Daniel y Noah seguían hablando.

—Dudo que ese trato vaya a cerrarse —estaba diciendo Noah—. Ryan tiene un pie en la puerta.

—¿Dónde has escuchado eso?

—Weinstein.

Seguí escribiendo:

> Más tarde...

> Estás preciosa, por cierto.

> Tú también.

Hayes todavía estaba terminando de almorzar cuando me fui. Nos miramos a los ojos mientras cruzaba la habitación, y el momento fue tan intenso que casi reconsideré su propuesta del baño. Pero, en este club en el que todos se conocían, era demasiado arriesgado. Inclinó la cabeza y sonrió. Fue suficiente.

Estaba recorriendo el pasillo estrecho y oscuro cuando Noah apareció detrás de mí mientras salía.

—Conque... —dijo en voz baja—. Hayes Campbell. Bien.

—¿Qué? —Me giré para mirarlo en las sombras.

Sonrió.

—Puede que tu marido no se dé cuenta, pero supongo que ese fue el motivo por el que te perdió para empezar.

Me detuve bajo la mirada de mil Polaroids. Aturdida. ¿Qué había visto? ¿Escuchado? Puto Soho House.

—No te preocupes —dijo—, tu secreto está a salvo conmigo.

Hayes llegó tarde. Me había enviado más de media docena de mensajes durante su cena, disculpándose. Mis instrucciones eran ir a la recepción del hotel Chateau Marmont y pedir un sobre que el gerente general, Phil, me había reservado con el nombre de Scooby Doo, el cual era, al parecer, el alias de Hayes.

—¿Scooby Doo? ¿Es una broma? —le pregunté cuando me lo dijo por teléfono—. ¿Scooby?

—Oye, señor Doo para ti.

Pero cuarenta minutos después, cuando todavía estaba sola en la sombría *suite*, me estaba empezando a inquietar. Ya había desglosado su armario: dos pares de botas, un par de deportivas, seis camisas, dos trajes, cuatro pares de vaqueros negros. Todos de alta gama (Saint Laurent, Alexander McQueen, Tom Ford, Lanvin) y con un ligero olor a Hayes. Ese aroma amaderado, a ámbar y cítrico que le debía a Voyage d'Hermès. La fragancia que me había aprendido durante nuestro revolcón en Cannes. No abrí sus cajones ni rebusqué en sus bolsos, ni en sus artículos de aseo, ni en el diario de cuero que había dejado en la mesita de noche. Porque eso, pensé, sería cruzar la línea. Pero el armario, en el que había colgado el vestido para el día siguiente y donde había colocado mis zapatos, era presa fácil.

Llegó poco antes de las diez. Deslumbrador y arrepentido. Llevaba un traje oscuro, una camisa blanca parcialmente desabrochada, sin corbata, y el simple hecho de ver cómo llenaba el marco de la puerta bastó. Lo deseaba. Y aunque había pasado la semana pasada dudando de él y enfadada conmigo misma por no aclarar los límites de este acuerdo, nada de eso pareció importar en el momento en el que cruzó ese umbral. Había venido allí por una razón, en caso de que se me olvidara.

—Hola —dijo mientras atravesaba la habitación hacia mí.

—Hola a ti.

Se inclinó frente a donde yo estaba recostada en el sofá, me tomó la cabeza con ambas manos y me besó. Como quería que me besaran. Tenía los labios fríos, su aliento era dulce y su boca, maravillosamente familiar. Y tenía veinte años. Y no me importaba una mierda.

—Perdón por llegar tarde. —Me estaba acariciando los labios con el pulgar—. ¿Tienes hambre? ¿Sed? ¿Has pedido algo al servicio de habitaciones?

—Estoy bien.

—¿Segura?

Asentí, observando cómo se quitaba la chaqueta del traje y las botas y se sacaba los diversos accesorios de los bolsillos: iPhone, cartera, protector labial, chicles. Todo reconocible ya como parafernalia de Hayes.

—¿Qué tal la cena? —pregunté.

—Larga.

—¿Y tu día?

—Largo —gruñó—. Estamos haciendo una película. Una especie de híbrido entre un documental y un montón de material de la gira. Un documental sobre música *rock*, por así decirlo. O un documental sobre música pop. —Sonrió—. Porque somos *nosotros*. En fin, un montón de reuniones sobre cuándo se estrenará y todas las promociones que tienen que hacer y cuándo quieren poder lanzar el nuevo álbum y luego programar nuestra próxima gira mundial. Y todo eso va a ocurrir antes de lo que creerías posible. Y estoy reventado. Estoy muy reventado. —Se sentó a mi lado en el sofá y reclinó la cabeza.

—Lo siento —contesté, estirando la mano hacia la suya.

—Odio quejarme de eso, porque siento que no estoy siendo agradecido y no es así. Sé lo afortunados que somos, lo afortunado que soy... Sé que estoy viviendo una vida de ensueño y no quiero ser el típico imbécil que se queja, pero a todos nos vendría bien un par de meses en los que no hacer nada. Y como sigan metiéndoles a las fans lo que hacemos por la fuerza, seguro que acabarán perdiendo el interés. ¿Verdad? —Me miró, sincero.

—No lo sé. A mí me gusta que me metas cosas. —Abrió los ojos de par en par.

—Eres traviesa. Ven aquí. —Me atrajo hacia él, con la cabeza apoyada en su hombro y las piernas sobre su regazo—. ¿Dónde te encontré?

—En Las Vegas. —Sonreí—. Entonces, ¿no hay nada en vuestros contratos que mencione el tiempo de vacaciones?

—Tiempo de vacaciones. Qué idea tan curiosa. La mayoría de los grupos tienen meses de descanso con las fluctuaciones naturales de sacar un álbum y financiarlo, hacer giras y luego el tiempo que lleva prepararse para hacer otro. Nosotros no tenemos ese lujo.

—Entonces, ¿estáis comprometidos con el sello discográfico?

—Primero estamos comprometidos con nuestros representantes, y son muy estrictos. —Tenía su mano en mi pelo, cómoda—. Oh, Graham te manda saludos, por cierto.

—¿Quién es Graham?

—Graham, de nuestra empresa gestora. Estaba hoy en el almuerzo. Lo conociste en Nueva York.

En ese momento caí, el hombre vestido con elegancia y con el portátil del Four Seasons. El que no podría haber sido más desdeñoso. Estoy segura de que se sorprendió al ver que seguía en escena.

—Hablando de almuerzo... —Hayes levantó la cabeza del sofá—. ¡Daniel!

—Daniel. Sí. Ese es Daniel.

—Guau. ¿Conque *almuerzo* con Daniel? —Había más que una pizca de sospecha.

Me reí ante la idea de volver a considerar cualquier cosa con mi exmarido.

—Créeme, no era más que un almuerzo.

—He visto tu «no es más que un almuerzo». He sido el receptor de tu «no es más que un almuerzo». —Sonrió—. No siempre es «solo» un almuerzo.

—Con Daniel, no es más que un almuerzo —sentencié—. A finales de mes, el fin de semana de visita familiar, iré al campamento en el que está Isabelle, y quería que le diera un par de regalos por su cumpleaños.

Lo dejó ahí un momento y, luego, satisfecho, preguntó:

—¿Cómo *está* Isabelle?

—Está bien.

—¿Qué dijo cuando le contaste lo nuestro? —Tenía la mano en mi rodilla, debajo del dobladillo de mi falda de lino. Había empezado.

—No lo he hecho...

—¿No se lo has contado? —Abrió los ojos de par en par, enormes charcos de color azul verdoso—. ¿A qué estás esperando?

—El momento correcto. La estaba dejando en la naturaleza durante siete semanas. No vi apropiado soltárselo antes de salir por la puerta. «Por cierto, me estoy acostando con uno de los chicos de tu banda favorita. ¡Que pases un excelente verano!».

Se quedó callado por un minuto, pensativo.

—¿«Acostando»? ¿Eso es lo que estamos haciendo?

Hice una pausa.

—Bueno, no en este momento. Pero supongo que pronto sí.

Asintió con la cabeza, despacio.

—¿Y qué pasa con los momentos intermedios? Cuando no estamos teniendo relaciones sexuales y simplemente disfrutamos de la compañía del otro. Como ahora. ¿Cómo llamas a eso?

Me sentí como si me estuvieran haciendo un examen.

—¿Amistad?

—Amistad —repitió—. Entonces, ¿solo somos amigos?

—No sé. Depende.

—¿Depende de qué?

—De cuántas amigas tengas...

Volvió a asentir, sopesando su respuesta.

—Tengo muchas amigas —contestó despacio—. Con la mayoría de ellas no me estoy acostando.

No dije nada.

—¿Qué pasa, Solène? ¿Qué es lo que *no* quieres preguntarme?

—Quiero saber si hay otras.

Hayes se tomó su tiempo para responder.

—¿Ahora mismo?

Asentí.

Sacudió la cabeza.

—No hay otras.

—¿Qué significa exactamente para ti «ahora mismo»? ¿Hoy? ¿Esta noche? ¿Esta semana? ¿Qué significa?

Tardó demasiado en formular su respuesta.

—¿Sabes qué? Da igual. No quiero hacerte esto. Ni siquiera sé si quiero saberlo.

—Vale —dijo, lento, cuidadoso.

—Estás intentando no hacerme daño.

Asintió, mordiéndose el labio.

—Joder.

—Estoy intentando no *confundirte* —dijo en voz baja mientras su mano se movía en mi pelo—. Solo quiero asegurarme de que estemos en la misma página.

—Hayes, hace tiempo que no hago esto. Ni siquiera sé cómo es la página.

Se rio y me dio un beso en la parte superior de la cabeza.

—Es como esto, Solène. Nos vemos cuando podemos y disfrutamos mucho, mucho, *mucho* de la compañía del otro. Y yo no diría que simplemente nos estamos acostando.

Me tomé un momento para procesarlo.

—¿Estás haciendo eso con otra persona?

—¿*Eso*? ¿Ahora mismo? No.

—¿Ahora mismo esta semana?

—Ahora mismo este mes. ¿Te parece bien?

Asentí.

—Si cambia, ¿me lo dirás? No voy a entrar en pánico, solo quiero saberlo.

—Si cambia, te lo diré.

Me dio otro beso en la cabeza y sentí cómo me inhalaba. Había mucho en lo que no estábamos diciendo.

—¿Qué has hecho mientras yo no estaba? —preguntó. Su mano había regresado a mis rodillas, los anillos fríos contra mi piel.

—He revisado todas tus cosas. He vendido tu ropa interior por diez mil dólares en eBay.

—¿Solo diez?

—Resulta que las chicas de catorce años no tienen tanto dinero.

—En Dubái sí. —Sonrió, y sus dedos subieron más por la falda y me abrieron los muslos—. ¿Vas a compartir las ganancias conmigo?

—No era mi intención.

Se rio.

—No sé, no me parece justo.

—La vida no es justa.

—No. —Había llegado a mi ropa interior, las puntas de sus dedos acariciando el algodón húmedo—. ¿Sabes por qué lo sé? Porque esta noche puedo tenerte… y nadie puede decir lo mismo.

—Será mejor que te lo ganes. Hayes Campbell.

—Siempre me lo gano.

Era posible que hubiera sido los rastros del Chateau Marmont y la sensación de que allí habían sucedido cosas salvajes. Era posible que hubiera sido el hecho de que llevábamos dos semanas separados. Era posible que hubiera sido mi repentina determinación de no ser reemplazada. Pero esa noche, aunque Hayes podría haberle dado otra palabra, follamos como estrellas de *rock*.

Fue minucioso, intenso e insaciable. Y la tercera vez que me entregó un nuevo envoltorio de condón para abrirlo mientras que simultáneamente tiraba otro, me detuve.

—¿Es que nunca necesitas tiempo para recuperarte? ¿Jamás?

Sonrió, sacudiendo su hermosa cabeza.

—Tengo veinte años.

Intenté recordar cómo era el sexo con Daniel al principio, y el sexo con los dos novios que tuve en la universidad, y el sexo con el chico de Saint-Raphaël, quienes por aquel entonces se encontraban en la esfera de los veinte, y si bien es cierto que me acordaba del apetito, no recordaba este nivel de resistencia. Pero igual solo era que estaba haciéndome mayor.

—¿Estás cansada? —preguntó, quitándome el condón y poniéndoselo despacio. Solo ver cómo hacía eso me excitaba. Hayes, con la verga en las manos.

—Sí. Pero no dejes que eso te detenga.

Se rio.

—¿Quieres parar? Podemos parar, Solène. —Mientras lo decía, me estaba alzando por las caderas para colocarme encima de él, decidido. Cuarta ronda.

Se tomó su tiempo para introducirla. Con los ojos fijos en los míos, los dientes hundidos en su labio inferior, levantando las caderas.

—Solo dilo y pararemos.

—¿En serio? —Sonreí.

—¿En serio? —Sus manos subieron por mis caderas y me rodearon el culo—. Aunque no soy un experto, pero… me da que no quieres parar.

—¿Eso es lo que te está diciendo tu verga?

—Joder. —Empezó a reírse—. Creo que es posible que te quiera.

—No digas eso.

—Solo lo estoy planteando como una posibilidad.

Entonces, dejé de moverme y me acerqué a él.

—Ni siquiera como broma.

—Vale —dijo, serio.

—Estás intentando no confundirme, ¿recuerdas?

»Me gustas. —Le di un beso profundo—. Mucho. Pero siempre y cuando te estés acostando con otras personas, no tienes permitido hacer bromas sobre estar enamorado de mí.

—Lo siento. —Sus manos se habían movido hacia mi cabello y me lo estaba apartando de la cara.

Ninguno habló durante unos segundos.

—¿Estás enfadada conmigo? —preguntó.

Negué con la cabeza mientras me levantaba de su pecho y me movía encima de él otra vez con la intención de no perder este precioso grosor. El regalo que seguía dando.

—¿Te parece que esté enfadada?

Se le estaba acelerando la respiración, pero sonrió, con las manos agarrándome los pechos.

—No estoy seguro. Soy incapaz de leerte.

No respondí, pero me vino a la cabeza el pensamiento de que tal vez era mejor así.

Cuando terminamos y me recosté encima de él, sintiendo la capa de sudor entre nosotros y absorbiendo su aroma poscoito-de-cuatro-rondas, me abrazó con más fuerza que nunca y no dijo nada.

⸙

Por la mañana, Hayes canceló la cita con su entrenador y prefirió venir conmigo a la galería.

—Quiero ver qué haces cuando no estoy contigo —había dicho en algún punto de nuestra noche desenfrenada. Lo había pronunciado en un momento en el que su significado podría haberse interpretado de diversas maneras. Pero cuando despertamos, fue claro—. Es el día de llevar a tu amante al trabajo, ¿verdad?

Me recorrió una inesperada oleada de nervios mientras conducía por La Cienega con él en el asiento delantero del Range Rover. La idea de que tenía su vida en mis manos, este bien irreemplazable, y de que, si le sucediera algo bajo mi mando, sería culpable para siempre. Era como volver a conducir con Isabelle recién nacida: la presión, el miedo.

Estaba segura de que nunca había visto los ojos de Lulit tan abiertos como cuando entré en la galería con Sexi Arrogante. No le había avisado ni a ella ni a los demás. Era el día anterior a nuestra inauguración de julio, y sabía que estarían abrumados con los detalles de la exhibición. No quería darles algo más en lo que pensar hasta que él estuviera ya allí.

Se quedó boquiabierta y se movió para arreglarse el pelo, que estaba recogido en un moño desordenado a la perfección. Llevaba vaqueros y no se había puesto maquillaje y, aun así, estaba impecable. Su envidiable piel morena que no envejecía.

—Has traído... *compañía*.

—Sí. —Esbocé una sonrisa amplia. Se produjo toda una conversación entre nosotras sin que se pronunciara ni una sola palabra—. Hayes, ella es mi compañera, Lulit Raphel. Lulit, Hayes.

—Conque ella es la famosa Lulit. Es un placer. Me han hablado mucho sobre ti. —La voz de Hayes sonó particularmente profunda en el espacio cavernoso. Áspera. Como si hubiera estado comiendo partes íntimas hasta las cuatro de la mañana. Lo cual, en efecto, había hecho.

—Encantada de conocerte, Hayes.

—Dios, este sitio es magnífico. —Comenzó a caminar, admirando el diseño, el arte. La yuxtaposición de las imágenes atmosféricas de Cho y los paisajes emocionales de James. Ambos abstractos, más metafóricos que literales. Humo y espejos.

—¿Quieres una visita guiada o prefieres deambular por tu cuenta?

—Prefiero deambular primero.

—Vale, estaré en el despacho. Está en el fondo hacia la derecha.

Matt asomó la cabeza desde su despacho, situado en la parte trasera, y Josephine salió de la cocina mientras yo me acercaba.

—¿Quién es ese? —Matt levantó una ceja con astucia—. ¿Un cliente? ¿Tan temprano? —No eran ni las diez.

—En potencia —respondí.

Josephine se dirigió hacia el mostrador de recepción, le dio un sorbo a su taza de té verde y luego, a toda velocidad, se dio la vuelta y regresó con nosotros.

—Mierda, ¿ese es Hayes Campbell? ¿Ahora es cliente? —Josephine tenía veinticuatro años.

—¿Quién es Hayes Campbell?

—Solo el chico más atractivo de la banda más atractiva. Del *mundo*. ¿Dónde has estado?

—Teniendo treinta años, está claro. —Matt sonrió—. ¿Qué banda?

—August Moon —susurró Josephine—. Joder.

—¿La *boy band*? Esos chicos presumidos adorables de Eton...

—Solo uno fue a Eton —corrigió Josephine con total naturalidad.

—¿Quién fue a Eton? —pregunté.

—Liam.

—¿Sí? —Eso era una novedad para mí.

—Sí. Y todos los demás fueron a una escuela presumida en Londres. Excepto Rory, él es el chico malo.

—¿Te sabes todos sus nombres? —inquirió Matt.

—¿Todos los nombres de quién? —Lulit se unió a nosotros en la cocina y se fue directamente a la máquina de café expreso.

—August Moon. Nuestro cliente más nuevo es de August Moon.

Lulit me lanzó una mirada en apariencia casual, y me encogí de hombros a modo de respuesta. Lo entendió: no debía decir ni una palabra.

—Bueno, voy a ofrecerle un poco de Pellegrino a nuestro visitante de la *boy band* —dijo Matt, que agarró una botella pequeña del refrigerador—. No hay que ser groseros.

—Olvídalo, no eres su tipo. —Josephine le quitó la botella.

Matt era un hombre fornido, sarcástico, coreano-estadounidense. Dudaba mucho que fuera el tipo de Hayes.

—Solo sale con mujeres mayores. ¿No ves *Access Hollywood*? —Empezó a salir de la cocina y, de repente se detuvo, se giró y sus ojos se posaron en mí—. ¿*Cómo* es que lo conoces exactamente?

Justo en ese momento, Lulit presionó el botón de la máquina de café expreso, lo que llenó el espacio con un rugido bienvenido.

—Es un cliente.

Apenas tuve tiempo de procesar todo lo que Josephine había dicho (¿quién iba a saber que tendría tanta información sobre *boy bands*?) antes de que Hayes viniera a buscarme. Podía escucharlos en el pasillo: Lulit haciendo las presentaciones, la voz de Hayes de no haber dormido lo suficiente, Matt y Josephine sonando para nada como ellos mismos.

Al rato, asomó la cabeza en el despacho.

—Hola. Estoy buscando a la jefa.

—Somos dos.

—Estoy buscando con la que me he venido. —Sonrió con astucia y cerró la puerta detrás de él—. Es un sitio genial.

Lulit y yo compartíamos la habitación de gran tamaño. Paredes blancas, suelos de cemento, al igual que el resto de la galería, excepto que la iluminación aquí era más cálida y había toques personales en todas partes.

—¿Esa es Isabelle? —Se acercó detrás de mí, admirando las fotografías de mi escritorio. Dos de Isabelle: una de pequeña, disfrazada de mariquita para Halloween; la otra a los siete años, una instantánea hecha en Vineyard, mi pequeño pájaro. Y una foto mía en blanco y negro, capturada por Deborah Jafe, una de nuestras fotógrafas, en su inauguración a principios de ese año. De cerca, de perfil. Riéndome y con el pelo largo todavía.

—Me gusta esta. —Hayes la levantó del escritorio—. Solène Marchand —dijo en voz baja.

—No vamos a acostarnos.

—No... esperaba que...

—No, no me refiero a ahora, sino en general. No pueden saber que estamos acostándonos. —Señalé en dirección a la puerta.

La expresión de Hayes era contrita.

—Pero Lulit lo sabe, ¿no?

—Lulit lo sabe. Los demás no. Y lo mantendremos así. Y luego podrás decirme por qué solo sales con mujeres mayores.

—¿Quién ha dicho eso?

—*Access Hollywood*, al parecer.

❦

Hayes me siguió por la galería a medida que le daba una breve descripción de la exposición. El trabajo de los dos artistas, en qué se parecían y en qué no. Cómo Ailynne trabajaba con película y creaba instantáneas etéreas de la naturaleza experimentando con la profundidad de campo y el enfoque. Y cómo las impresiones de Tobias se hicieron de manera digital, jugando con la velocidad de obturación y, luego, manipulándolas en la posproducción. Cómo sus capturas conseguían parecerse a como si el mundo estuviera volando a casi cien kilómetros por hora. Las obras de ambos artistas: desdibujadas, evocadoras.

La mayor parte del tiempo se mantuvo callado, atento, como un joven estudiante. Tenía las manos entrelazadas detrás de la espalda y el rostro transparente. Me imaginé que así era como se lo veía en su escuela presumida. Menos los vaqueros ajustados, claro.

—¿Cómo encontráis a vuestros artistas?

—De diferentes maneras. Algunos los sacamos directamente de la escuela de posgrado y llevan con nosotros desde que empezamos. Tobias estaba en el CalArts. Ailynne vino hace poco desde una galería más pequeña.

—Me gusta mucho este —dijo, deteniéndose delante de una gran impresión de James. Un paisaje marino cambiante, pacífico y agresivo al mismo tiempo.

—Es muy masculino.

—¿Ah, sí? —Hayes ladeó la cabeza—. ¿Qué lo hace masculino?

—La energía, el estado de ánimo, los colores. Es la sensación que me da, no sé.

—Pensaba que el agua era algo femenino.

—Yo creo que el arte puede ser lo que quieras que sea. —Extendí la mano para tomar la suya y, acto seguido, me acordé de dónde estábamos y de quién era él, por lo que me separé a toda velocidad y me crucé de brazos.

Se rio en voz baja.

—¿Qué es lo que te da tanto miedo? ¿Te avergüenzas de mí?

—No me avergüenzo de ti.

—No quieres que tus amigos sepan lo nuestro.

—No quiero que mis *empleados* sepan lo nuestro.

Se inclinó hacia mí, sugerente.

—Lo van a descubrir. Y, entonces, tendrás que admitir que te gusta. Y, entonces, a lo mejor te das cuenta de que no es tan malo. *Boy band* y todo. Quiero este. Voy a comprarlo.

Se alejó de mí y se dirigió al centro de la habitación para tener perspectiva, mientras que yo reflexionaba sobre lo que había dicho.

—¿Lo enviarán a Londres?

—Sí.

—¿Te gusta?

—Sí.

—¿Te encanta?

—Me gusta mucho.

—¿Hay algo aquí que te encante?

Asentí.

—En la sala del frente, en la Galería 1.

—Enséñamelo.

Me siguió hasta la obra de Cho que más codiciaba. Una imagen tan amplia que parecía casi traslúcida. La luz del sol en un jardín y la vaga silueta de una mujer, desnuda, de rasgos borrosos e indeterminados, tumbada en la hierba, sangrando en la atmósfera detrás de ella. Una anémona difuminada, la única certeza en primer plano. *Descíframe*, se titulaba.

—Esto… —dijo, mordiéndose el labio, pensativo—. ¿Esto es lo que te encanta?

—Esto es lo que me encanta.

Asintió, despacio.

—¿Qué sientes cuando lo miras?

—Todo.

En ese momento, sus ojos encontraron los míos, me sostuvo la mirada y sonrió.

—Sí.

No se quedó mucho tiempo. Tenía reuniones a partir de las doce y durante toda la tarde, y esa tarde noche se subía a un avión con destino a Londres. No lo vería hasta dentro de unas semanas más. Y cada día era una agonía.

Los Hamptons

El día de visita del campamento de Isabelle fue el último fin de semana de julio. Los primeros años, Daniel y yo íbamos juntos, una muestra forzada de solidaridad. Pero, con el tiempo, eso se terminó. Y ahora yo me encargaba de llevarla y del fin de semana de visitas y él, de recogerla. El acuerdo parecía funcionar mejor para todas las partes.

Mis padres hacían el viaje conmigo en ausencia de Daniel. Conducíamos juntos desde Cambridge y nos alojábamos en un pintoresco B&B, a no más de una hora del campamento, y cada vez visitábamos alguna zona desconocida hasta la fecha. Paseábamos por Ogunquit, explorábamos pequeñas galerías de Portland. Era la única vez que me sentía más como una hija, cuando todas las demás etiquetas y el peso de ellas parecían desvanecerse. Una sensación que recibía con los brazos abiertos.

Aquel sábado pasamos una mañana tranquila en Boothbay Harbor. Después de almorzar pescado y patatas fritas, entramos en una galería muy local y salimos con la misma rapidez.

—Bah —gruñó mi padre de esa forma suya tan francesa—. Vidrio soplado y faros.

Después de treinta y seis años en el Departamento de Historia del Arte de Harvard, mi padre era casi una institución tan importante como el propio departamento. Tenía opiniones sobre esas cosas. Conoció a mi madre cuando ambos eran estudiantes en la École du Louvre de París, y los dos compartían un intenso amor por el arte. Él: europeo moderno y contemporáneo. Ella: americano. A finales de los años sesenta llegaron a Nueva York, donde mi padre obtuvo su doctorado en Columbia antes de acabar estableciéndose en Cambridge. Hubo muchas cosas que adoptaron de Estados Unidos, pero nunca iban a *no* ser franceses.

—Estamos en un pequeño pueblo costero, papá. ¿Qué esperabas encontrarte? —pregunté—. ¿A Koons?

—Lo que siempre espero encontrarme —respondió mientras se acariciaba su otrora pícara barba—. Alguien que vaya contra la corriente. Al que no parezca importarle lo que piensen los demás.

—¡Ja! —exclamé. Lo dice el hombre que no me habló durante una semana cuando elegí Brown en lugar de Harvard. Que lloró lágrimas de verdad cuando me mudé a la Costa Oeste. Y que, en los tres años transcurridos desde el fin de mi matrimonio, tuvo que abstenerse repetidas veces de decir «te lo dije».

—Piensa que eres guapa y piensa que eres inteligente —había conjeturado sobre Daniel aquel primer fin de semana que lo traje a Boston, cuando llevábamos siete meses saliendo—. Pero no aprecia lo que te apasiona, quién eres por dentro.

Me enfadé cuando lo dijo, pero gran parte resultó ser verdad.

—La vejez le ha traído muchas contradicciones a tu padre —intervino mi madre, que lo agarró del brazo—. *C'est vrai, Jérôme?*

—Siempre he dicho que no tiene que importarte. Pero también que hay que ser respetuoso. ¿Sí? —Inclinó la cabeza hacia mi madre, quien se puso de puntillas para darle un beso en la frente. Después de todos estos años, todavía estaban enamorados.

»Los mejores artistas son así. No se causa impacto solo por causar impacto. Se crea belleza, se crea arte. No se hace para llamar la atención.

Tomé nota de eso mientras avanzábamos por la estrecha acera. Mi padre y sus datos digeribles de crítica de arte.

A medida que nos acercábamos al cruce de la esquina, una familia de cinco personas caminaba en dirección a nosotros. La más pequeña, una niña de unos nueve años, me llamó la atención al instante. Era imposible que pasara por alto su camiseta de August Moon.

Mi corazón era audible en mi pecho. Había hecho grandes esfuerzos para no pensar en él de manera constante y, sin embargo, aquí estaba viniendo hacia mí a través de una camiseta de preadolescente. La cara de Hayes estaba impresa donde algún día tendría el pecho izquierdo.

—¿Conoces a esa niña? —preguntó mi madre cuando nos cruzamos con ellos en el paso de peatones.

—No.

—*Tu en fais, une tête!* —dijo. Traducción aproximada: «Estás poniendo una cara rara».

—Lo siento —contesté—. Suele pasar.

—A veces tu cara lo delata todo. —Frunció—. Es cuando menos francesa eres.

Esto, viniendo de mi madre, no era un cumplido.

***

Había tomado la decisión de contarle a Isabelle lo de Hayes ese fin de semana. No todo al completo, sino (tal y como sugerían los expertos al enseñarle a su hijo sobre sexo) todo lo que necesitaba saber.

Era después del almuerzo y estábamos bajando hacia el lago, rodeadas de arces y pinos maduros, con el olor del verano de Nueva Inglaterra. Mis padres habían ido a los establos para ver los caballos y, por primera vez ese día, estábamos las dos solas. Isabelle estaba tan emocionada de mostrarnos todo lo que había dominado en el poco tiempo que llevaba allí (tirolina, esquí acuático, tenis) que tuve que esperar a que se calmara un poco antes de sacar el tema.

—Bueno —empecé con la mayor casualidad posible—, ¿quieres escuchar algo muy interesante?

—¿Has conocido a alguien? —preguntó. Nos estábamos acercando al cobertizo en el que se encontraban los botes, y solo se veían un puñado de otros campistas y sus padres.

—¿Que si he *conocido* a alguien?

—Sí, en plan, un chico, un novio. Esperaba que eso fuera lo que ibas a decir.

Me detuve. Notaba cómo se me estaba sonrojando la cara. Que estuviera tan cerca.Y que fuera eso lo que quería para mí. Aunque, sin duda, no con *él*.

—No. Ningún novio. Algo que pensarás que es mucho más guay. Adivina quién es mi nuevo cliente.

Se le abrieron los ojos como platos.

—¿Taylor Swift? ¿Zac Efron?

—Más genial que eso.

—¿Más genial que Zac Efron? —Me miró dubitativa y luego empezó—: Dios mío, Dios mío...

Esperé a que lo asumiera.

—¡¿Barack Obama?!

—Sí. —Me reí—. Llamó y dijo que necesitaba algo especial para el despacho oval. No, no es Barack Obama. ¿En qué mundo sucedería eso?

—En el nuestro —respondió—, porque no deberíamos ponernos límites. ¿Te acuerdas?

Le sonreí. Era algo que yo decía a menudo. Me alegraba ver que se le había quedado grabado.

—Mmm.

Estaba girándose su nuevo anillo alrededor del dedo corazón. El regalo de Eva era una fina creación de Jennifer Meyer. Oro cubierto de esmeraldas. Delicado, sencillo... quinientos dólares fácilmente.

—¿Es...? ¿Es...? —La voz de Isabelle se volvió diminuta, como si decirlo más fuerte acabara con la posibilidad—. ¿August Moon?

Sonreí, asintiendo. Mi regalo para ella.

—Hayes Campbell.

El cuerpo entero de Isabelle pareció encenderse desde dentro. Tenía los ojos azules de Daniel. Pero mi pelo, mi nariz, mi boca...

—¡Dios mío! ¿Lo has visto? ¿Ha ido a la galería?

—Sí, sí.

—¿Se acordaba de ti? ¿Se acordaba de *nosotras*? ¿Le recordaste que nos conocimos?

—Sí. —Me reí—. Se acordaba de nosotras. Se acordaba de *ti*. Te manda saludos.

—Dios mío...

—Para con los «Dios mío»...

—Perdón. Lo adoro. ¿Le dijiste que lo adoro? No, no harías eso. ¿Lo hiciste?

—No —respondí, inquieta. Habíamos empezado a caminar de nuevo, las agujas de pino crujiendo bajo nuestros pies—. Yo no haría eso.

—¿Vas a verlo otra vez? ¿Crees que volverá a la galería?

—No estoy segura —dije. Eso era una mentira. Ya había hecho planes provisionales para verlo el siguiente fin de semana. No me gustaba mentirle. Ya era hora de cambiar de tema.

—Bueno, ¿cómo va la navegación?

—Bien. Muy bien. Ya sé manejar el sunfish yo sola.

—Eso es genial, Izz.

—Sí. Aún mejor, sé devolverlo. —Se rio, haciendo referencia a un percance que tuvo el verano pasado. Fue una carcajada grande y genial: feliz, sincera, despreocupada. La risa de una chica al borde de todo lo bueno.

Madre mía, ¿en qué clase de animal me había convertido?

Iban a pasar el fin de semana en los Hamptons. Los chicos estuvieron en Nueva York durante dos semanas, terminando su álbum. Se habían pasado las veinticuatro horas del día en el estudio. Hayes, más tiempo que el resto. Mientras que, por lo general, los demás dejaban sus pistas grabadas y se marchaban, él tendía a quedarse durante las sesiones. («Están cantando mis palabras», transmitió. «Siento que tengo un interés personal en asegurarme de que no la caguen»). Estaban agotados, pero tenían tres días de descanso y querían salir de la ciudad. Dominic D'Amato, uno de los directores de la discográfica, les había ofrecido su casa en Bridgehampton, y Hayes insistió en que me uniera a ellos.

—No quiero infringir nada —dije por teléfono el lunes por la noche, cuando volví a Los Ángeles de Maine.

—No estás infringiendo nada, vienes como mi invitada.

—Lo sé. Pero me sentiría incómoda con el director de tu discográfica allí...

—No va a estar allí. Esta semana están en Ibiza. Todo el mundo está en Ibiza esta semana. Creo que Diddy va a dar una fiesta. Lo que significa que se estará tranquilo en los Hamptons.

Me quedé callada para deliberar. Tenía muchas ganas de verlo, pero quería que estuviéramos nosotros solos. Quería refugiarme en una habitación de hotel con él en algún lugar y olvidar que el resto del mundo existía.

—¿Y la locura? —pregunté.

—No hay locura. Solo estamos Ol, Charlotte y yo. Los otros van camino a Miami.

Me quedé callada un momento y saltó sobre mi silencio.

—Bien. Decidido entonces. Mi asistente, Rana, te llamará y se encargará del billete. Ella lo arreglará todo. Te veo el viernes.

⁓❦⁓

Opté por un vuelo nocturno porque no quería perderme otro día completo de trabajo. Al igual que todas las galerías, cerrábamos los lunes, pero iba a faltar el viernes y el sábado, y no me sentía muy bien, a pesar de la comprensión de Lulit.

—Ve, ten sexo del bueno y vuelve y cuéntame qué tal ha ido —había dicho.

—Tienes un marido *increíble* —le recordé.

Era verdad. Un marido cariñoso, ningún hijo. Justo como lo quería.

—Lo cual es genial durante cinco años, y luego no es más que el mismo hombre. —Se rio—. O sea, lo quiero con toda mi alma. Pero es el mismo hombre. Vete. Diviértete.

Hayes se alojaba en uno de los apartamentos de lujo del London, en el centro de la ciudad. Una enorme *suite* muy por encima de todo con unas vistas estelares de Central Park. Ya se había ido al estudio cuando llegué, y me abrí paso entre las cuarenta fans acampadas fuera a las nueve de la mañana y llegué a la recepción, donde me encontré con Trevor, uno de sus miembros de seguridad. La altura de Trevor era formidable, y no era fácil pasarlo por alto. No era tan corpulento como Desmond, Fergus y Nick, pero, según Hayes, era una especie de experto en krav magá y, con sus dos metros de alto, era, sin duda, intimidante. Me esperó mientras recogía la tarjeta de acceso a la *suite* de «Scooby Doo» y me acompañó en el ascensor hasta el piso cincuenta y cuatro.

Las puertas se abrieron y, de pie en el pasillo, frente a nosotros, con todo el equipo de entrenamiento y con unos auriculares grandes colgándole del cuello, estaba Simon. Incluso sin un séquito que lo acompañara o fans gritando, era notable. Bronceado, rubio y atlético con unos ojos de un azul profundo y unos pómulos afilados. Si Hayes era el arrogante, Oliver era el dandi y Rory era el chico malo, Simon Ludlow era, sin lugar a dudas, el David Beckham.

—Hola. —Pareció reconocerme, y extendió un brazo para sujetar las puertas mientras que Trevor salía con mis maletas—. ¿Acabas de llegar?

—Sí. Vuelo nocturno.

—Uf, duro. Lo siento.

—¿Hoy no estás en el estudio? —pregunté.

—No me necesitan hasta las once. Voy al gimnasio. —Esto se lo dijo a Trevor—. He quedado con Joss allí. No debería pasar nada.

Joss, según me había dicho Hayes, era uno de sus entrenadores.

—Llámame si surge algo —dijo Trevor.

—Lo haré.

Simon solo era unos centímetros más bajito que Hayes, pero era más ancho y claramente competente. Me parecía extraño que estos chicos necesitaran guardaespaldas. Como si un montón de chicas de trece años al acecho pudieran con ellos. No obstante, me acordé de aquella mañana en el Four Seasons y del terror que había sentido; igual sí que era posible.

Se quedó un momento más debajo del marco de las puertas del ascensor, como si estuviera intentando recordar algo.

—¿Cómo está tu hija? —preguntó al final.

—Está bien. Gracias.

—Bien. —Sonrió—. Bien. Pasadlo bien en los Hamptons.

—Pasadlo bien en Miami.

—Oh. —Se le ensanchó la sonrisa—. Lo haremos.

Me apresuré en ducharme y meterme en la cama deshecha de Hayes. Sobre la almohada, en un folio con el membrete del hotel, había una nota escrita a mano:

Siento no estar allí para recibirte. Siéntete libre de mantener la cama caliente. Estaré de vuelta después de la 1. —H.

Me sorprendió lo clara que era su caligrafía. Tanta educación de élite. A lo mejor lo aprendió con azotes. Sonreí ante la idea y me acurruqué entre la ropa de cama, deleitándome con el olor de sus sábanas, su almohada, su vida.

Fue sentirlo lo que me despertó. La inexplicable sensación de que los átomos de la habitación se habían reorganizado de alguna manera. Por un momento no supe dónde estaba ni cuánto tiempo llevaba durmiendo, pero encontrarlo allí, sentado a los pies de la cama, mirándome, me llenó de una felicidad tan intensa hacia la que sentí un miedo inmediato.

—Hola. —Sonrió—. ¿Buena siesta? —Tenía el pelo erizado y la piel juvenil sin poros bajo la suave luz azul de la habitación. Y, una vez más, me quedé abrumada por su belleza.

Asentí con la cabeza.

—Tienes una cama muy agradable.

—Es mucho más agradable contigo dentro.

—Eso es lo que dicen todos los chicos.

—¿En serio? —Enarcó una ceja—. ¿Y las chicas?

Me reí.

—No ha habido demasiadas chicas.

—Lástima. No sabes lo que te pierdes.

—Creo que es demasiado pronto para esta conversación.

—¿Demasiado pronto en el día o demasiado pronto en la relación?

—Ambos.

Miró su reloj, uno de los TAG Heuer preferidos. Masculino, maduro.

—De acuerdo, tiene sentido.

—¿Vas a venir aquí y besarme o vas a pasarte todo el tiempo que esté de visita en el otro extremo de la cama?

—Eso depende… ¿Qué llevas ahí debajo?

—Camiseta de tirantes. Ropa interior.

—Mmm. Eso va a ser un problema.

—¿Ah, sí?

—Hemos adelantado la hora de salida. Hemos alquilado un hidroavión. Sale en una hora. El coche está de camino. Voy a besarte, pero voy a mostrar una moderación increíble y a no meterme en esa cama. ¿Crees que podrás con ello?

—No sé. Eres tremendamente irresistible cuando te pones odioso.

—Tú —dijo, acercándose poco a poco hacia mí.

—¿Yo?

—Tú. —Me besó, lento. Sabía a menta. Chicle poscoital—. Tú. Tendrás que esperar.

—Vale —contesté antes de retirar las sábanas italianas y cruzando la habitación hacia el baño. Era una camiseta de tirantes transparente, bragas La Perla—. Y tú también.

Viajar con la banda era todo un arte. Una serie calculada de entradas, salidas y partidas escalonadas. No se podía salir a la calle y parar un taxi, no con doscientas chicas pululando por el exterior de un hotel. Alguien (era imposible llevar la cuenta de todos los seguratas que había) se llevó nuestras maletas antes de tiempo. Hayes y yo bajamos al vestíbulo con Trevor, donde nos encontramos con Oliver y Charlotte, y luego nos escoltaron al exterior. Charlotte y yo primero, una detrás de la otra. Trevor nos guiaba mientras que un segurata guapo y negro cerraba la marcha. Había chicas alineadas en barricadas a ambos lados de la entrada y al otro lado de la calle 54. Toda clase de formas de vestir, toda clase de cutis, ruidosas. No parecían desconcertadas por el hecho de que hacía treinta grados y una humedad insoportable, la alegría de Nueva York en verano.

Identificaron a Charlotte de inmediato, lo que me sorprendió. No me había dado cuenta de que era un elemento fijo en la vida de Oliver. Sonrió y saludó levemente bajo su sombrero de ala ancha, siempre la duquesa en formación. Y ellas, a su vez, fueron sorprendentemente respetuosas:

—¡Hola, Charlotte!

—¿Cómo estás, Charlotte?

—¡Charlotte, estás guapísima!

—¡Me encanta tu vestido!

A mí me ignoraron.

Quizás fuese lo mejor.

Cuando nos hicieron pasar al Navigator que nos estaba esperando, me permití exhalar.

—Lo has gestionado bastante bien.

—Esto no está mal. París... París es un horror. Chicas corriendo por las calles y paparazis en moto. Las carreteras son estrechas y no hay adónde ir y temes por tu vida. Allí son particularmente agresivos. Sea cuando sea, si vas con ocho guardias de seguridad y no es suficiente... es un problema. —Lo dijo con tanta naturalidad que me pareció extraño. Pero luego pensé: había que mostrarse terriblemente indiferente para tener una relación con uno de estos chicos y soportar esta locura de forma regular. O, tal vez, estar loca. No estaba segura de ser una de esas dos cosas.

El volumen fuera del SUV aumentó de forma considerable y miré hacia afuera para ver a dos agentes de seguridad más saliendo del hotel. Oliver estaba detrás. Caminaba lento y esbozaba una sonrisa maliciosa, y la forma en la que andaba con las manos en los bolsillos del pantalón era tan elegante y autoritaria sin esfuerzo que sentí cómo se desmayaba mi yo de dieciocho años. Su actitud era de príncipe. Como si estuviera paseándose por los terrenos del Palacio de Kensington, interactuando con sus súbditos, y no siendo el centro de atención en el London. Y, en ese momento, me recordó a un joven Daniel, hasta la nariz aristocrática. Cómo lo había querido. Controlado, poderoso, elegante. Mi esgrimista de Princeton. Ol se detuvo para echarse algunas fotos y lo único que escuchaba era «OliverOliverOliverOliver» hasta que el tono cambió y hubo gritos incoherentes y supe, sin ni siquiera mirar, que mi cita había salido del edificio.

Fue extraño ver a Hayes desde esta perspectiva. La forma en la que sonreía con facilidad y activaba el encanto. Dientes perfectos, hoyuelos, su torso largo inclinándose sobre las barricadas para cumplir con cada *selfie* y abrazo que le pedían. Como un semidiós. Se balanceaban, se revolvían y gritaban: «Tequiero, tequiero, tequiero. Hayes, aquí. Hayes, por aquí. ¡Por aquí, Hayes! ¡Hayes, te quiero!». Y mi corazón se rompió por cada una de ellas.

Y se rompió un poco por mí.

Y, entonces, las puertas se abrieron y entraron al coche acompañados de Desmond y Fergus. Cuando cerraron la puerta, Trevor golpeó tres veces el costado de la SUV y nuestro chófer arrancó.

—¿Todo bien? —Hayes se volvió para comprobar cómo estaba. En un lado de la cara tenía lápiz labial de un color rosa perlado que yo nunca habría usado y, en el otro, de un intenso color ciruela.

Le hice un gesto de aprobación desde la tercera fila y me guiñó un ojo.

—Empieza la aventura. —Sonrió.

Unas treinta chicas estaban siguiendo al Navigator. Corriendo junto a nosotros mientras nos dirigíamos hacia el este por la 54. Golpeando las puertas cada vez que reducíamos la velocidad, alzando los móviles, suplicándoles a los chicos que bajaran las ventanillas.

—¿Va bien? ¿Estamos bien?

—Estamos bien. No pueden verte.

Pero parecía ir bien. Los rostros pintados y jadeantes pegados a la ventana, desesperados, trastornados. ¿Así era su vida? *¿Todo el tiempo?*

—Te acostumbras —dijo Hayes, como si me hubiera leído la mente—. Y esto no es nada comparado con París. Verás.

—O Perú —añadió Oliver por encima del hombro.

—Dios, Perú. —Hayes se rio—. Desmond, ¿te acuerdas de Perú?

Desmond miró hacia atrás desde su posición en el asiento delantero e hizo una mueca.

—Putos imbéciles locos.

En algún lugar cerca de la Quinta Avenida perdimos a la última de las fans y, después, bajamos ilesos hasta la 23 y FDR Drive. Sin embargo, mi mente todavía estaba en París y en la promesa que había hecho Hayes.

<hr />

Tardamos cuarenta y cinco minutos en llegar a Sag Harbor en hidroavión. El vuelo de ida fue tranquilo, con el cielo despejado y unas vistas sublimes de la costa norte de Long Island. Amplias mansiones y campos verdes, colores intensos y exagerados como un David Hockney. Estuvo sosteniéndome la mano durante todo el viaje, apretándola a veces, y el gesto parecía tan natural y cómodo que uno habría pensado que éramos una pareja establecida y no dos personas incompatibles con un acuerdo ilícito.

En cierta ocasión sonreí para mis adentros durante el viaje, en algún lugar sobre Sands Point.

—¿Qué es tan gracioso? —preguntó al tiempo que se acercaba a mí, su nariz zumbando en mi cuello.

—Podría ser tu madre.

—¿Ahora te parece divertido?

Asentí con la cabeza.

—Solo un poco.

Sonrió con ironía.

—Voy a hacer que se te olvide… aunque sea lo último que haga.

La casa de Bridgehampton era una enorme mansión de ochocientos metros cuadrados de estilo Shingle, situada sobre más de una hectárea de césped bien cuidado y que incluía piscina, caseta de piscina, pistas de tenis, un pequeño campo de golf, jardines formales y cine en casa. Como era de esperar, estaba lleno de personal. No nos iba a faltar de nada.

Sin embargo, lo que más me impresionó fue la colección de arte contemporáneo de los D'Amato: Cy Twombly, Kara Walker, Damien Hirst, Takashi Murakami, Roy Lichtenstein. Me encontraba salivando en todo momento. Además, estaba bien seleccionado. Nada desordenado ni irónico de forma intencionada, sino que todo coexistía de maravilla. Cada obra podía respirar en su propio espacio. Los D'Amato no solo tenían gusto; tenían moderación.

—¿Cómo se llamaba la mujer?

Estábamos en nuestra habitación, una *suite* espaciosa con vistas al pequeño campo de golf y a la extensión de césped que se expandía hasta la piscina. En la pared del fondo, encima de la zona de estar, había una impresión pigmentada enmarcada de Kate Moss, tomada por el legendario Chuck Close.

—Sylvie… Sylvia… Uno de esos. ¿Quieres que te la presente? —Hayes estaba tumbado en el diván, mirando cómo deshacía el equipaje.

—Me gustaría. Sí.

—¿De dónde saca su arte?

Hice un rápido cálculo mental.

—Gagosian principalmente, y puede que algunas subastas.

—¿Como eso? —Señaló con la cabeza la foto de Moss.

—No. Ese es Chuck Close. Está en Pace, en Nueva York. Lo más probable es que se lo comprara a ellos o en una subasta.

—¿Esa es Kate Moss? Sale rara.

—Es el proceso que utiliza —expliqué—, como un daguerrotipo. Puedes verle cada poro de la cara. Manchas de la edad que el ojo humano ni siquiera es capaz de detectar todavía. —Atravesé la habitación para dirigirme al armario.

La pieza de Close era inquietante. Sobre todo porque Kate tenía mi edad. En la foto no podía tener más de treinta años y, sin embargo, veía todo lo que llegaría a ser. Todo lo que yo, *nosotras*, éramos ya. Me preguntaba si Hayes también podría verlo. Lo contrario de la juventud.

—Me encantaba cuando era un chaval.

—Ya. Bueno, ¿a quién no?

—Ven aquí —dijo. Fue cómo lo dijo. Sabía que habíamos dejado de hablar de Kate. Que habíamos dejado de hablar de arte.

Me acerqué a él, y extendió un brazo lánguido y, con la mano, me rodeó la parte posterior del muslo, debajo del dobladillo del vestido.

No hablé mientras sus dedos subían por mi pierna, llegaban a mi ropa interior y se deslizaban debajo de la tela.

—Holaaaa.

—Hola. —Sonreí.

—Te he echado de menos.

—Eso es… obvio.

Asintió y sus dedos se movieron contra mí.

—Han pasado tres semanas. Eso son como décadas en la industria de la música.

—Me lo imagino —dije. Pero era incapaz de imaginar que fuera como lo decía. ¿No había estado con *nadie*? ¿O simplemente no había estado conmigo?

Me quedé un momento en silencio, escuchándolo respirar, escuchando los latidos de mi corazón, observando cómo movía la mano debajo de mi vestido. Poseyéndome.

De repente, la puerta del dormitorio se abrió de par en par y apareció Fergus en el umbral, con la cabeza calva enterrada en una pila de revistas. El brazo de Hayes volvió a su costado antes de que pudiera registrar lo que estaba sucediendo.

—Oye, hemos recogido esto para ti —informó Fergus, y por fin alzó la vista—. Lo siento. La puerta estaba entreabierta. —Entró en la habitación y, de forma muy despreocupada, arrojó un puñado de revistas sobre el aparador antes de darse la vuelta y marcharse. Como si no nos hubiera tomado por sorpresa.

—Igual deberíamos cerrarla —dijo Hayes con calma.

Asentí.

—Deberíamos.

⁕

Pasaron horas hasta que salimos de la habitación.

Tenía la idea de que, independientemente de lo inusuales o incompatibles que pareciéramos los dos juntos, la química no se asemejaba a nada que hubiera experimentado antes. Y, por cómo me respondía, parecía que existía la posibilidad de que para él fuera lo mismo.

En un momento dado, se quedó tumbado, mirando al techo.

—¿Qué? —pregunté mientras le recorría la amplia boca con los dedos—. ¿En qué piensas?

—Es… No sé. No quiero volver a decir algo incorrecto.

—Vale.

Entonces, con los ojos cargados de intensidad, me agarró la mano y me detuvo.

—Esto… nosotros… es más de lo que esperaba.

Vacilé, ya que no quería malinterpretar el momento. Algo había cambiado.

—Sí —contesté—, para mí también.

Salimos a caminar antes de cenar. Por el sinuoso camino arbolado hacia Quimby Lane.

—Al final voy a hacer lo de TAG Heuer —dijo, entrelazando sus dedos con los míos.

—¿En serio? Eso es bueno.

Se encogió de hombros.

—Ampliar mi marca, ¿verdad? La vida fuera de August Moon...

—¿Estás pensando en dejar la banda?

—No. No podría... No ahora... No. Es *mi* banda. No puedo dejarlos. Ya sea por el contrato o por otra cosa...

»Y todo esto. —Agitó la mano libre en el aire para señalar nuestro entorno: enormes setos que ocultaban fincas, un verde interminable—. Todas estas cosas que te caen sobre el regazo. Todo esto es gracias a ellos. A *nosotros*. No estoy preparado para ponernos fin.

»Cuando Ol y yo empezamos a escribir música juntos, nunca imaginamos esto. Nos creíamos un John y un Paul modernos. Pero en realidad no éramos más que un par de ricachones en las casas de campo de nuestros padres escribiendo canciones sobre el amor y la pérdida y cosas que en realidad no habíamos experimentado porque teníamos trece años. —Se rio, apagándose.

Le apreté la mano, pero no dije nada.

—¿Cómo está Isabelle?

—Bien. Se lo he contado.

Se detuvo, con los ojos muy abiertos.

—No jodas.

—Le dije que eras un cliente, así que... no se lo conté todo exactamente.

—Nada, en realidad. —Se rio.

—Poco a poco…

Empezamos a caminar de nuevo, hacia el este, hacia donde el camino terminaba.

—Conque un cliente, ¿eh? —dijo tras un minuto—. Tengo miedo de ver lo que haces por tus amigos.

—¿Qué fue lo que dijiste? «Tengo muchas amigas. Con la mayoría de ellas no me estoy acostando».

—¿Yo dije eso?

—Lo dijiste.

—Mmm. —Esbozó una sonrisa de suficiencia.

—Ya, bueno… Yo no me estoy acostando con ninguno de mis amigos.

—¿Solo conmigo?

Me apretó la mano.

—Solo contigo.

❧❀❧

Cenamos en la casa. El chef de los D'Amato (tenían dos: uno que se habían llevado a Ibiza y otro que tuvieron la amabilidad de dejarnos con nosotros el fin de semana) preparó un festín de paella que nos comimos en el patio trasero, bajo un cielo lila. La conversación fluyó, facilitada por interminables jarras de sangría. Oliver y Hayes fueron el centro de atención y nos obsequiaron con historias de sus viajes, sus estudios y de cómo fue crecer en Londres. Habían contado una historia muy larga y enredada, y parecían hablar en código, como algo sacado de Hogwarts:

—Estábamos jugando al fútbol en Green, y estábamos en *fifth form*.

—No, ese año estábamos en *lower shell*, porque Simon estaba en *upper*.

—Cierto. Y nuestro director dijo que nunca en la historia de la escuela había visto tal vandalismo. Estaba bastante cabreado. Ni siquiera durante el Greaze.

—Ganamos el premio al vandalismo. De manera extraoficial.

Fui capaz de detectar que se trataba de un incidente que sucedió en la escuela y no con la banda, pero era difícil mantenerlo todo ordenado. Y, cada vez que los demás entendían el chiste y yo no, me sentía cien por cien estadounidense.

Desmond tenía un sentido del humor obsceno y sazonaba la conversación con historias sórdidas de la carretera, sobre todo las travesuras de Rory, que eran bastante fáciles de seguir. Fergus tenía una risa contagiosa, pero hablaba poco. Y Charlotte se quedó allí asimilando todo con una dulce sonrisa en su delicado rostro. Se aferraba a la mano de Oliver. Y, de vez en cuando, me miraba, sacudía la cabeza con fingida molestia y decía algo irónico, como: «¿Crees que se cansarán de hablar de sí mismos?».

Cuando se hizo de noche, alrededor de las nueve, y Desmond y Fergus se retiraron a ver una película en el cine subterráneo, los cuatro nos reubicamos en los sofás y nos quedamos contemplando las estrellas, disfrutando de la brisa que soplaba desde el océano a solo unas manzanas de distancia. Oliver encendió un cigarro. La imagen de él, reclinado, con las piernas cruzadas dentro de unos pantalones blancos, las mangas de la camisa de lino enrolladas hasta los codos y el cabello dorado retirado de la frente hacia atrás, evocaba otra época. Como algo sacado del mundo de Fitzgerald, si no el mismísimo Gatsby.

—Mi intención es tumbarme junto a la piscina y no hacer nada durante todo el fin de semana. Y no firmar un puto autógrafo ni escribir un tuit. ¿Os parece bien?

—Qué dura es la vida que llevas, HK —dijo Hayes, que me pasó un brazo alrededor de los hombros. De vez en cuando llamaba a Oliver por las iniciales de su apellido, Hoyt-Knight. Y tenía algo que me resultaba sexi y maduro.

—Ya, bueno, alguien tiene que hacerlo. Y me he traído tres libros, y tengo la intención de abrir al menos uno. Lo que seguro que es muchísimo más de lo que están haciendo los tipos esos en South Beach.

Hayes miró su reloj.

—Calculo que ya llevan como tres mojitos cada uno. Y que hay diez modelos con ellos.

—¿Dónde se quedan? ¿Soho House?

—Sí. Atentos. —Se sacó el iPhone del bolsillo de sus pantalones cortos y empezó a mandar mensajes—. Cuántas. Modelos. Hay. Con. Vosotros. Ahora. Mismo.

—Tenemos que hacer algo absolutamente loco para demostrar que nos hemos divertido más. —Oliver agitó el cigarro entre el pulgar y el índice. Charlotte me lanzó una de sus miradas exasperadas.

—Yo me *estoy* divirtiendo más. —Hayes se rio.

—¿En serio? —Me giré hacia él—. ¿No preferirías estar con diez modelos en South Beach?

Me miró unos segundos, sin hablar, con una ceja levantada. Y, al final, preguntó:

—¿No me conoces?

—Sí. Estaba… bromeando.

Se inclinó hacia mí para que los demás no pudieran oírlo.

—No preferiría estar en ningún otro lugar. Que no sea aquí. Contigo.

—Igualmente.

El móvil le vibró en la mano.

—¡Once!

—¡Joder! —Oliver se rio.

—Ya, no sé cómo vas a divertirte más que eso —dijo Charlotte con el rostro serio.

Oliver frunció el ceño, apagó el cigarro y la sentó sobre su regazo.

—Charlotte, ya me conoces. Las modelos son como el tofe. A veces parecen una gran idea, sobre todo de vacaciones. Pero una vez que te los llevas a la boca, te acuerdas de que son demasiado empalagosos y se te pegan a los dientes. Además, no tienen valor nutricional alguno… Aunque, eso sí, quedan muy bonitos en el escaparate.

Estaba casi segura de que nunca había oído nada tan perfecto.

Nos reímos durante mucho tiempo.

Hayes se disculpó en algún momento y entró, y cuando volvió a salir cinco minutos después tenía una botella de *whisky* escocés en una mano y dos vasos en la otra. Se reía para sí mismo mientras cruzaba el patio.

—¿Qué? —preguntó Oliver.

—Simon ha mandado otro mensaje. Ha dicho: «Había once modelos y siete de ellas acaban de irse con Rory».

—¡Ja!

—Espera, tengo que leértelo. —Resopló, dejó el *whisky* escocés y sacó el móvil—. «Liam estaba totalmente destrozado y tuve que recordarle que solo tiene una verga... Cree que puede ser por los tatuajes de Rory y ahora está pensando en hacerse uno».

—Dile a Liam que no debe olvidar de dónde viene. —Ol sonrió—. Y que no se preocupe si en South Beach no aprecian su tipo, porque todavía tiene valor en Courchevel.

—«Estamos a nada de convertirnos en una broma».

—¿Cuántos años tiene Liam? —pregunté.

—Diecinueve. Dios, es buenísimo.

—¿Solo dos vasos? —Oliver se sentó y comenzó a servir las bebidas con Charlotte todavía sobre sus rodillas. Laphroaig 10. Solo.

—No tengo las manos tan grandes y no quería romper el cristal de la señora D'Amato. Échale doble y compartimos.

—¿Señora D'Amato? —Oliver se burló de él—. Tiene cuarenta y tantos, hombre.

—Genial —comenté.

—Lo siento —dijo Oliver.

—Pero ella se parece a una señora D'Amato. Tú no pareces a una señora D'Amato —explicó Hayes.

—¿Y cómo es una señora D'Amato?

—Como si se hubiera hecho cosas en la cara. —Gesticuló—. Está como congelada e hinchada. Tu cara no es así. Tu cara...

—Tu cara es perfecta —intervino Oliver.

Fue bastante incómodo.

—Gracias.

Hayes se giró para mirarlo.

—Sí, Oliver. Gracias… Y tu cara también es perfecta, Charlotte —añadió de manera significativa.

Charlotte sonrió, intentando sacar lo mejor de la situación.

—Gracias, Hayes. Por darte cuenta.

—Joder, solo estaba haciendo un cumplido. —Oliver se rio.

Hayes le sostuvo la mirada un momento y, luego, sacudió la cabeza, como si no supiera qué hacer con él.

—Vale —dijo, y agarró uno de los vasos—, vamos a dar un paseo. No nos sigáis.

Cruzamos el césped hasta el otro lado de la piscina y nos instalamos en una de las salas de estar.

—Lo siento. Ha sido raro, ¿verdad?

—No más raro que el hecho de que Liam solo tenga una verga.

Se rio.

—Dios, me encanta tu humor.

—Me encanta pasar tiempo contigo. Gracias por invitarme. Me alegro de haber venido.

—Yo también me alegro de que hayas venido. Y *es* perfecta… tu cara.

Lo besé.

—La tuya también.

Nos quedamos tumbados un rato, uno al lado del otro en la sala de estar, besándonos, y me sentí como en la secundaria, inocente y pura.

Llegado un punto, se detuvo, tomó el *whisky* escocés y le dio un sorbo largo antes de ofrecérmelo.

—No soy mucho de *whisky* escocés…

—¿Cómo lo sabes? Antes tampoco eras de *boy bands*, y mírate ahora. Estás hasta el cuello.

Me reí.

—Estás peor que hasta el cuello. Estás totalmente hundida.

—Vale. —Dejé que me sirviera. Estaba caliente al tragarlo, ahumado, como si todo lo bueno del primer fuego encendido en invierno fuera embotellado y metido en mi boca. Y, de repente, no tardó en venirme aquella noche en el hotel Crosby Street. El nerviosismo, la novedad, el pánico posorgasmo.

—¿Y bien...?

—Me recuerda a ti.

—Entonces genial. —Dejó el vaso y me puso encima de él.

—Me encanta esta cara —dije, trazándole las cejas con los pulgares—. Me encantan sus proporciones. Me encanta la simetría. Me encanta porque me recuerda a un querubín de Botticelli.

Sonrió.

—Estoy bastante seguro de que nunca había escuchado eso antes.

—¿Puedo contarte un secreto?

—Adelante.

—Esa primera noche, en Las Vegas... recuerdo haber pensado: «Dios, ojalá pudiera sentarme en la cara de ese chico y tirarle del pelo».

—¿Qué? —Empezó a reírse—. ¿Que pensaste *qué*? Que me compares con el arte y luego lo profanes casi al mismo tiempo es un poco desconcertante.

—Perdón por haberte perturbado.

—Y, aun así, hiciste que te suplicara para que salieras conmigo...

—Quería acostarme contigo, no quería salir contigo.

—Voy a fingir que eso no me ha ofendido... ¿Qué te hizo cambiar de opinión?

—¿Qué te hace estar tan seguro de que lo he hecho?

En ese momento, dejó de reírse y me agarró ambas muñecas con fuerza.

—¿A qué le temes ? Ahora mismo, ¿a qué le tienes miedo?

No dije nada, pero sabía que lo tenía escrito en la cara.

—Sí —dijo—. Yo también.

Oliver y Charlotte se acostaron poco después, y Hayes y yo reanudamos nuestra sesión de besos de instituto, lo que condujo, como tienen por costumbre hacer las sesiones de besos de instituto, a la inevitable mamada. Tenía algo que me resultaba extremadamente divertido. Porque no recordaba la última vez que me había colado en el patio trasero de alguien durante una cálida noche de verano para chupar una verga en la oscuridad. Casi que sentí nostalgia, lo que hizo que me riera.

—¿Qué es tan gracioso? ¿De qué te ríes? —preguntó, con la mano en la parte superior de mi cabeza.

—Soy demasiado mayor para esto.

—No, la verdad, te puedo asegurar que no lo eres.

Me reí más fuerte.

—No el chupar una verga, sino esconderse. Es tan de los noventa.

—Joder. —Echó la cabeza hacia atrás y miró las estrellas—. Yo nací en los noventa.

—Shhh. Vale, deja de pensar —dije, bajando la cabeza y rodeándolo de nuevo con la boca.

—¿Estabas chupando vergas en los noventa?

—No —mentí.

—Sí que lo hacías. —Se rio.

—Hayes, ¿quieres la mamada o no?

—La quiero, la quiero. Pero dame un segundo para que me ría. Por favor. Lo estoy procesando.

Me senté.

—Me vuelvo a la casa.

Extendió las manos para agarrarme los brazos.

—No.

Por un segundo nos quedamos así, sin reírnos ni hablar.

—Esto es una locura —dije al rato—. Esto es una completa locura. ¿Se puede saber qué estamos haciendo?

En ese momento, se sentó y me dio un beso en la frente antes de inclinarse hacia mi oído, con el olor a *whisky* escocés en el aliento.

—Me gustas una puta barbaridad. Me importa una mierda lo que andabas haciendo en los noventa. O en cualquier momento, en realidad… Por favor, no te vuelvas a la casa. Por favor.

Durante un momento no me moví. Me quedé sentada, dejando que respirara contra mí, deseándolo y consciente de que ambos nos habíamos colgado por el otro más de lo que cualquiera de los dos pretendía.

—Túmbate —le ordené.

Lo hizo. Y se quedó callado mientras terminaba lo que había empezado. Y solo estábamos nosotros, el sonido de sus gemidos, los grillos, el océano, el verano y su verga en mi boca. Y fue perfecto.

Se corrió. Y luego me abrazó con una amplia sonrisa plasmada en el rostro.

—¿Estás contento? —pregunté, tomando prestada su frase.

—Mucho.

—Bien. Por casualidad no llevarás encima un chicle poscoital, ¿verdad?

Se rio y sacudió la cabeza.

—No, lo siento. Bebe un poco de *whisky*.

—Tú. Se supone que tú eres el responsable de los condones y el chicle.

—¿Tú que pones?

—La boca.

—De acuerdo. —Asintió con una sonrisa—. Me parece un trato justo.

⁂

Por la mañana salí a correr y convencí a Charlotte para que me acompañara. Llevábamos un ritmo uniforme, a pesar de que ella apenas tenía la mitad de mi edad, y disfruté de su compañía. Me contó que estaba a punto de empezar su tercer año en Oxford, donde estudiaba Filosofía. Conoció a Oliver a través de unos amigos en común que habían asistido a Westminster con los chicos, y llevaban juntos casi un año.

—Imagino que habrás visto mucho —dije, en alusión a la vida con la banda.

Se encogió de hombros, evasiva. Íbamos subiendo por Ocean Road, donde había un solar tremendo tras otro. Y al pasar por cada mansión de entre quince y veinte millones de dólares, no pude evitar preguntarme qué tendrían en sus paredes.

—Sí. —Suspiré—. Igual no quiero saberlo...

—Hayes es un buen chico. Es muy dulce, respetuoso, responsable y... amable.

Dejé que calara durante un momento.

—Es diferente —continuó—. En plan, los demás son todos encantadores a su manera, y Oliver es Oliver. Pero Hayes es... diferente. Es un poco más maduro y serio, lo cual, ya sabes, lo has visto, así que eso dice mucho sobre el resto de ellos. —Se rio. No la había visto reír mucho. Estaba preciosa cuando lo hacía.

»Creo que todos se toman el grupo en serio, pero Hayes tiene una presión adicional porque fue idea suya, él formó la banda y fue su madre la que llevaba mucho tiempo siendo amiga de sus representantes.

—¿En serio? —Eso no lo sabía. Aparte de nuestro primer almuerzo en el hotel Bel-Air, no habíamos hablado sobre los aspectos prácticos de cómo habían llegado a ser August Moon—. ¿La madre de Hayes era amiga de sus representantes?

—Sí, los Lawrence. Alistair y Jane. Los conocerás. Son muy *intimidantes* —enfatizó con la mandíbula apretada. Sonaba como Emma Thompson.

—No habla mucho de ellos. Conozco a Raj y Graham.

—Graham, *puaj* —se burló—. A Graham no le gustan mucho las novias. Ni las chicas en general, supongo. Él y Raj son asociados o, como prefiero llamarlos, guardaespaldas glorificados. Pero Alistair y Jane son los dueños de la empresa. Jane y la madre de Hayes, Victoria, crecieron juntas. Y cuando Hayes tenía diecisiete años, se le ocurrió la idea e hizo un vídeo y una presentación de PowerPoint y se la vendió a Jane y Alistair. Hicieron una búsqueda para encontrar a Rory y partieron de ahí. Fue bastante brillante por su parte, porque a nadie se le había ocurrido nunca una *boy band* de presumidos.

—No. ¿Y para qué? —Me reí. Parecía descabellado. Pero era innegable cómo se había popularizado. La genialidad que era. Como embotellar el atractivo de un joven y pícaro príncipe Harry, multiplicarlo y distribuirlo entre las masas. Con algunas melodías pegadizas, voces fuertes y letras inteligentes. Y la cantidad justa de ventaja.

—Ya, bueno, creo que todos pensaron que sería divertido. Que se lo pasarían genial y habría muchas chicas y sería una forma genial de ver el mundo. En plan, está claro que no lo hacían por el dinero… Pero fue la creación de Hayes, por lo que las cosas tienden a pesarle más. Además, se toma en serio su música.

Durante un rato, reflexioné sobre eso. Repitiendo todas las conversaciones que habíamos tenido sobre el grupo y las cosas que le hacían infeliz, las incesantes giras y promociones, la idea de que se sentía como si estuvieran metiendo a la fuerza lo que hacían.

Cuando llegamos a la Route 27, dimos la vuelta y regresamos en dirección al océano. No fue hasta que pasamos por nuestro desvío y continuamos hacia la playa que habló de nuevo.

—*He* visto mucho. —Retomó nuestra conversación sin ninguna clase de introducción, como si hubiera estado reflexionando sobre ello durante los últimos seis kilómetros—. Eres su tipo por excelencia. Simplemente se te da mejor que a las demás.

—¿A qué te refieres?

—Eres más inteligente, más ingeniosa, más sofisticada y no pareces dejarte atrapar por toda la mierda…

—Oh.

—También eres mayor y, por alguna razón, le gusta eso. —Lo dijo sin rodeos, pero había algo ahí—. Y, ya sabes, tienes una cara perfecta.

⁂

Los chicos estaban descansando junto a la piscina cuando regresamos a la casa. Habían terminado de jugar al tenis y estaban sentados tomando el sol en pantalones cortos y poco más.

—¿Qué tal la carrera? —Hayes me sentó sobre su regazo y me acarició el cuello—. Mmm, estás sudada.

—Tú también. ¿Ducha?

Asintió.

—Un segundo.

—¿Qué estás haciendo?

Tenía el iPhone apoyado sobre las rodillas.

—Estoy subiendo una foto de mis pies a Instagram.

—¿Me estás vacilando?

—No. Les encantan estas estupideces. Mira… y «compartir».

Me incliné para ver la imagen de sus pies bronceados con la piscina como telón de fondo. Hayes contó hasta diez y luego presionó actualizar. Había 4332 «me gusta». Volvió a contar: 9074.

—Mierda.

—Y son solo mis pies. Algún día voy a subir mi pene y ver qué pasa.

—Si pudieras sincronizarlo con el lanzamiento de *Sabio o desnudo* para que todos pudiéramos beneficiarnos, sería genial —bromeó Oliver. Charlotte soltó una risita.

Hayes se giró para mirarlo y se rio.

—No pienso compartir las ganancias de mi verga con *vosotros*. Lo estoy guardando para mi álbum en solitario.

—Dios mío, *tienes* veinte años, ¿no?

—Sí. —Sonrió y pasó la mano por mi espalda—. Y todavía me quieres. Nos íbamos a duchar, ¿verdad?

—Tal vez. ¿Lees los comentarios?

—A veces. —Empezó a mirarlos—. «Te quiero mucho.Ven a Turquía». «¿Por qué estás tan bueno?». Algo en árabe. «Ojalá pudiera mostrarte lo mucho que te quiero. No soy como el resto de fans, ponme a prueba». «Quiero lamerte, pero tu música es un asco»; sinceridad ante todo. «¿Puedo sentarme en tu dedo gordo del pie?». Vaya, una parte de mí está horrorizada y otra parte quiere ver su foto. ¿Eso es malo? Vale, continuemos: «Puto imbéc…». ¿Qué? No puedo decir… Dice la palabra que empieza por «n». ¿Por qué me llaman *así*? Algo en hebreo. «Tus pies son sexis de mil demonios». «Ojalá ser tú». «Hayes, si ves esto, te quiero». Ohh, qué dulce... Bueno, ahí va. Ahí tienes una buena muestra.

No sé por qué, pero me quedé atónita. Lo inmediato que era, el hecho de que nuestro momento aquí se estaba desarrollando en todo el mundo en tiempo real. La idea de que pudieran comunicarse con él, que anticiparan cada una de sus acciones. Era insondable este nivel de adoración.

—¿Cuántos «me gusta» van? —preguntó Oliver.

Hayes le dio a actualizar.

—Sesenta y siete mil seiscientos cuarenta y tres.

—Creído.

—Oye, solo estoy manteniendo contento al *fandom*. Si estuviera alardeando, créeme, hombre, lo sabrías. —Sonrió antes de volver su atención a mí—. Bueno, ¿ducha?

Había muchas palabras que usaría para describir a Hayes Campbell. «Creído» no era una de ellas. No obstante, su desempeño postenis de esa mañana fue, sin lugar a dudas, digna de alardeo. Porque hacía falta cierto nivel de habilidad para hacerme sentir sucia en la ducha.

Después, cuando nos estábamos preparando para ir a East Hampton, bajó para ver a Desmond. Yo estaba todavía en el baño luchando con los botones de la parte de atrás del vestido cuando escuché que volvía a la habitación.

—¿Puedes abrochármelo? —pregunté mientras salía a la *suite*.

Sin embargo, fue Oliver quien levantó la vista de la otomana que había a los pies de la cama, donde estaba rebuscando en la bolsa de viaje de Hayes.

—Hola.

—¿Qué haces aquí?

—Buscando unos auriculares. Me dejé los Beats en el hotel de Nueva York. Hayes me ha dicho que me prestaba los suyos.

—¿No llamáis a la puerta? ¿Nadie llama a la puerta aquí? ¿No hay límites?

—La puerta estaba abierta. Lo siento.

Quería creerle, pero en sus ojos había algo que decía lo contrario.

Volvió a la bolsa y sacó los auriculares de Hayes.

—Encontrados. Gracias.

Mantuve la mirada en él mientras cruzaba la habitación. Cuando llegó a la puerta, se detuvo.

—¿Quieres que te abroche el vestido?

—No, gracias.

—¿Quieres que le diga a Hayes que suba?

—No hace falta. Ya lo hago yo.

—Vale. Perdón por haberte molestado.

Cuando se dio la vuelta para irse, se detuvo otra vez y miró hacia un punto más allá de mi hombro.

—Chuck Close —comentó, señalando la impresión—. Me gusta. Está claro que Hayes se ha quedado la mejor disposición.

Lo dijo con indiferencia, pero el instinto me dijo que allí había algo más.

❦

Hayes, Desmond y yo pasamos unas horas recorriendo East Hampton y Amagansett. En el camino de vuelta a casa, nos desviamos hacia una farmacia y Desmond entró corriendo, dejándonos en el coche con aire acondicionado y con el motor en marcha.

—Estamos casi sin condones —afirmó Hayes con total naturalidad.

—¿Sí? —Juraría que ayer abrió una caja. ¿De cuántos? ¿Doce? Tardé un momento en procesarlo—. ¿Has mandado a Desmond a que nos compre los condones?

Asintió desde el asiento delantero del SUV.

—No iba a mandarte *a ti*, y tampoco es que puedan verme comprando condones casualmente en los Hamptons un sábado por la tarde.

—Es tu *guardaespaldas*, Hayes.

—Bueno, está guardándome una parte de mi cuerpo. —Sonrió—. Intentaba ser responsable.

—Ya, y lo aprecio. Pero... tu vida es tan extraña.

Un eufemismo. Habíamos pasado la mayor parte del día en el coche, frustrando a los posibles fotógrafos. No había protestado.

—Tampoco es que los necesitemos... —dijo.

Me eché hacia delante en el asiento para poder verle la cara.

—¿Qué quieres decir con «tampoco es que los necesitemos»?

Hayes se quedó en silencio unos segundos y luego se giró hacia mí.

—Sé que te tomas la píldora, Solène.

Eso me desconcertó. Cómo lo sabía, qué significaba, qué podría estar insinuando.

—¿Has revisado mis cosas?

—Estos últimos meses he acumulado bastantes horas en habitaciones de hotel contigo. Puede que las haya visto en tu neceser.

—¿*Puede*?

Se inclinó a través del espacio entre los asientos.

—Puedo.

—No pienso acostarme contigo sin condón, Hayes.

—¿Te he pedido que lo hagas?

—No sé qué haces cuando no estás conmigo.

—¿Por qué piensas que hago algo?

—Porque no me has convencido de lo contrario.

Hizo una pausa y empezó a tirarse del labio inferior. No le veía los ojos a través de sus gafas de sol.

—Nos hacen pruebas con regularidad, ¿sabes?

—¿Quiénes?

—Nuestros representantes. Tienen que hacerlo por tema del seguro médico.

—Bueno, pues bien por ellos. En ese caso ya pueden acostarse contigo.

Se rio.

—De acuerdo, lo has dejado claro.

Me recosté en el asiento. El tema tabú. La idea de que se estaba acostando de forma aleatoria con otras personas. Que yo lo había aceptado de manera tácita. Pensé que cuanto menos supiera, mejor. Pero tal vez no.

—Joder.

Creía que lo había dicho en voz baja, pero me escuchó.

—Lo siento.

—No, no lo sientes.

En ese momento, Desmond salió de la farmacia y empezó a caminar en dirección al coche. El pelirrojo fornido y tatuado vestido de negro de pies a cabeza. Desmond destacaba en los Hamptons.

—¿Podemos discutirlo más tarde? —preguntó Hayes.

No respondí. Más tarde nos acostaríamos una y otra y otra vez, y conseguiría que me olvidara de que en ese momento estaba enfadada.

❧❧❧

A media tarde estábamos junto a la piscina bebiendo sangría al calor. El cocinero de los D'Amato había preparado unas jarras más a petición nuestra, y Hayes, Ol y yo nos las bebimos con tranquilidad, mientras que Desmond y Fergus jugaban a videojuegos dentro y Charlotte se echaba una siesta.

—Creo que podría ser feliz con una casa en los Hamptons —dijo Oliver en un momento dado. Estábamos los tres en el spa y los milenials estaban hablando de inmuebles multimillonarios como hombres de mediana edad en Brentwood.

—Nunca llegarías a usarla. Yo estoy pensando en Londres, Nueva York, Barbados, Los Ángeles —contestó Hayes. Su forma de pronunciar *Ángeles* siempre me sacaba una sonrisa.

—Igual me mudo aquí con Dominic y la señora D'Amato —bromeó Oliver—. Me gusta lo que ha hecho con el lugar. Solène, ¿has visto el Hirst del comedor?

—Sí.

Los ojos de Hayes iban y venían entre nosotros dos.

—¿Cómo lo has sabido?

—Porque mi madre colecciona arte, idiota. ¿Qué colecciona tu madre? Ah, sí, ponis.

—Que te den, HK. —Hayes se rio y salpicó a Oliver, situado en el otro extremo del spa.

—Hayes Philip Campbell no es el cultureta que pretende ser.

—Solène. —Hayes me rodeó la cintura con más fuerza—. ¿Me hago pasar por un cultureta? ¿O simplemente me quedo maravillado cuando hablas de arte?

—La mayoría de las veces te quedas maravillado.

—Gracias. —Sonrió antes de girarse hacia Oliver y sacarle la lengua. Para que no se me olvide que estaba saliendo con alguien que tenía la mitad de mi edad.

—¿Cuántos años tienes? ¿Doce?

—A veces…

—Vale. —Me reí—. Voy a por más sangría.

Ya estaba fuera del spa y envuelta en la toalla cuando Hayes me llamó.

—Y mira a ver si tienen más patatas fritas, por favor.

—Sí, su alteza. ¿Oliver? ¿Quieres algo?

—Te ayudo.

Oliver me siguió hasta la casa tras recoger una toalla, la cual enrolló alrededor de sus estrechas caderas en el camino.

—No sabía que tu madre coleccionaba arte —dije mientras pasábamos por debajo de la galería y atravesábamos un conjunto de cristaleras que conducía a la cocina.

—Hay muchas cosas que no sabes sobre mí.

Me detuve y me giré para mirarlo. Cabello dorado mojado y apartado de la frente, ojos color avellana penetrantes y boca seria. Era hermoso, en cierto modo inalcanzable.

—Cierto, supongo.

Se metió en la despensa para buscar una bolsa de patatas fritas mientras que yo cruzaba la cocina hacia una de las neveras que había en la pared del fondo.

Estaba sacando la jarra de sangría del frigorífico cuando lo sentí: la yema de un dedo frío recorriéndome la espalda, de omóplato a omóplato. Y, entonces, desapareció. Por un momento fui incapaz de moverme, y cuando por fin me di la vuelta, Oliver estaba al otro lado de la habitación, con una bolsa de papas fritas en la mano, saliendo.

Me quedé allí, temblando. Sin saber muy bien cómo reaccionar. Había sido tan sutil que podría haberlo negado con facilidad. Tan débil que podría habérmelo imaginado. Pero no lo había hecho, y su intención era indudable.

Al rato volví a la piscina y solté la jarra antes de poner alguna excusa patética sobre que necesitaba descansar del sol y retirarme a nuestra habitación. Él y Hayes se habían estado riendo de algo, y ni siquiera me atreví a mirarlos.

Tenía ganas de vomitar.

Al cabo de media hora, Hayes apareció en la puerta del dormitorio.

—Oye, ¿qué haces aquí?

—Leer —respondí sin apenas alzar la vista.

—¿Estás bien? Te he echado de menos. —Se plantó a los pies de la cama.

—Me apetecía estar sola un rato.

—¿Estás segura de que todo va bien? Porque no puedo dejarte sola —dijo, envolviéndome los pies con las manos—. En plan, eso frustra el propósito de que estés aquí. —Acto seguido, bajó la cabeza y me besó los tobillos, las espinillas, las rodillas.

—¿No puedo tener media hora para mí?

Sacudió la cabeza y me obligó a abrir las rodillas.

—No. ¿Qué estás leyendo?

Levanté el libro. *Adé: A Love Story*, de Rebecca Walker.

—Una historia de amor —dijo al tiempo que me plantaba besos en el interior del muslo—. ¿Es buena?

—Sí.

—¿Muy buena?

—Muy buena.

—¿Tan buena como la nuestra?

Me reí. Tenía mi atención.

—¿La nuestra es una historia de amor?

—No sé. ¿Lo es? —Me quitó el libro de las manos y lo colocó sobre la mesita de noche antes de quitarme la parte inferior del bikini.

—¿Qué estás haciendo, Hayes?

Sonrió.

—He traído la boca.

Pensé que igual no era el momento más oportuno para mencionar la transgresión de Oliver.

La verdad era que no sabía cómo ni qué iba decirle exactamente a Hayes en cuanto a lo sucedido. Como su relación ya era muy peculiar y complicada, como lo que Oliver había hecho era relativamente benigno y como no quería estar atrapada en la misma casa con ellos dos si y cuando las cosas explotaran, me lo guardé para mí. Conseguí no estar sola con él durante el resto del fin de semana. Y Oliver volvió a ser su yo a veces encantador, a veces desdeñoso, divertido y aristocrático. Y todo iba bien, en la superficie.

El domingo, Hayes y yo dimos un largo paseo en bicicleta antes de almorzar en Sag Harbor y luego regresar para nadar un poco. Los demás estaban en otra parte, y disfrutamos de la soledad.

—¿Cómo es que no me canso de ti? —preguntó. Estábamos secándonos al sol, con las tumbonas una al lado de la otra, cómodos.

Me reí.

—¿Te cansas fácilmente de la gente?

Asintió y sus dedos me recorrieron la espalda. Me había desatado los tirantes del bañador para evitar las marcas del bronceado, pero tuve cuidado de protegerme la cara con un sombrero grande, y Hayes se las apañó para encajar su cara junto a la mía debajo.

—Pero de ti no —dijo en voz baja, sus labios contra mi sien—. Nunca me canso de ti.

—Y aun así…

—¿Y aun así?

No dije nada.

—Es por lo de ayer, ¿no?

—Te lo voy a decir. Una vez… —Me giré hacia él. Extendió la mano para tocarme el pezón y lo detuve—. ¿Me estás escuchando?

Asintió.

—Entiendo que estés en una posición única y que las chicas te caigan sobre el regazo sin parar, pero siempre tienes elección. En algún momento, de una forma u otra, tomas una decisión. Y no estoy dispuesta a dejar que esto continúe por mucho más tiempo sin que tomes una decisión. Confío en que me avisarás cuando eso ocurra.

Asintió otra vez, despacio.

—Te avisaré cuando eso ocurra.

Los Ángeles

El miércoles de la segunda semana de septiembre, Daniel y yo asistimos a la reunión informativa para los padres de los alumnos de octavo grado de Windwood que tenía lugar al inicio de curso. Durante todo el verano nuestros intercambios habían sido civiles, superficiales, como de costumbre. Pero esa noche había algo en él que no fui capaz de identificar. Se mostró extrañamente encantador y atento. Después de la bienvenida, el recorrido y el café mediocre, insistió en acompañarme de regreso al aparcamiento. Y, cuando nos acercamos a mi coche, lo soltó.

—¿Estás viendo a alguien?

—¿Qué?

—No sé. Pareces feliz.

—¿No puedo ser feliz y ya está? ¿Tengo que estar viéndome con alguien?

—Eso no es lo que he dicho. —Sonrió.

Lo vi saludar a los padres de Rose al otro lado del aparcamiento. Tan refinado, controlado, Hollywood. Las mismas cualidades que me atrajeron aquel primer año de la escuela de posgrado. Él, el estudiante engreído de Derecho de Columbia con ojos intensos y pedigrí perfecto. Él, que me cortejó con un café vienés en la pastelería húngara de Ámsterdam. Lo rápido que me enamoré.

—¿Te acuerdas de Kip Brooker? —Se giró hacia mí—. ¿El que dejó Irell hace unos años para trabajar de manera interna en Universal? Almorcé con él el otro día... La familia de su mujer tiene una casa en los Hamptons. Pasan el verano en Sag Harbor todos los años. Me dijo que juraría que te vio allí, en un restaurante, con uno de esos chicos de August Moon. Como en una cita. Lo cual parece una locura, porque... —Entonces, sacudió la cabeza, riéndose—. Eso *sería* una locura, ¿verdad? Por un millón de razones, sería una locura.

Sonreí, evitándolo.

—¿Hay algo que quieras preguntarme, Daniel?

—Pensaba que ya lo había hecho.

—Es un cliente.

Se detuvo. No se esperaba que lo confirmara.

—¿Un cliente?

Asentí, mirando cómo lo procesaba. Le falló la cara de póquer.

—¿Esa es su versión o la tuya? Da igual. Lo siento. No es de mi incumbencia. Ve con cuidado —dijo, y golpeó el costado del Range Rover.

Ya había arrancado el motor y me estaba ajustando el cinturón cuando se giró y me indicó que bajara la ventanilla.

—Eso no es del todo cierto. —Su expresión era severa—. Voy a confiar en tu palabra. Pero en caso de que estés mintiendo, quiero señalar que tener cualquier tipo de relación con ese chico seguro que mataría a Isabelle.

—Tomo nota —contesté, y cerré la ventanilla.

Hayes vino a mi casa ese viernes. En las semanas que habían transcurrido desde nuestra cita en los Hamptons, August Moon había terminado la grabación de su álbum en Nueva York. Habían grabado un montón de material en Londres para su próximo documental. Actuaron en un popular programa de televisión en Alemania y aceptaron un premio MTV Video Music Award vía satélite porque estaban en casa ocupados grabando un *single* benéfico para la BBC. Pero el regreso de Isabelle del campamento y el comienzo del nuevo año escolar hicieron que no pudiera unirme a él para nada de lo anterior. Por eso, cuando su primer fin de semana libre Hayes reservó un billete para visitarme, me hizo mucha ilusión. El hecho de que coincidiera con la inauguración de nuestra exhibición de septiembre lo hizo todavía más satisfactorio. Hayes había venido a Los Ángeles por mí.

Lo abracé durante mucho tiempo. Y hacía mucho tiempo que no recordaba haberme sentido como me sentí entre sus brazos (protegida, segura).

—Cualquiera diría que me has echado de menos. —Se rio, con el rostro enterrado en mi pelo.

—Solo un poco.

—¿Me vas a invitar a pasar? ¿O los Backstreet Boys siguen aquí?

—Los Monkees, en realidad. —Me reí y lo conduje al interior. Isabelle estaba en clase y luego tenía esgrima. Estábamos solos.

—Conque este es tu hogar.

—Este es mi hogar. —Era extraño tenerlo en mi espacio, con su gran silueta llenando el umbral. Tuve un destello de Isabelle y yo metiendo el árbol de Navidad a rastras el invierno anterior y temiendo que no pasara por la puerta.

Hayes atravesó la entrada y se metió en la sala principal y sus paredes de vidrio. Palisades, el Pacífico y los puntos al sur dominaban las vistas. Santa Catalina se elevaba en el horizonte como un fénix violeta.

—Mierda. Estoy sin palabras, de verdad. ¿Vives aquí? ¿Te despiertas con esto todos los días?

—Todos los días.

—¿Cómo haces para salir de este paraíso? —Sus ojos eran verdes bajo la luz. Oh, chico muy muy guapo.

—No es fácil.

—No, imagino que no. —Dirigió su atención a los interiores e inspeccionó el espacio: la mesa de centro Finn Juhl y el sofá Herman Miller Tuxedo del salón, la mesa Arne Vodder y el aparador Hans Wegner de la zona del comedor, a la izquierda—. ¿Estos son tus muebles de mediados de siglo?

Asentí.

—¿Conoces los muebles de mediados de siglo?

—Sé que te gustan.

—¿Cómo lo sabes?

—Me lo dijiste. —Sonrió—. En Las Vegas.

—¿Te acuerdas?

—Me acuerdo de todo... sobre todo de las cosas que te gustan.

Puede que me hubiera sonrojado en ese momento.

—¿Todos estos los has pintado tú? —Su atención se había centrado en la miríada de acuarelas que había montado y enmarcado al estilo galería en la pared del fondo.

—La mayoría. Un par son de Isabelle.

Cruzó la habitación para inspeccionarlos mejor. Una mezcla de paisajes, figuras y bodegones. Momentos que pensé que valía la pena capturar.

—Son preciosos, Solène. De verdad.

—Gracias.

—Quiero uno. ¿Has vendido alguno?

—No. —Me reí—. Solo es un pasatiempo. No los vendo.

—Sigo queriendo uno. Hazme uno.

—¿Que te haga una acuarela? No acepto comisiones, Hayes. Lo hago para mí.

No pareció del todo satisfecho con esa respuesta, pero la dejó pasar y continuamos nuestro recorrido. Al final del pasillo, con la colección de fotografías familiares con paspartú. La mayor parte de Isabelle, algunas de versiones más jóvenes de mí. Tuvimos que reorganizarlas todas cuando eliminamos en las que salía Daniel. No fue un proceso indoloro.

Hayes se detuvo delante de un autorretrato en blanco y negro que me había hecho el último año en Buckingham Browne & Nichols, cuando estaba pasando de ser aspirante a bailarina a la etapa artística durante la escuela secundaria privada europea. Una fase interesante, sin duda: pelo largo y grueso, chaqueta de cuero grande, angustia.

Extendió la mano para tocar el marco.

—¿Cuántos años tienes aquí?

—Diecisiete.

—Diecisiete —repitió, pasando el dedo por el cristal—. Esta. Puta. Boca.

Le sonreí.

—Sueño con tu boca.

—Sueño con tu verga. Estamos empatados.

Se rio, echando la cabeza hacia atrás.

—No puedes decirme cosas así. Y luego... Vale, date prisa y enséñame el resto de la casa.

Seguimos por el pasillo y Hayes se detuvo ante una fotografía mía bailando en la Escuela de Ballet de Boston, cuando tener clases seis días a la semana no parecía algo tan descabellado.

—¿Cuántos años?

—Quince.

—Guau.

Y, luego, se quedó completamente quieto ante una foto mía embarazada de siete meses de Isabelle, en la playa de Kona. Se quedó en silencio al tiempo que me acerqué a él, mi espalda contra su pecho y su barbilla sobre mi hombro. Permanecimos así unos momentos, sin hablar ninguno de los dos, hasta que pasó su mano sobre mi vientre y la dejó allí.

—Eres tan hermosa.

—No. —Le aparté la mano—. No hagas eso.

—V-Vale... ¿Qué...? ¿Qué estoy haciendo?

—No hagas eso de fantasear con un bebé conmigo.

—¿Eso es lo que estaba haciendo? —Sonaba tan confundido que casi sentí pena por él.

—Ibas por ese camino.

—V-Vale —repitió—. Lo siento.

Lo dejó caer, lo cual fue prudente. Porque si me permitiera considerar cualquiera de los numerosos caminos que pensé que podría estar tomando en su cabeza, con toda probabilidad le hubiera pedido que se fuera y que no volviera nunca más. Seguía siendo incapaz de soportar el peso de eso. La idea de que con nosotros no podría haber un final feliz.

Nuestro recorrido continuó: mi despacho, la habitación de invitados, el dormitorio de Isabelle. Mi hija estaba pasando por una fase Hollywood Regency, con sus cojines mullidos y sus accesorios de iluminación ornamentados. Era todo lacado blanco y fucsia con detalles metálicos y pufs marroquíes.

—Sé que esto te va a tomar por sorpresa, pero no he estado en muchas habitaciones de chicas de trece años —dijo Hayes mientras husmeaba a su alrededor.

—Algo bueno, sin duda.

Isabelle tenía un par de láminas enmarcadas en la pared, pósteres bonitos y rosas que decían «Para la eternidad» y «Mantén la calma y sigue adelante». Pero encima de su escritorio, clavadas en el ocupado corcho, había no menos de media docena de fotografías de August Moon y el calendario de la banda. Su foto del *meet and greet* estaba sobre la mesita de noche.

Hayes lo vio y soltó una profunda exhalación.

—Extraño, ¿verdad?

Asintió y se giró hacia mí.

—La hemos cagado pero bien, ¿no?

—Sí. Ya sabes a lo que me enfrento.

—Lo siento. Es ligeramente diferente desde esta perspectiva.

—¿Tú crees?

—Sí. —Se dejó caer en la cama y se recostó, con la cabeza sobre las suaves almohadas rosas—. Joder. Se va a poner feo.

—Sí.

—¿Estará allí mañana por la tarde? ¿Qué le vamos a decir?

—Que eres mi cliente. Que eres un amigo. Eso es todo.

—¿Se lo va a tragar?

—Esperemos que sí. —Las palabras de Daniel me pesaban.

Hayes se quedó un segundo en silencio, buscando mi mirada con la suya.

—¿Por qué no se lo has dicho, Solène? Te sientes culpable…

No dije nada. La culpa ni siquiera arañaba la superficie.

—¿Intentas protegerla? ¿O te estás protegiendo a ti?

—A ambas, tal vez.

Curvó la comisura de la boca ligeramente, más tristeza que sonrisa.

—¿Crees que si esperas lo suficiente esto se acabará y te saldrás con la tuya sin decir nada?

—Supongo que es una posibilidad, ¿no?

Me sostuvo la mirada, serio.

—Sigo bastante aquí...

—Eso parece...

—Ven aquí —dijo mientras le daba unos golpecitos al edredón, a su lado.

Mi expresión iba más allá de la incredulidad. Ni de broma iba a tumbarme con Hayes en la cama de Isabelle.

—Ni en broma.

—Lo siento. —Se sentó—. Supongo que es raro.

Sonó el timbre. No esperaba a nadie.

—Todo esto es raro. Vuelvo en un segundo.

Había un servicio de entrega de obras de arte en la puerta. Los reconocí de la galería. No había acordado que enviaran nada, pero Marchand Raphel aparecía en la orden de trabajo, así que firmé para recibir el paquete y guié a los dos encargados al interior. Con cuidado, los muchachos colocaron la pieza grande contra una de las paredes del salón y cortaron el embalaje de cartón a petición mía. El nombre de Josephine estaba en la documentación adjunta, pero cuando por fin se reveló el cuadro, me dio un vuelco el corazón. Allí, en mi salón, estaba *Descíframe* de Ailynne Cho.

Empecé a temblar.

—¡Hayes!

Tardó un momento en aparecer por el pasillo, con una sonrisa traviesa en el rostro.

—¿Has sido tú? ¿Es tuyo?

—Dijiste que era la única obra que te encantaba.

Asentí y luego, de manera inesperada, empecé a llorar.

Hayes acompañó a los avergonzados encargados hasta la puerta y luego regresó junto a mí y me sostuvo entre sus brazos.

—Shhh. —Me estaba besando el lado de la cara—. Solo es arte, Solène —bromeó.

Me reí. A través de las lágrimas, las oleadas de emoción y la comprensión de que lo que había hecho era enorme, me reí.

—Gracias. No tenías por qué hacerlo.

—Lo sé. Pero no podía dejar pasar la oportunidad de hacerte sentir... ¿qué fue lo que dijiste? —«Todo».

Se me estaba derritiendo el corazón.

—Tú.

—¿Yo?

—Por eso te adoran, ¿verdad?

—¿Quiénes?

—Todos.

Sonrió.

—Sí, todos.

Permanecí allí un rato, perdiéndome en la seductora imagen. El jardín, la mujer, la luz. La avalancha, la idea de que era mío. El darme cuenta de que esto era lo que se sentía al emocionarse por el arte.

Hayes regresó a las paredes de cristal para admirar las vistas. El sol comenzaba a ponerse, bañando la habitación con una luz color albaricoque.

—¿Estás contenta?

—Creo que ya sabes la respuesta a eso.

—Bien —dijo. Seguía con la mirada puesta en el agua, pero escuché cómo le había cambiado la voz—. ¿Cuándo tienes que recoger a Isabelle?

—A las seis. Tenemos un rato.

Lo vi cruzar la habitación.

—¿Esta mesa de comedor es de mediados de siglo? —preguntó al tiempo que recorría las líneas del oblongo de Arne Vodder con el dedo. La conseguí durante el divorcio: los muebles, la casa. Daniel consiguió la cabaña de Vineyard. Y a Eva.

—Sí.

—Es bonita —dijo.

—Me alegra que te guste. —Me dirigí hacia la cabecera de la mesa, donde estaba él y donde, una vez más, contemplaba las vistas: el césped, el cielo, el mar, el sol poniente.

Hayes me tomó la mano y luego, sin previo aviso, me torció el brazo, de manera que acabé dándole la espalda. No habló. Me soltó la muñeca y me colocó la palma en el centro de la espalda con firmeza para doblarme hasta que estuve completamente inclinada sobre la mesa, el palisandro suave y fresco contra mi mejilla.

Se tomó su tiempo.

Sus manos: escalando por los lados de mis muslos, levantándome la falda, quitándome la ropa interior. Oí cómo se desabrochaba el cinturón, se bajaba la cremallera de los vaqueros y, luego, la pausa enloquecedora. Tenía los ojos puestos en la obra de Cho, los colores borrosos, evocadores, mientras anticipaba el crujido del envoltorio. No llegó. De repente, lo sentí contra mí: caliente, hinchado.

—No te has puesto condón.

—No.

Levanté la cabeza para mirarlo, pero no hablé.

—He tomado una decisión —dijo. Sus palabras quedaron en el aire, pesadas.

No lo detuve cuando la introdujo. Gruesa, suave, hondo. Sentirlo sin adornos, puro, hizo que perdiera la cabeza. Hayes, llenándome. Se retiró unos segundos y esperó, provocando, antes de volver a deslizarse dentro, despacio. Más profundo. Y luego se volvió a apartar.

La tercera vez que lo hizo habló en voz baja.

—¿Quieres que me ponga uno?

—No.

—¿Segura?

Podía sentirlo en la apertura, tentador. *Jo. Der.*

—Sí.

—Bien —contestó, y, acto seguido, hundió la verga con tanta fuerza y tan rápido que me lastimé el pómulo contra la mesa.

En medio de todo eso (con sus manos agarrándome las caderas y el sonido de sus huevos golpeándome la piel), me vino el pensamiento de que, a lo mejor, esta mesa había experimentado esto antes. Una ama de casa danesa de los años 50, con sus pálidos muslos golpeando el borde liso, aprovechando al máximo el diseño escandinavo, con una cazuela en el horno y los niños arriba en la sala de juegos.

La mano de Hayes estaba en mi pelo y me levantaba la cabeza de la mesa. Su aliento caliente en mi cuello, sus dientes en mi hombro, su verga tan profunda que dolía. Entonces, me rodeó las costillas con el brazo y sus dedos me agarraron a través de la blusa. Y me bastó con verle las venas del antebrazo, el reloj, los anillos, el tamaño de su mano. Llegué.

Después, cuando se desplomó encima de mí y yo volvía a yacer con la cara sobre el palisandro frío, tan cerca que podía contar las estrías en la veta pulida, me di cuenta de una cosa: esto era lo que se sentía cuando te penetraban sobre arte.

Joanna Garel era una modelo filipina convertida en actriz convertida en artista cuyas obras influenciadas por el arte pop se centraban en la cultura playera de Los Ángeles. Había creado una serie de torres de socorristas icónicas con una técnica mixta que eran la base de *Mar de cambios,* su primera exhibición individual en Marchand Raphel. La participación fue impresionante. Incluso antes de que mi integrante de *boy band* fuera añadido a la ecuación.

Esa noche, la galería se llenó de la familia y amigas modelos multirraciales y fotogénicas de Joanna y una mezcla ecléctica de nuestra diversa clientela habitual. Y para mí, era la multitud más animada y colorida de nuestro tramo de La Cienega. En un momento dado, al principio de la noche, abracé a Lulit y le volví a agradecer que hubiera dado a luz a esta idea. El deseo de cambiar las cosas.

Hayes llegó a lo que deseaba que fuese poco alboroto. Le había dicho a Isabelle que tenía intención de asistir, pero que no se obsesionara con ello. Y, aun así, se pasó incontables horas hablando por teléfono con Georgia y Rose planeando qué iban a ponerse (vaqueros, no vestidos), cómo iban a actuar (sofisticadas, no locas) y dónde se iban a reunir todas después para un *post mortem* completo (en la casa de Georgia para una fiesta de pijamas, lo cual alenté por razones obvias).

Sabía que estaba allí antes de que diera a conocer su presencia. Lo sentí: átomos moviéndose, una mayor excitación, una variación en el volumen. Las personas cambian cuando están cerca de gente famosa. Primero se callan y murmuran entre ellas. Luego hablan más alto, como si quisieran que las escucharan. Se vuelven alegres, joviales y demasiado ingeniosas. Lo había visto en Starbucks con Ben y Jen y en la *premiere* de una película en la que Daniel trabajó con Will Smith. Lo había visto en SoulCycle, en yoga y en pilates. Lo había visto en Whole Foods. Ese tipo de comportamiento extraño y forzado a lo «mira, somos como tú, nuestras vidas son como la tuya». Pero nunca imaginé que alguien tan cercano a mí lo incitaría.

—Mamá, está aquí, está aquí, Hayes está aquí. —Isabelle me encontró en la cocina, donde estaba dándole unas instrucciones a uno de nuestros camareros.

—¿Lo has saludado?

—No, no lo he saludado. No sabrá quién soy. No puedo acercarme a él y recordarle que lo conocí una vez, qué vergüenza. Por favor, ven y preséntanos otra vez.

—Voy para allá —prometí. Si hubiera sabido que ayer mismo estuvo acostado en su cama, se habría muerto.

Me condujo hasta él, a la sala delantera, donde se estaba agolpando la multitud. Donde la charla era ruidosa y se bebía vino y Georgia y Rose se mantenían al margen e intentaban actuar con discreción mientras esperaban que se las presentara. Lulit le estaba enseñando una de las obras de Joanna: una atrevida torre de socorrista sombreada por puntos Ben-Day de los colores del atardecer y reproducida sobre una gran placa de madera.

Capté su mirada a medida que me acercaba a él, y la expresión de su rostro era puro sexo, y supe que no íbamos a pasar la noche sin que uno de nosotros la cagara.

—Hola.

—Hola. —Sonrió.

—Has venido.

—He venido.

Lulit sonrió con complicidad.

—Os voy a dejar solos, sí. Tengo gente a la que halagar, arte que vender. Hayes, ¿te traigo una bebida? ¿Vino? ¿Agua?

—No, gracias. Estoy bien.

—Bueno, si necesitas algo, no seas tímido. Aunque estoy seguro de que esta mujer te cuidará bien.

—No lo dudo.

Me incliné para besarlo en cuanto Lulit se alejó, uno de esos besos franceses en ambas mejillas, lo cual era algo que nunca antes había hecho con él y que me resultó tan incómodo y extraño que ambos empezamos a reírnos. Pero podía sentirlo: gente mirándolo, *mirándonos*. Incluyendo la recién nombrada adolescente que tenía justo detrás de mi hombro. La que más tarde dormiría en casa de su amiga, completamente ajena al hecho de que su madre estaba participando en actos inconfesables con una quinta parte de la *boy band* más importante del mundo, justo al final del pasillo desde su habitación rosa y blanca. Mantén la calma y sigue adelante, en efecto.

—Hayes, ¿te acuerdas de mi hija Isabelle?

—Isabelle. Creo que sí.

—Hola, Hayes. —Isabelle estaba dividida entre esbozar la sonrisa más grande de su vida y ocultar los aparatos.

—¿Cómo has estado? —La abrazó y mi hija se convirtió en papilla de manera visible, con los brazos doblados a los costados y las manos sin saber muy bien adónde ir.

Oh, si supiera... Si supiera...

—No puedo creer que estés aquí.

—Estoy aquí. —Le puso la mano sobre la cabeza—. Creo que estás más alta. ¿Estás más alta?

Ella asintió, sonriéndole.

Algo revoloteó en mi pecho. Algo parecido a la traición.

—¿Y has traído a tus amigas? —continuó Hayes, ciñéndose al guion.

Rose y Georgia se habían acercado furtivamente hacia nosotros. Les volví a presentar a su ídolo y observé cómo lo adulaban.

—Enhorabuena por el VMA —soltó Georgia.

—Teníamos la esperanza de que ibais a tocar —intervino Rose, que se colocó el pelo rojo sobre el hombro. Según Isabelle, se lo habían peinado con secador ese mismo día, lo cual indicaba lo importante que era esta noche.

—Nos tomaron el pelo y nos hicieron pensar que ibais a estar allí, pero no estuvisteis en realidad, así que solo fue Miley por todas partes.

—Ah, sí, Miley. —Hayes sonrió.

—Mi madre no aprueba ese vídeo —dijo Rose—. Dice que es una mala influencia y que nos está metiendo ideas en la cabeza.

—¿Eso es lo que está haciendo Miley? Vale, en ese caso igual deberías escuchar a tu madre. Y mantenerte alejada de los sitios en obras y tal.

—Pero la canción es bonita —añadió Isabelle.

—La canción es bonita.

—¿Todavía estáis grabando el álbum? —preguntó Georgia. Me fascinaba cómo se las apañaban para saber todo lo que pasaba en la vida de estos chicos y, aun así, vivir las suyas.

—Acabamos de terminarlo. Todavía están haciendo algunas mezclas, pero nosotros ya hemos aportado nuestra parte.

—Estoy deseando escucharlo. —Isabelle sonrió y se tapó la boca con la mano. El anillo de Eva centelleaba en su dedo corazón. No se lo había quitado desde el campamento.

—Estoy deseando que lo escuchéis.

Me lo tomé como una señal cuando Georgia cruzó los brazos sobre los pechos (madre mía, ¿cuándo había ocurrido eso?), ladeó la cabeza y dijo muy seria:

—Entonces, Hayes, ¿te gusta el arte contemporáneo?

Deduje que todo esto era parte de su plan de «actuar sofisticadas» y por eso me retiré con educación.

—Estaré deambulando, por si tienes alguna pregunta —le dije—. Si no me encuentras, mira en mi despacho.

Sonrió y asintió. El Hayes libertino con su pañuelo de seda, su grupo de chicas pubescentes, su pelo perfecto, su sonrisa cautivadora.

—Lo haré —articuló. Era una promesa.

Josephine había preparado una lista de reproducción para la inauguración, y el *hip hop soul* acústico alternativo aterciopelado de Ed Sheeran resonaba por toda la galería. Era el complemento perfecto para las obras serenas de Joanna. Arte pop realizado en inesperados tonos apagados de sol, mar y arena.

—Tu novio. —Lulit se acercó a mí en la Galería 2, la sala del medio—. Guau.

—Por favor, no lo llames así.

—Me está matando con esos ojos de cachorrito. Cómo te siguen por la habitación. ¿Qué le has hecho a ese pobre chico?

—No tengo ni idea —respondí, saludando a un camarero que llevaba una bandeja—. Simplemente… hicimos *clic*. Es aterrador, en realidad. —Volví el cuerpo hacia ella, lejos de quienes estaban contemplando el arte—. ¿Sabes por qué no bebe nada? Porque *no puede*.

Lulit abrió los ojos de par en par y ambas empezamos a reírnos.

—Oh, Solène. Eso es *malo*.

—Sí, soy consciente. No tengo ni idea de hacia dónde va esto. Estoy disfrutando del viaje y ya está.

—No lo dudo… Eres como el vivo ejemplo de mujer que reivindica la sexualidad.

Me reí.

—No sabía que la había *negado*.

—Creo que estaba latente y ahora ha vuelto con toda su fuerza. No sea que nadie se piense que las mujeres de cierta edad ya no somos sexualmente viables.

—Sí. —Sonreí—. No sea que nadie lo piense.

»Le voy a dar unos minutos más antes de salvarlo de las chicas. Y luego le diré que se haga algunas fotos, ¿vale?

—Sí. —Asintió al tiempo que se acariciaba el cuello. Tenía el pelo recogido y los tirantes finos de su vestido le acentuaban los delicados huesos—. Daniel va a perder la cabeza.

—Ya, bueno, Daniel la cagó, ¿no?

Estaba navegando por el mar de cuerpos que llenaban nuestro espacio cuando me encontré con Josephine charlando con un invitado. Me detuvo, agarrándome del codo.

—Una exhibición genial. Una participación genial.

—Sí, estoy muy feliz. Habéis trabajado duro. Una selección de canciones increíble, por cierto.

—Me aseguré de no incluir ninguna de August Moon en la mezcla. —Sonrió.

—Inteligente por tu parte.

Me presentó al invitado con el que había estado charlando, un hombre de poco más de treinta años con un moño y una de esas barbas de leñador. Hice una rápida revisión del estado de sus zapatos y uñas. Hoy en día era cada vez más difícil saber quiénes eran los compradores en potencia.

El hípster se excusó para mirar una obra y Josephine se inclinó hacia mí de manera furtiva.

—Supongo que recibiste el paquete.

—Sí. Gracias.

—Quería darte una sorpresa. No te haces una idea de lo difícil que ha sido no mencionarlo durante todo este tiempo. Y la expresión de decepción que pusiste cuando te diste cuenta de que estaba vendido…

Aquel sábado por la tarde de julio, en la inauguración de *Humo y espejos*, noté una marca en la lista que indicaba que habían comprado la obra. Cuando le pregunté a Josephine quién había sido el comprador, me dijo un nombre que no había oído nunca.

—En ese momento me entraron muchas ganas de decírtelo.

—Me alegro de que no lo hicieras.

—Bueno —dijo, y le dio un sorbo a su Pellegrino—, supongo que esto significa que lo de *Access Hollywood* es verdad. En plan, no tienes que decir nada. Pero ha venido. Y esa obra costaba catorce mil dólares.

—Sé cuánto costaba. Gracias.

—Y luego ese vídeo en los Hamptons...

Me quedé helada.

—¿Qué vídeo?

—TMZ. No es... no fue gran cosa. Solo imágenes de él en un SUV con su guardaespaldas. Y tú estás detrás. Le estás dando la espalda a la cámara. Está borroso y no se te ve la cara, pero es tu pelo y reconocí tu vestido. El blanco de los botoncitos en la espalda. Me encanta ese vestido.

Me quedé allí unos segundos, incapaz de hablar. La idea de que nos habían descubierto, de que me habían descubierto. Ni siquiera estábamos haciendo nada. Y me sentí culpable.

—Nadie lo ha mencionado —dijo Josephine al rato.

Asentí despacio.

—Aprecio tu discreción. Llévale algo de beber al hombre del moño. Igual compra algo.

No se habían alejado mucho. Si bien era cierto que parecía que se había multiplicado el número de invitados que se habían acercado a Hayes, las chicas todavía lo estaban rodeando. Se habían posicionado de manera estratégica ante *SexWax*, el guiño de Joanna a las *Latas de sopa Campbell* de Warhol. El lienzo presentaba una imagen descarada de la famosa cera de surf con su icónico logo. MR. ZOGS SEX WAX, decía. QUICK HUMPS, THE BEST FOR YOUR STICK. Precioso.

Mientras me acercaba a ellos, vi a Rose contándole una broma con su postura actitudinal y a Hayes riéndose, y temí hacia dónde había ido su conversación.

—¿Puedo tomarlo prestado un segundo? —Mi voz me sonó desconocida, el efecto secundario de la colisión de mis mundos. La revelación de TMZ. Solo necesitaba superar la noche.

»Hayes, tengo que presentarte a alguien. Señoritas, lo traeré de vuelta enseguida. Prometido.

Hayes se disculpó con educación y me siguió entre la multitud.

—Perdón por las chicas.

—No pasa nada. Son muy dulces. Es muy dulce, tu hija.

—Sí —contesté antes de añadir—: Espero que lo recuerdes cuando le estemos rompiendo el corazón.

—¡Oh, porras! —exclamó, lo que me hizo sonreír—. Tengo muchas ganas de que llegue ese momento. De acuerdo, ¿a quién me vas a presentar?

—A nadie. Solo te quería para mí durante un rato.

—Vaya, eso suena travieso.

Nos dirigimos a la Galería 2, que estaba un poco menos concurrida. Vi a la artista, Joanna, enfrente, radiante y exuberante, todo un espectáculo con un minivestido negro. Se estaba riendo a carcajadas, con la multitud en la palma de la mano.

—Vale. —Mi atención volvió al chico que estaba medio paso detrás de mí—. Tú ponte muy serio y actúa como si estuviéramos hablando de arte.

—¿Podemos hablar de este vestido? —Sonrió.

—No.

—¿Podemos hablar de tu culo con este vestido? Porque eso es arte.

Me reí.

—No, no podemos. —Lo detuve frente a una de las obras más grandes. *Marea baja en el n.° 24*, acrílico sobre lino—. Quiero que actúes como si te gustara de verdad.

Los ojos de Hayes escanearon la obra.

—Sí que me gusta bastante.

—Aun mejor. Actúa como si estuvieras interesado en comprarlo. Voy a ir a mi despacho y volveré con información sobre la obra, y luego me seguirás a mi despacho, como si estuvieras planeando comprarlo.

Asintió despacio.

—V-Vale. Veo que le has dado varias vueltas.

Hayes ladeó la cabeza y me miró de cerca.

—¿Qué te ha pasado en la cara? —Me señaló el pómulo con la mano.

Me quedé allí, mirándolo, buscando algún indicio de reconocimiento, pero no hubo nada.

—¿En serio? La mesa.

Abrió los ojos de par en par y se quedó boquiabierto, y no estaba segura si iba a reír o llorar.

—Oh, Sol. —Era la primera vez que me llamaba así—. ¿Por qué no dijiste nada?

—No pasa nada. Estoy bien.

—No, sí que pasa. Lo siento. —Se inclinó como para besarlo.

—No.

—Lo siento —repitió—. No más mesas. Prometido.

—A mí me gustó la mesa —dije, y luego me di la vuelta y me alejé.

Minutos más tarde estábamos en mi despacho, con la puerta bien cerrada.

—¿Podemos hablar ya de este vestido? —No perdió el tiempo, sus manos se movían sobre la tela, mi cintura, mis caderas, mi trasero.

Era un vestido ceñido al cuello de un color gris humo. Combinado con mis sandalias «fóllame» negras Alaïa Bombe de diez centímetros con la tira adornada en el tobillo. No tenía ninguna oportunidad.

—¿Qué es lo que querías decir al respecto?

—Es muy… bonito —respondió, y bajó su boca hacia la mía mientras me recorría el abdomen con la mano y alcanzaba la parte superior del cuello del vestido.

—No te he traído para hacer esto.

—¿Ah, no?

—No. Solo quería olerte.

—¿En serio? —Sonrió—. ¿Solo olerme? ¿Eso es todo? —Su boca estaba en mi pecho. Podía escuchar voces afuera de la puerta. Ed Sheeran: *Don't*.

—Tú. Eres como una puta droga. Hayes Campbell.

Se alejó después de un minuto y dio un paso atrás, esbozando una sonrisa amplia de oreja a oreja.

—Adelante. Huéleme entonces.

Aproveché la oportunidad para inhalarlo. Su cuello, su garganta, su ridículo pañuelo de seda. Metí la mano en su camisa por siempre desabrochada y le pasé las manos por el suave pecho, los perfectos pezones erectos. Podría vivir aquí.

—Tengo chicle —dijo.

—Chicle, pero no condones.

Sonrió con timidez.

—Tengo condones.

—¿Tienes condones *aquí*?

Asintió.

—Ayer, entonces... ¿me estabas poniendo a prueba?

—Estaba disfrutando de ti.

El recuerdo me golpeó con intensidad. La sensación de él.

Sonó una risa en el pasillo. Familiar. Podría haber sido Matt.

En ese momento, se inclinó hacia mí y me susurró al oído.

—¿Puedo doblarte sobre este escritorio, por favor? ¿Un segundo?

No era propio de él preguntar.

Lo miré como si estuviera loco. Y, entonces, me escuché decir:

—Tienes dos minutos.

—Puedo terminar en dos minutos. —Sonrió.

—*No* me manches el vestido.

—No lo haré. Prometido.

Seis minutos más tarde estábamos de vuelta en la galería y nadie se dio cuenta. Al menos eso quería creer.

—¿Me harías un favor enorme? —le pregunté mientras nos abríamos paso entre la multitud—. Hay una fotógrafa de Getty. Me encantaría que te hicieras una foto con Joanna. Pero si te sientes incómodo, lo entiendo perfectamente.

Odiaba pedírselo. Odiaba todo lo que insinuaba. No quería que pensara ni por un segundo que estaba aprovechándome de nuestra relación y de su fama para vender arte.

—Solène. —Me agarró de la muñeca y me atrajo hacia él—. ¿Por qué no haría eso por ti?

Me giré para mirarlo, consciente de que me estaba tocando en este espacio tan público. El chico al que acababa de dejar que me penetrara en el despacho.

—He venido por ti, ¿verdad?

—Has venido por mí. No has venido por Marchand Raphel.

—He venido por ti —repitió—. Y la última vez que lo comprobé, eso era una gran parte de ti.

<hr>

Lo fotografiamos junto con Joanna y su esposo delante de *Marea baja en el nº 24*. Hayes insistió en que hubiera una tercera persona en la fotografía porque Joanna era «demasiado guapa» como para que apareciera solo con ella.

—Asumirán que me acuesto con ella —había dicho cuando le cuestioné su razonamiento.

—¿Quiénes?

—La prensa. Los fans. El mundo.

—Tiene como el doble de tu edad, Hayes.

—Ya, bueno, está claro que eso no me detiene, ¿verdad? —Sonrió, salaz, masticando chicle—. ¿Quieres vender arte o quieres un escándalo?

Era evidente que Hayes sabía lo que estaba haciendo.

El marido de Joanna era un cincelado modelo jamaicano-chino que, al parecer, había pasado algún tiempo en el gimnasio y cuyos hoyuelos rivalizaban con los de Hayes. Eso no hizo más que mejorar la sesión de fotos.

La fotógrafa, Stephanie, publicó una docena de fotografías en Getty Images la noche de la inauguración. El domingo, numerosas fuentes las habían recogido, incluidas *Hollywood Life* y el *Daily Mail*, y la semana siguiente aparecieron en *Us Weekly, People, Star, OK!* y *Hello!* Para entonces, ya hacía tiempo que se había agotado nuestra exhibición *Mar de cambios*. Y la demanda del trabajo de Joanna había superado con creces cualquiera de nuestras expectativas.

París

En octubre, llegó París.

Lulit y yo íbamos todos los años a la feria de arte FIAC, que, por lo general, coincidía con mi cumpleaños. Cuando Hayes propuso unirse a nosotras, no me negué. Me asombró lo decidido que estaba a convertirlo en algo memorable. Cómo programó su sesión de fotos con TAG Heuer para que coincidiera. Cómo reservó el ático en el Four Seasons Hotel George V e insistió en que me quedara con él en lugar de en el apartamento del distrito 17 que alquilábamos normalmente. Cómo mejoró mis billetes y los de Lulit de *business* a primera clase sin que ninguna de las dos nos enteráramos, sino que recibimos una agradable sorpresa en el mostrador de facturación de Air France. «Quería que estuvieras bien descansada cuando llegaras», susurró más tarde mientras bebíamos Dom Pérignon en nuestra habitación de hotel. Fueron las vacaciones de trabajo más indulgentes que recordaba, llenas de vino, arte y hojas cayéndose. Y, al igual que todo el tiempo que pasaba con Hayes, se fue demasiado rápido.

Llegó de Londres el martes por la tarde, horas después que yo, tras volver de cuatro días en los Dolomitas, donde los chicos estuvieron grabando el videoclip de *Palabras de desconsuelo*, el primer lanzamiento que planeaban sacar de *Sabio o desnudo*.

—Te he echado de menos, te he echado de menos, te he echado de menos —dijo con efusividad. Estaba acostado a mi lado, poscoital, apoyado sobre un codo, acariciándome el pómulo con los dedos.

Y, para mí, estaba claro: se estaba enamorando.

—No puedo hacer estos descansos largos. Creo que vas a tener que dejar tu trabajo, vender tu galería y viajar conmigo durante los próximos años.

Me reí.

—¿Y qué se supone que debo hacer con mi hija?

Se encogió de hombros, sonriendo.

—¿Daniel? ¿Internado? Supongo que siempre podríamos conseguirle una habitación y contratarle un tutor adecuado...

—Sí, suena factible.

—En serio. ¿Qué chica de trece años no querría irse de gira con August Moon?

—¿Qué madre en su sano juicio permitiría que su hija de trece años se fuera de gira con August Moon?

—Mmm... Tienes razón.

Vi con total claridad el rostro de Isabelle cuando se despidió de mí la mañana anterior. Sus grandes ojos azules, su dulce sonrisa. Ignorante. Me había hecho una tarjeta: «¡Que tengas el cumpleaños más feliz del mundo!».

Y supe, sin importar cuán delicada fuera la noticia, que la iba a destrozar.

Yo iba a destrozarla.

Hayes estaba sonriendo, delineándome los labios con los dedos.

—El plan A, entonces... ¿Daniel? ¿Entiendo que esa no es una opción?

—No es una opción.

—¿Qué pasa si dejo la banda?

Su voz era suave, tan suave que tenía miedo de reconocerla. Por un momento, los dos nos quedamos en silencio. La pregunta flotaba en el aire. Y luego, sin decir más, rodó hacia mí y me besó las comisuras de la boca, con su mano en mi cuello, en mi garganta.

—Necesito más de ti.

—No sé si hay más de mí para dar.

—Esa no es una respuesta lo suficientemente buena.

Sonreí, le rodeé la cintura con las piernas y llevé las manos a su pelo.

—¿Qué es lo que quieres de mí entonces?

Se posicionó. Nos habíamos vuelto laxos con los condones.

—Todo.

Pasé todo el miércoles con Lulit en el segundo piso del Grand Palais, donde estaba situado nuestro *stand* para la Foire Internationale d'Art Contemporain. Las visitas VIP comenzaron a las diez de la mañana y, a partir de ese momento, nuestro día estuvo repleto de coleccionistas y dignatarios apreciados, la *crème de la crème* del mundo del arte. Cada visitante ligeramente más fabuloso y adinerado que el siguiente, hablando innumerables idiomas, todos ligeramente embriagados en presencia del arte. Y, una vez más, recordé por qué amaba lo que hacía. Porque estar rodeada de personas tan variadas e intrigantes (formar parte de una comunidad en la que la admiración venía por infringir las reglas, o mejor dicho, se *esperaba* que infringieran las reglas) era, para mí, como estar en casa.

Hayes se pasó el día en un estudio haciéndose retratos con un reloj.

El segundo día de la feria, el primer día que estuvo abierta al público y el que acudieron no menos de 18.000 visitantes, la sesión fotográfica de Hayes terminó temprano y me dio una sorpresa al pasarse por el Grand Palais un poco más tarde de las cinco. En un mundo de iPhones y mensajes de texto, fue tal la conmoción de verlo aparecer en nuestro *stand* sin previo aviso que tardé tres segundos enteros en registrar quién era ese apuesto extraño, y eso hizo que me preguntara cómo lo veían los demás. Su notable estatura, su pelo, sus ojos, su mandíbula, su amplia boca; vaqueros negros, botas negras y un abrigo de ante oscuro de tres cuartos. Incluso si no fuera famoso, sería difícil pasarlo por alto. Y el hecho de que en ese momento fuera mío...

—¿Qué estás haciendo aquí?

—Quería ver qué haces cuando no estoy contigo... Y pensé que igual te gustarían unos *macarons*. —Sonrió y me ofreció una bolsa de Ladurée.

Lo abracé. Con fuerza. Y durante ese breve momento no me importó quién nos viera. O lo que podrían haber pensado.

—Estás actuando sospechosamente como un novio, no sé si lo sabes.

Se rio.

—¿A diferencia de...?

—A diferencia de alguien que simplemente disfruta «mucho, mucho, *mucho*» de mi compañía.

—¡Ja!

Lulit se acercó a nosotros desde el otro lado del *stand*, donde se había estado comunicando con un coleccionista chino.

—Bueno, ¿a qué le debemos este gran honor? —Le dio dos besos en las mejillas al estilo francés, y con ella no pareció un gesto incómodo.

—Se me ocurrió ver de qué se trataba todo ese alboroto.

—Pero las colas deben de ser una locura. ¿Has tenido que hacer cola?

Hayes negó con la cabeza, con una expresión divertida en el rostro. Como si alguna vez en su vida hubiera tenido que hacer cola para algo.

—Gracias otra vez por tu generosidad con los billetes.

—No hay de qué. Y os he traído *macarons*. Es para que los compartáis. —Esa última parte la dirigió a mí.

—No te vas a ir corriendo, ¿no?

Había habido un tráfico peatonal ininterrumpido en la feria durante todo el día, pero al final de la tarde hubo un poco de calma, así que me ofrecí a hacerle un recorrido rápido a Hayes, comenzando por nuestro *stand*: los lienzos de Nira Ramaswami, las esculturas de Kenji Horiyama, las obras en técnica mixta de Pilar Anchorena. Por momentos inquietantes, inspiradores, políticos.

Anders Sørensen, desde hacía tiempo nuestro preparador de arte y responsable de la instalación de nuestros *stands* de las ferias, llegó a principios de semana desde Oslo para realizar el montaje. Habíamos vendido siete piezas solo durante la visita privada, y Anders ya había relevado las obras vendidas y reinstalado el *stand*. Si lográramos vender las dieciocho piezas que habíamos enviado para la FIAC, sería una semana excepcional. Le expliqué todo esto a Hayes.

—Entonces, ¿tu misión aquí es vender la mayor cantidad de arte posible?

—No se trata solo de las ventas. —Estábamos dando vueltas por los pasillos del segundo piso, inspeccionando las otras galerías medianas—. Las ferias son una oportunidad para establecer conexiones, ver qué nuevos artistas están surgiendo, cómo se está recibiendo su trabajo. Y para nuestros artistas y la galería supone una gran exposición. No aceptan a todos los que se postulan.

—¿Quién decide dónde ponen el *stand*?

—Hay un comité. Las galerías más grandes y de primera línea siempre están en el piso principal. Más tránsito de personas.

—¿Aspiras a eso? ¿A una galería más grande?

Le sonreí. Me encantaba que tuviera preguntas. Me encantaba que le importara.

A Daniel nunca le había gustado el mundo del arte. La gota que colmó el vaso ocurrió cuatro años atrás, en la gala anual del MOCA, *The Artist's Museum Happening*, donde se contentaba con charlar con gente como Brian Grazer y Eli Broad, pero sus ganas de examinar la exposición en sí eran escasas. Cuando le pregunté qué pensaba de la exhibición, le dio un sorbo al vino y dijo que «estaba sobrevalorada y era autoindulgente», y me pregunté cómo es que me había casado con alguien tan diferente a mí en lo fundamental. Pasé esa noche luchando por contener las lágrimas y sabiendo que todo había terminado.

—Me gusta el punto en el que estamos —le dije a Hayes—. Si tuviéramos unas operaciones como esas, tendríamos galerías adicionales en Nueva York, Londres, París o Japón. No es algo fácil de gestionar como madre soltera.

Por un momento, reflexionó sobre eso, pero no dijo nada.

Bajamos al nivel principal. Había tantas cosas que quería enseñarle, tantos espacios y cuerpos que explorar, que, incluso con unos botines de Saint Laurent de ocho centímetros, me movía rápido.

—No te me pierdas —dijo en un momento dado, y buscó mi mano. No obstante, cuando evaluó mi reticencia, la dejó caer y se rio—. En algún momento discutiremos sobre esto. Pero no… no te me pierdas. Hay mucha gente aquí.

—No lo haré. Te lo prometo.

Había mucha gente, aunque muy poca que se encontrara entre su público objetivo, por lo que supuse que estaría a salvo. Sin embargo, no sabía lo que se sentía ser él, imaginar que en cualquier momento la multitud podría cambiar y que el pánico podría sobrevenir, sobre todo en ausencia de un Desmond o un Fergus. No tenía ni idea de lo que era vivir con esa realidad.

Reduje el paso y caminé a su lado mientras intentaba no pensar en cómo nos percibía la gente. Suponiendo que estuvieran prestando atención. Pero me vino el pensamiento de que, a lo mejor, no hacía falta que estuviéramos tomados de la mano. Quizás nuestra química era lo suficientemente palpable.

—¿Vas a enseñarme lo que te encanta? —preguntó.

—Voy a enseñarte lo que me encanta.

Lo conduje hasta dos impresionantes obras del artista danés-islandés Olafur Eliasson. *El nuevo planeta*, un gran oloide giratorio de acero y vidrio coloreado. Y *Observando el rocío*, un grupo de innumerables esferas de cristal plateado que creaban múltiples reflejos. Ambos fascinantes, memorables.

—Hay muchos de nosotros —me susurró Hayes al oído delante de la instalación *Observando el rocío*—. Muchos Hayes y Solènes pequeños… como doscientos, por lo menos.

—Por lo menos.

—Me gusta vernos multiplicados —dijo en voz baja.

—No estoy segura de lo que estás insinuando.

—Nada. —Sonrió—. Nada en absoluto.

En el camino de regreso por el corredor principal, llegamos a Gagosian, donde le presenté a Hayes a mi amiga Amara Winthrop. Fue Amara con la quedé para desayunar en el Peninsula la mañana en la que August Moon dio el concierto de *Today* e hizo que tanto yo como el resto de personas del centro de Manhattan llegáramos con quince minutos de retraso. Pero si lo reconoció allí en el Grand Palais, no dijo nada. A pesar de que usé su nombre y apellido y lo presenté como mi «amigo». No mi «cliente». Estaba viendo cómo quedaba.

—Estás fabulosa, como siempre.

Vi cómo Amara se reconstruía el moño. Llevaba una chaqueta ajustada con péplum sobre una falda de tubo. La confección era impecable, con toda probabilidad británica. En la escuela de posgrado, ella era la rubia de Bedford Hills que nos había intimidado a todos.

—Ya... bueno, ya conoces la costumbre: múltiples grados, y aun así todo se reduce a tus piernas. Pero hay que vender arte, ¿verdad?

Sonreí. Lulit y yo nos habíamos lamentado de lo mismo en numerosas ocasiones.

—Sí. Hay que vender arte.

—Vas a venir a cenar esta noche, ¿no?

—Sí.

—¿Cena? —Hayes ladeó la cabeza.

—Te lo conté. Es mi única cena de trabajo de la semana.

—Creo que lo olvidé de manera conveniente.

Había dos mujeres jóvenes, de poco más de veinte años, rodeando una de las esculturas de John Chamberlain cerca de la parte delantera del *stand*. Para mí estaba claro que habían reconocido a Hayes, ya que no paraban de lanzar miradas furtivas en nuestra dirección. Hayes consiguió ignorarlo.

—No para de abandonarme —le dijo a Amara. Lo que expuso prácticamente... todo.

Se tomó un segundo para hacer cálculos y luego respondió:

—Bueno, entonces deberías venirte.

Hayes me miró y esbozó una sonrisa irónica.

—Puede que lo haga.

—*Pardon.* —Una de las jóvenes se acabó acercando—. *Excusez-moi, c'est possible du prender une photo?* ¿Podemos hacer una foto?

—*De l'art? Oui, bien sûr* —respondió Amara.

—*Non. De lui. Avec Hayes.* —Tenía esa forma tan adorable propia de los franceses de pronunciar la H—. ¿Puedes hacerte una foto con nosotras, Hayes, por favor?

Hayes les hizo el favor, mientras que Amara observaba con una confusión visible. Y, cuando volvió a la conversación con un «Con que esta noche…», como si posar para fotos con personas desconocidas que sabían cómo se llamaba no fuera algo totalmente fuera de lo común, Amara lo detuvo.

—Oh. Eres alguien, ¿verdad?

—¿Alguien? Sí. —Sonrió.

—Vale, ya lo averiguaré. Pero sí, deberías venir. Es un grupo divertido. Tráetelo. —Se giró hacia mí antes de volver a mirar a mi «alguien»—. Haz que te traiga.

<hr />

Teníamos una reserva en Market, en Avenue Matignon. Éramos diez y nos dieron la mesa grande que había en la sala del fondo. Era elegante y estaba apartado e iluminado con tonos cálidos. Y, tras un escarceo y una ducha en el hotel, me alegré de que Hayes se hubiera unido a nosotros. Temía que pudiera estar un poco fuera de su elemento. Pero seguro que toda esa buena educación y los tres años como famoso a nivel mundial tenían que derivar en algo.

Cuando todavía nos estábamos vistiendo en el George V, recibí un mensaje divertido de Amara:

Acabo de buscar en Google a tu yogurín.
Qué demonios? Cómo lo has hecho??? Si no quieres
salir con unos viejos artísticos, lo entenderé.
Probablemente yo tampoco lo haría. Pero necesitaré
detalles más tarde. Muchos. Besos y abrazos.

No obstante, en el restaurante mantuvo la discreción. Era un grupo animado: Amara; Lulit; Christophe Servan-Schreiber, propietario de galerías en París y Londres; el pintor Serge Cassel, uno de los artistas de Christophe; Laura y Bruno Piagetti, coleccionistas de Milán; Jean-René Lavigne, que estaba en la sucursal de Gagosian en París; Mary Goodmark, consultora de arte de Londres; y nosotros.

Era incapaz de llevar la cuenta del vino que había, y hacíamos mucho ruido. Sobre todo los italianos. Hayes y yo nos sentamos en el lado del banco de la mesa, de espaldas a la ventana, flanqueados por Christophe, Lulit y Serge. Se las apañó para tomarme de la mano toda la noche. Y no lo detuve.

—Bueno, ¿cómo es que conoces a Solène? —le preguntó Christophe a mi cita. Llevábamos allí casi una hora y estábamos con los aperitivos compartidos: tartar de vieiras con trufas negras y pizza de trufa negra y fontina. La mitad de la mesa estaba discutiendo la venta de un Anish Kapoor del día anterior por unos supuestos dos millones de dólares. Los demás estaban intercambiando batallitas sobre ferias de arte pasadas, y Mary y Jean-René contaban lo que nos habíamos perdido en la Frieze de Londres. Lo que dejó a Hayes respondiendo a las preguntas del venerado tratante de arte.

Sonrió y se volvió hacia mí.

—Solène. —Su voz era profunda, ronca, llena de insinuaciones—. ¿Cómo es que nos conocemos?

Deslizó los dedos entre mis rodillas y sentí que me mojaba. Con él costaba tan poco.

Sonrió y se volvió hacia Christophe.

—Somos muy buenos amigos.

—¿Eres estudiante?

—No. —Se rio.

—¿Artista?

Hayes negó con la cabeza.

—Un coleccionista en ciernes.

—¿Has visto ya algo especial en la feria?

—Mmm. —Hayes reflexionó un momento y temí que no hubiera retenido nada de esta tarde—. Los Basquiat eran particularmente cautivadores —dijo por fin—. Enfadados, trastornados. Pero siempre parece ser así, ¿no? Sus demonios evidentes en su trabajo.

»Había un par de piezas de Nira Ramaswami en el *stand* de Solène que me han interesado mucho. Muy poéticas. Melancolía. Y las instalaciones de Olafur Eliasson. Podías perderte en ellas. De verdad...

Si pudiera haberme enterrado en su regazo y haberle chupado la verga en ese mismo momento, lo habría hecho. ¿Quién era esta persona y qué había hecho con mi neófito en el arte? En el mejor de los casos, me esperaba que hubiera regurgitado algunas de mis interpretaciones, pero todos estos pensamientos eran suyos.

—*Sì, mi piace molto.* Me encanta, el Basquiat —comentó Laura desde el otro lado de la mesa—. Cómo puedes sentir... *il dolore. Come si dice?* —Se giró hacia Bruno, que estaba a su lado, balanceando su melena corta y negra. Laura tenía piel de alabastro y unos labios generosos. Llevaba un precioso vestido rojo tomate con un profundo escote que dejaba ver su garganta de cisne.

—Dolor —respondió Bruno. Era mayor que Laura, más canoso, con una mandíbula marcada y una villa en el lago de Como.

—Sí. Sientes el dolor. Me encanta.

—Yo no necesito sentir el dolor —intervino Lulit—. Aprecio que la mayoría de los artistas estén un poco locos (sin ofender, Serge), pero no siempre necesito sentir eso en su trabajo. A veces simplemente quiero mirarlo y ser feliz.

—Como Murakami —comenté—, en ciertas dosis.

—Como Murakami, sí. —Sonrió—. Hay tanta negatividad en el mundo que a veces necesito que el arte me ponga feliz.

Hayes estaba agitando su cabernet sauvignon en la copa de una manera lenta, hipnótica.

—A lo mejor *sí* que hay dolor en la obra de Murakami, pero no lo percibimos porque son sus subordinados quienes llevan a cabo su genialidad.

En ese momento, todos nos volvimos para mirarlo, intrigados.

—¿A qué te dedicas? —preguntó Christophe. Tenía uno de esos acentos que eran imposibles de identificar. Padre francés, madre británica, internados suizos. Una sopa internacional, bastante común en el mundo del arte.

—Soy cantautor. Estoy en una banda.

—¿Qué tipo de música?

—Pop, sobre todo.

Serge, Jean-René y Lulit continuaron con el hilo de la negatividad y comenzaron a discutir el inquietante aumento del antisemitismo en Francia durante el año pasado y el gran número de judíos que estaban migrando como resultado.

—*C'est horrible* —dijo Jean-René, inclinándose desde el otro extremo de la mesa—. *C'est vachement triste, et ça va continuer à se dégrader, c'est sûr. Si personne ne fait rien, ne dit rien... On va asistirre jusqu'à quand? Comme la fois précédente? Non, pas question!*

—Música pop, bien —continuó Christophe, ignorando el peso de la conversación en curso—. ¿Y dais conciertos?

—Sí. —Hayes asintió.

—Y tocáis en... ¿Dónde? ¿Como clubs?

Amara habló desde el otro lado de la mesa.

—Oh, Christophe, te está siguiendo la corriente. Hayes está en ese grupo de pop, August Moon. Han vendido millones de álbumes y tienen muchos seguidores. Chicas adolescentes, sobre todo.

—¡Eres tú! ¡Pensé que eras tú! —Mary casi escupió el vino—. Os vi en *Graham Norton* el otro día. Estuvisteis *tan* encantadores. Hiciste *tan* felices a todas las chicas. A mis sobrinas les va a dar un ataque.

—¿En serio? —A Christophe le hizo gracia—. ¿Eres famoso? ¿Es famoso, Solène? —Se inclinó hacia mí.

—En ciertos círculos —respondí, apretando la mano de mi cita.

—Pero está claro que en este no. —Hayes se rio.

—Las *boy bands* son como los Murakami del mundo de la música. —Amara sonrió, satisfecha con su observación—. Nadie se centra en el dolor que hay detrás de la genialidad. Podemos limitarnos a miraros y ser felices...

Hayes torció el rostro unos segundos.

—¿En ciertas dosis?

—En todas las dosis. —Ella sonrió.

—Gracias por eso. Ha sido tremendamente amable. Creo...

Asintió y le dio un sorbo a su Vittel.

—Hay muchas cosas buenas en lo que haces. De lo contrario, no tendrías tantos seguidores. Me refiero a las adolescentes y toda su angustia y locura, es la edad en la que es más difícil que te hagan feliz...

—Además de las mujeres de mediana edad —añadió Mary.

—Además de las mujeres de mediana edad. —Amara se rio—. Y está claro que has acaparado el mercado.

—Sin presión. —Hayes se rio entre dientes.

Le volví a apretar la mano. Para él era bueno saber que su arte era apreciado, sobre todo, entre esta multitud crítica. Aunque, a decir verdad, probablemente debería haber venido de mí.

—¿Y cómo es que sabes tanto sobre arte? —continuó Christophe.

Hayes sonrió y volvió a deslizar la mano hasta mi rodilla.

—Tengo una profesora excepcional...

Me faltó tiempo para llevarlo a casa. Podría echarle la culpa al vino, a París, a él por sus opiniones informadas sobre Murakami y Basquiat, pero, al final, existía la posibilidad de que simplemente hubiera sido el hecho de saber lo que era capaz de hacer. La magia que sentía cuando estaba con él.

—Estuvisteis *tan* encantadores. Hiciste *tan* felices a todas las chicas...

Estábamos en el ascensor camino al octavo piso cuando cité a Mary, presionada completamente contra él, con la boca en su cuello.

—Lo hice. Lo *hago*.

—¿Por qué no me muestras... cómo haces tan felices a las chicas?

Se rio entre dientes, lascivo.

—¿Aquí?

—Aquí. —Deslicé la mano por la abertura de su abrigo hasta encontrar el cinturón.

—No.

—¿No? —No era una palabra que estaba acostumbrada a escuchar de él.

—Hay cámaras.

Miré hacia las esquinas del ascensor. Tenía razón. Y caí en la cuenta de que nunca les había prestado mucha atención y que Hayes tenía un conocimiento muy diferente de privacidad.

—Supongo que no querrás que tu hija vea cómo te hago feliz.

—No. Creo que no.

❧

—¿*Aquí* hay cámaras? —pregunté cuando llegamos a nuestra planta y nos acercábamos a la puerta del ático.

Estaba buscando en sus bolsillos la tarjeta de acceso.

—Normalmente, sí.

—Una lástima, entonces. —Mis manos encontraron el camino de regreso a su cinturón, y me apresuré a desabrochárselo, el broche de los pantalones, la cremallera.

—Joder. —Se rio y me agarró la muñeca—. ¿Ha sido por algo que he dicho? ¿Han sido las trufas?

—Sí. —Deslicé los dedos por la parte delantera de sus pantalones. Hayes y su verga perfecta—. Las trufas.

—Joder —repitió, cerrando los ojos. Permanecimos allí un momento, frente a nuestra puerta cerrada, haciéndole una paja en nuestro pasillo semiprivado del George V. A la mierda las cámaras.

—Nos vas a meter en problemas.

—¿*Yo*?

—*Tú*. —Al final, me detuvo, tras lo que blandió la tarjeta de acceso y me empujó al interior.

Hayes cerró la puerta a nuestras espaldas y me arrojó contra la pared, fuerte.

—¿Por dónde íbamos?

—Trufas.

—Trufas. —Su boca estaba sobre la mía mientras luchaba por quitarme el abrigo. Las manos sobre la superficie de mi vestido, subiendo por el dobladillo.

—No había terminado.

—¿Ah, no?

Negué con la cabeza y, tras liberarme de su agarre, me dejé caer de rodillas en el estrecho vestíbulo.

Ni siquiera llegamos al salón.

—Me cago en la puta... —Sus manos estaban en mi pelo, su abrigo todavía puesto, sus pantalones a la altura de las pantorrillas. Hayes, en su lugar feliz.

Sin embargo, por mucho que había llegado a adorar su reacción, por mucho que había llegado a adorarlo a él, odiaba que el acto me diera tanto tiempo para pensar. Y mi mente siempre se dirigía a lugares oscuros. ¿Qué narices estaba haciendo con alguien tan joven? ¿Y cómo, por el amor de Dios, había terminado aquí, de rodillas en un hotel de cinco estrellas, chupándole la verga a un chico de una *boy band*? Y, Virgen santa, por favor, nunca dejes que mi hija haga esto. Las cosas que nunca ves venir.

—Joder, joder, joder, Solène. —Me detuvo antes de correrse, me levantó del suelo y me sujetó una vez más contra la pared—. ¿Esto es lo que te hace París? Vamos a tener que venir más a menudo...

—Me parece bien.

—Ya veo —contestó, arrastrando las palabras, y deslizó los dedos en el interior de mis bragas, los deslizó en mi interior, con facilidad—. Joder.

—Esos son muchos «joder». Incluso para ti.

Sonrió al tiempo que me quitaba la ropa interior.

—¿Los estás contando?

—Tal vez.

—No lo hagas.

Entonces, al parecer, hizo tres cosas a la vez: me alzó del suelo, empujó su verga dentro de mí y colocó sus dedos mojados en mi boca, y basta decir que olvidé cada uno de los pensamientos oscuros que había tenido dos minutos antes.

En algún momento en mitad de todo eso, con los brazos alrededor de su cuello y las piernas alrededor de su cintura y el vestido retorcido y amontonado alrededor de mi torso, me di cuenta de que, durante todos los años que pasamos juntos, Daniel nunca me había penetrado así. Ni siquiera al principio. No era tan fuerte, no era tan grande, no estaba tan desinhibido y, sin duda, no era tan apasionado. Y tuve la sensación de que, a pesar de todo lo que Hayes y yo habíamos hecho ya, todavía quedaba mucho más de él por revelar.

Nos corrimos. Y fui vagamente consciente de cómo grité y de cómo presionó los dedos contra mis labios antes de caernos al suelo.

—Joder. —Se estaba riendo, postrado en el vestíbulo. Con los pantalones todavía alrededor de los tobillos y el abrigo, la camisa y las botas todavía puestos.

—¿Qué te hace tanta gracia? —Me arrastré encima de él para besarle los hoyuelos, para sentir su calidez.

—*Tú. Tú. Eres. Ruidosa.* Señorita «Nunca He Sido Una Chica Que Grite».

Todavía estaba recuperando el aliento.

—¿Yo dije eso?

Asintió con los ojos cerrados.

—En Nueva York. En el Four Seasons.

—¿Cómo es que te acuerdas de eso?

—Te lo dije: lo recuerdo todo.

Se quedó en silencio un momento, jugueteando con mi pelo.

—Y ahora voy a recordar siempre lo mucho que gritaste en el Four Seasons de París.

Me reí.

—Genial.

Volvió a asentir, somnoliento.

—*Ha sido* genial. Ha sido *mejor* que genial. Me gusta que hagas ruido. Feliz cumpleaños adelantado, Solène Marchand... —Se quedó dormido un segundo y, cuando lo besé, susurró—: Estoy enamorándome de ti. Voy a dejarlo ahí porque puedo. Porque me dijiste que no podía si me estaba acostando con otras personas, y no lo estoy haciendo, así que ahí lo tienes...

—Shhh. —Le puse un dedo sobre la boca—. Estás hablando en sueños.

—No estoy durmiendo —dijo con los ojos todavía cerrados.

Estuvimos en silencio durante mucho tiempo, allí en el suelo, hasta que sentí cómo su semen salía de mí y goteaba entre mis muslos. Todos los pequeños Hayes y Solènes...

—¿Cómo es que de repente sabes tanto sobre arte, Hayes?

Por un momento no respondió y estuve segura de que se había quedado frito, pero, entonces, esbozó una débil sonrisa.

—Leo un libro.

—¿Lees un libro?

Asintió.

—*Siete días en el mundo del arte.* Pensé que igual debería aprender algo sobre lo que haces...

Y, en ese instante, agradecí que estuviera medio dormido. Porque dormido no podía verme llorar.

El domingo, después de dos días enteros de matar el tiempo, Hayes empezó a impacientarse.

—Por favor, quédate —suplicó desde su posición, tirado en la cama, desde donde miraba cómo me vestía para mi quinto y último día en la feria.

Eran las once y cuarto y tenía que estar en el Grand Palais a las doce.

—Mañana me tendrás todo el día. Te lo prometo.

—No es suficiente. Te quiero ahora.

Me reí, abrochándome la falda.

—¿Otra vez?

Sonrió y apoyó la mejilla sobre sus brazos cruzados, con el cabello esponjoso y desordenado y un par de calzoncillos Calvin Klein negros como única vestimenta.

—Solo quiero estar cerca de ti. No te vayas. Por favor.

Terminé de ponerme los pendientes y el reloj prestado de Hayes antes de acercarme a él y sostener su rostro entre las manos.

—Eres muy muy muy irresistible. Lo sabes. Pero tengo que trabajar. Por favor, respeta eso.

Se quedó allí, permitiéndome que le revolviera el pelo y lo besara en los labios, sin contestar.

—Te escribiré más tarde, ¿vale?

Asintió. Este era Hayes, vulnerable.

Esa tarde, el Grand Palais parecía un poco más cavernoso de lo habitual, y lo sentía en el aire: el final de algo hermoso. Nos quedaban dos piezas sin vender y Lulit y yo ya estábamos hablando de Miami en diciembre. La instalación, las fiestas… No eran ni las tres y media cuando alcé la vista y me encontré a Hayes acercándose a zancadas a nuestro *stand*.

—¿Sabes qué día es hoy? —comenzó la conversación. Ningún saludo, ningún beso.

Lulit y yo intercambiamos miradas.

—¿Domingo? ¿26 de octubre? ¿El último día de la feria?

—Es el último día de tu treintena —dijo.

—Shhh. —Lulit se rio—. Nadie dice esas cosas en voz alta.

—Lo siento. Es verdad… —Hizo una pausa mientras una pareja francesa que había estado admirando una de las esculturas de Kenji Horiyama salió del *stand*—. Bueno… —continuó, acercándose a mí—, me la llevo.

—¿Qué? —inquirió Lulit.

—Me la llevo —repitió Hayes, y me rodeó la muñeca con la mano—. ¿Puedo llevármela? Me la llevo.

—Hayes, estoy trabajando.

—Está trabajando.

—Es tu cumpleaños, es *París*. —Su rostro angelical me rompió un poco el corazón.

—Lo sé, y lo aprecio, pero mañana tenemos todo el día. Tenemos esta noche.

—Si compro algo, ¿habrá alguna diferencia? —Sus ojos escaneaban las paredes.

—No quiero que hagas eso.

—¿Qué pasa si quiero hacerlo?

—No quiero que hagas eso —repetí.

En ese momento, Lulit captó mi atención y la expresión que leí en su rostro me dejó fría. Estaba considerando la oferta. Plenamente consciente de que llegaría al extremo para cerrar el trato. Sus ojos lo decían todo: «Ve. A. Vender. Arte. A hombres blancos ricos».

—No. —Negué con la cabeza.

—¿Qué queda disponible? —Se giró hacia Lulit—. Dijo que todavía quedan dos. ¿Cuáles son?

—Hay un Ramaswami. Y una de las esculturas de Kenji.

—¿Qué Ramaswami? —preguntó, y Lulit hizo un gesto en consecuencia.

La obra de Nira Ramaswami, por lo general óleo sobre lienzo, detalla la difícil situación de las mujeres en su India natal. Figuras desamparadas en los campos, muchachas jóvenes en el arcén de una carretera, novias confiadas el día de su boda. Conmovedoras, apasionadas, de ojos oscuros y rostros solemnes. Sus obras siempre habían sido cautivadoras, pero la violación en grupo en Delhi de diciembre de 2012 provocó un gran interés en el tema y, de repente, la artista tuvo una gran demanda.

—¿Este? —A Hayes se le iluminaron los ojos—. Me gusta este. *Sabina en el árbol de mango.*

—No es barato.

—¿Cómo de no barato?

—Sesenta —respondió Lulit con firmeza.

—¿Mil?

—Mil. Euros.

—Joder. —Hayes hizo una pausa. Su mirada iba de Lulit al cuadro. De todas las piezas de Nira que había en la feria, era la más edificante y esperanzadora.

Todavía me estaba rodeando la muñeca con la mano.

—Si lo compro, ¿me dejarás que me la lleve?

—No. Hayes, *no.* Terminaré a las ocho.

—¿Me dejarás que me la lleve? —le repitió a Lulit. Esta inclinó la cabeza con mucha sutilidad.

—Bien. Hecho.

—Hayes, estás siendo ridículo. No voy a dejar que lo hagas.

—Solène. Ya está hecho.

Me quedé allí, atónita.

—Esto se parece un poco a la esclavitud. Esclavitud blanca.

—Salvo que estoy comprando tu libertad, no estoy comprando tus servicios. No le des tantas vueltas.

Nos abrimos paso entre la multitud del primer piso y salimos a la calle, Hayes guiándome de la mano todo el tiempo. Era un gesto tan abierto y obvio, y lo único en lo que era capaz de pensar era en cómo el mundo del arte europeo estaría hablando del hecho de que había abandonado a mi socia para involucrarme en una aventura evidentemente inapropiada.

Había chicas cuando salimos cerca de los Campos Elíseos. Muchas. Después de todo, era domingo por la tarde. Y cuando Hayes se tomó un momento para ponerse sus gafas de sol y un gorro de lana gris, me alejé de él y me crucé de brazos.

—¿Vas a fingir que no estamos juntos? —preguntó mientras nos dirigíamos hacia la cola de taxis.

Me reí, inquieta. No quería que se volviera a repetir lo de TMZ.

—Como quieras.

Había una familia en la fila delante de nosotros con dos hijas jóvenes y un hijo. Reconocieron a Hayes de inmediato y, después de muchos chillidos y murmuraciones de admiración en japonés, le sacaron una foto. Como siempre, se mostró amable.

Me quedé a un lado, con el hijo adolescente, abrigada contra el viento.

En el taxi, Hayes le comunicó al chófer una dirección en el Marais y, en silencio, recorrimos los Campos Elíseos, atravesamos la plaza de la Concordia y el Quai des Tuileries y continuamos hacia el este.

En un momento dado, estiré la mano para agarrar la suya en el asiento y la apartó.

—¿Estás enfadado? ¿Conmigo? Después de lo que acabas de hacer, ¿estás enfadado conmigo?

Estaba mirando por la ventana el Sena, el Museo de Orsay y los puntos situados hacia el sur. La luz era hermosa a esta hora del día. Incluso a través del gris, con el cambio de las hojas todo estaba teñido de dorado y rojizo. Me di cuenta de que llevaba casi una semana sin ver el cielo del atardecer.

Durante un rato, Hayes no habló. Y cuando por fin lo hizo, su voz era suave.

—Estoy enfadado conmigo mismo. Solo quería pasar el día contigo.

—Lo sé. Y lo aprecio. Pero no puedes aparecer y hacer grandes gestos como estos como si estuvieras en una película de Hugh Grant. No puedes... *comprarme...*, ni a mí ni mi tiempo.

En ese momento, se giró hacia mí y se mordió el labio inferior.

—Lo siento.

—Y te dije que tenía que trabajar y no lo has respetado. Lo cual es totalmente egoísta y grosero. Y de persona con privilegios.

—Lo siento —repitió.

—No siempre puedes conseguir lo que quieres, Hayes.

Me sostuvo la mirada durante un minuto, sin decir nada. Pasamos a toda velocidad por el Louvre, situado a la izquierda.

—¿Acaso quieres esa pintura?

—Es preciosa.

—*Es* preciosa. Pero eso no viene al caso. Comprar arte no debería ser algo precipitado o manipulador. Debería ser algo puro.

Esbozó una débil sonrisa.

—Eres un poco idealista, ¿sabes?

—Puede.

Se quedó callado otra vez, pero extendió la mano y entrelazó su dedo meñique con el mío sobre el asiento del coche, y ese pequeño movimiento fue suficiente.

—¿Por qué no quieres que te vean conmigo? —Su pregunta me tomó por sorpresa—. ¿Por qué? ¿Por qué te incomoda tanto? ¿De qué te avergüenzas? ¿Qué crees que pasará cuando la gente se entere? Estamos juntos, ¿no?

—Es complicado, Hayes...

—*No* lo es. Me gustas. Te gusto. ¿Qué más da lo que piense el resto? ¿Por qué te importa?

—¿Cómo es que a ti *no* te importa?

—Estoy en una *boy band*. Si me importase lo que la gente piensa de mí, está claro que me metí en la línea de trabajo equivocada.

»En serio, Solène, ¿por qué te importa? En plan, quiero proteger tu privacidad porque no creo que Isabelle deba enterarse de esta manera. Pero si hay otra razón por la que te incomode que te vean conmigo, necesito saber cuál es.

Me quedé en silencio mientras el taxi pasaba por el Hôtel de Ville y entraba en el Marais. Los parisinos en masa en la calle.

Deseaba tanto que no me importara el millón de cosas que me impedían enamorarme por completo de él.

—No sé por dónde empezar —dije.

—Empieza por el principio.

Justo en ese momento, el taxi se detuvo y nuestro chófer árabe anunció:

—*Trente, Rue du Bourg Tibourg.*

—*Oui, merci, monsieur* —contestó Hayes mientras sacaba la cartera. Su francés con acento británico era tan encantador.

Bajamos del taxi y salimos a la calle estrecha, delante de Mariage Frères, la famosa tetería. Pues claro que me iba a llevar a tomar té. Después de todo, eran las cuatro en punto.

—¡Mariage Frères!

—¿Conoces este lugar?

—Me *encanta* este sitio. La madre de mi padre solía traerme. Y me echaba el sermón sobre ser francesa. Hace cien años... antes de que nacieras.

Esbozó una amplia sonrisa, me agarró la mano y me llevó al interior.

—Sabía que había una razón por la que te elegí.

—¿*Tú* me elegiste *a mí*?

Asintió. Regresamos al área de restauración de la tetería y esperamos a que nos dieran una mesa. Hayes dio su nombre. Al parecer, había reservado, lo cual me pareció divertido, que todo el tiempo hubiera tenido la audacia de creer que iba a lograr este cuasi secuestro.

—¿Por qué me elegiste, Hayes?

—Porque parecía que querías que te eligieran.

Me reí, inquieta. Todavía teníamos los dedos entrelazados.

—¿Qué significa eso?

—Significa exactamente lo que crees que significa.

Dejó eso en el aire un rato, sin decir nada más.

El anfitrión no tardó en acomodarnos en una mesa pequeña situada en la parte de atrás. Pero la habitación estaba bien iluminada y era imposible ocultar quién era mi cita. Podría haber sido su altura, su gorro, sus gafas de sol, pero las cabezas se estaban girando. Otra vez.

—La mejor parte —dijo Hayes, inclinándose hacia mí, después de que nos hubiéramos sentado y nos dieran las cartas—, era que tenías todas esas reglas pequeñas y adorables que eran completamente arbitrarias.

—No olvidas nada, ¿verdad?

—No. Así que no me hagas ninguna promesa que no tengas intención de cumplir.

No estaba segura de si lo decía para ser astuto, pero se quedó conmigo durante mucho tiempo.

—Bueno, dime —continuó—, dime por qué no quieres que te vean conmigo. ¿Es el grupo? ¿Es la diferencia de edad? ¿Es cosa de la fama? ¿Es por no haber ido a la universidad? ¿Una combinación de todo eso? ¿Qué es?

Sonreí ante la lista que había imaginado en su bonita cabeza.

—¿No haber ido a la universidad?

Se encogió de hombros.

—No sé cómo funciona tu mente. Arbitraria, ¿recuerdas?

Me tomé un momento para absorberlo. Su pelo apuntando en veintiún direcciones al quitarse el gorro. Su cara de Botticelli.

—Soy demasiado mayor para ti, Hayes.

—No creo que creas eso de verdad. En plan, ¿te gusto? ¿No te lo pasas bien cuando estamos juntos? ¿Sientes que me cuesta seguir la conversación?

—No.

—Entonces dudo que de verdad creas eso. Si lo hicieras, no estarías aquí. Creo que te importa lo que las otras personas puedan estar pensando o diciendo, y eso es lo que te está reventando.

Hice una pausa.

—¿Cómo es que a ti no te importa?

—¿Sabes la cantidad de *mierda* que se dice sobre mí? ¿Sabes cuánto me importa? Una puta mierda.

Me quedé ahí, mirando cómo toqueteaba sus gafas de sol sobre la mesa.

—¿Sabes lo que han dicho de mí? Soy gay, soy bi, me acuesto con Oliver, me acuesto con Simon, me acuesto con Liam, me acuesto con los tres al mismo tiempo. Me acuesto con Jane, nuestra representante, que es atractiva, pero no. Me he acostado con al menos tres actrices diferentes con las que ni siquiera he hablado. He arruinado no menos de cuatro matrimonios en tres continentes diferentes y tengo al menos dos hijos... Tengo *veinte* años. ¿Cuándo demonios habría hecho todo eso?

Empecé a reírme.

—Ojalá estuviera inventándomelo, Solène, pero no es así. Por eso no puedes creer todo lo que lees en Internet. Ah, y es posible o no que Rihanna haya hecho una canción sobre mí. Porque es posible o no que nos hayamos acostado...

—¿Te has acostado *con Rihanna*?

Me lanzó una mirada que no fui capaz de descifrar del todo. Parecía «¿cómo te atreves a pensar que lo he hecho?» y «¿cómo te atreves a preguntarme?» a partes iguales.

—¿Rihanna escribe sus propias canciones acaso?

—Te estás desviando.

—Perdón. Sigue.

—Soy muy feliz cuando estoy contigo. Tengo la sensación de que sientes lo mismo. Y si es verdad, creo que no debería importarte una mierda lo que la gente pueda o no pensar sobre nuestra diferencia de edad. Además, si nuestras edades se invirtieran, nadie se inmutaría. ¿Tengo razón? Así que no es más que una *tontería* sexista y patriarcal, y no me pareces el tipo de mujer que va a permitir que eso dicte su felicidad. ¿De acuerdo? Siguiente problema...

En ese momento, nuestro camarero se acercó a la mesa y, como era natural, ninguno de nosotros había mirado la carta.

—*Encore un moment, s'il vous plaît* —dijo Hayes para que se volviera a ir.

Cuando se alejó, Hayes se inclinó hacia delante y me agarró ambas manos.

—Creo que cuando volvamos a casa, debes contarle a Isabelle la verdad. No creo que podamos volver a hacer esto sin decírselo. No creo que sea justo para ella. Y quiero volver a hacerlo.

—Estamos abarcando mucho hoy.

—Estoy intentando incluirlo todo antes de que cumplas cuarenta. —Esbozó su media sonrisa—. Además, cuando estamos en el hotel parezco incapaz de mantener una conversación adecuada porque me cuesta pensar en otra cosa que no sea metértela.

»Bueno... —Se recostó y abrió su carta—. ¿Te apetece un té?

Después, en el exterior, en dirección norte por la calle angosta, Hayes me rodeó con su brazo de forma protectora.

—Busquemos un *tabac* —dijo—. Quiero un cigarro.

Lo miré divertido.

—V-Vale...

—No me he acostado con Rihanna —anunció, y luego sonrió—. Pero no por falta de intentarlo. Al parecer no soy su tipo.

—No eres lo suficientemente malo. —Sonreí.

—No soy lo suficientemente malo.

—Eres lo suficientemente malo para mí.

Pasamos la tarde paseando por el Marais hasta la Île Saint-Louis, donde dimos la vuelta por el Quai de Bourbon hasta la Place Louis Aragon, el extremo occidental de la isla que dominaba el Sena y la Île de la Cité y Notre-Dame y todas las cosas de París que me resultaban mágicas. Nos sentamos acurrucados en un banco, disfrutando de las vistas y del otro, hasta que se nos entumecieron los apéndices. Era el lugar perfecto para ver la puesta de sol en mi treintena. Y era muy posible que valiera 60.000 euros.

Más avanzada la tarde, Hayes y yo entramos al bar del George V para tomar una copa y observar a la gente. La sala rezumaba una antigüedad insufrible: paneles de madera de cerezo, suelos de parqué con plantillas, cortinas de terciopelo. Dibujos al carboncillo de cacerías de zorros y retratos al estilo del siglo XVIII adornaban las paredes. Había varias parejas coqueteando mientras bebían cócteles de treinta dólares. Emparejamientos curiosos, inesperados. Quizás no muy diferente a nosotros. Lo examinamos todo desde nuestra posición en el sofá de chintz junto a la chimenea.

A pesar de toda su suntuosidad, no cabía duda de que Hayes parecía estar como en casa en el aburrido bar, bebiendo su *whisky* escocés como un miembro de la nobleza terrateniente. Estaba tan sereno y cómodo en su piel, tan *natural*, que era hermoso verlo.

Supuse que la casa de campo de su familia, situada en algún lugar de los Cotswolds, no era muy diferente de este sitio. Y por un minuto me digné a imaginar cómo sería esa vida. Una vida con él. Fines de semana en el jardín y corgis y ovejas. Cenas en Londres durante la Season. Y luego, con la misma velocidad con la que lo había considerado, lo descarté. ¿En qué narices estaba pensando?

—¿Es una moda? —preguntó. Llevábamos allí casi una hora, escuchando la música de la banda que llegaba desde la Galerie. Estándares mezclados con pop contemporáneo diluido, *Mack the Knife* y el *Happy* de Pharrell.

—¿El qué es una moda?

—*Esto.* —Hayes inclinó la cabeza y, con sutileza, señaló al resto de la habitación. Entre la clientela había nada menos que siete parejas interraciales. Y cinco de ellas estaban compuestas por hombres blancos de sesenta y tantos con mujeres asiáticas de cuarenta y tantos.

—Es algo normal en California.

—¿Esta diferencia de edad *exacta*? Es un poco peculiar, ¿no?

Me encogí de hombros y le di un sorbo a mi cóctel de champán.

—Eva, la novia de Daniel, es asiática. Medio. —No tenía por costumbre hablar de Eva. En todos los meses que llevábamos juntos, la había mencionado media docena de veces de pasada.

Me apretó la mano.

—Lo siento. Por mencionarlo. ¿Te molesta?

—Me molesta que sea joven.

—¿Cómo de joven?

—Treinta.

Hayes se rio entre dientes.

—Treinta no es tan joven.

—Cállate. Sí que lo es.

—Bueno, míralo de esta manera: has ganado, ¿verdad? Porque yo soy considerablemente más joven que eso.

Le sonreí. No se me había ocurrido. Nunca me propuse vengarme de Daniel tanto como me propuse seguir con mi vida. No era una competición. Pero eso era parte de la belleza de que Hayes tuviera veinte años. Que de vez en cuando veíamos el mundo de manera completamente diferente, y a veces era refrescante.

—Hayes, sabes que cuando tengas cuarenta, yo tendré sesenta, ¿verdad?

—Me encanta cuando hablas de forma sexi. —Se rio.

—Solo expongo un hecho.

Le dio un sorbo a su bebida y se inclinó hacia mí.

—Entiendes que vas a ser atractiva hasta bien entrados los cincuenta.

—¿*Bien* entrados los cincuenta? —Me reí—. ¿Tan mayor?

—Sí. —Sonrió—. Michelle Pfeifer...

—¿Qué le pasa?

—Tiene cincuenta y pico. Sigue siendo increíblemente sexi. Julianne Moore, Monica Bellucci, Angela Bassett, Kim Basinger... No digo que sean apropiadas para mi edad. Solo digo que esas mujeres no van a dejar de ser sexis en el futuro próximo.

Me quedé allí sentada, absorbiéndolo. Sus mejillas sonrojadas, su pelo erizado. Su rostro joven en esta sala tan adulta.

—¿Vas por ahí con esa lista en la cabeza?

Sonrió.

—Entre otras cosas.

—¿Has ido alguna vez a terapia?

Se rio fuerte.

—No. ¿Estás intentando decirme algo? Por sorprendente que parezca, soy una persona equilibrada. ¿*Tú* has ido alguna vez a terapia?

—Sí.

—Mmm... —Ladeó la cabeza—. Interesante...

—¿Cuántos años tiene tu madre, Hayes?

Hizo una pausa durante un momento antes de responder.

—Cuarenta y ocho...

Mierda. Resultaba incómodo lo cerca que estaba. Aunque, desde luego, no era algo sorprendente.

—¿Tienes una foto de ella?

Tomó su iPhone de la mesa de café y comenzó a buscar. Al rato, me lo tendió. Salían ellos dos en lo que deduje que era el campo. Hayes llevaba una chaqueta Barbour y unas botas de agua Hunter y era ridículo lo inglés que parecía. Ella, Victoria, vestía el atuendo de montar al completo. Sostenía el casco en una mano y la correa de un hermoso caballo en la otra. La cabeza de Hayes estaba vuelta hacia ella y la miraba con unos ojos cargados de total y absoluta adoración.

Era preciosa. Alta, esbelta, con piel de porcelana y una rebelde coleta de pelo negro ondulado. Tenía la amplia sonrisa, los hoyuelos y los ojos de él, aunque tenía las patas de gallo más pronunciadas. Sus rasgos eran un poco más suaves, pero no había duda de que se trataba de su madre.

—¿Quién es el caballo?

Sonrió.

—Ese es Churchill. Y estoy bastante seguro de que lo quiere más que a mí.

Me reí.

—Ya tienes algo para tu futuro psicólogo.

Hayes me quitó el móvil y lo miró fijamente antes de cerrar la imagen. En silencio.

—¿Qué pasa contigo y las mujeres mayores, Hayes Campbell?

Se tomó su tiempo para vaciar lo que le quedaba en el vaso y firmar el cheque con una sonrisa irónica extendiéndose por su boca.

—¿Con quién has estado hablando?

—Con nadie.

—Has estado buscando en Google.

—Me dijiste que no lo hiciera. ¿Recuerdas?

Se mordió el labio y sacudió la cabeza.

—Nada. No pasa nada conmigo y las mujeres mayores.

—Estás mintiendo.

Empezó a reírse.

—Vamos arriba.

—No voy a dejar que te escapes con tanta facilidad.

Su suspiro fue audible.

—Me gustan todo tipo de mujeres.

—Te gustan las mujeres *mayores*. Tienes un tipo definido.

—¿*Tú* eres mi tipo?

—Supongo que sí.

Sonrió y se hundió en el sofá.

—¿Crees que conozco a muchas mujeres atractivas y divorciadas de casi cuarenta años de gira?

—No lo sé. ¿Las conoces?

Resopló y cruzó los brazos frente al pecho, a la defensiva. No era su postura típica.

—Háblame de Penelope —dije.

—¿Qué pasa?

—¿Dónde sucedió la primera vez?

—Suiza.

—¿*Suiza*?

Asintió.

—Klosters. Fui de vacaciones con la familia de Ol a esquiar.

Empecé a reírme.

—La familia te invitó a esquiar en Suiza, ¿y te acostaste con su hija?

—Para ser justos, ella me lo hizo a mí.

Por un momento, ninguno de los dos habló. Se quedó ahí sentado, cauteloso, con una sonrisa críptica en su rostro perfecto. Y en lo único en lo que era capaz de pensar era en sentarme sobre él.

—Vale. Vamos arriba.

⁘⦿⦿⦿⁘

Cumplí cuarenta. Y el mundo no se acabó. El firmamento no se movió. La gravedad no me abandonó de repente. Los pechos, el trasero, los párpados estaban prácticamente donde los había dejado la noche anterior. Al igual que mi amante. En nuestra gran, gran cama, su cabeza sobre mi almohada, su brazo sobre mi cintura, aferrándose. Como si le diera miedo dejarme ir.

Fue indulgente, como suelen ser los cumpleaños. Hubo mimos, sexo, *foie gras*, un paseo de dos horas por el Sena, el aire otoñal y Hayes. Un Hayes cariñoso, atento y amable.

Por la tarde, mientras me preparaba para nuestra cena de celebración, me observó desde donde se encontraba, apoyado en la encimera del baño principal. La habitación, al igual que el resto de las cosas de la *suite* del ático, era lujosa. Decorada de forma extraordinaria, mármol impecable, una bañera infinita. Aunque Hayes no me dio una cifra exacta, sabía que le estaba costando miles de dólares por noche. Lo cual era absurdo, a pesar de que TAG Heuer pagaba la mitad de la cuenta.

Estaba allí de pie con unos pantalones de vestir negros y una camisa blanca aún sin abotonar, con el pelo seco e inusualmente peinado. Adiós a los rizos juveniles.

—¿Qué estás pensando?

Sacudió la cabeza, sonriendo.

—Estaba pensando que maquillarte es algo redundante.

Me reí y me apliqué sombra de ojos.

—No es mucho.

—Me gusta cuando puedo verte la piel. Me gusta tu piel.

—A mi piel le gustas tú. —Esto no era falso. A lo mejor había sido París o el cambio de clima, pero me pareció que estaba radiante.

Sonrió, absorbiendo el proceso. El delineado, el rizador de pestañas, el rímel.

—Estás abriendo la flor otra vez.

—¿Sí?

Asintió con la cabeza.

—Aunque te estés cubriendo… Ver cómo lo haces revela más de ti.

Solté el cepillo del rímel y me encontré con sus ojos en el espejo. Agradecida de que, a pesar de todas las superficies reflectantes que había en la reluciente *salle de bains*, el diseño de iluminación fuera cálido. Hizo que mi lencería fuera considerablemente más indulgente. Aunque no iba a centrarme en eso, porque cuarenta no distaba mucho de treinta y nueve.

—¿Quién eres, Hayes Campbell?

Sonrió con las manos hundidas en los bolsillos.

—Soy tu novio.

—¿Mi novio de veinte años?

—Tu novio de veinte años. ¿Te parece bien?

Sonreí.

—¿Tengo otra opción?

—Siempre tienes una opción. —Se había apropiado de mis palabras, lo que me pareció divertido.

—Entonces, sí… Me parece *muy* bien.

—Ven aquí.

Me acerqué poco a poco a él. Había llegado a amar su «ven aquí» y a dónde solía conducir.

Me agarró las muñecas con las manos, con los pulgares allí donde me latía el pulso.

—¿Sin reloj?

Negué con la cabeza, sosteniéndole la mirada.

—Mejor —dijo antes de inclinarse para besarme. Y, entonces, lo sentí, un ligero pellizco en la muñeca derecha.

Al rato, se apartó y miré hacia abajo para descubrir un exquisito brazalete de oro que me adornaba el brazo. Una tira de dos centímetros y medio de delicada filigrana, de diseño hindú, elaborada con gran minuciosidad y adornada con pavé de diamantes. Sin duda, la joya más preciosa que había visto en mi vida.

—Feliz cumpleaños —dijo con dulzura.

Mis ojos se encontraron con los suyos. Había mil y una cosas que podría haber dicho, pero ninguna habría sido del todo correcta. Así pues, le rodeé el cuello con los brazos y lo sostuve cerca. Durante mucho tiempo.

Cuando al fin nos separamos, lo vi, justo por encima de su hombro y en cada rincón de la habitación. Nosotros, multiplicados.

Malibú

Se suponía que no iba a suceder así. Se suponía que nuestro tonteo iba a ser fácil, informal y *divertido*. Se suponía que no iba a tenerme volviéndome loca por cómo y cuándo romperle el corazón a mi hija. Sin embargo, así pasé la mayor parte de noviembre. Cuando salió el primer sencillo del nuevo álbum del grupo y fue como si de repente estuvieran en todas partes. En la radio, en la televisión, en un enorme cartel publicitario de Sunset que me provocaba al mismo tiempo mareos y náuseas cada vez que pasaba por allí. Hayes, con una altura de seis pisos. Cuando Isabelle escuchaba *Palabras de desconsuelo* en bucle y yo no podía contarle que Hayes me había dado seis canciones adicionales de *Sabio o desnudo* por temor a que se lo dijera a sus amigas y, de alguna manera, pudieran filtrarse. Resultaba que esto (filtrar un álbum) existía. Y no podía contarle a *nadie* cómo sus canciones habían pasado de parecer cancioncillas pop inofensivas a composiciones inspiradoras y serias. Sus palabras, su voz me afectaban de maneras que no podría haber previsto, profundas. Se suponía que nada de esto iba a suceder.

Iban a actuar en los American Music Awards. Tenían varios días de prensa programados antes del concierto, y Hayes se organizó para llegar antes que el resto del grupo y alquilar una casa en Malibú unos días antes de dirigirse al Chateau Marmont para quedarse con los demás.

Mi intención era darle la noticia a Isabelle antes de eso, pero, cada vez que trataba de hacerlo, mis intentos se veían frustrados.

—Hay algo que quería contarte —dije. Estábamos de senderismo en el Temescal Canyon el domingo antes de la llegada de Hayes. Ella iba liderando la marcha.

—Yo también. —Me devolvió la sonrisa con los ojos brillantes.

—¿Quieres ser tú la primera?

—Me gusta un chico, pero apenas sabe que existo. —Las palabras salieron de su boca tan rápido que tardé un segundo en registrarlas.

Y, luego, entré en pánico. Llevaba desde la inauguración de *Mar de cambios* hablando maravillas de Hayes.

—¿Quién?

—Avi Goldman. Es un estudiante de último año. Está en el equipo de fútbol. Es como perfecto.

Oh, dulce alivio.

—Eso es genial, Izz.

—No es genial, mamá. Me ve, pero no me *mira*. —Estaba caminando más rápido, y el estrecho sendero se iba haciendo más sinuoso—. Es como si ni siquiera me registrara.

—Seguro que eso solo está en tu cabeza, peque. Siempre puedes presentarte, saludarlo.

—No servirá de nada. Solo sale con chicas interesantes, guapas y populares. Y yo soy… —Sacudió la cabeza mientras se iba apagando.

—¿Tú eres qué?

—Soy una esgrimista de octavo con aparatos.

—¿Intentas decirme que eso no es cool? —Le sonreí.

De repente, dejó de caminar y se le llenaron los ojos de lágrimas.

—Oh, Izz, lo siento… No va a ser siempre así. Te lo prometo. No vas a sentirte así siempre.

—Tú puedes decir eso porque mírate.

En ese momento, vacilé. No quería que se comparara.

—¿Qué edad tiene Avi? ¿Diecisiete? ¿Dieciocho? Los niños de esa edad no siempre tienen el mejor juicio. No siempre saben lo que quieren o qué es mejor para ellos. E incluso si lo hiciera, Izz, no es apropiado para tu edad que digamos. Tu padre y yo nunca estaríamos de acuerdo con eso. —La ironía de eso no se me pasó por alto.

—Lo sé. Es que odio sentirme invisible.

La abracé, fuerte.

—No vas a sentirte invisible siempre, corazón. Te lo prometo.

Se calmó y, después de un rato, comenzamos a caminar de nuevo.

—Bueno, ¿qué es lo que querías contarme?

—¿Sabes qué? Puede esperar.

Y así fue como Hayes venía a Los Ángeles y yo le había fallado en lo primero que me pidió que hiciera. Y luego fallé en lo segundo.

Se subiría al avión el domingo y me recogería de camino a la casa de Malibú, e íbamos a vivir allí durante los próximos tres días, aislados del resto del mundo.

Y, por eso, había planeado que Isabelle se quedara con Daniel.

—Necesito un par de días para descansar —le dije, ambigua. Sin embargo, el domingo por la mañana me llamó para decirme que se iba a Chicago en el último momento para hacer un trato y que, después de todo, no podía llevarse a Isabelle.

Estaba furiosa.

—¿Me estás vacilando? Lo acordamos.

—¿Qué quieres que haga, Sol? Yo no *elegí* esto. Dile a María que vaya. —Su voz al otro lado de la línea sonaba distante, alejada. La idea de que sugiriera que nuestra ama de llaves se viniera durante tres días, como si no tuviera otras responsabilidades, me dejó atónita. Pero Daniel había crecido con ayuda interna. Daniel escribió el libro sobre los privilegios.

—María tiene sus propios hijos, Daniel. No puedo pedirle que se quede cuando mañana hay clase.

—¿Y Greta?

—Ya le pregunté a Greta. Está trabajando.

—¿Qué vas a hacer? ¿A dónde vas?

Vacilé. No estaba preparada.

—Joder. ¿Es por el niño ese? ¿Estás planeando algo con ese niño? Solène…

No contesté.

—Mira —dijo después de un momento—, lo siento. Te diría que la traigas, pero… Eva está enferma. Y, de todas formas, dudo que te sientas cómoda con ese plan. Volveré el martes…

—Olvídalo —contesté—. Olvídalo.

Hayes, como me esperaba, no fue tan comprensivo.

Aterrizado.

Le había mandado un mensaje poco antes de las tres y media.

Necesito hablar. Cambio de planes. Llámame.

Vale.

Y luego, mucho más tarde:

Putos paparazis. Lo siento. Te llamo pronto.

—Hola. —Llamó después de lo que pareció una eternidad.

—Hola a ti. ¿Qué tal el vuelo?

—Largo. —Su voz era áspera, ronca.

—¿Estás solo?

—Sí. ¿Por? ¿Vamos a tener sexo telefónico otra vez?

Me reí.

—No. Solo quería saber dónde estabas.

—Estoy en el coche. Voy de camino a buscarte.

—En cuanto a eso… —dije, y luego se lo conté. Que Daniel me había dejado plantada, que Daniel lo sabía, que podía reunirme con él en Malibú por la tarde, pero que no podía quedarme porque Isabelle estaría sola en casa. Y que podría ir el lunes a pasar el día, pero que por la noche tendría que volver otra vez.

No estaba feliz.

—¿*Qué*? ¿Qué clase de basura es esa?

—Lo siento.

—¿He estado en un puñetero avión durante once horas y me estás diciendo que no vienes?

—Voy a ir. Pero no pasaré la noche.

—¿No puede quedarse a dormir en casa de una amiga o algo así?

—Mañana hay clase.

Se quedó callado. Podía imaginármelo al otro lado de la línea. Tirándose del pelo con los dedos.

—Puto Daniel.

—Lo sé, lo siento. Lo siento mucho... Y Hayes, no puedes recogerme aquí. Isabelle está aquí y no quiero que te vea. —Esto último lo susurré desde mi escondite, metida en los confines del armario de mi habitación. A esto era a lo que había llegado—. Te veré en Malibú. ¿Vale?

Se tomó un momento para responder, e incluso en su respiración escuchaba la frustración.

—¿*Todavía no se lo has dicho*? Solène, ¿a qué estás esperando?

—Lo intenté. No pude...

—Lo *prometiste*...

—Lo sé. Lo *haré*.

—Cuanto más esperes, más le dolerá.

Dolió.

La línea se quedó en silencio durante un segundo y, luego, añadió:

—Vale. No entraré en la casa. Pero te voy a recoger. Nos vemos fuera. Estaré allí en treinta minutos.

Sin ser consciente, Isabelle vio cómo me vestía para mi cita con Hayes. Le había dicho que iba a tomar unos cócteles y a cenar con un par de clientes. Que no llegaría demasiado tarde a casa, pero que igual no debería esperarme despierta. Y lo dejé así.

—Estás preciosa —dijo, con los ojos azules muy abiertos, absorbiendo cada detalle.

Había elegido un vestido camisero largo de seda negro con un profundo escote, atractiva y recatada a partes iguales. Esto lo había aprendido de mi madre infaliblemente francesa: ser dama y mujer a la vez.

—No pareces una madre —observó Isabelle.

—¿Cómo es una madre?

—No sé. —Sonrió—. ¿Pulsera Cartier Love? ¿Lululemon?

Me reí ante su referencia a los elementos básicos de los carriles para vehículos compartidos de las escuelas privadas.

Había tantas cosas que quería enseñarle. Que ser madre no tenía por qué significar dejar de ser mujer. Que podría seguir viviendo fuera de las normas. Que los cuarenta no eran el final. Que se podía disfrutar más. Que había un Acto II, un Acto III, un Acto IV si así lo quería… Pero imaginé que a los trece años no le importaba eso. Imaginé que solo quería sentirse segura. No podía culparla. Ya le habíamos sacudido su suelo.

—¿*Soy* una madre? —le pregunté antes de darle un beso en la frente.

Asintió.

—Bueno, entonces, así es una madre.

Para alguien que acababa de pasar once horas en un avión, Hayes estaba notablemente fresco. Piel sin poros, un levísimo indicio de barba en la mandíbula. Y, aun así, no iba a dejar que me besara hasta que hubiéramos pasado el camino de entrada. Por si acaso.

—Eres incorregible —dijo. Había detenido el coche cerca del pie de la colina, bajo la sombra de un aguacate.

—¿*Yo*?

—*Tú*.

—¿En serio?

—Lo has jodido todo. —Me estaba besando, con una mano en la nuca y la otra entre mis rodillas.

—Entonces, ¿quieres llevarme de vuelta a casa?

—*Debería*... —Su mano se había abierto paso por debajo de mi vestido «no pareces una madre», sin perder el tiempo.

—¿Este es tu saludo?

—Este es mi saludo.

—Hola, Hayes. —Temblé. Sus dedos me estaban apartando la ropa interior.

—Hola, Solène.

Sonaba una canción que no reconocí, el olor a cuero nuevo, líneas elegantes en el salpicadero. ¿De dónde había sacado este coche? ¿Alguien como Hayes Campbell entró en Budget o Enterprise y pidió un Audi R8 Spyder? ¿Tenía la *edad* suficiente para alquilar un coche? Muchas preguntas. Sus anillos, fríos contra mi piel. Sus dedos.

—¿Me has echado de menos? —pregunté después de varios minutos, con la respiración errática.

—Para nada —farfulló, su aliento caliente en mi oído—. Disfruto mucho estando a casi diez mil kilómetros de ti. Sobre todo, cuando vengo a la ciudad y no logras conseguir una puta niñera. —Entonces, de repente, retiró la mano y se giró hacia el volante—. ¿A dónde voy?

Me tomó un momento.

—Vaya. V-Vale... Gira a la derecha en Sunset y luego baja hasta la PCH.

No dijo nada después de eso, pero extendió el brazo para agarrarme la mano mientras conducía. Y seguimos así al tiempo que avanzábamos por la costa.

La gente de Hayes le había encontrado una casa elegante y contemporánea de quinientos metros cuadrados situada en los acantilados y con unas vistas impresionantes, paredes de vidrio retráctiles, una cocina profesional y todo de diseño, y el hecho de que solo estuviéramos de visita me entristeció. Porque, por un momento, me permití imaginar cómo sería la vida si jugáramos a las casitas allí. Y, tal vez, podría vender mi mitad de la galería y enviar a Isabelle a la escuela secundaria de Malibú y pasarme los días pintando acuarelas, haciendo el amor y siendo feliz. Y luego intenté imaginarme a Hayes como el padrastro de Isabelle y empecé a reírme.

—¿Qué? —dijo.

Estábamos en la *suite* principal, y yo estaba contemplando las vistas desde el gran asiento que había en la ventana mientras que él revisaba su equipaje.

—Nada. No… Esto es perfecto.

—Lo es.

—¿Está en venta? ¿Lo sabes?

—No —respondió, brusco—. Me voy a la ducha. Tenemos una reserva a las siete y media en el Nobu. Eso me deja más o menos una hora para hacer las cosas que quiero hacerte. No te vayas a ninguna parte.

***

En el Nobu cenamos bajo las estrellas. Un exuberante festín de sushi y sake y las yemas de los dedos de Hayes jugando sobre mi palma en la mesa. Me informó sobre los avances en su agenda. El álbum se lanzará en diciembre, coincidiendo con el documental, *August Moon: Al desnudo*. Está previsto que la *premiere* de la película tenga lugar en Nueva York. La gira comenzaría en febrero, duraría poco más de ocho meses y lo llevaría por cinco continentes diferentes. Intenté no pensar en todo eso, ya que gran parte de ello se traducía en pasar tiempo separados. Y ese pensamiento me ponía triste.

Nada menos que nueve personas se acercaron a nuestra mesa. Aquellos que lo conocían o afirmaban conocerlo; tres fans. Hayes fue amable en todo momento, pero pude ver que lo estaba desgastando.

—Igual debería haber elegido un lugar más discreto —dijo—. Pero es domingo. Y es noviembre. Supuse que habría menos gente.

—Sigue siendo el Nobu.

Se quedó en silencio un momento, mirando hacia el agua. Una salpicadura de estrellas, una media luna, un horizonte negro y sin fisuras.

—¿Qué pasa si dejo la banda?

—Creía que habías dicho que eso era imposible.

—No es imposible, es… *complicado.*

—¿Qué harías si lo dejaras?

—No lo sé. —Se giró hacia mí y extendió la mano para tocar mi pulsera. El brazalete que me dio en París. Todavía tenía que quitármelo—. Solo estoy cansado. Quiero un descanso.

Durante unos segundos, ninguno de los dos habló. Observé cómo trazaba la filigrana con los dedos. Sus movimientos eran lentos, hipnóticos.

—¿Por qué te metiste en ese mundo, Hayes? ¿Qué esperabas de ello?

—Me gustaba escribir música. Y pensaba que… tenía algo que decir. Soy un buen compositor y tengo una voz decente. No es una de esas voces únicas en mi generación como Adele, pero es decente. Y sabía que tenía una buena cara y eso solo iba a durar un tiempo, pero si la agrupaba con más caras buenas con voces decentes, podría ser más convincente. Tendría más posibilidades de conseguir que escucharan mi música. —Acto seguido, alzó la vista y se encontró con mi mirada—. Y funcionó. Pero ya no tengo ningún deseo de seguir escribiendo cosas pop felices…

—Muchas de vuestras cosas no son felices. Es irónico o burlón. Interesante.

—Sigue siendo… *cuidadoso.* No quiero ser tan cuidadoso.

Se quedó un momento en silencio. El sonido del océano rompiendo contra la orilla debajo de nosotros, la risa de otro grupo.

—Pero ahora también tengo la oportunidad que no había previsto de ser capaz de conmover a las personas y captar su atención. Y sería un desperdicio no utilizar eso para algún bien, para algo más grande que tocar canciones y ya. La oportunidad de hacer algo noble. Todavía lo estoy averiguando.

—Sabes que solo tienes veinte años, ¿no?

Sonrió.

—Veo que sigues recordándomelo.

—Tienes mucho más tiempo para hacer lo que quieras. Tú disfrútalo tal y como es, porque no vas a tenerlo siempre.

»Y tienes el resto de tu vida para redefinirte, si alguna vez te cansas de ser "Hayes Campbell, estrella del pop".

Sonrió, despacio, y se inclinó sobre la mesa. Sus ojos eran de un azul turbio a la luz de las velas.

—Si te beso aquí, ¿te parecerá bien?

—No lo sé —respondí—. ¿Por qué no pruebas a ver?

<hr />

Regresamos a casa cerca de las once. Todas las luces interiores estaban apagadas, así que supuse que Isabelle estaba durmiendo.

—Bueno, ¿cuál es el plan? —preguntó Hayes, que se había metido en el camino de entrada y apagado el motor.

—La dejaré en clase por la mañana y luego volveré contigo.

—Es una mierda que no pases la noche. ¿Lo sabes? Voy a sentirme muy solo en esa casa tan grande.

—Te las apañarás.

—A duras penas.

Me reí. Se inclinó para besarme y estuvimos así durante un par de minutos. Me sentí un poco como si volviera a tener dieciocho, allí en el coche, con su mano presionándome la mejilla, el leve sabor a alcohol. Y Hayes, siendo Hayes, no tardó en meterme una mano debajo del vestido.

—No. —Le agarré la muñeca—. Mi hija está dentro. Tengo que irme.

—Dame un minuto...

—Te gusta hacer eso, ¿eh?

—Me gusta saber que puedo.

—Mañana —dije, y abrí la puerta.

Esbozó su media sonrisa.

—Me gustas.

—Tú también me gustas.

—Vuelve conmigo —pidió.

—Mañana.

La casa estaba en completo silencio cuando entré, lo cual era extraño. Por lo general, Isabelle dejaba la televisión encendida cuando estaba sola en casa después del anochecer. El silencio tenía algo que me puso nerviosa.

El Audi de Hayes acababa de alejarse y podía oír el leve sonido de los cambios de marcha mientras descendía la colina. Con toda probabilidad, conduciendo demasiado rápido. Los chicos y sus juguetes.

Estaba caminando de puntillas por el pasillo, con los zapatos en las manos, cuando la puerta del dormitorio de Isabelle se abrió de golpe sin previo aviso.

—Dios, me has asustado —empecé—. Pensaba que estabas dormida.

—¿Dónde estabas?

—¿Qué haces despierta todavía, Izz? Es tarde.

—¿Dónde estabas, mamá? —repitió con urgencia. Estaba vestida para dormir: una camiseta, pantalones de pijama de franela, su pelo grueso y oscuro recogido en una cola de caballo. Pero había algo extraño en su rostro, en sus ojos.

—Ya te lo dije, he salido a cenar con un cliente… con un par de clientes. —Estaba intentando recordar la historia.

—¿Estabas con Hayes?

Mierda.

—¿Quién?

—Hayes Campbell. ¿Estabas con Hayes Campbell? —No lo estaba preguntando con delicadeza. No estaba siendo educada. Lo *sabía*.

Y, de repente, sentí cómo el bacalao negro con miso amenazaba con hacer una reaparición.

—Sí. Es un cliente mío. Hemos cenado.

—¿Un *cliente*? No me mientas, mamá. Te he visto. Lo estabas *besando*. Te he *visto*. —Le estaban brotando las lágrimas. Y lo sentí, su dolor, en las rodillas.

No es así como se suponía que tenía que ocurrir, en los confines del estrecho pasillo con las paredes cerrándose y sus fotos de la infancia burlándose de mí y yo jugando a la defensiva. Así no.

—Izz... —Había empezado a sudar.

—Madre mía. ¿Estás *saliendo* con él?

—No estoy...

—¿*Estás saliendo con él? ¡¿Estás saliendo con Hayes Campbell?!*

—Cariño, no estoy *saliendo* con él. Somos... somos amigos. —¡Dios, menuda tontería! Estaba allí con su esperma todavía nadando dentro de mí e intentando convencerla de lo contrario. Y mi hija sabía calarme.

—Asqueroso. Asqueroso. Asqueroso, mamá. —Estaba temblando de forma visible—. ¡Es asqueroso! ¿Cómo puedes estar saliendo con Hayes Campbell? ¡Eres *vieja*! ¡Tienes como el *doble* de años que él!

Si su intención era hacerme daño, lo había logrado.

Extendí la mano hacia su hombro y me empujó. Las lágrimas le caían a borbotones y tuve la impresión de que si hubiera podido golpearme, lo habría hecho.

—¿Por qué no me lo contaste? ¿No ibas a contármelo?

—Isabelle... Lo siento.

—Lo quiero.

—No lo quieres, Izz. Quieres la idea de él.

Me miró con los ojos cargados de furia.

—Lo. Quiero.

—Vale —dije—. Vale.

Comenzó a divagar, con los mocos saliéndoseles por la nariz y los labios enganchándoseles en los aparatos.

—Escuché el coche porque la televisión no estaba encendida, así que escuché el coche, miré y se parecía a él, pero pensé: «Imposible». Era imposible que fuera él, porque se suponía que iba a estar en Londres hasta finales de la semana, cuando vinieran para los AMA y *Ellen*, pero se parecía *mucho* a él y lo busqué, y hay fotos hechas por paparazis de él aterrizando en el aeropuerto de Los Ángeles hoy. Y es él. Es *él*. Y está en nuestra entrada y te está besando. Te está besando *a ti*. Te escogió *a ti*. Y te odio. Te odio, te odio...

La forma en la que lo dijo, como si fuera una competición entre nosotras, me dejó aturdida.

—Izz, lo siento.

Sacudió la cabeza, enloquecida.

—¿Has...? ¿Habéis...? —Se quedó callada, incapaz de articular palabra.

No sabía a qué pensamientos sórdidos les estaba dando vueltas. Pero seguro que eran acertados.

—Dios. ¿Cómo has podido hacerme esto? ¿Cómo has podido? ¡Dios mío, esto no está pasando de verdad!

—Isabelle. —Volví a estirar el brazo hacia ella y retrocedió.

—No me toques. No me toques. ¿Qué clase de madre *eres*? —escupió, y regresó a su dormitorio rosa y blanco. Rompiéndome el corazón en mil pedazos.

—Izz, le estás dando mucha más importancia de la que tiene...

—No entres —dijo, cerrando de un portazo. Con pestillo—. No entres.

Me senté allí. Fuera de su puerta cerrada, durante una hora. Escuchando cómo sollozaba y destruía cosas. Y no había nada que pudiera hacer. Mantén la calma y sigue adelante.

—Lo siento, Izz. Lo siento —seguí repitiendo. Pero para ella eso no significaba nada. Esperé hasta que fue demasiado tarde. Y, tal y como Hayes había predicho, fue desagradable.

No me habló en una semana.

El lunes fue a clase con aspecto de haber aguantado doce asaltos en un combate de boxeo, así de hinchada estaba. Insistí en que se quedara en casa, pero se negó: no quería estar cerca de mí. No sé qué les dijo a sus amigas.

El martes, después de clase, hizo la maleta y esperó a que Daniel la recogiera. Cuando le volví a suplicar y le volví a pedir perdón, se giró hacia mí con mucha frialdad y me preguntó:

—¿Te has acostado con él?

Y, cuando fui incapaz de responderle, se puso a llorar.

No regresaría hasta el domingo, cuando Daniel insistió en traerla de vuelta. Hasta ese momento no había respondido a ninguna de mis llamadas y mensajes, pero no le quedaba más remedio, ya que Daniel se iba de la ciudad otra vez. La dejó esa tarde, y cuando intenté abrazarla, me dejó, aunque no me devolvió el abrazo.

—Te he echado de menos —dije, inhalándola. Su champú, su protector solar.

Asintió y entró en la casa.

Daniel estaba en el camino de entrada, sacando bolsas del maletero del BMW. Me moví para ayudarlo.

—Hola.

—Hola —contestó.

—Gracias por traerla.

Sacudió la cabeza, irritado.

—Ha sido una semana muy jodida.

—Lo sé.

En ese momento, cerró el maletero y me miró por fin.

—Te lo advertí. Te lo advertí, joder. Madre mía, Sol, ¿en qué estabas pensando?

No respondí.

—En serio. *¿En qué narices estabas pensando?* Es un *niño.* ¿Has perdido la cabeza?

Me palpitaron las sienes. Durante días me había dolido la cabeza y mis pensamientos habían sido oscuros, lentos y confusos, como si estuviera atrapada dentro de un cuadro de Turner.

—¿Sabes qué? No voy a tener esta conversación contigo. Ahora no. Puede que nunca.

—No. *Vas* a tenerla. Porque nuestra hija está hecha un completo y total desastre ahora mismo. Y te advertí que esto sucedería, joder, y no se trata solo de ti...

Me mató escucharlo, saber que tenía razón.

—Ha estado escuchando el nuevo álbum de Taylor Swift en bucle y diciendo que por fin entiende su dolor —continuó—. No sé ni lo que significa eso...

—Está sufriendo, Daniel. Tiene el corazón roto.

—¿Por ese niño, Hayes? ¿O por *tu* culpa?

Eso dolió.

Durante un momento se quedó en silencio, mirando hacia la calle.

—Madre mía, Sol —dijo en voz baja—, ¿qué va a pensar la gente?

Me llamó la atención el hecho de que, en medio de todo esto, estuviera pensando en las apariencias y en el juicio. Era vulgar y desagradable. Y tuve que preguntarme si así era como me veía Hayes. Preocupada por cómo se veían las cosas y lo que pensaba la gente y no por lo que de verdad importaba.

Un par de excursionistas estaban descendiendo la colina y Daniel se detuvo hasta que estuvieron lo suficientemente lejos como para que no oyeran nada.

—¿Cómo es que ha ocurrido? —preguntó—. ¿Cuánto tiempo lleva ocurriendo?

No respondí. Mi mente estaba en mil lugares diferentes, en una docena de habitaciones de hotel diferentes. Nueva York. Cannes. París.

—¿Estás enamorada de él? Dios mío, ¿pero qué estoy preguntando? Tiene como dieciocho años.

—No tiene dieciocho años.

—*Tienes* que poner fin a esto.

—Por favor, no me digas lo que *tengo* que hacer.

—*Tienes* que poner fin a esto. Es como si mi mujer fuera Mary Kay Letourneau.

—No soy tu mujer, Daniel.

En ese momento, se quedó paralizado al darse cuenta del error que había cometido. Tardó un momento en recuperarse antes de volver a hablar.

—Se lo mencioné a Noah, y Noah ya lo sabía. ¿Cómo demonios lo sabía Noah? ¿Has estado hablando con Noah?

—No.

—Entonces, ¿cómo demonios lo sabía?

Me encogí de hombros.

—No sé. Soho House…

—¿*Soho House*?

Observé cómo procesaba, como en cámara lenta. El sol brillándole en los ojos.

—¿Ese era *él*? ¿Fue *él* quien vino a nuestra mesa durante el almuerzo? ¿Te estabas acostando con él en ese momento? ¿Te lo estabas *follando* cuando vino y se presentó?

—Daniel…

—Tienes que estar de puta broma.

—Por favor, para.

—Eva está embarazada. Nos vamos a casar —escupió.

Si me hubiera dado un puñetazo en la cara, no me habría dolido más.

—Estaba esperando el momento adecuado para decírtelo, pero nunca llegó. Lo siento.

Se quedó allí un momento, sin saber muy bien qué hacer. Luego, se subió a su BMW y se fue. Dejándome, una vez más, con la carga.

El lunes, el día después de que August Moon interpretara *Palabras de desconsuelo* en los American Music Awards y se llevara cuatro premios, Hayes vino de visita.

Me había pasado gran parte del lunes y del martes anteriores en la casa de Malibú, llorando. Me abrazó y me consoló, y ni una sola vez me regañó por haber esperado tanto. Y, después, expresó el deseo de hablar con ella cuando las cosas se calmaran.

—Creo que no hará más que empeorar las cosas —dije. Estábamos sentados en el balcón, contemplando las olas con las colinas ondulantes a nuestras espaldas.

—No creo. Parte de lo que la aliena es que no parezco del todo real. En plan, soy el tipo del póster y, al menos para ella, no soy tangible. Me ha puesto en un pedestal en el que no puedo estar a la altura de lo que sea que tenga en la cabeza. Y necesita ver que soy normal y humano.

—¿Tú? ¿Normal? ¿Humano?

Sonrió.

—A veces…

Así pues, el lunes al mediodía, cuando todavía estaba aturdida por la noticia de Daniel y Eva y cuando Isabelle todavía me castigaba con intercambios monosilábicos, Hayes apareció en la casa. No le había avisado a Isabelle. Porque no quería que se preparara ni lo pensara demasiado. Solo quería que *fuera*. Estaba sentada en una de las tumbonas del patio trasero haciendo los deberes, con una manta envuelta alrededor de sus estrechos hombros.

—Izz, alguien ha venido a verte.

Alzó la mirada y, cuando Hayes salió, su expresión reveló lo que me pareció la magnitud de todo lo que una niña de trece años podía sentir. Amor, traición, desamor, expectación, desilusión, furia, lujuria y dolor. Y el hecho de que todo recayera sobre los hombros de Hayes me preocupaba. No obstante, si se sintió intimidado, no lo demostró.

—Hola, Isabelle —dijo mientras se sentaba a su lado en la tumbona. Su voz ronca, reconfortante, familiar.

Le dedicó una sonrisa débil. Y, acto seguido, empezó a llorar.

Al parecer, Hayes estaba acostumbrado a que las chicas lloraran cerca de él. A que las chicas lloraran por su culpa. Vi cómo le rodeaba los hombros con el brazo, le colocaba la cabeza contra su cuello y repetía una y otra vez: «No pasa nada, no pasa nada», mientras le acariciaba el pelo. Y fue como magia. Todo lo que no me permitía hacer por ella, lo aceptó de buen grado cuando vino de él. Y se quedó así, todavía con ella, durante mucho tiempo.

—¿Estás bien? —preguntó al rato.

Asintió.

—¿Has venido hasta aquí para verme?

—Me enteré que estabas molesta.

Isabelle miró hacia donde yo estaba, de pie junto a las puertas correderas. Empezó a decir algo y luego se detuvo.

—Estuvisteis muy bien anoche —dijo en su lugar.

—Gracias. ¿Viste lo poco que me faltó para tropezarme? Eso sí que es elegancia. —Se quedó en silencio un momento y luego añadió—: Bueno… esto es raro ¿verdad? Lo sé. Para mí también es un poco raro.

—Salvo que no tienes todos mis discos, fotografías y eso. Nunca te has quedado despierto hasta tarde viendo mis vídeos y planeando cómo te ibas a casar conmigo y con mis amigas. Así que no, para ti no es igual de raro.

—Vale. —Le sonrió—. Tienes toda la razón. —Y luego, después de una pausa muy larga—: Me gusta mucho tu madre.

Isabelle no habló. Estaba evitando el contacto visual, tocándose la pulsera de la amistad, la única superviviente del campamento de verano. El resto se había desmoronado.

—Siento que te moleste, pero en cierto modo acaba de *ocurrir*. Y a veces no se pueden planificar estas cosas.

Dejó que lo asimilara por un momento. Sin forzar el asunto. Se le daba tan bien. Y, en ese momento, me acordé de la conversación que tuvimos en el bar del George V. «Por sorprendente que parezca, soy una persona equilibrada», había dicho.

—Pero mira, soy solo yo, ¿verdad? Y estoy aquí. Y digamos que formo parte de la vida de tu madre. Lo que significa que formo parte de tu vida. Por el momento, en todo caso. Y me encantaría que fuéramos amigos.

Notaba cómo se me llenaban los ojos de lágrimas.

—Sé que ahora mismo te sientes como una mierda.

Isabelle sonrió.

—Perdón —se disculpó Hayes—, como una caca. Pero cuando te sientas mejor, si estás dispuesta, el próximo mes se estrena nuestra película y la *premiere* será en Nueva York, y me encantaría que vinieras. E igual puedes traer a una o dos amigas. Pero tienes que prometerme que no llorarás. Nada de llorar en la alfombra roja. ¿Puedes hacer eso?

Se rio, ocultándose los aparatos con la mano. No la había visto sonreír en ocho días.

—También tienes que prometerme que vas a ser amable con tu madre. Porque su intención nunca ha sido hacerte daño, y la está matando que estés tan triste. ¿De acuerdo? ¿Puedes prometerme eso?

—Sí.

—Bien —contestó—. ¿Qué estás haciendo?

—Matemáticas.

—¿Matemáticas? *Puaj*. Se me daban fatal las matemáticas.

Ella se rio.

—Lamento que te estén sometiendo a esa... tortura. Lo siento mucho. —Se metió la mano en el bolsillo—. ¿Te apetece un chicle? —Se lo ofreció y, mientras Isabelle abría el envoltorio, Hayes me miró por encima del hombro y sacó la lengua. Seguía siendo mi Hayes.

Más tarde se reunió conmigo en la cocina, donde estaba preparando té.

—Ha sido increíble. ¿Cómo lo has hecho?

Sonrió y se encogió de hombros.

—Se me da bien la gente.

—¿Eso estaba en tu lista?

—Es probable. Soy algo así como… un reparador.

—¿Un *reparador*? —Me reí.

Asintió mientras miraba cómo servía el agua caliente.

—Soy al que envían para calmar a todas las fans enloquecidas que no paran de hiperventilar.

—Pensaba que no te iban las mujeres que entran en pánico.

—*No* me van las mujeres que entran en pánico. Pero puedo manejar a las chicas. —Sonrió, tranquilo.

—Línea fina…

—A veces. —Entonces, se acercó a mí y me rodeó la cintura con los brazos—. Y, ya sabes, hago *tan* felices a todas las chicas…

—Eso parece —dije, y lo besé.

—Y de vez en cuando, también hago felices a sus madres.

—Mucho…

—Mucho.

Miami

Las cosas no eran perfectas. No me engañé creyendo que, como por arte de magia, Isabelle estaría de acuerdo con la idea de que Hayes y yo estuviéramos juntos solo porque Hayes así lo había querido. Pero sí que tenía la esperanza de que le fuera más fácil. Que hiciéramos las paces poco a poco. Como lo había hecho con el divorcio. Sin embargo, por aquel entonces era más joven, menos sensible, menos propensa a ver las cosas como una afrenta personal. Había sido sorprendentemente fácil racionalizar con ella. Ahora todo era el fin del mundo. El himno de batalla de una chica adolescente.

—¿Quieres hablar de ello? —preguntaba al menos una vez al día.

—No —respondía cada vez, tras lo que se metía en su habitación—. Estoy bien. —Y, entonces, se cerraba la puerta y comenzaba Taylor Swift.

Todavía no estábamos fuera de peligro.

Daniel le dio la noticia sobre Eva. Según él, sollozó y lloró porque todo estaba cambiando. Y él estuvo de acuerdo en que así era, pero que nunca la querríamos menos y que siempre sería nuestra primogénita. Siempre sería lo mejor que nos había pasado a los dos. Lo sería. Lo era.

Ese domingo por la noche, después de que la dejara en casa, entró en mi habitación, se acurrucó en mi cama como un caracol y lloró. Y el hecho de que me dejara consolarla fue un progreso. El hecho de que me dejara abrazarla, inhalarla y maravillarme ante su belleza fue una dulce recompensa.

—Lo siento —dijo al rato. Con la voz ronca, rota—. Siento lo de papá. Siento lo de Eva. Lo siento por todo.

Me dolía el corazón por ella. Su mundo estaba destrozado, irreconocible, y había poco que yo pudiera hacer para arreglarlo. Me quedé allí, con el cuerpo acurrucado alrededor del de ella, preguntándome cómo habíamos llegado a este punto. Nuestra familia tan fracturada y reorganizada. Como los rostros de un Picasso.

—Te quiero —dije.

Asintió y, despacio, entrelazó los dedos entre los míos.

—Yo también te quiero.

—Vamos a estar bien, Izz. Vamos a estar bien.

Pasamos la primera semana de diciembre en Miami para la Art Basel. En el vuelo de ida, Lulit me reprendió con severidad.

—Esta vez no vas a dejarme —dijo—. Somos un equipo. Nada de tardes libres para irte de juerga con tu novio.

—Vale. —Asentí.

Hayes estaba en Nueva York esa semana haciendo la rueda de prensa de *August Moon: Al desnudo*. Pero el jueves se escaparía para pasar el fin de semana en South Beach.

—Sé que estáis coladísimos el uno por el otro y sé que no lo ves con mucha frecuencia, pero necesito tu ayuda —continuó Lulit—. Te necesito. No me metí en esto para hacerlo sola. Somos un equipo. Trabajamos bien como equipo. Nos lo *pasamos bien* como equipo.

—Vale —repetí—. Lo entiendo.

Tenía razón. Nos lo pasábamos bien. Miami era una fiesta continua: cócteles, cenas y noches ridículamente largas. Tener a Matt a mano facilitaba mucho la carga de trabajo. Bebimos, cenamos, charlamos y vendimos arte. Y estuvo bien.

Reservé una *suite* con vistas al mar en el Setai mientras que el resto del equipo se instalaba en un apartamento de alquiler. Sabía que Hayes apreciaría la relativa calma y privacidad. Llegó a Miami el jueves por la tarde noche, un poco cansado por el asalto de la prensa. Entrevistas, sesiones de fotos, responder las mismas preguntas una y otra vez. Si no te dedicaras a esto, ¿a qué te dedicarías? ¿Saldrías con una fan? ¿Has estado enamorado alguna vez? ¿Cuál es tu palabra favorita para «tetas»? ¿Tacos con la tortilla blanda o rígida?

—Es una tontería sin sentido —dijo mirando cómo me vestía para la cena—. Hace que les tenga envidia a mis compañeros de la universidad.

—Quienes seguro que te tienen envidia...

—¿Porque estoy en South Beach con la galerista más guapa del mundo? —Sonrió.

—Sí. —Me reí—. Por eso.

Entonces, se quedó callado y respiró hondo.

—Bueno, tengo algo interesante que decirte... Mis padres van a venir a la *premiere*.

Me giré para mirarlo. Estaba recostado en la cama, con las largas piernas cruzadas y las manos dobladas detrás de la cabeza, completamente tranquilo. Una pose incongruente, pensé, dado el tema en cuestión.

—Joder. —Fue apenas un susurro.

—No pasa nada, ya los he preparado.

—¿Les dijiste cuántos años tenía? ¿Les hablaste de Isabelle?

Asintió despacio.

—¿Entraron en pánico?

—Define «entrar en pánico»... No, me estoy metiendo contigo. No entraron en pánico. Les sentó sorprendentemente... bien.

—¿«Bien»?

—Bien —repitió, con una pequeña sonrisa en los labios—. No va a pasar nada.

Pero lo dudaba. Mucho.

Esa noche decidimos saltarnos el aluvión de fiestas de la industria y fuimos a cenar al Casa Tua, en James. Acabábamos de llegar al restaurante y estábamos serpenteando entre las mesas iluminadas con velas que había en el jardín del patio cuando alguien llamó a Hayes por su nombre. Me volví y vi que se había detenido junto a una mesa en la que estaban quienes parecían ser tres modelos jóvenes. Las acompañaba un caballero de mediana edad. Quizás un agente, un padre, un amante depredador. Me dio que pensar. ¿Era esto en lo que me había convertido? ¿Alguien de mediana edad?

La chica que estaba más cerca de Hayes era de huesos finos, rubia, preciosa. Su delgada mano estaba alrededor de la muñeca de él.

—Amanda —estaba diciendo—. Nos conocimos en el Chateau hace un par de semanas.

Lo vi procesar, sonreír.

—Amanda. Sí. Hola. ¿Cómo estás?

—Estupenda —respondió. Pues claro. Tenía una piel perfecta y un puñado de pecas sobre su delicada nariz. Y era lo bastante joven como para poder salir de noche por South Beach sin una capa de maquillaje.

—Justo estábamos hablando de ti —susurró—. Creo que conoces a mi amiga Yasmin. —Hizo un gesto en dirección a la chica que estaba sentada frente a ella.

Una morena, un poco mayor, vagamente étnica, ojos grandes y muy separados y una boca pornográfica.

Hayes se tomó un momento para situarla y luego asintió, despacio.

—Sí.

—Hola. —Yasmin sonrió y se sacudió el pelo.

—Hola. —Sonrió. Se habían acostado. Era evidente.

Fue el cambio en el lenguaje corporal de Hayes, la forma en la que ella se negó a sostenerle la mirada. Y me chocó que me diera cuenta tan rápido, que lo conociera tan bien. Mi novio.

En general, no había gastado mucha energía preocupándome por las mujeres del pasado de Hayes. Porque el pasado era el pasado. Y desde septiembre había tratado de no preocuparme por las mujeres del presente, porque me prometió que no había ninguna. Me había pedido que me mantuviera alejada de Internet, que no leyera la prensa sensacionalista y que confiara en él, y en su mayor parte lo hice. Pero lo único que tenía era su palabra.

—¿Hace falta que usemos condón? —le había preguntado esa misma tarde. Se había convertido en una especie de ritual.

Había ladeado la cabeza, astuto.

—No sé. ¿Hace falta?

—Te lo estoy preguntando *a ti*.

—¿Has hecho algo de lo que no estés orgullosa?

—No —respondí—. Pero no soy yo la que está en una banda.

—Si hago algo de lo que no esté orgulloso, te lo contaré —había dicho al tiempo que me giraba para quedar sobre mi estómago.

—Estoy *confiando* en ti, Hayes.

—Lo sé.

Pero allí, en el jardín del Casa Tua, bajo las estrellas, los árboles extensos y las linternas marroquíes, la realidad me golpeó. Que habían sido muchas, que siempre las habría, que estarían en todas partes. Las conquistas de Hayes. Arrastrándose, enredándose en él como la hiedra.

—¿Has venido por la Art Basel? —preguntó Amanda. Lo había pronunciado mal, lo que fue irritante.

—Sí —respondió Hayes.

—Genial. —Sus delgados dedos todavía le rodeaban la muñeca, serpenteantes—. ¿Dónde te estás alojando?

Durante un momento, se quedó callado, y sus ojos escanearon los rostros en la mesa antes de aterrizar en mí.

—Con una amiga… Lo siento, la estoy haciendo esperar. —Su intento de desenredarse—. Me alegro de veros. Yasmin. Amanda. Disfrutad de la cena. —Se despidió de los demás con la mano y se alejó.

<hr>

Más tarde, mientras comíamos burrata y tomábamos un espeso vino tinto, Hayes sintió la necesidad de explicarse.

—Amanda… Es amiga de Simon.

—No he preguntado.

—Lo sé… Pero no quería que te quedaras con la duda.

—¿Y Yasmin? ¿Amiga de Simon también?

Agitó el vino en la copa.

—No. Yasmin no era amiga de Simon.

—Ya, se ha notado.

—Lo siento… Fue hace mucho tiempo.

Asentí y bebí de mi vino.

—Pensaba que no te gustaban las modelos.

Se rio.

—Estoy bastante seguro de que nunca he dicho eso. ¿A quién no le gustan las modelos?

—Oliver.

Hayes se puso serio enseguida.

—Ya, *Oliver*. Él sabe de arte y es demasiado sofisticado para las modelos.

Me sorprendió cómo lo dijo.

En ese momento, extendió el brazo y me agarró la mano sobre la mesa.

—No tengo ningún problema con las modelos. Son, en su mayor parte, bastante guapas. Pero si tengo la opción, prefiero estar con alguien que haya vivido un poco, que tenga algo interesante que decir y que no sea solo algo bonito de ver.

»¿Sabes de qué hablan las chicas así? Instagram y Coachella... Eso está bien para una noche. Que es lo que fue Yasmin. Una noche.

Tenía los ojos puestos en cómo su mano sostenía la mía. Sus dedos largos y gruesos. Sus dos anillos: plateados, estampados, uno en el dedo anular y otro en el corazón. Se los cambiaba muy a menudo.

—Pensaba que te encantaba Instagram —dije.

—Subo cosas a Instagram porque nuestro equipo nos obliga a hacerlo. ¿Sabes lo que me gusta de ti? Que nunca has estado en Coachella y que lo único que hay en tu Instagram es arte.

—¿Has estado mirándome el Instagram?

—Puede... —Sonrió, coqueto—. Estoy pensando en seguir tu ejemplo y pasar a las fotografías artísticas.

Me reí.

—¿Cómo? ¿No más partes del cuerpo? ¿No más «Hayes, ¿puedo sentarme en tu dedo gordo del pie»?

Se estremeció.

—Qué... No tengo las palabras para describirlo. A veces nuestro *fandom* me asusta.

—Sí —dije—. A mí también.

Me desperté a la mañana siguiente con el sonido de un móvil vibrando. Las cortinas estaban cerradas y fui incapaz de determinar qué hora era, pero parecía temprano. Demasiado temprano para que sonara el móvil. Después de numerosos timbrazos, Hayes contestó molesto. Hubo una pausa y luego se incorporó de un salto.

—No. Me. Jodas.

—¿Qué ha pasado?

Me miró con los ojos muy abiertos. Tenía el pelo rebelde y la voz ronca, pero su sonrisa era gloriosa.

—Parece que me han nominado a un Grammy.

August Moon competía por mejor interpretación de pop de dúo/ grupo por su canción *Siete minutos*. La balada, que Hayes había escrito en solitario con uno de sus productores, también estaba nominada a canción del año. Era, en todos los sentidos, algo bastante importante.

Esa noche cenamos en el Bazaar, en el hotel SLS, con Lulit, Matt, nuestra artista Anya Pashkov y Dawn y Karl von Donnersmarck, una pareja de coleccionistas de Nueva York. El ambiente era, sin duda, festivo.

—¿Tu vida, Hayes, va a ser todavía más loca si ganáis? —preguntó Lulit mientras nos tomábamos unos cócteles, y su tono aumentó al final. Como si en el último momento hubiera decidido convertirlo en una pregunta.

—No vamos a ganar. Las *boy bands* no ganan Grammys. Esto por sí solo es enorme. Estoy bastante contento. —Sonrió—. Podría hacer que nos ganáramos un poco más de respeto. Aunque estamos prácticamente al final de cualquier gráfico de respetabilidad.

Dawn se rio a carcajadas y alzó su copa.

—Me encanta que lo lleves con tanto humor. Y a ti, Anya, bien hecho.

Artnet había publicado un artículo favorable esa mañana sobre la instalación de Anya. *Invisibles* era un vídeo conceptual que exploraba cómo las mujeres de cierta edad dejaban de ser vistas. Cómo la sociedad las escondía bajo la alfombra, las ignoraba y las descartaba una vez que habían pasado su mejor momento. Había seleccionado una serie de retratos de mujeres de mediana edad y mayores, los había combinado con imágenes de los medios y tropos publicitarios comunes y había superpuesto una banda sonora sobre mujeres reales que hablaban de sus experiencias, sus miedos y sus inseguridades. Era doloroso y brutalmente honesto.

—Mis amigas y yo hablamos de eso todo el tiempo. Es como si dejaras de existir —continuó Dawn. Dawn era una rubia aristócrata, nacida y criada en Nueva York. Alta, competente. Si era mayor que yo, no lo era por mucho—. ¿Cuántas veces te encuentras en una habitación o en una fiesta y piensas: «¿Estoy aquí? ¿Puede verme alguien? *¡Hola!*?».

Karl, tranquilo y estudioso, la rodeó con el brazo y sonrió.

—Yo te veo, cariño.

—Ya sabes a lo que me refiero, Karl. —En ese momento, se giró hacia mí—. Como los tipos que suelen hablarte por la calle... No las groserías de los obreros, sino los porteros que, por lo general, dicen «buenos días»... Eso se acaba. Se acaba. ¿Ya no me merezco un «buenos días»? Hay algo muy inquietante en que ya ni siquiera te registren. En plan, *demonios*, ¿en qué momento ha pasado eso?

Hayes estaba sosteniéndome la mano por debajo de la mesa. De repente, me dio un apretón y lo miré, preguntándome qué habría leído en mi cara. La incertidumbre de todo. La idea de que mi propia invisibilidad podría estar a la vuelta de la esquina. A la vuelta de la manzana. A kilómetros de distancia. Pero inevitable, aun así.

—Lo que estás haciendo es innovador, Anya —dije.

—Gracias, Solène. —Estaba sentada frente a mí, bebiéndose un vodka con tónica. Los rasgos de Anya eran afilados, memorables. Piel clara, pelo negro, labios rojos. Tenía unos años más que yo, pero parecía tenerlo todo resuelto. Mientras que yo todavía me estaba recuperando de la noticia sobre la prometida embarazada de mi exmarido y tratando de mantener a raya a una adolescente desconsolada mientras me acostaba con su ídolo de veinte años, Anya se estaba enfrentando al futuro de la mujer.

—Enviamos comunicados de prensa a las revistas femeninas, además de a las publicaciones de arte habituales, porque se encuentran en una posición única —continué—. Sí, algunas tienen parte de culpa, pero ahora tienen la oportunidad de darle la vuelta a la situación. De fomentar el debate. El hecho de que no paramos de equiparar la belleza y el atractivo con la juventud. Que nos castiguemos a nosotras mismas en vez de aceptar lo inevitable. Y son mujeres las que dirigen estas revistas. ¿Por qué nos hacemos esto?

—Porque nos han lavado el cerebro —respondió Lulit, y le dio un sorbo a su mojito—. Pero esa es la belleza del arte, ¿verdad? Nos miramos en un espejo y decimos: «¿En quién narices nos hemos convertido?». Eso es lo que hacemos.

En ese momento, la miré, a mi cómplice, a mi mejor amiga.

—Eso es lo que hacemos.

Después de la cena, los demás decidieron dirigirse a Soho House para una fiesta en la que estaba pinchando Questlove, de The Roots, pero Hayes supuso que habría demasiado jaleo y optamos por no ir.

—Lo veré la próxima semana. Vamos a *The Tonight Show* —dijo, como si fuera algo normal.

—Qué vida tan emocionante llevas. —Dawn sonrió. Estábamos junto al servicio de aparcacoches, esperando su Uber—. Bueno, divertíos. Me voy a ser invisible a Soho House.

Me reí.

—No eres invisible, Dawn. Llevas un Dries Van Noten.

—¡Ja! —Echó su cabeza rubia hacia atrás, con su llamativo vestido de flores en alto relieve—. ¡Gracias por darte cuenta! Gracias por verme.

—Yo lo veo todo —dije—. Es mi trabajo.

—Me encanta que te encante lo que haces —dijo Hayes más tarde. Estábamos metidos en un rincón de la zona de restauración situada en un patio del Setai: luces tenues, piscina reflectante, palmeras. Daba más vibras de Moorea que de Miami.

Estaba bebiendo de su *whisky* escocés. Laphroaig 18.

—¿A qué se dedican las madres de las amigas de Isabelle? ¿Trabajan?

—La mayoría no.

—Mi madre no volvió a trabajar después de que yo naciera. Montaba a caballo y hacía cosas de caridad y... almorzaba. —Se rio—. Ahora que lo pienso, no sé a *qué* se dedicaba. No sé *con qué* ocupaba sus días.

—¿La describirías como una buena madre?

—Supongo que sí. Salí bien. O sea, *a ti* te gusto.

—Sí. —Sonreí—. ¿Crees que era feliz?

—No sé. Tal vez. ¿*Tú* eres feliz?

—¿Justo en este momento? Sí.

Se quedó callado un minuto, mirándome.

—¿Crees que serías tan feliz si no trabajaras?

Negué con la cabeza.

—Igual si me hubiera casado y hubiera tenido hijos de más mayor, habría sentido la necesidad de sentar la cabeza. Pero tenía toda esa educación, energía y deseo y había más vida que vivir que eso. Y ahora es gran parte de mi identidad. Y sí, a veces me siento culpable por no haber sido la madre que servía el almuerzo caliente en la escuela privada. Pero ¿quién dice que eso me habría convertido en una mejor madre? Lo más probable es que me hubiera sentido inquieta e infeliz. Y resentida.

Asintió y me recorrió el puño con los dedos.

—Sí, lo entiendo.

—Si no te hubieras dedicado a esto, ¿qué estarías haciendo?

—¡Ja! Preguntas de rueda prensa. Estaría en Cambridge con la mitad de mi promoción, durmiendo en la misma universidad de quinientos años de antigüedad en la que han dormido cuatro generaciones de los Campbell, jugando al fútbol, yendo detrás de chicas, remando y pasándolo en grande.

—Interesante —dije. No conseguía imaginármelo haciendo nada de eso—. ¿Tacos con la tortilla rígida o blanda?

Se rio.

—Blanda.

—¿Has estado enamorado alguna vez?

—No.

Me detuve. No era lo que me esperaba.

—¿No?

Le dio un sorbo a su bebida y colocó el vaso sobre la mesa, frente a nosotros.

—No.

—¿Nunca? ¿En serio? Guau.

—¿Te parezco alguien que ha estado enamorado?

—Me pareces alguien que sabe lo que hace.

—He tenido buenas profesoras. Algunas han dicho: «No te enamores de mí». —Lo dejó flotando en el aire, acusatorio.

—¿Yo dije eso? Lo siento.

—No pasa nada. No te hice mucho caso de todas formas. —Lo dijo sin pretensiones. Su mano se había abierto paso por debajo de la mesa hasta llegar a mi rodilla, al dobladillo de encaje festoneado de mi vestido—. Pensaba que estaba enamorado. Resulta que estaba equivocado.

—¿Penelope?

—Penelope.

Mi mente repasó las veces que había dicho que se estaba enamorando, en el Chateau Marmont, en el George V. Ahora, sopesaba esas declaraciones de manera diferente. Las había descartado como encaprichamiento. Cosas que podría decir un chico joven. Pero tal vez había estado revelando más de sí mismo desde el principio.

Una brisa bochornosa sopló desde el océano. El aire era húmedo y agradable. Hayes deslizó los dedos por debajo de mi dobladillo y me estremecí. Durante mucho rato, ninguno de los dos habló. Me sostuvo la mirada mientras me separaba las rodillas, me descruzaba las piernas y me abría los muslos.

Había otra pareja en el banco, no muy lejos de nosotros. Un grupo de tipos con pinta de asistir a la Art Basel al otro lado de la piscina reflectante. No estábamos solos. Y, sin embargo, no lo detuve.

—Supongo que hemos terminado de hablar de Penelope...

Se rio entre dientes, pícaro. Presionó los dedos contra mí, dentro de mí.

—Hemos terminado de hablar de Penelope.

Entonces, se inclinó hacia mí, con la boca cerca de mi oreja y el cálido aliento contra mi cuello. Me vino a la cabeza que iba a echar de menos esto cuando pasara página. Cuando estuviera con alguien diez años menor que yo y yo fuera invisible en algún lugar. Iba a echar de menos sus manos.

Esto.

Su pulgar en mi clítoris y mi corazón en la garganta y la humedad envolviéndonos como una manta.

Cuando pensé que podría suceder, que podría correrme allí mismo, en el patio del Setai, se detuvo y se alejó. Lo agarré del brazo.

—¿A dónde vas?

—No me voy a ninguna parte —respondió. Y, acto seguido, sacó la mano de entre mis piernas y me pasó los dedos mojados por la boca. Los labios, la lengua... Me quede allí, sin palabras.

Esbozó su media sonrisa, le dio un trago al *whisky* y me dio un beso. Profundo.

—Tú —dije, cuando encontré la voz.

—Yo.

—Tú. Te gusta jugar sucio.

Se volvió a inclinar para chuparme el labio.

—¿Ah, sí?

—¿Podemos volver ya a la habitación?

—Todavía no. —Estaba sonriendo cuando su mano regresó entre mis piernas, deslizó los dedos por debajo de mi ropa interior, los deslizó en mi interior, sin esfuerzo—. Tú. Estás chorreando.

Me quedé allí sentada un minuto más, perdida en él. Y, luego, le agarré la muñeca.

—Paga la cuenta —dije—, y nos vemos arriba.

—Vale.

Tardó más de lo que me hubiera gustado en llegar a la *suite*. Pero verlo en la entrada del dormitorio con la camisa ligeramente desabotonada, el vaso todavía en la mano, me provocó tal subidón que se me olvidó preguntar dónde se había metido.

—¿Velas? —inquirió al tiempo que contemplaba la habitación y se quitaba las botas—. ¿Esperabas algo romántico?

—En realidad, lo único que esperaba era que trajeras tu boca.

Sonrió.

—No lo dudo.

Desde mi posición en la cama, lo vi avanzar hacia mí, su cuerpo largo, ágil y hermoso. Se tomó un momento para conectar el iPhone a los altavoces. Luego, cuando empezó la música, una base evocadora que no reconocí, le dio un sorbo al *whisky* y me absorbió.

—¿Vas a hacerme esperar, Hayes Campbell?

Sonrió y dejó el vaso.

—Tal vez. Solo un poco.

En ese momento, empezó a sonar el vocalista. Una voz evocadora y familiar. Bono. Aunque nada que hubiera escuchado antes. Letras crudas, sexis, inconexas.

—¿U2?

—U2.

Hayes se unió a mí en la cama y se tomó su tiempo para desabrocharme el vestido. Sus dedos calientes contra mi piel. Una guitarra distorsionada, sus manos desabrochándome el sujetador, su boca en mis pechos. Su lengua… Pasado un tiempo, por fin bajó, y pasó el dedo índice por la cintura de mis bragas, desde un hueso de la cadera hasta el otro hueso de la cadera, una y otra vez. La voz de Bono, arrulladora. *Sleep like a baby, tonight…*

Se detuvo durante un segundo, nuestros ojos se encontraron, y luego inclinó la cabeza, recogió la tela con los dientes y despacio, despacio, me las quitó. Cuando consiguió bajármelas hasta los tobillos, se recostó y cruzó los brazos sobre el pecho. Su expresión era casi engreída.

—¿Qué? ¿En qué piensas?

—Quiero ver qué haces cuando no estoy contigo.

Tardé un minuto en procesar lo que me había pedido.

—¿Ahora?

—Ahora. Enséñamelo.

Cuando llegué a nuestro *stand* en la feria, poco antes de las once de la mañana siguiente, Matt ya estaba allí leyendo algo en el portátil con detenimiento. Lulit no había llegado todavía.

—¿Quieres las buenas o las malas noticias? —me saludó.

—¿Nada de «buenos días»?

Sonrió y se subió las gafas.

—Lo siento. Buenos días. Buenas noticias: hoy vamos a vender mucho arte.

Hasta ahora nos había ido bien. La instalación de Glen Wilson, *Desahuciados*, era impactante. Vallas metálicas rescatadas con retratos a gran escala entrelazados a lo largo de la malla de acero, simbología de la gentrificación que está transformando la comunidad playera de artistas de Venecia. Las piezas representaban los restos de propiedades que una vez fueron asequibles y sus residentes desplazados. Era un arte político y poderoso.

—Bueno, ¿cuáles son las malas noticias?

—Eres un cotilleo sin nombres —respondió, y colocó el portátil de manera que viera la pantalla.

—¿Un qué?

—Jo acaba de mandar esto.

El navegador estaba abierto en una página web que no conocía. Cotilleo a ciegas o algo así. En la parte superior de la página había un artículo titulado *Cita al desnudo*.

¿Qué chico guapo con inclinación por las mujeres maduras ha estado trabajando esta semana como coleccionista en South Beach, incluso bajo la luz de la luna? ¿Está cumpliendo sus deseos artísticos o los de su apasionada marchante?

Lo miré fijamente por un momento, intentando procesarlo. Me pareció tan esotérico, aleatorio.

—¿Hay alguna foto?

—No.

—¿Sale mi nombre?

—Todavía no. Pero es cuestión de tiempo que alguien lo adivine.

—¿Cómo ha sabido Josephine que se refería a nosotros? Podría ser cualquiera.

Matt suspiró y cerró la ventana.

—Las pistas: *Sabio o desnudo*, August Moon, *Pequeños deseos*. Está todo ahí.

—Joder —dije. Habíamos sido muy cuidadosos. Muy afortunados—. ¿Quién lee eso?

—Casi todas las personas a las que les importan los cotilleos. —Se rio—. Lo siento.

Asentí con la cabeza. Tenía que suceder.

—«Marchante apasionada». Estupendo.

Matt sonrió.

—Podría haber sido mucho menos favorable. Lulit no lo sabe. No tenemos por qué decírselo.

—Vale —contesté—. Igual es lo mejor.

Mi novio guapo apareció poco después de las dos, ya que quería verme, ver la feria. Hubo una especie de pausa a la hora del almuerzo, así que nos escabullimos con el permiso de Lulit.

—Este vestido —dijo mientras paseábamos por los puestos vecinos.

—¿Qué le pasa? —Era un vestido de tubo de crepé color crema. Sin mangas, corto.

—Es bastante… *diminuto*.

—Así es. —Le sonreí.

Como siempre, era consciente de las miradas puestas en Hayes. Rizos voluminosos, vaqueros estrechos, botas. Un signo de exclamación ambulante. Pero, por primera vez, y no estaba segura si era solo mi imaginación, parecía que la gente también me estaba mirando *a mí*.

Cuando llegamos al *stand* de Sadie Coles para ver la instalación *Pequeña lluvia* de Urs Fischer (mil gotas de lluvia caricaturescas de yeso verde suspendidas desde arriba), me incliné hacia él.

—Somos un cotilleo sin nombres.

—¿Tú y yo?

—No, tú y otra chica con la que has estado en Miami estos últimos días. —Hice una pausa—. ¿No has estado con otra chica en Miami estos últimos días? ¿Verdad?

Sonrió.

—Estoy intentando imaginarme en qué momento lo habría metido. ¿A lo mejor cuando te desmayaste después de tu octavo orgasmo? Salí y me dirigí a Soho House para ver en qué lío me podía meter. Por cierto, creo que ese podría ser nuestro nuevo récord. Aunque la verdad es que no puedo atribuirme el mérito de los dos primeros porque estabas prácticamente por tu cuenta... ¿Podemos volver a hacer eso esta noche?

—¿Podemos no hablar de eso aquí?

—Estás siendo muy cortante conmigo. —Sonrió—. Lo que me recuerda lo *corto* que es este vestido.

—Estoy un poco nerviosa.

—¿Por lo del cotilleo?

—Sí.

Asintió despacio.

—¿Te puedo dar un consejo? Ignóralo. Va a empeorar. Va a empeorar mucho.

Me giré hacia él.

—¿A qué te refieres? ¿Cuánto va a empeorar?

—Va a empeorar.

Hasta ahora había asumido que lo peor que podía pasar era que Isabelle se enterara y que perdiera la cabeza. Y había sobrevivido a eso a duras penas. Era incapaz de imaginar cómo algo podía llegar a ser más traumático. Estaba claro que había sido una ingenua.

—¿Ya está? ¿Eso es todo lo que vas a decirme? ¿Vas a arrojarme al mundo con tus fans psicóticas y decirme: «Va a empeorar, ignóralo», y ya está?

Sonrió, pero en sus ojos había algo triste.

—Solène —susurró al tiempo que me agarraba las manos—. No existe ningún manual de instrucciones para esto. Lo vamos inventando sobre la marcha. Esta es la cosa: no hablo de mi vida privada. Nunca. No hago declaraciones. No lo comento. No lo hablo en entrevistas y no lo hablo en las redes sociales. Puedes elegir lo que quieras hacer, pero creo que es la mejor manera de afrontarlo. De lo contrario, solo los estarás alimentando. Que especulen. La gente va a decir muchas cosas. La mayoría no serán verdad. Y gran parte no será agradable. Pero hay que ser lo suficientemente fuerte como para no hacerle caso ni abordar nada de eso. Si eres capaz de ignorarlo por completo, sería lo mejor. Pero si no eres capaz, solo tienes que acordarte de que son personas que no te conocen ni a ti ni a mí. Y casi siempre solo se inventan cosas para vender publicidad. ¿Entiendes?

Asentí.

—Y hagas lo que hagas, nunca, jamás leas los comentarios.

—Vale.

—Pareces aterrada. —Sonrió.

—Porque lo *estoy*. Ojalá me hubieras contado todo esto antes.

—¿Antes cuándo? ¿Antes de que empezaras a enamorarte de mí?

—¿Quién te ha dicho que me esté enamorando de ti?

—Solo es una corazonada.

—Fueron los ocho orgasmos lo que lo delataron, ¿no? —dije para cambiar de tema. Mis ojos estaban amenazando con llorar. Allí, entre gotas de lluvia del tamaño de peras, en medio de la Art Basel—. Joder, Hayes.

—Shhh. —Me sostuvo la cabeza y me dio un beso en la mejilla—. No pasa nada. Cada cosa a su tiempo. Hoy ignoramos el cotilleo.

—Hoy ignoramos el cotilleo.

Cuando regresamos a nuestro *stand*, Lulit estaba mostrándole la instalación *Invisibles* a un curador del Whitney. Estaban inmersos en una conversación sobre el trabajo de Anya, el cual formaba parte de una serie más amplia de sorprendentes retratos en blanco y negro hechos con la exposición o muy alta o muy baja, de manera que sus sujetos, todas mujeres, quedaban extinguidas o reducidas a sombras, lo que representaba de manera efectiva que eran casi invisibles.

—Lulit suena *muy seria*. —Hayes se me acercó por detrás.

La mandé callar. Había un puñado de personas más admirando las puertas de Glen. Era evidente que Matt se había alejado.

—¿Sabes? —dijo en voz baja—. Os adoro a las dos, pero no sois las mujeres adecuadas para vender toda esta tontería de ser invisible. ¿Os habéis mirado?

Tardé un momento en asimilar lo que estaba diciendo, la audacia.

—Sé que seguro lo dices como un cumplido, pero no me lo estoy tomando así.

—Solo digo que es muy probable que la gente piense que os estáis pitorreando de ellos.

—¿Que estamos haciendo qué?

Sonrió, adorable, incluso cuando resultaba exasperante.

—Que os estáis quedando con ellos. Sois las dos mujeres menos invisibles de todo el palacio de congresos.

—Dudo que eso sea verdad. Pero si lo fuera, por las razones que insinúas, nos daría más impulso para apoyar este proyecto.

Se quedó en silencio un momento, reflexionando sobre la idea.

—¿Te das cuenta de que, en la actualidad, somos la única galería de nuestro tamaño que es propiedad de dos mujeres? Si no somos nosotras quienes lo respaldamos, no sé quién lo hará.

Estaba orgullosa de ese hecho. Que Lulit y yo habíamos logrado que funcionara a pesar de las probabilidades. Que nos habíamos ganado cierto respeto y éxito en los diez años que llevábamos haciéndolo. Que habíamos dado a luz a esta idea (luchar por los menos representados, los subestimados) y estábamos ganando.

—*No* lo sabía. Eso te hace más sexi.

Me reí.

—Vale, lárgate. Necesito trabajar.

Me atrajo hacia él, con ambas manos en mis caderas. Un movimiento, sin duda, sugerente.

—Creo que esta noche deberíamos ir a por nueve.

—Creo que tienes que irte.

—Creo que tienes que quitarte este vestido.

—*Vete.*

—«Mirad qué sexi soy. Pero para el resto de vosotras que no sois tan sexis, aquí tenéis esta maravillosa instalación que aborda todas vuestras inseguridades».

—Fuera de aquí, Hayes. Ser mujer es algo complicado.

—No lo dudo. —Se inclinó para darme un beso en la nariz—. Que tengas un buen día. Te quiero. Adiós.

—¿Qué has dicho?

—Nada. No he dicho eso. Joder. No he dicho eso. Adiós. —Su cara estaba roja cuando salió del puesto. Y, por un fugaz momento, pensé en seguirlo. A donde fuera.

❧

—¿Qué estás haciendo? —Lulit se acercó a mí poco después de que se marchara el curador del Whitney—. Con Hayes. ¿Qué haces, Solène?

La miré sin entender. ¿No fue ella la que me dio su apoyo pleno en esto? ¿La que me había dicho que fuera a buscar a mi estrella de *rock*?

—Pensaba que iba a ser solo una aventura —dijo en voz baja—. En plan, el verano… Pensaba que era temporal y que te estabas divirtiendo y eso era genial. E *importante*. Para ti… para seguir adelante y crecer. Pero ahora es algo serio y te estás enamorando completamente de él y eso está afectando tus decisiones no de la mejor manera. Y tiene *veinte* años, Solène. Tiene *veinte* años.

Estaba atónita.

—Y te va a romper el corazón y no puedo sentarme a ver cómo vuelve a ocurrir eso. Y no me digas que es solo sexo. Porque ya no es solo sexo. He visto cómo os miráis… No es solo sexo.

Quería estar enfadada con ella. De verdad. Pero me aterraba que todo lo que había dicho fuera cierto.

El domingo, después de almorzar tarde en el Design District, Hayes y yo volvimos y encontramos no menos de dos docenas de chicas jóvenes congregadas en el exterior, frente al Setai.

Nos habían encontrado.

Logramos evadirlas girando dos manzanas hasta la calle 18 y usando la entrada trasera que daba a la playa. También había un puñado de fans allí, y Hayes se detuvo y se echó algunas fotos. Y entonces, justo cuando estábamos a punto de maniobrar para cruzar la puerta, una de ellas preguntó con bastante educación:

—¿Es tu novia?

Lo sentí, cómo se me erizaba cada vello de los brazos y de la nuca. Me giré para mirarlo, lo que seguro que fue un movimiento de novata. Hayes se despidió de sus fans con la mano y sonrió.

—Que tengáis un buen día, ¿de acuerdo? —Y, luego, cerró la puerta y se acabó.

»¿Crisis evitada? —preguntó.

—Crisis evitada.

Estábamos recorriendo el sofocante vestíbulo cuando la vi: una morena llamativa, de piel aceitunada y huesos exquisitos. Parecía tener poco más de treinta años, esbelta, sexi. No era la clase de persona que uno pasaba por alto y, aun así, Hayes no pareció verla. Estaba haciendo eso que a veces hacen las personas famosas, evitar el contacto visual con extraños a posta para que no asumieran que tenían permiso para iniciar una conversación. Lo había visto hacerlo antes, entre multitudes, en espacios públicos. Cerrándose al mundo. Esta vez, su iPhone era la distracción.

Pero yo la noté de inmediato. Vi que nos vio, que vio a Hayes, y luego vi cómo un millón de emociones le inundaban el rostro. Apartó la mirada a toda velocidad y luego se giró, como si la atrajeran contra su voluntad. Sus ojos explorando, escudriñando y desviando la mirada de nuevo. Y, entonces, lo entendí. Era demasiado mayor para ser una fan. Lo conocía. Lo *conocía*.

—¿Conoces a esa mujer a la que tienes fascinada?

Alzó la vista y sus ojos se posaron en ella justo cuando miraba hacia arriba. Vi cómo se le reflejaba en el rostro. El reconocimiento, la historia. Se había acostado con ella. Igual hasta la había amado. Lo llamara así o no.

—Fee —dijo—. Sí.

La mujer esbozó una leve sonrisa y Hayes, nosotros, nos dirigimos hacia ella.

—Hola —la saludó, un poco nervioso, y se inclinó para darle un beso en la mejilla—. Fee.

—Hayes. —Lo dijo despacio, con un atisbo de acento.

—¿Cómo estás?

—Bien. Estoy bien.

—Me alegro. —Se estaba tirando del pelo, incómodo—. Eh, Solène, ella es Filipa. Fee, esta es mi amiga Solène.

Me sonrió, y a sus ojos no se les escapó nada. Y, de la misma manera, me encontré evaluándola, haciéndome preguntas, leyendo entre líneas. Fuera lo que fuese lo que pasaba entre ellos, era intenso.

¿Sería así si me topara con él por casualidad dentro de unos años, cuando al menos uno de nosotros hubiera pasado página? ¿Estaría nervioso, incómodo y tirándose del pelo? ¿Traicionarían mis ojos tanto mi deseo como mi desprecio? Vi mi cara en la de ella, y eso me asustó.

—¿Estás en la ciudad por un tiempo? —preguntó Fee.

—Solamente unos días.

—¿Trabajo?

Sacudió la cabeza. Era doloroso ver la escena.

—Um, necesito hablar con Matt —dije para excusarme. Quería darles un momento a solas.

No obstante, incluso desde mi posición a unos metros de distancia, donde estaba revisando por revisar los correos electrónicos, sentía el peso de su conversación. De ellos. Y me llamó la atención lo mucho que se parecía a mí. Cómo tenía un tipo. Cómo, a lo mejor, todas éramos versiones del ideal de Hayes Campbell. Yasmin también.

Pasado un rato, se separaron y Hayes se reunió conmigo para dirigirnos a la habitación.

No habló hasta que estuvimos en el ascensor.

—Lo siento. Ha sido…

—Sí, era bastante obvio lo que era.

Suspiró y, acto seguido, me sujetó la mano y la apretó.

Cuando llegamos a la *suite*, Hayes salió al balcón, donde se quedó mirando el océano durante unos buenos diez minutos antes de volver junto a mí.

—Esto… Fe… —empezó, y se aclaró la garganta.

—No necesito saberlo —dije.

—Necesito que sepas… Para efectos de transparencia: mandé su matrimonio a la mierda, más o menos.

Lo miré desde donde estaba, cerca de la entrada del dormitorio.

—¿«Mandaste su matrimonio a la mierda, más o menos»? O lo hiciste o no lo hiciste.

Se quedó callado, tirándose del labio inferior. Vuelta a eso.

—Lo hice.

—Creía que habías dicho que solo eran rumores.

—La mayoría lo son. Ese no lo fue.

Me tomé mi tiempo para procesarlo.

—Solo para que lo sepa, ¿vamos a seguir topándonos con gente con la que te has acostado… y a la que has jodido?

—No es justo.

—¿No?

—No estás celosa...

—No estoy celosa.

—Me gustas.

—No lo dudo...

—Estoy aquí *contigo*.

—Esa no es la cuestión.

—¿Cuál es la cuestión entonces? Estoy confundido.

—Da igual —respondí, porque no estaba segura. Y era muy posible que la cuestión fuera que no estaba segura de nada. Que no estaba segura de lo nuestro. Que la idea de que seguiría sucediendo esto, siempre, igual era más de lo que había firmado. Que no estaba preparada para emplear mi energía en comparar y competir, y que tal vez, solo tal vez, había cometido un error.

»Igual no me lo he pensado bien —dije.

—¿Qué significa eso? ¿Por qué dices eso?

—Sé que quieres que piense en ti solo como Hayes, pero cada vez que salimos, también eres Hayes Campbell. Y eso conlleva mucha carga, y algunas son más difíciles de llevar que otras.

Se quedó allí, mirándome, con el vasto Atlántico a sus espaldas.

—¿Estás diciendo que no quieres hacer esto?

—Lo que digo es que, cuando estamos solos en nuestro pequeño capullo, es perfecto.

—¿Y cuando no lo estamos?

—Y cuando no lo estamos, lo es menos.

Vi cómo estaba cada vez más enfadado, frustrado.

—¿Qué estás haciendo, Solène? ¿Intentas alejarme?

—No intento alejarte.

—Pues entonces, ¿qué estás haciendo? Nada de esto debería tomarte por sorpresa —dijo—. Sabías lo que hacía. Lo que hago. Sabías dónde te estabas metiendo.

—Eso lo sé.

—Es complicado, sí. Hay carga. Pero también hay mucha por tu parte. Y lo he aceptado... y tengo la mitad de años que tú. —Dejó que eso se quedara ahí. Escociendo—. Voy a dar un paseo —afirmó, cortante.

Era como si se hubiera llevado consigo el aire de la habitación, porque, de repente, no podía respirar. Su ausencia era asfixiante.

Sabía que me había equivocado. Mi forma de afrontarlo. Distanciarme antes de lo inevitable. En cierto modo, le había hecho lo mismo a Daniel. Yo lo había apartado. Y ahora se iba a casar y a ser el padre del hijo de otra persona. Y eso no era algo que pudiera deshacerse.

No me costaría nada alejar a Hayes. No tener que pensar en mujeres aleatorias en los vestíbulos de los hoteles. Y modelos viperinas. Y las numerosas fans que habrían ocupado mi lugar con entusiasmo. Librarme de todo eso. Su fama, pesada, como un puto barco de vapor. En ese momento, me pregunté quién habría sido sin ella.

La puerta se abrió de golpe y Hayes entró corriendo. Habían pasado minutos.

—¡Ni siquiera puedo salir a dar un puto paseo! —Tenía los ojos húmedos y la voz le temblaba—. ¡Se me han olvidado las gafas de sol y no llevo gorro y ni siquiera puedo salir a dar un puto paseo!

No llevaba gorro.

Le habría sonreído si no pensaba que eso le iba a molestar más.

—Odio esto, joder —dijo antes de que pudiera hablar. Y no estaba segura de si se estaba refiriendo a nuestra disputa o a su incapacidad para salir sin ser reconocido.

»Sé lo que estás haciendo y no pienso quedarme aquí y dejar que me alejes. Estás intentando alejarme.

—Tal vez —dije.

—¿Por qué?

—Eres una estrella de *rock*...

—Soy una *persona*. Primero y ante todo. Y tengo sentimientos. Y sé que esta carrera viene con mucha carga, pero no me des por perdido solo porque estoy en una puta banda. Es lo que hago, no lo que soy. No... ¿Qué es lo que dices tú? No me *define*.

»¿Qué ha pasado? —preguntó—. Iba bien.

—Ha dejado de ser solo sexo.

—Hace mucho tiempo que no se trata solo de sexo, Solène. —Sus palabras se quedaron ahí, flotando, pesadas como el aire de Miami.

—¿A dónde vamos con esto, Hayes?

—¿A dónde *quieres* llegar con esto?

—¿A dónde quieres llegar *tú* con esto?

—Yo quiero llegar hasta el final. —En ese momento, parecía muy seguro de sí mismo, a pesar de sus lágrimas. Tan seguro de lo nuestro.

Yo estaba quieta. Callada.

—¿Tienes miedo? —preguntó.

Asentí con la cabeza.

—Yo también. Pero me parece bien. Si salgo herido, salgo herido. Eso pasa, ¿verdad? Siempre hay alguien que sale herido. Pero no quiero dejarnos pasar por el hecho de tener miedo.

Nueva York, II

Empezó con poco.

Los padres de Rose no la dejaron venir a Nueva York para la *premiere* de los chicos. Su padre argumentó que faltaría dos días a clase, lo cual era cierto. Pero yo les había visto sacarla una semana antes de las vacaciones de primavera para poder aprovechar al máximo su safari en Kenia, y sabía que tenía menos que ver con su preocupación de que faltara a clase y más con el estado actual de mi relación.

En Twitter me siguieron once personas nuevas, ninguna de las cuales conocía en persona y todas con nombres anónimos como @Rizos_de_Hayes17 y @CásateConmigoCampbell. Hubo un mensaje aleatorio en mis notificaciones de un @ChicosAugustDesnudos que decía: «¿Eres tú?». Y, por alguna razón, esa simple pregunta me pareció increíblemente intrusiva, personal. Como si hubiera extendido la mano desde dondequiera que estuviera y me hubiera tocado.

Y luego, en mi Instagram, debajo de una foto que había publicado desde Miami de una de las obras de Glen Wilson, alguien con el peculiar alias @Holiquetal había publicado: «¿Hayes?». Y nada más.

Hayes me explicó en una ocasión que había cierto subgrupo de su *fandom* que fantaseaba con relaciones perversas entre los chicos. «Nos "juntan"», me dijo. «Como si pensaran que tengo una relación con Oliver, Liam o Simon, y combinan nuestros nombres y se inventan un montón de escenarios, y es muy entretenido, pero también bastante grosero». Y, entonces, supe que cualquier alias con «Holi» en el nombre era alguien que juntaba a Hayes y a Oliver.

—Es la cosa más loca que he oído en mi vida —dije cuando me informó—. ¿Por qué las adolescentes fantasearían con que tengas sexo con tus amigos?

—No tengo ni idea —respondió.

Sin embargo, seguía sin saber cómo me habían identificado algunas de sus fans, y luego cometí el error de volver a visitar ese cotilleo sin nombres que nos habían dedicado. Y, para colmo, leí los comentarios. Los 128. La mayoría de los cuales habían nombrado a Hayes con precisión. Había más de una docena de carteles que recordaban su foto en la inauguración de Joanna Garel y deducían que debía de ser alguien de Marchand Raphel. El resto era historia.

Llegamos a Nueva York el martes por la noche. Los chicos habían grabado *The Tonight Show con Jimmy Fallon* hacía unas horas, después de un puñado de entrevistas, y sus relaciones públicas estaban en estado frenético de cara al lanzamiento de la película y el álbum. Hayes estaba exhausto, pero ponía buena cara.

—Envíame un mensaje cuando estés cerca del hotel —dijo por teléfono, poco después de que aterrizáramos—. Hay unas cuantas fans fuera y voy a mandar a alguien para que baje y se reúna contigo y con las chicas.

—¿Cuánto exactamente es «unas cuantas»?

Se rio.

—Un poco menos que todas. Pero estaréis bien, te lo prometo.

No estaba exagerando. Había fácilmente más de ciento cincuenta chicas fuera del Mandarin Oriental, a las once de la noche, habiendo clase al día siguiente, en diciembre. ¿Dónde estaban sus madres?

—Madre mía. —A Georgia se le iluminó el rostro al ver el enjambre—. ¿Cuán genial es esto?

Isabelle se giró hacia mí, y vi el pánico en sus ojos.

—¿Vamos a atravesar eso? ¿Saben quién eres?

—Sí, vamos a atravesarlo. No, no saben quién soy. Estaremos bien. —Intenté decirlo lo más convencida posible.

En ese momento, como un reloj, cuando el coche se detuvo delante de la entrada, en la calle 60, vi a Fergus saliendo del edificio con un botones detrás. Nunca me había sentido tan feliz de ver una cabeza calva conocida.

—Hola a todas —nos saludó, abriendo la puerta del coche.

Las fans estaban atrincheradas a ambos lados de la entrada, pero el murmullo de su emoción, los gritos de «¿Quién es esa?», sus fuertes pisadas y *Palabras de desconsuelo* cantada en masa seguía siendo perturbador.

Casi habíamos llegado sanas y salvas a la entrada cuando, a un lado, una voz me llamó por mi nombre y me giré para ver a quién conocía que también se hospedaba en el Mandarin Oriental. Y, entonces, me percaté: no conocía a nadie.

Alguien gritó: «¡Es ella!», tras lo que hubo un grito ahogado colectivo y empezaron los *flashes*, y en ese momento me di cuenta de que mi vida tal como la conocía se había terminado.

Las chicas no dormían.

Hayes nos había reservado habitaciones contiguas en el piso cuarenta y seis, y luego vino para asegurarse de que estábamos cómodas. Dos horas más tarde, seguían exultantes, riéndose, conspirando y murmurando lo afortunadas que eran, y me fue imposible escabullirme de mi habitación con eficacia para reunirme con él en su *suite*, situada en la planta de abajo.

—Estoy hecho polvo. Despiértame —me había escrito—. Tú métete en mi cama y haz cosas…

Eran casi las dos cuando, por fin, conseguí ir a su habitación, y en ese momento habría estado feliz de que se limitara a abrazarme e inhalarme mientras dormía. Pero, como era lógico, Hayes tenía otros planes.

—Holaaa.

—Creía que estabas hecho polvo.

—Estoy hecho polvo, no estoy muerto —dijo mientras se quitaba los calzoncillos.

—Me han identificado.

—¿Quién te ha identificado?

—Tus fans.

Sonrió, me quitó la camiseta y me apartó el pelo de la cara. No estaba despierto del todo.

—No pasa nada. Aquí estás a salvo. En mi cama estás a salvo.

—¿Y cuando me vaya?

—Y cuando te vayas… si he hecho mi trabajo… estarás feliz.

Por la mañana, Isabelle y Georgia fueron a nadar a la piscina del hotel mientras yo me preparaba para salir a correr. Me abrigué, me puse unos auriculares y salí junto con un grupo de turistas alemanes, y ninguna de las fans pareció darse cuenta. Y esa hora a solas fue el paraíso. Subí por Central Park West, me metí en la calle 86, rodeé el embalse dos veces y volví a casa. El aire era frío, fresco, perfecto. Lo había echado de menos. Nueva York.

En el vestíbulo del piso treinta y cinco, mientras esperaba el ascensor después de la carrera, me encontré con un huésped en la recepción que estaba teniendo problemas con la llave de su habitación.

—Esta tarjeta de acceso está un poco defectuosa. ¿Podría cambiármela?

Sonreí al oír su acento: británico, presumido, deseable.

Acabó subiéndose al ascensor conmigo. Era alto, libertino, con una espesa cabellera canosa. Puede que cincuenta años, en todo caso.

—¿Buena carrera? —preguntó una vez que presionamos nuestros respectivos botones.

—Mucho. Sí.

—¿A dónde has ido?

Se lo dije.

—¿Todo eso has hecho? ¿Esta mañana? Joder, eso sí que es dedicación. Si me hubieras dado un toque, igual habría ido contigo.

Me reí. Tenía unos ojos amables y una sonrisa tentadora.

—Me temo que no recibí el toque.

—Mañana... —bromeé.

—Mañana. —Se rio entre dientes—. Habitación 4722. Estaré esperando.

—De acuerdo.

—Si mi esposa contesta, cuelga.

—Vale. —Me reí—. Lo haré. —Habíamos llegado al piso cuarenta y seis. Las puertas se estaban abriendo.

—Eres preciosa —dijo de repente, como si no pudiera evitarlo.

—Gracias.

—Que tengas un día estupendo.

—Tú también.

Todavía estaba sonriendo cuando llegué a mi habitación. La idea de que podía estar sudando a mares y seguir atrayendo a hombres de negocios de mediana edad en los ascensores de los hoteles. Igual era por el Lululemon.

Apenas me había quitado las deportivas cuando las chicas irrumpieron histéricas. Estaban gritando, saltando y hablando la una por encima de la otra. Al parecer, habían tenido el enorme placer de encontrarse con Simon Ludlow y con su entrenador personal en la piscina. Y, después de conversar con él y explicarle quiénes eran, Simon las invitó a unirse a él para un paseo rápido a la tienda Apple y almorzar antes de empezar a prepararse para la *premiere* de esa noche. ¿Y podían, por favor, la guinda del pastel, ir?

—Ni en broma.

—Mamá, su guardaespaldas estará allí.

—Me da igual, Isabelle. Simon tiene veintiún años. ¿Por qué os invita a almorzar?

—Es solo pizza.

—En realidad, cumplió veintidós años el mes pasado —añadió Georgia, como si eso fuera a ayudar a su caso.

—No. *No.*

—Mamá, *por favor.* Solo nos invitó después de que le dijera que eras mi madre. Solo intentaba ser amable. *Por favor.*

—Es el más dulce —dijo Georgia, y en ese momento me di cuenta de que llevaban maquillaje. ¿Qué demonios?

—Incluso podría ser gay —añadió Isabelle. ¿Su intento de suavizar el golpe?

Georgia le lanzó una mirada.

—No es gay. Simon es el *menos* gay.

—No es el *menos* gay.

—¿Hay un *menos* gay? ¿Quién es el menos gay?

—Rory —respondieron al unísono.

—Vale, no puedo lidiar con esto ahora mismo. Voy a darme una ducha y a pensármelo, y después os digo. Pero no os hagáis ilusiones. Y quitaos el maquillaje. Nadie va a ir a ninguna parte con maquillaje.

—Vale —dijo Isabelle—. Pero se supone que hemos quedado con él en el vestíbulo a las once y cuarto. Así que ¿podrías ducharte rápido?

Estaba intentando recordar todo lo que sabía sobre Simon. Si me había parecido un violador en potencia, un abusador de niñas, un depredador. Pero la única imagen que tenía de él era la de un rubio jocoso al que le gustaban las modelos apropiadas para su edad. De todas formas, le mandé un mensaje a Hayes.

> Simon ha invitado a las chicas a ir a la tienda Apple.
> Por favor, consejo.

> Totalmente seguro.

¿En serio?

En serio.

Por cierto, ¿sabías que hay un chico MENOS gay en tu banda?

Jajaja.

Rory.

Excelente. Quiero preguntarte en qué puesto te encuentras en esa lista, pero igual no quiero saberlo...

¿¿¿¿¿

No te he visto quejarte.

Deja de recibir información de niñas de 13 años.

A las once y diez nos habíamos congregado todas en el vestíbulo, con sus vistas panorámicas de Columbus Circle, el parque, el centro de la ciudad. Las chicas estaban que trepaban por las paredes y, al mismo tiempo, intentaban mantener la calma. Y yo todavía no me había decidido.

—*Por favor*, mamá.

—¿No confías en mí? —Simon sonrió, todo hombros anchos, barbilla hendida y perfección rubia cincelada. ¿Es que los hacían así en Inglaterra? ¿Cómo era que se encontraron todos?—. Tu novia no confía en mí, Campbell.

Su franqueza me desconcertó. Todavía no tenía la costumbre de referirme a mí misma como la «novia» de Hayes, sobre todo, delante de Isabelle.

—Le hice una promesa a la madre de Georgia —dije.

Eso era cierto. A principios de semana, cuando pasé por la casa de Georgia para recoger sus maletas, su madre, Leah, me preguntó por Hayes. Le dije la verdad. Me chocó los cinco y me reí, pero prometí mantener a su hija bajo llave.

—No le va a pasar nada —aseguró Simon—. Trevor estará con nosotros todo el tiempo.

Alcé la mirada y vi a Trevor haciendo guardia cerca de los ascensores. El alto y todopoderoso Krav Magá Trevor. Listo para enfrentarse al tsunami de fans que había abajo.

Había un grupo de chicas congregadas en el salón hundido, no muy lejos de nosotros. Fans que, de alguna manera, habían averiguado la programación de los chicos y habían reservado habitaciones en el hotel. El equipo de seguridad las mantenía a raya, pero las veía en mi visión periférica, susurrando, riéndose y capturándolo todo con sus móviles con cámara. Más tarde, nuestro intercambio, inaudible desde la distancia, acabaría en YouTube.

—No les va a pasar nada, Solène —intervino Hayes de forma tranquilizadora, con la mano en la base de mi columna.

Pero no eran *sus* hijas.

Pasé la mirada de Hayes a las chicas y a Simon y de vuelta a Hayes.

—Trevor —lo llamó Desmond. Había estado evaluando la actividad del salón, nunca a más de seis metros de Hayes—. Yo iré con ellos. Tú quédate aquí. ¿Te parece bien eso, Solène?

Asentí, conmovida por la amabilidad de su gesto.

—¡Gracias! —Isabelle me abrazó—. ¡Eres la mejor madre *del mundo*! —Las chicas estaban a punto de explotar mientras se dirigían con Simon hacia los ascensores. Me imaginé lo que les iban a contar a sus amigas de Los Ángeles. Pobre Rose y sus críticos padres. Se lo estaba perdiendo.

—Gracias —dije, y rodeé a Desmond con los brazos. No recordaba haberle dado un abrazo antes.

—Sin problema —contestó. Y luego—: No lo rompas. —Hizo un gesto en dirección a Hayes.

—Solo su corazón. —Sonreí.

—Ni siquiera eso.

Lo vi dar unos pasos hacia el grupo, el cual se encontraba cerca de los ascensores, antes de volver a llamarlo.

—Des, tienen trece años.

—Entendido.

—Trátalas como si fueran tus propias hijas.

—Por supuesto —dijo.

No fue hasta que se marcharon que Hayes no me lanzó una mirada de desconcierto.

—¿Qué crees que va a pasar en la tienda Apple? —Se rio—. ¿Qué clase de animales crees que somos?

—Son vírgenes, Hayes. Os he visto en acción. Sé lo persuasivo que podéis llegar a ser.

—¿En serio? —Me dio la mano y nos condujo hacia los ascensores que subían a las habitaciones. No pareció importarle que nos estuvieran observando, grabando—. Bueno, para empezar, estoy bastante seguro de que no tenías trece años cuando te conocí. Ni de que eras virgen. Y aun así...

—¿Y aun así? —Llegó un ascensor y esperamos a que los pasajeros salieran antes de entrar en el ascensor vacío. Las puertas se cerraron. Solos.

—Y, aun así, fui muy respetuoso. No te obligué a hacer nada con lo que no te sintieras cómoda. Ni una sola vez. Y ahora dices: «¿Anal? Claro».

Me reí, inquieta.

Eso era algo nuevo. El «cosas de Miami» que pensé que iba a quedarse en Miami, pero que al parecer no. Y, como era lógico, algo que antes requería un año de matrimonio y mucha persuasión podía negociarse con dos vasos de *whisky* escocés y un «prometo que iré con cuidado». Putos milenials. *Putos* milenials.

—Hay cámaras aquí —susurré.

—Las cámaras no tienen micrófonos —contestó con total seguridad.

Lo pensé: Solange Knowles golpeando a Jay Z, y ese jugador de fútbol noqueando a su prometida, y me di cuenta de que, en efecto, tenía razón. Nada de micrófonos.

—Estoy bastante segura de que no dije «claro».

—En realidad, creo que dijiste: «Por favor». —Sonrió, coqueto. Hoyuelos—. Te gusto muchísimo.

—No abuses de tu suerte.

En ese momento, se acercó a mí y me sostuvo la cabeza entre las manos.

—Por favor —repitió antes de besarme en la boca. Tan suave, tan tierno, que podría haberme olvidado de dónde estaba.

—Cámaras —susurré cuando nos separamos.

—Me da igual quién nos vea —dijo. Y, acto seguido, me volvió a besar—. Tenemos unas dos horas. Vamos a hacer algo obsceno.

Las puertas se estaban abriendo. En su planta había dos tipos de seguridad que no reconocí. Diferente a los que habían hecho el turno de noche. Había abandonado mi intento de diferenciarlos. Alojarse en un hotel con Hayes y alojarse en un hotel con August Moon eran dos cosas completamente distintas.

—Gracias, Simon Ludlow —dijo Hayes mientras salía del ascensor—. Tu cheque está en el correo.

Me quedé quieta al darme cuenta de lo que había dicho.

—¿Has…? ¿Acordaste con Simon que se llevara a las chicas?

Estaba manteniendo las puertas abiertas, esperando.

—Tal vez.

—Hayes. Eso es totalmente inapropiado.

—¿Ah, sí?

—¿Le has *pagado*?

—Me debía una.

No pude evitar reírme.

—Eres terrible. Eres lo peor.

—Y por eso me quieres —dijo—. Dos horas. El tiempo corre…

La multitud que había en el Teatro Ziegfeld para la *premiere* de *August Moon: Al desnudo* no se parecía a nada que hubiera visto antes. Había miles de fans pululando en todas direcciones.

La calle 54 estaba completamente cerrada. El tráfico se había paralizado en la Sexta y Séptima Avenida. Una alfombra roja se extendía a lo largo de toda una manzana de la ciudad, grada tras grada de fotógrafos y prensa. Un amplio equipo de seguridad. Para cinco chicos que hasta hacía pocos años iban todavía a clase, «jugando al fútbol en Green», imagino que fue abrumador.

Llegamos casi dos horas después que los chicos. Ocuparon su tiempo con sesiones de fotos, caminando por la línea de prensa e interactuando con las fans. Hayes me había advertido que estaría ocupado con obligaciones promocionales y sugirió que igual estaría mejor si me trajera a una amiga, así que dos semanas antes llamé a Amara y le pregunté qué le parecía ser mi compañera.

—¿Estás de broma? —Se había reído por teléfono—. ¿La oportunidad de tachar eso de mi lista de cosas que hacer antes de morir? ¿Una *premiere* llena de estrellas del documental de una *boy band*? Tachado. ¿Qué nos vamos a poner?

El teatro era enorme y la multitud, caótica. Gente de la industria, británicos, fans ganadoras de algún concurso y celebridades con sus hijas adolescentes. La mía se encontraba en un momento trascendental. Ella y Georgia llevaban en una nube desde su excursión a la tienda Apple. Repitiendo cada momento de su tarde. Todo lo que Simon hizo, dijo, de lo que se rio. Ya habían experimentado lo impensable. La *premiere* no era más que la guinda del pastel.

Pasó rápido. La película estaba sorprendentemente bien hecha: un reportaje grabado de una forma preciosa y que giraba en torno al ascenso meteórico de la banda. Imágenes de conciertos, retratos íntimos, una mirada convincente y casi melancólica a la manía Augie en su máximo esplendor. La mayoría estaba grabado en un blanco y negro artístico. Una serie de fotogramas impecables que se detenían en la piel, las pestañas, los labios. Al final, determiné que ella, la directora, debía de tenerles un cariño enorme a todos.

Amara estuvo de acuerdo.

—Me siento como si acabara de ver un videoclip de Herb Ritts de noventa minutos. ¿Está mal que quiera lamerlos? Su piel... ¿Apreciamos nuestra piel cuando éramos tan jóvenes?

—Creo que no.

—La juventud. —Se rio—. Desperdiciada.

No lo vi hasta la fiesta de después. Los chicos, sentados todos juntos, fueron rodeados y retirados a tal velocidad cuando empezaron los créditos que fue imposible atravesar el grueso muro de seguridad y aduladores. Pero en el coche, de camino al Edison Ballroom, me mandó un mensaje.

¿Dónde estás? ¿Por qué no estás conmigo? Te echo de menos. Te necesito.

Igualmente.

¿Qué te ha parecido? ¿Te ha gustado?

Me ha encantado.

<3

Encuéntrame. Cuando llegues a la fiesta, búscame.

Lo hice. Pero no fue una tarea sencilla en un enorme salón de dos plantas con una iluminación atmosférica y más de novecientos invitados. Navegamos entre la multitud, los camareros, las mesas de cócteles y los árboles en macetas llenos de luces blancas, en parte un bar clandestino sexi y en parte un paraíso invernal. El DJ estaba tocando *Todo el amor*, el siguiente sencillo que iba a sacar el grupo. Había una pantalla grande encima del escenario que reproducía clips del documental en bucle, y era muy consciente de que todos estaban allí para homenajear a mi novio, más o menos.

En algún punto cerca de la barra central, alguien me llamó por mi nombre y me volví para encontrar a Raj. Llevaba sin verlo desde Cap d'Antibes. Me saludó con un cálido abrazo y se presentó a Amara y las chicas. Y fue tan afable y familiar que me di cuenta de que, para bien o para mal, lo más probable era que, todo este tiempo, Hayes les hubiera estado informando a algunas personas sobre los aspectos de nuestra relación.

Raj nos guio a través de otro nivel de seguridad hacia las zonas privadas que había a un lado. Cada una con su propia tarjeta de lugar reservado: «Universal», «WME», «Lawrence Management», «Liam Balfour», «Rory Taylor», «Oliver Hoyt-Knight», «Simon Ludlow» y allí, metido en el rincón más apartado, «Hayes Campbell». Estaba de espaldas a mí, conversando con un caballero que no reconocía.

Raj lo llamó y su expresión cuando me vio hizo que me sonriera el corazón. Sorpresa, felicidad y asombro. Como si me estuviera viendo por primera vez. Como si no hubiésemos pasado la tarde haciendo obscenidades.

Y, sin embargo, a pesar de que era capaz de leer cada emoción que le invadía los rasgos, me sobrecogió una emoción enorme cuando me agarró la cabeza con ambas manos y me besó. Delante de mi hija, delante de mi amiga, delante de sus empresarios, delante de sus fans, delante de cada puta persona del Edison Ballroom.

—Hola —dijo.

—Hola. —Sonreí. Él, con su traje de Tom Ford y su sonrisa deslumbrante—. Esto… ¿Supongo que lo hemos hecho público?

—Supongo que lo hemos hecho público. —Se inclinó hacia mí, con los pulgares recorriéndome los lóbulos de las orejas, y habló en voz baja—. Es una locura lo preciosa que estás.

—Gracias.

Mi vestido era sublime. Lanvin. Seda azul medianoche, drapeado, fruncido, ajustado, hasta las rodillas.

—¿Pintalabios rojo?

—Se me ocurrió cambiar.

—Me dan ganas de hacerte cosas en la boca —dijo.

—¿A diferencia de todas las otras ocasiones en las que no lo haces?

Se rio y se apartó.

—¡Hola, señoritas!

Observé cómo saludaba a Amara y a las chicas y nos presentaba a quienes estaban en su reservado: amigos de sus padres, un par de representantes de TAG Heuer, un publicista. Siempre anfitrión, se ocupó de asegurarse de que todas estuviéramos atendidas, y nos sirvió a Amara y a mí copas de champán y a las chicas zumo de arándano, a pesar de que él estaba bebiendo agua.

—Puto Graham —me murmuró—, ha estado encima de Liam y de mí como un halcón. Ah, chicas. —Se giró hacia Isabelle y Georgia—. ¿Conocéis a Lucy Balfour? Es la hermana pequeña de Liam. Tiene trece años. Ha venido desde Londres con su madre y su padre y está triste porque dice que aquí no tiene a nadie de su edad con quien pasar el rato. Y cuando le dije que aquí había bastantes chicas de trece años, se quejó de que todas eran «fans enloquecidas e inmaduras». Y entonces dije: «Bueno, no conoces a mis amigas Isabelle y Georgia, porque ellas no son así, te lo aseguro».

Mis chicas estaban sonrientes y radiantes. Tan dulces con sus vestidos.

—¡Venid, vamos a buscar a Lucy!

—¿Dónde demonios lo encontraste? —preguntó Amara. Nos habíamos alejado del reservado y estábamos recorriendo un camino en dirección al piso principal—. Es bastante perfecto, la verdad.

—Lo sé —contesté—. Lo es.

—Dios. ¿Cómo lo hiciste? Yo estoy en Tinder y es deprimente...

Asentí con empatía. Amara era unos años mayor que yo y nunca se había casado. Nunca había querido tener hijos. Pero tampoco había querido nunca estar sola.

—Y con todos estos servicios de citas en línea —continuó—, mucho se reduce a tus fotos, tu apariencia física, tu rostro. Tinder es tu cara puramente. Son personas que deslizan hacia la izquierda y hacia la derecha como reacción a tu cara. Y mi cara está cambiando. Y la gente reacciona a ella diferente. Los hombres reaccionan a ella diferente. Yo solía ser una rubia joven y atractiva y ya no lo soy. Aunque por dentro todavía me considero así. —Se rio.

—Yo te veo así. —Sonreí. Me daba la impresión de que todas mis amigas estaban pasando por esto. La crisis de la autodefinición.

—Pero yo no. Al menos por fuera. Y es como si tuviera una identidad que no para de cambiar. Ya no soy quien solía ser. Y dentro de diez años podría ser alguien completamente diferente. Incluso si nunca me convierto en madre de alguien ni cambio de carrera profesional ni me mudo a Idaho. Mi identidad es diferente porque el mundo responde de manera diferente a mi apariencia física. Y su respuesta, sin querer, cambia cómo me veo a mí misma. Y eso es un poco... loco.

—Lo es —concordé—. Pero nos redefinimos. Evolucionamos. Eso es lo que hace la gente.

—Pero quiero evolucionar porque *yo* evoluciono. No quiero que otras personas elijan cuándo me ocurre eso.

Tenía razón. Y tuve que preguntarme si yo estaba evolucionando. O si esto con Hayes no era más que un paso de gigante hacia atrás. Sin importar cómo lo veía la gente.

El DJ estaba poniendo a Justin Timberlake, el rey de los que se habían graduado en *boy bands*. Justin, que de alguna manera había sentado la cabeza y estaba a punto de convertirse en padre. Estaba claro que había evolucionado.

—Creo que envejecer es difícil para todos. —Amara agarró una patata roja con *crème fraîche* y caviar de una bandeja que pasó junto a nosotras—. Pero, sin duda, es más difícil para las mujeres. Y creo que aún más para las mujeres guapas. Porque si gran parte de tu identidad y tu valor están ligados a tu apariencia y a cómo el mundo responde a tu apariencia física, ¿qué haces cuando eso cambia? ¿Cómo te ves entonces? ¿En quién te conviertes?

Me quedé callada con la intención de procesarlo todo. Hayes estaba en la pantalla. Sus rasgos ampliados hasta proporciones ridículas y la simetría inmóvil, como arte. Su belleza definiéndolo con total claridad.

—Creo que voy a necesitar más bebida.

Se rio y se metió la patata en la boca.

—No te preocupes. Te quedan un par de años más. Las cosas no empiezan a desmoronarse de verdad hasta los cuarenta y dos.

Nos vimos al mismo tiempo. Estaba metido en una conversación con dos veinteañeros atractivos que no cabía duda de que estaban enamorados. Pero me saludó con la mano y yo incliné la cabeza, y luego los despidió antes de acercarse.

Oliver.

—Ese es una puta monada —dijo Amara en voz baja a medida que se acercaba.

—Olvídalo. Es de los que traen problemas. Pero sabe de arte.

—Murakami. —Sonrió—. Con solo mirarlo eres feliz.

Lo había dicho de manera casual, una vuelta a una conversación pasada. Pero algo en ello resonó. Encontrar alegría en el arte.

—Solène Marchand. —Oliver sonrió. Que supiera mi apellido me desconcertó.

—Oliver Hoyt-Knight. Esta es mi amiga Amara Winthrop. Amara, Oliver.

La saludó antes de volver su atención a mí.

—Hola.

—Hola. —Me incliné para darle un beso en la mejilla. Y no fue hasta que estiró la mano para tocarme la cintura que no me di cuenta de que había cometido un error.

—Estás impresionante —me dijo en voz baja al oído.

Me aparté y anuncié en voz alta:

—Tú también te has arreglado bastante bien.

Se rio.

—Es una broma, Amara. Oliver siempre tiene ese aspecto. Cuando aprendes a diferenciarlos, descubres que Oliver es el dandi.

Llevaba un traje de tres piezas gris carbón, una corbata oscura y un pañuelo en el bolsillo a juego. Un sexi presumido.

—¿Quién te ha dicho eso? ¿Beverly?

—¿Es tu estilista? Entonces sí, Beverly.

Todavía tenía la mano en mi cadera.

—Además, no nos parecemos en nada —dijo, con sus penetrantes ojos color avellana.

—¿Dónde está tu novia?

—No ha podido venir. Exámenes.

—Lo lamento.

En ese momento, me soltó la cintura y le dio un sorbo a su vaso.

—Es lo que hay.

Amara habló de repente, y el hecho de que casi se me había olvidado que estaba allí era revelador.

—Dominic y Sylvia D'Amato están en la barra. Voy a saludar.

Tardé un segundo en situarlos: los dueños de la casa de los Hamptons. *Señora D'Amato.*

—¿Los conoces?

—Por favor. Prácticamente me pagan la hipoteca. —Guiñó un ojo. Y entonces me acordé: el Hirst, el Lichtenstein, el Twombly, el Murakami. Gagosian los representaba a todos.

—Oliver, un placer… —dijo Amara—. Solène. —Me lanzó una mirada divertida—. ¿Te parece bien si te dejo un minuto?

—Me parece bien. —Me reí y bebí champán.

—Bueno —dijo una vez que se marchó—, ¿te lo estás pasando bien?

—Sí.

—¿Están cuidando de ti?

—Sí, gracias.

—Sí, lo escuché. —Sonrió y volvió a darle un sorbo a su bebida—. Las paredes del Mandarin Oriental son más delgadas de lo que piensas.

Me quedé helada, permitiendo asimilarlo. La facilidad con la que había transgredido. Como si hubiera extendido la mano otra vez y me hubiera tocado.

—De haber sabido que estabas escuchando, habría hecho un esfuerzo por decir tu nombre.

Se rio. No era la respuesta que se esperaba.

—Bueno, igual la próxima vez puedo mirar.

—¿A mí... o a Hayes?

Oliver se puso tenso.

—¿*Tú* qué crees?

—Creo que dice algo que te pido que me aclares.

Me miró fijamente durante un momento. Y, luego, sonrió. Dolía que fuera tan guapo y, sin embargo, se las apañara para ser un imbécil.

—Bueno, ya sabes dónde encontrarme. Cuando estés preparada para subir de nivel...

—Me encanta tu audacia, Oliver. Voy a ser amable contigo, porque sé lo mucho que significas para Hayes. Y porque me cae bien Charlotte. Y porque eres agradable. Pero no voy a dejar que cruces la línea...

Se quedó callado, sonrió y bebió de su vaso.

—Creo que ya lo has hecho.

—¡Ollie! —Una voz llamó desde un lado.

Miró, y yo seguí su línea de visión hasta una mujer joven e impresionante que se estaba acercando a nosotros con un vestido verde pavo real. La confundí con una modelo, pero luego pensé que parecía demasiado dueña de sí misma. Y Oliver parecía adorarla demasiado.

—Ey. —Lo abrazó y le despeinó el pelo. Él le dio un beso en la mejilla.

Y, entonces, me di cuenta.

—Solène, ¿conoces a mi hermana Penelope? Pen, ella es Solène. Es amiga de *Hayes*. —Me dio la impresión de que lo dijo de manera significativa, pero no estaba segura de por qué.

Era deslumbrante.

Tenía la altura y los ojos color avellana y llamativos de su hermano, pero las similitudes terminaban ahí. Era más sexi de lo que me había imaginado, labios más carnosos, más oscuros y más gruesos. El sueño húmedo de un niño. Quería chocarle los cinco a la versión de catorce años de Hayes. Me imaginé su alegría. Y luego me di cuenta de que *ella* bien podría haber sido el prototipo. La fantasía original de Hayes.

—Un placer —dijo al tiempo que extendía su elegante mano.

Podía sentir cómo me evaluaba, y entonces recordé que se suponía que yo no conocía su historia y que no podía evaluarla con el mismo descaro.

—¿Eres de Nueva York? —preguntó.

—Los Ángeles —respondí, y asintió.

—¿Te ha gustado la película?

—Mucho...

Había algo desconcertante en estar en su presencia. Saber quién era y lo que había representado para Hayes. Y la idea de que lo conocía. Conocía su boca, conocía su verga, conocía sus manos. Sabía lo que me esperaba cuando regresara al hotel. Lo *conocía*.

Parecía estar sucediendo una y otra vez.

—¿A ti te ha gustado? —pregunté.

—Ha estado *divertida*. —Sonrió—. Son un grupo *divertido*.

—Sí —concordé, y me giré para mirar a su hermano—. Lo son.

—¡Ja! —Oliver sonrió. Y por mucho que hubiera querido, no podía odiarlo. Porque tenía ese *algo*. Ese algo engreído que me cautivaba. Cada vez.

—Liam, sobre todo —continuó Penelope—. Es bastante pícaro.

Asentí, observándola. Pechos redondos, cintura estrecha. Me preguntaba si también se habría acostado con Liam. El larguirucho de Liam con sus queridas pecas, su voz angelical y su encantadora sonrisa. Y entonces me di cuenta de lo atroz que sonaba. Pero todo me resultaba demasiado incestuoso. Necesitaba salir de allí.

—Si me disculpáis —dije—, tengo que ver a mi hija. Penelope, ha sido un placer. Oliver, nos vemos por ahí.

Encontré a Hayes cerca de los reservados, conversando con un grupo de mujeres que no conocía. Podrían haber sido publicistas, ejecutivas de la industria, exnovias, fans. Ya no me importaba.

Se le iluminó el rostro cuando me vio, y logró alejarse de sus admiradoras.

—¿A dónde has huido? ¿Estás bien?

—Penelope está aquí. Acabo de conocer a Penelope.

—Ya…

—¿*Sabías* que iba a estar aquí?

—Me enteré ayer.

—¿*No* me lo ibas a decir?

—No quería que te preocuparas sin necesidad. —Tenía la mano junto a mi rostro, metiéndome el pelo detrás de la oreja, lo que les transmitía a todos nuestra relación con sutileza.

—¿Ya la has visto?

—Brevemente. En el teatro. —Extendió la mano hacia mi muñeca y me tocó el puño, familiar—. Solène… Ha pasado mucho tiempo…

—Lo entiendo.

Se quedó un momento en silencio y luego:

—Siento que sigas chocándote con mi pasado.

Asentí. Era algo con lo que no había tenido mucha experiencia. Cuando me casé con Daniel, solo se había acostado con catorce chicas, y todas estaban en la Costa Este. Excepto una de Capri.

—Ven —dijo—. Mi madre y mi padre están ahí. Quiero que los conozcas. ¿Has bebido suficiente cantidad de alcohol?

—Lo dudo.

—En ese caso, vamos a por más champán antes de conocer a mis padres.

Estaban cerca de la mesa de Hayes. A medida que nos aproximábamos, vi el rostro de perfil de su madre. Tenía unos huesos preciosos y una piel perfecta, y se parecía al chico que había llegado a amar, y eso, en sí mismo, era inquietante. Se estaba riendo de algo y le vi los hoyuelos, y por un momento pensé que no sería capaz de seguir adelante. Pero Hayes los llamó y ambos se dieron la vuelta y no hubo tiempo para salir corriendo. Tampoco es que mis pies hubieran podido moverse si se lo hubiera pedido, porque de pie junto a la madre de Hayes estaba el libertino británico del ascensor del hotel.

Me quedé sin aire en los pulmones.

—Mamá, papá, ella es Solène —dijo con orgullo, con la mano en la parte baja de mi espalda, alentadora y protectora.

—Victoria. —Me tomó la mano entre las suyas, cálida. Más cálida de lo que me esperaba—. Es un placer.

—Igualmente —contesté.

—Ian —dijo el señor Campbell, sin salirse del personaje en ningún momento, sus dos grandes manos sacudiendo las mías—. Encantado de conocerte, Solène.

—El placer es mío. —Era posible que hubiera sonreído demasiado. Podríamos echarle la culpa a la incomodidad, al champán, al hecho de que había coqueteado sin tapujos con el padre de Hayes.

Rememoré la primera vez que conocí a los padres de Daniel en su casa de Vineyard y en lo desalentadores que me parecieron en aquel momento. Me sentí como si estuviera allí otra vez. Salvo que estas personas eran técnicamente de mi generación. Y sabía lo que, con toda probabilidad, estaban pensando: «¿Qué demonios estás haciendo con nuestro hijo?».

—Nuestro hijo te tiene bastante cariño —dijo Victoria.

—¿Sí? —Me volví hacia él, y la forma en la que me estaba mirando me recordó a su expresión en la foto que me había enseñado con su madre y Churchill. Tanta adoración y asombro. Que estuviera dirigido a mí fue asombroso.

—Es maravilloso, vuestro hijo. —Esperaba no estar revelando demasiado—. Debéis de estar muy orgullosos de él.

—Lo estamos —dijo Ian—. ¿Disfrutaste la película?

—Mucho, sí. Fue más artística de lo que me esperaba.

—Sí. Hayes dice que estás en el mundo del arte. —Victoria estaba dándole vueltas al collar de perlas alrededor de su cuello. Su vestido, negro, clásico, lo reconocí como Chanel. Pues claro.

—Así es.

—¿Una galerista? —preguntó Ian.

—La galería de Solène se encuentra en un espacio industrial fantástico y ella y su compañera solo exponen artistas que son mujeres o personas de color, lo cual es bastante extraordinario por su parte.

—Eso es bastante noble —añadió Ian.

—¿Noble? —Hayes se rio—. Es *tremendo*.

—¿Hayes dice que tienes una hija? —Victoria se encargó de cambiar de tema.

—Sí. Isabelle. Está aquí con una amiga, revoloteando por alguna parte.

—Están con Lucy Balfour. Han hecho muy buenas migas.

—¿Cuántos años tiene?

—Trece.

—Trece. —Sonrió con complicidad—. Pasa rápido.

Ay.

—¡Campbell! —Rory Taylor estaba inclinado sobre la cuerda de terciopelo. Todo emperifollado, pero con aspecto de chico malo aun así. Estaba bronceado, tenía el pelo oscuro ligeramente despeinado y una barba incipiente, llevaba un traje negro y una camisa negra parcialmente desabrochada y le asomaban unos tatuajes en el pecho. ¿Eso era una mariposa? ¿Un pájaro?—. Perdón por interrumpir. Hola, señora Campbell, señor Campbell, Solène… Hayes, quieren que subamos al escenario. Algo sobre una introducción.

—Está bien. Vuelvo enseguida. No te vayas demasiado lejos. —Me besó. Delante de sus padres, me besó. Y una parte de mí quería meterse debajo del puto reservado y morirse.

—¿Conque *tú* eres la novia?

Un tiempo después de que la banda, la directora y un puñado de ejecutivos del estudio les agradecieran de forma oficial a todos por venir y de que posaran para un montón de fotos sobre el escenario, me encontré con Ian cerca de una barra que había en el lateral.

Me había tomado tres copas de champán e iba en busca de la cuarta.

—Soy la novia.

—Guau. Eso es impresionante. Incluso para él. ¿Aunque te...? —Se detuvo, sacudiendo la cabeza—. No importa. No estoy seguro de querer saberlo.

No sé por qué no lo había visto antes, pero estaba todo allí: la nariz de Hayes, la mandíbula de Hayes, las manos de Hayes, los dedos de Hayes...

—Bueno, supongo que no vamos a correr mañana. —Se rio.

Sacudí la cabeza, sonriendo.

—No creo...

—Sí, tal vez sea lo mejor.

Vi a Hayes al otro lado de la habitación, susurrándole algo al oído a Simon, riéndose. Su mano hacía que la boca de su vaso pareciera pequeña. Se las había apañado para conseguir algo además de agua, que le dieran a Graham. Me pregunté de qué estarían hablando.

Mi atención volvió a Ian.

—¿Era el número verdadero de tu habitación, 4722?

El padre de Hayes sonrió y le dio un sorbo a su vaso.

—No voy a responder a esa pregunta.

—Sí —dije—, tal vez sea lo mejor.

Hacia el final de la noche, cuando Amara se despidió y las niñas regresaron al hotel bajo la supervisión de los padres de Liam, Hayes y yo nos sentamos juntos en una de las mesas. Estábamos solos, pero parecía falso. La cuerda de terciopelo, Desmond a unos metros de distancia dándonos la espalda. Como animales exóticos en una jaula.

—Sabes que esta noche lo cambia todo, ¿verdad?

—¿Porque he conocido a tus padres?

—No. —Sonrió—. Porque aquí hay gente con cámaras. Y prensa. La gente va a hablar. Y será más que un artículo sin nombres.

—Lo sé.

—Y habrá más de una o dos fans gritando tu nombre fuera de un hotel. Va a ser muy diferente. Solo te aviso.

—¿Intentas decir que es demasiado tarde para dar marcha atrás?

Se rio y me besó.

—Sin duda, es demasiado tarde para dar marcha atrás. —Su mano había llegado a mi rodilla por debajo de la mesa—. Jane y Alistair me están mirando mal desde el otro lado de la habitación.

—¿Sí?

Hayes inclinó la cabeza hacia el suelo del salón de baile, donde, efectivamente, sus representantes, una pareja dominante, estaban conversando con algunas personas de la discográfica, pero, sin duda, fulminándonos con la mirada. Hayes esbozó una de sus sonrisas enormes y los saludó con la mano.

—Hola, Jane y Alistair, sé que voy en contra del manual de *boy band* al juntarme con alguien completamente inapropiado para mi edad en un lugar público y que vamos a perder un montón de fans jóvenes en el Cinturón Bíblico. Lo siento.

Me reí al tiempo que le agarré la mano con la que estaba saludándolos.

—Para.

—¿Crees que pueden leerme los labios?

—Creo que pueden leer tu actitud descarada.

Se giró hacia mí.

—Me gustas.

—Lo sé.

—Gracias por venir. Ha significado mucho para mí que estuvieras aquí, de verdad. —Sonrió despacio y extendió la mano para acariciarme la cara—. Lo que siento por ti es más que gustar. Lo sabes, ¿verdad? No voy a decirlo ahora…, pero lo hago.

Nos quedamos allí sentados un rato, desapareciendo el uno en el otro.

Yo hablé primero.

—Estoy muy orgullosa de ti…

—¿Por ponerme un traje y presentarme?

—Por todo esto. Nada de esto habría sucedido si no fuera por ti y tu idea.

Me apretó la mano y sonrió.

—Puede que fuera un poquito egoísta por mi parte. Además, tampoco es que sea ingeniería aeroespacial, ¿no?

—Es arte. Y hace feliz a la gente. Y eso es algo muy bueno. En nuestra cultura tenemos ese problema. Tomamos el arte que atrae a las mujeres (películas, libros, música) y lo subestimamos. Asumimos que no puede ser arte en mayúsculas. Sobre todo, si no es oscuro, torturado y quejumbroso. Y de ello se deduce que gran parte de ese arte es creado por otras mujeres, por lo que también las subestimamos. Lo envolvemos en un bonito paquete rosa y nos resistimos a llamarlo arte.

Hayes estaba en silencio, procesando.

—Eso es parte de por qué hago lo que hago… rechazar eso, combatirlo. Y es por eso que deberías estar un poco más orgulloso de lo que *tú* haces…

Vi cómo buscaba una respuesta. El comienzo de una sonrisa jugando en sus labios.

—Recuérdamelo otra vez. ¿Cómo te encontré?

—Mi exmarido te compró en una subasta.

Se rio, con la cabeza inclinada hacia atrás. La mandíbula.

—Creo que deberíamos agradecérselo entonces.

—Eso creo… Volvamos al hotel. Podemos agradecérselo en condiciones allí.

—Sí. —Sonrió—. Vamos.

Anguila

Se iban a casar en otra parte. Daniel y Eva. Habían planeado hacerlo en Maui la semana después de Navidad. Era evidente que a Daniel le gustaba que sus mujeres fueran a Hawái embarazadas. Al menos había tenido la decencia de elegir una isla diferente.

Me informó el sábado después de que regresáramos de Nueva York. Directo, sin rodeos.

—Va a ser una ceremonia pequeña y me gustaría que Isabelle estuviera allí.

—Claro —contesté mientras intentaba ocultar toda emoción.

Estábamos en la cocina. Él, de pie con los brazos cruzados sobre el pecho, luciendo incómodo como siempre. Sus ojos vagando por el espacio, las postales y fotografías desconocidas que había pegadas en la nevera. Este ya no era su hogar.

—Dice que se lo pasó genial en Nueva York...

—Es verdad.

—¿*Tú* te lo pasaste bien?

Me detuve en el sitio, delante de la vitrocerámica, donde había estado removiendo el risotto. ¿Intentaba analizar información sobre Hayes y yo? ¿O de verdad le interesaba mi felicidad?

—Sí. Gracias.

—Entonces..., ¿vais en serio?

—Vamos en serio.

Asintió y se volvió a inclinar sobre la isla, acariciándose la barbilla, mirándome.

—¿Qué, Daniel? ¿Qué quieres decir?

—Quiero saber cómo crees que se va a desarrollar esto. Incluso si dice que le parece bien, quiero saber cómo tener un novio tan famoso no va a joder a nuestra hija. Y cuando corte contigo y te rompa el corazón y aparezca fotografiado con una modelo de diecinueve años en la portada de *Us*, quiero saber cómo crees que le afectará a Isabelle verte pasar por eso.

El risotto estaba hirviendo. No había nada que decir.

—Quiero que seas feliz, Solène. Sí. Pero no a expensas de nuestra hija.

❧❧❧

El domingo, cuatro días después de la *premiere*, las cosas habían empezado a cambiar. De forma drástica. Me metí en Twitter por primera vez desde Nueva York y descubrí que tenía 4563 seguidores. En comparación con mis 242 anteriores. Pensé que igual había sido casualidad hasta que vi mis notificaciones, las cuales eran demasiadas como para contarlas, demasiado como para procesarlas. Comencé a leerlas, en contra de mi buen juicio y del consejo de Hayes, y me sorprendió lo que vi.

Que te den, puta zorra.

Eres guapa, pero eres vieja de cojones.

qué demonios es toda esta mierda sobre ti y hayes puedes confirmar algo para que pueda seguir con mi vida, gracias

Cuando se corre grita «mamá»?

eres patética. me daría mucha vergüenza si fueras mi madre. seguro que tu hija te odia

No les hagas caso a todas esas zorras, Solne, están celosas. Pareces buena onda.

¿Qué ve en ti? Es imposible que tu viejo culo valga la pena.
¿Cuántos tienes, 50?

Holi es real. Holi es real. Holi es real. Holi es real.

Instagram no fue mejor. Quien administrara la cuenta @Holiquetal había regresado para comentar cada una de mis fotos de los últimos dos años y medio con su característica pregunta: «¿Hayes?». Otro, @hayesesminegro, había escrito «puta», «zorra», «bruja» una y otra vez. Y otro más, @himon96, aprovechó la oportunidad para escribir en mayúsculas «VAGINA VINTAGE» en al menos una docena de fotos.

Cuando Hayes me llamó esa noche desde su casa en Shoreditch, el enorme *loft* que aún no había visto y cuyas paredes estaban adornadas con Nira Ramaswami y Tobias James, intenté que no escuchara la ansiedad en mi voz. La banda sacaba el álbum y estrenaba la película en Londres el lunes, y sabía que ya estaba abrumado. Pero notó que pasaba algo al momento.

—¿Qué ocurre?

—Twitter.

—Lo siento, Sol. Lo siento.

—Son animales.

—No todas.

—¿Solo las que escriben en mi perfil?

—Te dije que no leyeras los comentarios. Pueden ser muy tóxicos. Lo siento.

Pensé en cerrar ambas cuentas, configurarlas como privadas y bloquear a todas las odiosas Augies. Pero al final, me limité a soltar el móvil y alejarme. No podrían llegar hasta mí si no se lo permitía.

El martes llegué al trabajo poco antes de las diez. Los demás ya habían llegado, pero la galería estaba inundada por un extraño silencio. Estaba revisando mis correos electrónicos en el despacho cuando Lulit entró y cerró la puerta.

—Hola. ¿Cómo estás? —Fue un saludo incómodo.

Levanté la vista del ordenador, consciente de que algo iba mal.

—Estoy bien, gracias. ¿Por qué?

Se preparó, cruzándose de brazos y apoyándose contra su escritorio. La conocía lo suficiente como para saber que esa era su pose de confrontación.

—Teníamos el correo de voz lleno cuando Josephine llegó esta mañana —comenzó—. Nunca tenemos el correo de voz lleno. Más o menos un tercio de ellos colgaron, un tercio eran periodistas que querían saber si podías confirmar si estabas saliendo o no con Hayes Campbell y otro tercio eran chicas muy groseras que dejaban comentarios explícitos. Y eso es en la línea principal solo.

—Oh —dije.

—¿*Oh*?

—Lo siento.

—Solène...

—Lo sé. Sé lo que vas a decir, Lulit... Lo siento. Siento que estén llamando. Siento que esté salpicando a mi trabajo. Lo siento.

Se quedó en silencio un momento, mirando hacia un lado. ¿Quién sabía lo que se le estaba pasando por su bonita cabeza?

—¿Qué vas a hacer? —dijo por fin. Me lo había preguntado como si solo se tratara de las llamadas telefónicas, pero sabía que se refería a todo.

—No lo sé —respondí—. No sé qué voy a hacer. Dile a Josephine que les diga «sin comentarios».

Al final, no importó si Hayes y yo hacíamos comentarios o no porque la prensa rosa recogió la historia, lo poco que sabía de verdad, y le sacó provecho. Y aunque no busqué material en Internet ni una sola vez, escuché la noticia de Amara. Había una serie de fotos de nosotros saliendo del Edison Ballroom que aparecieron en *Us Weekly*, *People* y *Star*.

—Sales bellísima —dijo Amara por teléfono el miércoles por la mañana—. Te está llevando de la mano. Su chaqueta de traje está sobre tus hombros. Está girado para mirarte. Os estáis sonriendo el uno al otro y ambos lucís ridículamente enamorados.

—Calla. No digas eso.

—Lo siento. Es cierto. Es una gran foto. Deberías verla.

—No quiero verla —dije. Estaba en mitad del tráfico de la Interestatal 10. Llegaba tarde después de mi clase de SoulCycle. Tenía la bandeja de entrada repleta de viejos amigos y conocidos que habían salido de la nada: «Hola, veo que tienes un nuevo novio». El día ya me estaba pesando. Y Hayes estaba a un millón de kilómetros de distancia.

—Parecéis los Kennedy.

—¿Quieres decir si John-John hubiera salido con su madre?

—Sí, exacto. —Se rio—. Mierda, me tengo que ir, es Larry. Aguanta. Cuidado con la ira de las adolescentes.

Esa noche, me entretuve con una llamada telefónica con Hayes, que estaba en París y volaba a Roma a la mañana siguiente, y llegué tarde a recoger a Isabelle de esgrima. Otra vez. Había hecho arreglos para que pasáramos una semana en Anguila durante las vacaciones. Quería darme una sorpresa, pero no tardó en descubrir que negociar encuentros navideños con una mujer que tenía una hija adolescente y un exmarido de por medio no era para los débiles.

—Bueno, si fuera fácil, entonces no valdría la pena, ¿verdad? —había dicho, lo que me hizo reír.

—Te gusta que sea complicada, ¿no?

—Me gusta que seas compleja. No me gusta que seas complicada.

—Tú me gustas de todas las formas posibles —contesté, y lo oí sonreír.

—Mujer, tengo que irme a dormir. Ya es bastante malo que esté en París y tú no estés aquí. No te burles de mí.

❧

Esa misma noche, todavía estaba pensando en él y en el encanto de pasar una semana en el Caribe cuando Isabelle me llamó desde su habitación con un pánico claro en la voz.

—¡Mamá! ¡¡Mamá!!

La encontré sentada en el escritorio, con el portátil abierto y un vídeo hecho por aficionados reproduciéndose en YouTube.

—¿Qué es eso? ¿Qué estás viendo?

—A nosotras. A ti.

Tardé un momento en registrar lo que estaba viendo. Un grupo de personas conversando desde la distancia. Un espacio amplio y bien iluminado. Y luego todo se alineó. El vestíbulo del Mandarin Oriental. La mañana que Simon llevó a las niñas a la tienda Apple. Hayes y yo estábamos de espaldas a la cámara. Los demás estaban delante de nosotros, sus rasgos enfocándose y desenfocándose. No entendía nada de nuestra conversación, pero no importó. Las chicas que estaban grabando habían hecho de comentaristas.

—*¿Tiene la mano en su culo? Mierda, tiene la mano en su culo. ¿Lo estás entendiendo? Shhh, lo estoy entendiendo. Tiene la mano totalmente en su culo. Shhh. ¿Acaba de decir «mamá»? ¿La ha llamado «mamá»? Dios mío, ¿esa es su hija? ¡Ni de broma! Joder, esa es su hija. Cielos, tu madre se está acostando con Hayes Campbell. Uf. Menuda mierda ser ella. Bueno, acaba de entrar en un ascensor con Simon, no creo que esté*

sufriendo ahora mismo. Pero aun así, imagina que tu madre se está tiran-
do a Hayes Campbell. Es como un fanfic. Seguro que puede llamarlo «pa-
pá». «Hola, papá». «Holaaaa, papá». «Me pica y necesito rascarme,
papá». «Papá, ¿por qué no me...?».

—Quítalo. ¡Quítalo quítalo quítalo! —Cerré el portátil de golpe con tanta fuerza que el bote de subrayadores de Isabelle salió
volando del escritorio—. Ignóralo, Izz. Ignóralo. Nadie lo está
viendo.

—¿De verdad? —Me miró con los ojos llenos de lágrimas—.
Porque al parecer ya tiene treinta y cuatro mil visitas.

Yo estaba temblando.

—Por favor, no veas eso. Prométeme que no verás eso.

—Está ahí fuera, mamá.

—Está ahí fuera, pero no tenemos que dejarlo que entre aquí.
Tienes que prometérmelo, Izz. —Me agaché a su nivel y le sostuve
las manos entre las mías—. Tienes que prometerme que no buscarás esas cosas. No irás en busca de esas cosas. No buscarás en
Google. Porque solo te hará daño. Solo *nos* hará daño. Esa gente
no nos conoce. No te conocen. No me conocen. No conocen a Hayes. Van a decir algunas cosas muy dolorosas y tenemos que igno-
rarlas. ¿Vale?

Isabelle había empezado a llorar. Las lágrimas corrían. Su dolor era palpable.

—Prométemelo, Izz. Por favor. Prométemelo.

—Vale. —Asintió con la cabeza—. Vale.

Pero lo supe en mi corazón: era imposible ignorar esto.

Isabelle y yo pasamos la Navidad con mis padres en Cambridge.
Técnicamente, este año no me tocaba a mí tenerla, pero como Daniel
se la iba a llevar a Maui durante la segunda mitad de las vacaciones, cedió la Navidad. La custodia compartida era algo complicado.

Mi madre y mi padre adulaban a Isabelle. La adoraban y la animaban de una forma que no sentía que hubieran hecho por mí. Ella

era libre de tener sus defectos, de ser demasiado ruidosa, demasiado dramática, demasiado estadounidense. Y creo que la encontraban divertida. Como una pieza de arte pop en una colección de realistas. Habían sido mucho menos indulgentes con su propia hija. En casa de mis padres había recordatorios de mis fracasos. Allí, en la biblioteca, en medio de los numerosos honores y premios de mi padre y de los bocetos extravagantes de mi madre. La invitación de mi boda, a la que mi madre había puesto paspartú y había metido en un marco vitrina junto con varios pétalos de las hortensias de mi ramo. «El profesor y la señora Jérôme Marchand solicitan el honor de su presencia en la boda de su hija Solène Marie con el señor Daniel Prentice Ford...». También las habían impreso en francés. Allí estaba mi carta de aceptación de Harvard. Eso no era tanto un fracaso como un recordatorio de la decepción de mi padre. Y las numerosas fotos mías como aspirante a bailarina.

Por todas estas razones había retrasado hablarles de Hayes. Porque sabía que me juzgarían. Pero ahora que era algo público, ya no podía seguir posponiéndolo.

—Voy a contarte algo, pero tienes que prometerme que te guardarás tus críticas para ti misma.

Era el crepúsculo, dos días antes de Navidad, y mi madre y yo estábamos paseando por Newbury Street, inundada por el resplandor navideño. Había estado lloviendo a intervalos y las temperaturas rondaban los cuatro grados. El frío penetraba mi abrigo y me cortaba los huesos. Había perdido dos kilos desde Nueva York. No fue intencional.

—*Eh, pffft* —dijo mi madre, haciendo ese gesto de desdén típico francés—. *C'est parfois difficile.*

—No es difícil, mamá. Tú inténtalo.

—Está bien, *alors. Vas-y.* ¿Qué pasa?

—Estoy saliendo con un tipo. Está en una banda. —Había empezado a intentar por todos los medios no volver a referirme a

Hayes como un «chico». Si no por su dignidad, entonces por la mía.

—¿Una banda? —repitió—. ¿Consume drogas? ¿Tiene tatuajes?

—No. —Sonreí—. Nada de drogas. Nada de tatuajes.

—¿Es pobre?

—No. —La idea de Hayes teniendo problemas económicos me resultó divertida—. Es una banda con bastante éxito. La *premiere* de la que Isabelle ha estado hablando era de su grupo.

—*C'est quoi, leur nom?*

—August Moon.

Negó con la cabeza.

—Nunca había oído hablar de ellos.

Me reí, mi aliento visible en el aire. En ese momento, pasó un coche por nuestro lado tocando la bocina. Me pareció un sonido nostálgico, atasco, ruedas rodando sobre el pavimento frío y húmedo. Invierno en la ciudad.

—¿Es idiota?

—No, mamá. Dame algo de crédito. Es listo. Es educado y encantador... Creo que te caería bien, de hecho. Es británico. Viene de una buena familia. Es amable...

—Entonces, ¿cuál es el problema?

Vacilé un momento.

—*Il a vingt ans.*

—*Vingt ans?*

No sé por qué pensé que decirle su edad en francés aliviaría el golpe. Era evidente que me equivocaba.

—*Vingt ans?!* —repitió—. *Oh, Solène... Ce que tu es drôle!*

No fue la respuesta que me esperaba. ¿Le había hecho *gracia*? Bueno, supongo que era mejor que decepcionarla, disgustarla, deshonrarla. Todo lo cual me había hecho saber, en términos muy claros, que lo había hecho en algún momento u otro. A lo mejor, en su vejez, se estaba ablandando.

Se quedó en silencio un momento y se detuvo para mirar el escaparate de Longchamp. Y luego, cuando volvió a caminar, se giró hacia mí y dijo:

—Bueno, solo es sexo, ¿verdad?

La miré atónita, aunque no debería haberlo estado. Era mi madre después de todo. Era directa cuanto menos.

—No puedes enamorarte de él —continuó. Una advertencia—. ¿Solène? *No puedes*...

No dije nada.

Se le cambió el rostro.

—Ya te has enamorado de él. *Disdonc!* —Negó con la cabeza.

Ahora estaba decepcionada.

Para mi madre, enamorarse era algo malo. No porque pudiera salir herida, sino porque, para ella, estaba renunciando a mi poder. Qué idea tan extraña era esa. Que no podía abrir el corazón por completo y seguir siendo fuerte. Que ya no tenía el control de la relación si no tenía el control de mis sentimientos. Y como si algo de eso importara de verdad.

—*Vingt ans* —repitió, y suspiró. Estábamos pasando por la iglesia Church of the Covenant a medida que nos acercábamos a la calle Berkeley—. *Eh bien*... Bueno, tal vez seas más francesa de lo que pensaba.

Y entonces lo vi, en la comisura derecha de su boca... el atisbo de una sonrisa.

Anguila era un lugar mágico. Un pedacito de isla en las Antillas Menores. Somnoliento, sutil, incluso en temporada alta. Hayes (o, con más exactitud, su asistente, Rana) nos había encontrado una villa aislada en la costa sur con unas vistas impresionantes de San Martín. Piedra caliza, teca, exquisitamente decorada. Teníamos personal, teníamos seguridad y teníamos cuatro dormitorios y siete días para nosotros solos.

—¿Te gusta? —preguntó. Estábamos en la sala principal, con sus puertas de vidrio retráctiles que se abrían a la terraza, la piscina infinita y un panorama majestuoso del Caribe.

—Servirá.

Sonrió, apretándome por detrás.

—¿Estás contenta?

—Estoy muy contenta.

Estuvimos así durante un tiempo, su cuerpo presionado contra el mío, su nariz enterrada en mi pelo, empapándonos del momento, la brisa tropical, el paisaje marino, la serenidad.

—Ven —dijo al rato—. Vamos a ver el resto del lugar.

Paseamos por las distintas alas de la villa para ver los dormitorios adicionales y sus baños en *suite*, cada uno con sus propias vistas increíbles. Duchas y bañeras al aire libre colocadas en balcones, y Hayes lo asimiló con el entusiasmo de un niño.

—Supongo que las vamos a estrenar todas. ¿Ese es el plan?

Se rio y asintió.

—Me conoces demasiado bien.

—Bueno, no pensé que vendríamos para jugar al golf.

Cuando entramos al tercer dormitorio, con sus suelos fríos de piedra y sus paredes de vidrio, noté, colocado a lo largo de la pared sur, un caballete y, acompañándolo, lápices, papel, un paquete de acuarelas Holbein recién compradas y pinceles Kolinsky.

—¿Qué es esto? ¿Lo has visto? Hayes…

Estaba debajo del marco de la puerta, quieto. Y, entonces, lo entendí. Era cosa suya.

—La luz aquí es increíble —dijo—. Pensé que igual querrías capturarla.

Me giré hacia él y lo abracé con el corazón lleno.

—Tú.

—¿Yo?

—Te gusto.

Se quedó callado un momento, lo que alteró nuestro habitual intercambio.

—Te *quiero* —dijo. Sin eliminatorias, sin condiciones. Dejó que flotara en el aire y me bañara. Cálido como el sol del Caribe.

»No tienes que decir nada —añadió. Al parecer, no lo había hecho—. Solo sé que lo hago.

El lunes, después de haber estrenado lo suficiente todas las habitaciones de la casa, nos aventuramos a explorar la isla. Y sentarme a su lado, en nuestro todoterreno de alquiler, con el viento en el pelo, sus brazos bronceados y hermosos maniobrando la palanca de cambios, conduciendo por el lado izquierdo de la carretera, parecía una especie de fantasía adolescente hecha realidad. El novio que nunca tuve en el instituto. Y por muy trillado que pareciera, estaba contenta de vivir ese momento. Yo, con mi yo de mediana edad.

Pasamos la tarde en una pequeña playa llamada Mimi's Bay que se encontraba en el extremo este de la isla. Habíamos pasado el rato durante una hora en el Heritage Museum de Anguila, y Mimi's Bay estaba a tiro de piedra. Estaba aislada y para llegar allí había que conducir por un camino de tierra apenas transitable y caminar entre matorrales. Todo nuestro *modus operandi* durante este viaje tenía la finalidad de que no nos identificaran. Y cuando llegamos a la franja de arena blanca y nos vimos solos, Hayes me chocó los cinco. ¿Quién hubiera imaginado que encontraría tanta alegría al escapar de su fama?

—¿Te acuerdas de la primera vez que estuve en tu casa y me dijiste que no hiciera eso de fantasear con un bebé contigo?

Vino de la nada. Después de nadar, tomar el sol y comernos el almuerzo estilo pícnic que nos había preparado Hyacinth, nuestro cocinero, estábamos postrados sobre nuestra toalla, tomando el sol de la tarde, y lo mencionó. «Eso de fantasear con un bebé». Había logrado recordar la frase exacta.

—¿No querías que hablara de eso? ¿O no querías que me lo imaginara en absoluto? —continuó.

—Ambas.

Entonces, se giró hacia mí y me tomó la mano.

—¿Por qué te da miedo?

No podía responderle. No podía decirle que aun así, a pesar de que le hubiera abierto el corazón y le permitiera hurgar en su interior, a pesar de que profesara su amor, *aun así* era imposible que hubiera un final feliz. Que esta fantasía adolescente que estaba viviendo en mi cabeza no era más que eso.

Cambió de posición y colocó la cabeza sobre mi pecho.

—¿No vas a discutirlo conmigo? ¿Vas a dejarme con la duda?

—Tengo cuarenta años, Hayes...

—Sé cuántos años tienes, Solène. Y me imagino que sé lo que se te está pasando por la cabeza...

—Eres muy joven. —Tenía la mano en su pelo. Su pelo espeso y precioso—. Tienes toda la vida por delante. No te apresures.

Se quedó en silencio un segundo, mirando al cielo.

—¿Alguna vez tendrías otro bebé?

—No lo sé... Tendrían que ser las circunstancias adecuadas. Y tendría que suceder bastante pronto...

—¿Daniel y tú alguna vez quisisteis otro?

—Hubo un momento en el que sí... pero yo quería trabajar también. Y él no quería que yo hiciera ambas cosas.

Tomó mi mano y la apretó.

—Yo te dejaría hacer ambas cosas.

Me emocionó. Que estuviera tan enamorado que era incapaz de pensar con claridad. Que lo único que quisiera fuera hacerme feliz.

Lo amaba.

Todavía tenía que decirlo, pero lo amaba.

El miércoles, día de Nochevieja, alquilamos una lancha motora de dieciséis metros para ir de isla en isla. Hayes rechazó San Bartolomé y San Martín porque quería evitar a los paparazis a toda costa, así que lo dejamos como un recorrido por Anguila y sus islas circundantes. Comimos langosta, tomamos champán, nos tuvimos el uno al otro y fuimos felices. En algún momento de la tarde, nuestro capitán, Craig, amarró nuestro barco en la costa de isla Dog, y Hayes y yo nadamos para explorar. Era un islote deshabitado que tenía una belleza tan serena y pura que no queríamos irnos. La arena como talco, el agua de un azul insondable.

—Compremos este lugar, vivamos aquí y envejezcamos juntos —dijo Hayes. Estábamos tumbados en la playa mirando el mar.

—¿Como en *El lago azul*?

—¿El qué?

Me reí. Que no entendiera mis referencias a la cultura pop.

—¿Qué? ¿Por qué te ríes? ¿Era una película?

—Olvídalo.

—¿Soy demasiado joven?

—No eres demasiado joven —respondí—. Eres perfecto.

Más tarde, cuando nadamos de vuelta al barco y estábamos en las tumbonas de la parte de atrás, mientras nuestro capitán se ocupaba de otras cosas, Hayes se estaba tomando libertades. Había unos cuantos barcos más que habían anclado cerca de nosotros, incluido el elegante catamarán que habíamos visto ese mismo día en Shoal Bay, pero ninguno estaba lo bastante cerca como para detectar cómo trazaba los triángulos de la parte superior de mi bikini con el dedo. Su toque al mismo tiempo débil y deliberado.

—¿Por qué te sobresalen todos los huesos? ¿No habrás estado haciendo la locura esa de los zumos?

Vi cómo sus manos descendían sobre mis costillas. Las gotas de agua le caían del pelo y se acumulaban entre mis pechos.

—No. Pero podría tener algo que ver con el hecho de que tus fans me llamen al trabajo.

—¿En serio? —Se detuvo—. Lo siento. ¿Estás *hablando con ellas*?

Negué con la cabeza.

—Solo están dejando mensajes. Haciéndome saber lo que sienten por mí.

—Lo siento —repitió—. Imagino que Lulit no estará contenta.

—No. Lulit no está muy contenta.

—Deberías hablar con ellas. Salúdalas de mi parte. Diles que les mando mi amor. Diles: «Hayes dice: "Todo el amor"». —Se rio con disimulo y volvió a mover los dedos, los cuales me recorrieron el vientre y se sumergieron en mi ombligo.

—¿Intentas hacerme reír?

—Intento hacerte reír. Perdón. Sé que no firmaste para esto...

—Firmé para almorzar.

—¿Almorzar y un dedo educado?

Me reí.

—Pensaba que eso *era* almorzar.

—Es un código, en realidad.

—¿Es el lenguaje de las *boy bands*?

—No todas las *boy bands*. Solo la nuestra. —Cambió de posición y maniobró para colocarse encima de mí, abriéndome las piernas.

—Cenar es algo totalmente diferente.

—¿Cenar es anal?

—No, eso es postre.

Sonreí al tiempo que exploraba su espalda con las manos. Suave, amplia, firme.

—Soy demasiado mayor para esto.

—No paras de decir eso, pero está claro que no lo eres.

Acto seguido, bajó la cabeza hasta el hueso de mi cadera y me desató el cordón de la parte inferior del bikini con los dientes.

—Tú. Y tu boca.

—Te gusta mi boca...

—No te haces una idea de cuánto.

Desató el segundo cordón. Y me acordé de que no estábamos solos en el barco.

—¿Ves al capitán Craig?

Estaba apartando la tela y abriéndome con los dedos.

—No es el primer viaje en barco del capitán Craig. No a venir para acá. Te lo aseguro.

Dejé de respirar en el momento en el que bajó la cabeza. Anticipando su llegada. Consciente de lo rápido que era capaz de hacer que me corriera.

No decepcionó. Sus labios envolviéndome el clítoris con una precisión maravillosa. Esa manera de succionar que tenía.

—Holaaaa.

—Hola. Entonces, ¿esto es cenar?

—No. —Sacudió la cabeza y dejó que sintiera su lengua—. Esto es té.

Me reí, con las manos en su pelo, el sol cayendo sobre nosotros, el agua golpeando los costados del barco. Su boca.

En un futuro lejano, cuando pensara en Anguila, este sería el momento en el que pensaría. Quisiera o no.

Nos quedamos en casa la víspera de Año Nuevo, renunciando a las celebraciones en el Viceroy y Cap Juluca para evitar las multitudes, la locura, las cámaras.

—Solo quiero que estemos nosotros dos —había expresado durante el viaje en barco de regreso al puerto—. Solo quiero estar contigo. Siempre.

El jueves por la tarde, me instalé ante mi caballete en el balcón que había fuera de nuestra *suite*, donde capturé la hora mágica y las montañas de San Martín, agujas de color índigo contra un cielo color salmón. Hayes estaba en el dormitorio repasando el itinerario de su gira. Dentro de un mes se dirigían a Sudamérica y quería que los acompañara.

—Al menos a Brasil. Y a Argentina —dijo mientras salía al balcón—. Tenemos días de descanso y podemos explorar. —Me envolvió la cintura con los brazos y me acarició el cuello con la nariz—. Seguro que esas son las vacaciones de tus sueños, ¿verdad? Buenos Aires conmigo y los chicos.

Me reí ante eso, ante la idea de mí y los cinco. Y, luego, hice una pausa y solté el pincel.

—No me fío de tu amigo, Hayes.

—¿Quién? ¿Rory?

—No, Rory es inofensivo. A pesar de ser el menos gay. —Sonreí—. ¿No debería fiarme de Rory?

—Yo no diría que es *inofensivo*...

—No tengo ningún problema con Rory —aseguré.

En ese momento, se echó hacia atrás y me giró para que lo mirara. Lo sabía.

—¿Qué ha hecho Oliver?

Se lo conté. La mayor parte.

—¿Por qué no me lo contaste? ¿Por qué no me lo contaste cuando pasó, Solène?

—Porque no quería darle más importancia de la que tenía... de la que tiene.

Suspiró y me envolvió en sus brazos.

—Lo siento.

—Estoy bien. Puedo hacerme cargo de mí misma.

—Oliver es inteligente. Oliver es una de las personas más inteligentes que conozco. Pero también puede ser un imbécil, y esa no siempre es la mejor combinación.

»Es como... lo más parecido que tengo a un hermano... —continuó.

—Lo sé...

—Y todo lo que eso conlleva.

—Lo sé —repetí.

—Es competitivo, y presionará. Pero no es *peligroso*. No te va a hacer daño.

Me quedé callada y lo observé; sus ojos cambiaban de color bajo el sol poniente.

—Pero a ti sí te haría daño...

Hayes asintió despacio.

—Tal vez —contestó—. Tal vez sí.

El viernes, nuestro último día completo en la isla, pasamos el día junto a la piscina, yo leyendo y Hayes escribiendo letras de canciones en su cuaderno de cuero. Su expresión intensa, concentrada, con una mano tirándose del labio y la mente en otra parte. Todo el personal desapareció justo después del almuerzo y nos bañamos desnudos antes de hacer el amor en las escaleras de la piscina y acurrucarnos en uno de los salones. Con Bob Marley cantándonos una serenata. Se quedó dormido en mis brazos, y en ese momento estaba tan guapo que me desenredé y fui adentro a buscar mi bloc de dibujo y mis lápices.

Lo dibujé desnudo, acostado boca abajo, con una expresión pacífica en su rostro juvenil. Su belleza era tan exquisita que resultaba desconcertante. Y supe, incluso entonces, que estaba capturando algo puro y consumado. Y que esa juventud era pasajera y que en un abrir y cerrar de ojos Hayes ya no luciría así. Perdería el pelo o le crecería pelo en lugares en los que preferiría que no tuviera, se le atrofiarían los músculos, su piel perdería su flexibilidad, su perfección, su brillo... Ya no sería el Hayes del que me enamoré.

Pero en ese momento, todavía era perfecto. Y era mío.

Estábamos cambiando de avión el sábado en San Juan cuando se rompió el hechizo. Hayes había hecho arreglos para que un empleado del aeropuerto nos recibiera y nos acompañara a través de la aduana antes de que tuviéramos que separarnos para nuestros respectivos vuelos. Acabábamos de facturar nuestras maletas otra vez y estábamos matando el tiempo en la sala de prioridad cuando sucedió.

—Joder —dijo, más fuerte de lo que normalmente lo haría en un lugar público. Miré hacia donde estaba sentado, escondido en un rincón. Tenía los ojos fijos en el móvil y una expresión de dolor en el rostro—. Joder.

—¿Qué? ¿Qué ha pasado?

Se cubrió la cara con la mano y se quedó así durante treinta segundos mientras me imaginaba lo peor. Al final, alzó la vista hacia mí y, por un instante, pensé que iba a llorar.

—Hayes, ¿qué? —Me acerqué a él.

—Te quiero —dijo en voz baja—. Lo siento.

Se me había empezado a acelerar el corazón.

—¿Qué es lo que sientes?

—Voy a enseñarte algo, vale, pero no puedes entrar en pánico porque aquí hay gente. —Fue apenas un susurro. Bien podría haber estado leyéndole los labios.

—¿Ha muerto alguien?

—No.

—¿Has dejado embarazada a alguien que no soy yo?

Casi sonrió. Casi.

—No.

—Vale —dije—. Entonces puedo lidiar con eso.

Pero no pude.

En su móvil había abierto un blog de chismes de personas famosas y allí, en colores grandes y llamativos, había una foto de nosotros dos, en la parte trasera de la lancha motora en isla Dog, y no había duda de lo que estaba pasando.

Me dio un vuelco el estómago. Empecé a temblar, tenía las manos húmedas y la cabeza me daba vueltas. Esto era lo que se sentía al tener un ataque de ansiedad, ¿no? Este terror. No podía respirar.

—Madre mía. Madre mía.

—Shhh. —Hayes estaba sosteniéndome los brazos, su frente pegada a la mía—. Lo siento, Sol. Lo siento.

—¿Quién lo tiene? ¿Dónde está?

—Está en todas partes.

—¿Quién te lo ha enviado?

—Graham.

Graham. Pues claro.

—¿Esa es la única imagen?

Negó con la cabeza.

Empecé a llorar.

—Isabelle...

—Lo sé. —Me dio un beso en la frente—. Lo sé.

Pero no podía saberlo porque no era padre. Porque era famoso y, de algún modo extraño, había pedido esto. O al menos estaba preparado para ello. Para él no era algo fuera de lo normal. Esta intrusión, esta criatura parasitaria que se alimentaba de él y de cada pequeña cosa que hacía y que lo transmitía a las masas. Este *fandom* que extraía la sangre.

Quería golpearlo. Por ser un puto estúpido. Por exponernos de esa forma. Pero ¿de qué habría servido? Tampoco es que fuera el único culpable.

—¿Quién las ha hecho?

—No lo sé. Alguien con un objetivo muy bueno... ¿Te acuerdas de haber visto a alguien, algún barco, siguiéndonos?

Me lo pensé. El catamarán. Había estado en Shoal Bay. Podría haber sido ese. Podría haber sido cualquiera.

—¿Importa? Mi vida está totalmente arruinada ahora. Mis padres me van a repudiar. Daniel se va a llevar a Isabelle. Lulit me va a ofrecer comprar mi parte de la galería. Se acabó. Mi vida se ha acabado.

—No se ha acabado, Solène. No seas tan dramática.

—Pero eres muy *muy* bueno comiendo coños, así que igual valió la pena.

Se rio y me besó las mejillas mojadas.

—Te quiero. Siento mucho que esto haya sucedido. Te quiero.

—Ya... Eso es lo que dicen todos los chicos.

—No, no lo hacen —susurró—. No, no lo hacen.

Aspen

Cuando aterricé en Los Ángeles, estaba, tal y como había confirmado Hayes, en todas partes. Recibí diecinueve mensajes de voz nuevos, treinta y tres mensajes de texto y cuarenta y dos correos electrónicos cuando encendí el iPhone. Y, sin mirar ninguno de ellos, lo apagué.

Daniel no tenía previsto traer a Isabelle hasta mañana. Así que me fui a casa, desconecté el teléfono fijo, me metí en la cama y lloré.

Y lloré.

No fue hasta las once de la mañana siguiente que volví a encender el iPhone y encontré nada menos que una docena de mensajes de Hayes esperándome. Lo llamé al momento a Londres.

—¿Qué demonios, Solène? ¿Dónde estás? ¿Dónde narices has estado? —Estaba asustado, furioso. No recuerdo haberlo oído nunca tan enfadado.

—Estoy aquí. En casa. Tenía el móvil apagado. ¿Qué ocurre?

—¿No pensaste en ponerte en contacto después de aterrizar? ¿No pudiste mandar un mensaje o algo así?

Estaba callada. Me palpitaba la cabeza, tenía la cara hinchada, tenía la mente confusa. ¿Había hecho algo mal?

—No puedes... Joder... —Le temblaba la voz—. No puedes desaparecer de la faz de la Tierra de esa manera. No puedes. No sé si te ha pasado algo. No sé si has hecho algo. No sé si hay fans fuera de tu casa. No sé nada. No puedes desaparecer y ya está, joder.

—Lo siento —dije—. Es que no tenía ganas de lidiar con nada.

—Bueno, *tienes* que lidiar… *conmigo* —contestó, y me di cuenta de que estaba llorando—. Mira, estamos juntos en esto y, tal y como están las cosas, me siento responsable. Y si no puedo comunicarme contigo, no sé si has hecho algo completamente estúpido o si estás herida… Estás a casi diez mil putos kilómetros de distancia. Te subiste a ese avión sensible y luego… desapareciste. No puedes hacerme eso.

—Lo siento.

Se quedó en silencio un momento, y oí su respiración agitada en el auricular.

—Llama a Lulit —dijo al final—. Va de camino hacia allí. Llámala y dile que estás bien.

—¿Has llamado a Lulit?

—Tú llámala —respondió—. Y vuelve a llamarme a mí.

—Vale… Lo siento.

—Te quiero. No vuelvas a hacer eso.

Por mucho que lo deseaba, no pude evitar lo inevitable. La humillación, la desgracia que me esperaba en lo que supuse que sería cada momento. Comenzó con Lulit, quien estaba aliviada pero no demasiado cariñosa cuando la llamé por teléfono.

—Solo quiero saber que estás bien.

—Estoy bien. A ver, todavía no he encendido el ordenador ni he escuchado ningún mensaje, pero estoy bien.

—Llámame si necesitas algo —dijo.

—Lo haré. Y gracias por levantarte de la cama un domingo por la mañana para comprobar que estaba bien.

—Tu novio ha insistido mucho. Le dije que no eras de las que se suicidan, pero no aceptó un no por respuesta… —Se quedó callada y luego añadió—: Creo que te quiere.

—Lo sé —contesté. Imaginé que quería preguntarme cuál era mi plan, en qué estaba pensando, cuánto tiempo más iba a dejar que continuara esto. Pero se mordió la lengua. Y eso, para Lulit, no fue poca cosa.

Mi madre, que era incapaz de morderse la lengua, me sermoneó en un francés rápido. Usó palabras que jamás le había escuchado, y había escuchado bastantes. Concluyó su diatriba con su habitual «*Je t'adore avec tout mon cœur*». Pero decirle a tu hija «te quiero con todo mi corazón» es mucho menos efectivo después de haberla llamado «*une pute*».

Amara me llamó para asegurarse de que no me estuviera desmoronando. Para asegurarme que las fotos no eran tan malas.

—Están borrosas. No se te ve la cara. No se le ve la suya. No se ve ningún detalle. —Y al final, para hacerme reír, dijo—: Podría haber sido mucho peor, Solène. Podrías haber sido tú la que le estuviera haciendo una mamada y él podría haber sido el presidente.

La breve ligereza que Amara había aportado a la situación desapareció en el momento en el que llegaron Daniel e Isabelle. Mi hija apenas era capaz de mirarme. Entró bronceada, más alta y preciosa, y no me miraba. Peor aún, no lo mencionaba.

—¿Hawái ha estado increíble?

Asintió, jugueteando con la mochila. Estábamos en la entrada y Daniel todavía estaba sacando bolsas del coche.

—¿Era bonito el vestido de Eva?

—Sí.

—¿Te has hecho tú el peinado? —Extendí la mano para colocarle un mechón rebelde detrás de la oreja y se puso tensa.

—Lo hicieron en el Four Seasons. Me voy a mi habitación.

—Vale... vale.

Daniel me convocó fuera una vez que trajo el equipaje. Y nos quedamos allí, junto al BMW, con el implacable sol de California brillando, burlándose, como una broma. Solo una vez quise que el clima aquí no fuera perfecto. Solo una vez quise que reflejara mi estado de ánimo.

—Enhorabuena —dije.

Asintió despacio.

—Gracias. —Tenía el pelo más claro, casi rubio, y las líneas alrededor de sus ojos azules eran suaves. Parecía descansado.

—¿Conque estás casado otra vez?

—Estoy casado otra vez. —Estaba dándole vueltas al brillante anillo de platino que tenía en el dedo con el pulgar izquierdo. Era más estrecho que el que coloqué allí tiempo atrás. El momento seguía nítido. La invitación metida en un marco.

—No te he traído aquí para discutir esto...

—Lo sé.

—Esto es espantoso, Solène. Es un... *puto desastre*. Creo que no te das cuenta de lo importante que es...

—Sí me doy cuenta.

—Sé que no me corresponde decirte cómo vivir tu vida, pero sigo siendo el padre de Isabelle. Y cuando haces estupideces como estas, tiene consecuencias.

—¿«Estupideces»? ¿Eso es lo que es?

Lo vi inquietarse por un segundo. Moviendo el anillo con el pulgar.

Me irritó. Que nadie cuestionase que pasara página. Que se casara y dejara embarazada a alguien diez años más joven. Porque eso es lo que hacían los hombres divorciados de unos cuarenta años. Sus acciones seguían subiendo. Su poder seguía intacto.

Daniel se había vuelto más deseable y yo, de algún modo, menos. Como si el tiempo transcurriera de manera diferente para cada uno de nosotros.

—¿De verdad crees que esto entra dentro del interés superior de Isabelle? —Lo soltó así. «Interés superior». Era un término legal y no cabía lugar a dudas de que lo había usado.

—¿Me estás *amenazando*?

—No te estoy amenazando, solo estoy diciendo...

—¿Qué estás diciendo exactamente?

—Creo que ya ha pasado por suficiente.

—Y me estás echando la culpa de todo eso. Me estás echando la culpa del divorcio. Me estás echando la culpa de Eva, de tu bebé y de tu matrimonio.

—Nada de esto habría sucedido, Solène, si...

—¿Si qué? ¿Si me hubiera quedado en casa y hubiera sido feliz? Vete a la mierda, Daniel.

Durante un momento no dijo nada, se limitó a quedarse allí, mirando hacia la calle, hacia los excursionistas que había a lo lejos.

—Siento no haber sido suficiente para ti. Siento que nuestra familia no fuera suficiente. —Impactó. Con fuerza—. Averigua qué vas a hacer con él antes de que destruya tu relación con tu hija.

<hr />

Fue una semana horrible. Intenté concentrar todas mis energías en la exhibición de Ulla Finnsdottir que se inauguraba el sábado, pero no fue fácil. No con el bombardeo de las redes sociales. Las 423 nuevas solicitudes de amistad en Facebook de personas que no conocía, muchas de las cuales parecían ser chicos de veintitantos años. Los numerosos mensajes viles en Twitter:

¿Por qué sigues ahí zorra? Pensaba que ya te habrías ido. Es enero.

Zorra asquerosa. ¿No eres la madre de alguien? Actúa como tal.

¿Por qué no te suicidas y nos ahorras las molestias?

Deja de follar con el novio de Simon.

Muere.Muere. Muere. Muere. Muere. Muere. Muere.

Las largas misivas en Instagram: el cuestionamiento de mi valía; las luchas internas entre Augies; las dañadas, las trastornadas. «Zorra cazafortunas. Solo buscas su dinero. Ni siquiera eres tan guapa». «Sed amable con ella. Si hace feliz a Hayes, ¿no debería ser eso lo que importa?». «Estoy enfadada, ¿vale? Estoy enfadada porque lo he estado apoyando durante tres putos años y ahora viene una puta vieja zorra y lo arruina todo...». «Aléjate de Hayes». «Cada vez que me corto pienso en ti. Espero que estés contenta».

E incluso quienes escribieron con las mejores intenciones me asustaron, me marcaron. «Recuerda que cuando le sostienes la mano, estás sosteniendo el universo entero. Por favor, no lo rompas».

Al final, congelé todas mis cuentas.

Contratamos seguridad para la inauguración por sugerencia de Hayes. Nunca antes habíamos tenido una participación tan grande. Había innumerables chicas apiñadas en la acera frente a la galería y un puñado de paparazis, quienes supongo que se sintieron decepcionados al saber que mi novio estaba al otro lado del Atlántico. Fue un enorme fastidio, pero agotamos las entradas para la exhibición en un tiempo récord. Y Lulit no podía quejarse de ello.

El domingo, Georgia vino a pasar el rato con Isabelle. Se encerraron en su habitación y oí cómo se reían, y me sonó tan dulce, tan raro. Y me pregunté qué había dicho o hecho Georgia para traer de vuelta a mi hija por fin.

A principios de semana, me acerqué a ella. Cuando las fotos, aunque un tanto suavizadas, aparecieron en *Us Weekly*, *People* y otros, no podía limitarme a fingir que no estaba sucediendo. No podía imaginarme el precio que estaría pagando en la escuela.

—Necesito hablar contigo sobre lo que está pasando —dije mientras me sentaba en uno de sus pufs marroquíes.

—No quiero hablar de ello...

—Ya sé que no, Izz. Pero es algo muy importante y no quiero que reprimas todas esas emociones en tu interior. Solo puedo imaginarme lo que se te está pasando por la cabeza.

Me miró desde su posición en la cama, debajo del póster de «Mantén la calma y sigue adelante» y al lado de la mesita de noche en la que solía estar nuestra foto del *meet and greet*. La había destrozado en noviembre.

—Eres adulta —dijo—. Él es adulto. Podéis hacer lo que queráis, ¿verdad? No es asunto mío.

No fue la respuesta que me esperaba. Sonaba tan madura, tan alterada. Mi pequeño pájaro.

—Siento que sea tan público, Izz. Siento que esté en todas partes. No fue nunca mi intención.

Se encogió de hombros.

—Es famoso. Eso es lo que pasa cuando eres famoso.

Asentí despacio. ¿En quién se había convertido? Sabia y hastiada.

—Hayes es muy especial para mí, Isabelle. Me hace feliz. Y esa gente de ahí fuera, los medios, las fans y quien sea... van a hacer que suene desagradable. Y lo que tenemos Hayes y yo no es desagradable. Necesito que entiendas eso.

Asintió.

—Lo intento, mamá. Lo intento.

***

Leah vino a recoger a Georgia una vez que las niñas terminaron de jugar juntas. Llegó con una botella de Sancerre y galletas de chocolate con trozos de chocolate de Farmshop.

—Vamos a admirar las vistas —dijo.

Nos sentamos en el patio, envueltas en mantas, y miramos la puesta de sol. Quería creer que llevar azúcar y alcohol era un gesto amistoso, pero temía que, como exabogada y ahora presidenta de la asociación de padres de Windwood, sus intenciones fueran diferentes.

—Bueno… ¿nos están pidiendo que abandonemos la escuela?

Sonrió.

—No.

—¿Me están dando un tirón de orejas y diciendo: «Por favor, no participes en actos sexuales con casi menores de edad en lugares públicos»?

Leah se rio. Tenía la piel de color marrón nuez cálido y los rizos de su hija.

—Solène, estabas en un barco privado en medio del Caribe. Dudo que cuente como un lugar público. De hecho, estoy bastante segura de que el Caribe fue creado para eso. Los tipos de la industria de la música llevan teniendo relaciones sexuales en barcos en el Caribe desde el principio de los tiempos. Mick Jagger, Tommy Lee, Diddy, Jay Z…

Sonreí.

—¿Acabas de crear esa lista tú sola?

—Sí. Y ahora, Hayes Campbell… —En ese momento, se puso seria—. Nadie está hablando de eso.

—Me estás mintiendo.

—Te estoy diciendo la verdad. Nadie habla de eso. Y si lo hacen, no será por mucho tiempo. En el *ranking* de escándalos que han tenido lugar en las escuelas privadas de Los Ángeles, el tuyo ocupa un lugar bastante bajo. Hay padres que se acuestan con otros padres y estudiantes de décimo grado que van a rehabilitación por adicción a la pornografía. Hay alumnos de octavo grado sexteando, profesores de Inglés que se comportan de manera inapropiada con niñas menores de edad y caucho tóxico en los campos de fútbol de las escuelas primarias. Esto no es nada. Es un *cunnilingus* en un barco. No es un asesinato.

Sonreí ante eso. Pero por mucho que lo describiera como algo insignificante, sabía que las cosas no eran tan livianas para mi hija.

—¿Georgia te lo ha mencionado alguna vez? Lo que está pasando en la escuela… por lo que Isabelle podría estar pasando…

—Apenas. Ya conoces esta edad: reservada...

Asentí, con los ojos fijos en el agua.

—Quiero saber qué dicen los otros niños. A ella. Supongo que estarán diciendo algo.

—¿Le has preguntado?

—No quiere hablar de ello.

Leah asintió y mordió una galleta.

—¿Tiene alguien más con quien pueda hablar? ¿Un profesional?

Lo había dicho de manera tentativa, pero me enfureció la implicación. No quería que Isabelle tuviera que volver a terapia por esto. Por *mí*. Porque eso significaría que le había fallado. Y le pondría fin antes de llegar a eso.

—No —respondí—. No estoy lista para eso. Todavía.

Hayes vino a la ciudad la última semana de enero. Los chicos tenían muchos eventos con la prensa y reuniones previas a los Grammy y luego se dirigirían a Sudamérica para embarcarse en la gira mundial *Sabio o desnudo*. Y no parecía haber forma de detenerlo. Tiempo.

El jueves por la noche celebramos su cumpleaños con una cena festiva en el Bestia. El restaurante estaba en un espacio industrial del centro del Distrito de las Artes. Un almacén reformado convertido en la meca de los amantes de la gastronomía. Estábamos escondidos en la parte trasera del patio. Hayes y yo, el resto de la banda, Raj, Desmond, Fergus y una pelirroja guapa que respondía al nombre de Jemma y que se aferraba al brazo de Liam.

Fue una velada divertida: los cócteles, potentes; las luces, bajas; la comida, divina. Los chicos armaban escándalo y estaban felices, y después de tantas llamadas telefónicas llenas de tensión, fue maravilloso ver a Hayes una vez más en paz y cómodo en su piel.

No me soltó, su mano tocaba alguna parte de mi ser durante toda la noche. Me giré hacia él en un momento en el que su pulgar me recorría el interior de la muñeca.

—Me has echado de menos —dije en voz baja. La cara en su clavícula, inhalando su aroma.

—Te he echado de menos. ¿Es obvio?

Asentí.

—Estás muy sobón. Incluso siendo tú.

Me acercó la barbilla a la cara y me besó. Como si no estuviéramos en un restaurante abarrotado de gente. Como si no destacáramos ya como la mesa con la actual banda más visible del mundo. Como si no estuviéramos en todos los medios de la prensa rosa de los seis continentes siendo criticados por nuestra muestra pública de afecto. Me besó como si nada de eso importara.

—No me dejes… —dijo.

—No me voy a ir a ninguna parte.

—Nunca.

Como no dije nada, me volvió a besar y lo repitió:

—*Nunca.*

—Vale —contesté. Y en ese momento no podía estar segura de quién estaba más embriagado.

Más entrada la noche, me escabullí al baño y, al salir, me encontré con Oliver en el vestíbulo contiguo. Hasta ese momento habíamos intercambiado muy pocas palabras.

—Bueno, parece que estás aguantando. —Sonrió, coqueto.

—¿Perdona?

—Es que asumí que dejarías a nuestro chico después de esas fotos.

Me quedé callada. Fue la manera con la que lo había expresado.

—Bueno, pues asumiste mal.

—Está claro.

El vestíbulo era estrecho y estaba mal iluminado. Podía oler la ginebra en él.

—¿Dónde está Charlotte?

—Se acabó. Hemos terminado.

—Siento oír eso.

—Sí, bueno... Cortó ella.

—¿Puedes culparla?

Se rio.

—Oh, Solène... —Estaba borracho—. ¿Hayes te ha contado alguna vez lo que dijo cuando te vio por primera vez en Las Vegas? ¿Te lo ha contado?

No respondí. Por algún motivo, sabía hacia dónde iba esto.

—«Solo quiero metérsela en la boca». —Lo dijo despacio, en voz baja—. ¿Te lo ha contado? «¿Has visto a esa madre? Solo quiero metérsela en la boca».

Me quedé allí, sin moverme. Sintiendo su cercanía en el espacio reducido.

—¿Qué pasa, Oliver? ¿Es que no quieres que él sea feliz?

Negó con la cabeza, y en sus ojos había algo que me pareció triste.

—No tienes ni puta idea, ¿verdad?

—No —respondí—. No tengo ni idea.

Pero me había empezado a quedar con la duda.

❧

El viernes por la mañana, Hayes y yo volamos a Aspen durante cuatro días para celebrar su cumpleaños. Habíamos reservado una *suite* de lujo en el Little Nell, un resort ostentoso al pie del pico Ajax. La propiedad era elegante, tranquila. Nuestra *suite* estaba decorada en tonos grises suaves y tenía múltiples chimeneas, mantas acogedoras y unas vistas impecables. El escondite perfecto para el invierno.

Por la tarde, después de unos masajes, de hacer el amor y de dar un paseo por la ciudad, Hayes decidió que quería un «té en condiciones». Llamó al servicio de habitaciones y lo escuché mientras pedía un «poco de Earl Grey y algo dulce como bollos o galletas digestivas, si tienen», y me dolió el corazón. Mi dulce, dulce chico, tan lejos de casa.

—Bueno, eso ha sido una primera vez —dijo mientras colgaba el teléfono. Estábamos en el salón, quitándonos las capas de ropa. La nieve caía fuera en la terraza.

—¿El qué ha sido una primera vez?

—Me ha llamado señor Marchand.

Empecé a reírme.

—¿No le corregiste? ¿No dijiste: «Para ti es el señor Doo»?

Sonrió y me acercó a él, con las manos y la nariz todavía heladas. Tenía las mejillas rojas.

—No, me ha gustado mucho. «Señor Marchand». Es *bastante sofisticado.* —Lo último lo subrayó con un acento de clase alta, burlándose de su propia gente, por así decirlo.

»Creo que lo voy a probar durante unos días para ver si me gusta lo suficiente como para convertirlo en algo permanente. Ya sabes, en caso de que nos casemos. —Me dio un beso—. Voy a la ducha a entrar en calor. No dudes en unirte a mí.

Lo vi entrar en el dormitorio. Sus anchos hombros bajo la tela de franela, los vaqueros pegados al trasero. ¿Cómo narices había tenido tanta suerte? ¿Cómo nos habíamos encontrado en este mundo tan grande? ¿Y cómo, me preguntaba, iba a dejarlo ir cuando llegara el momento?

Al rato, me dirigí al baño principal. Hayes estaba en la ducha de vapor. Podía oler su jabón, su gel de pomelo. Viajaba con sus propios artículos de aseo porque, según él, pasaba mucho tiempo en hoteles y era su forma de aferrarse a su identidad. De recordar quién era.

Se giró cuando abrí la puerta de cristal y se le iluminaron los ojos. Me lo había quitado todo.

—Holaaaa.

—Hola a ti. —Me quedé allí, absorbiéndolo. Todo él.

Y sintiéndolo todo.

Y entonces lo dije.

—Te quiero.

Hayes se quedó paralizado, con una expresión de confusión en el rostro y el agua corriéndole por el largo torso.

—¿Lo dices porque estoy desnudo?

—No.

—¿Lo dices porque es mi cumpleaños?

—Lo digo porque te quiero.

Se quedó callado, sopesando el momento. Y, luego, esbozó una amplia sonrisa.

—¿Cómo es que has tardado tanto?

Me reí.

—Solo me estaba asegurando de que era a ti y no a la idea de tenerte.

—Ven aquí —dijo, y me atrajo bajo el chorro de agua. Sus manos apartándome el pelo de la cara, su boca sobre la mía, su pene revolviéndose contra mi ingle—. ¿Te importaría decirlo otra vez para que sepa que no me lo he imaginado?

—Te quiero.

—Sí. —Sonrió, todo hoyuelos—. Eso es lo que pensé que habías dicho.

El sábado por la mañana, Hayes se despertó temprano para ir al gimnasio antes de ir a esquiar, su cuerpo todavía en la hora del meridiano de Greenwich. Lo vi vestirse desde la comodidad de la cama: los pantalones cortos, la diadema de niña sujetándole el pelo y apartándoselo de su bonita cara, la camiseta de #BlackLivesMatter.

—¿Hayes Campbell, activista político?

Sonrió y recogió los auriculares de la cómoda. Todavía era de noche.

—Hayes Campbell, ciudadano del mundo preocupado. Tu país, por mucho que lo adore, puede ser una puta mierda en lo que respecta a la raza…

—No me digas.

—Te digo. Esa es una de las cosas que me encanta de ti: que les estás dando voz a estos artistas.

»Esta semana leí un artículo interesante en *The New York Times* sobre Kehinde Wiley. ¿Se pronuncia así? Y es *fascinante*. Pero hizo que me sintiera orgulloso de ti. Y sé que te di la lata con la instalación *Invisibles*, pero he estado pensando mucho en ello desde nuestra conversación en Nueva York (lo de cómo valoramos algunas obras de arte más que otras) y, de verdad, creo que lo que haces es increíble.

Me quedé allí mirándolo. Cada vez que abría la boca, me gustaba más. Daniel tardó mucho más en dejar de ver mi trabajo como una especie de proyecto de caridad autoindulgente. En muchos sentidos, estaba segura de que todavía lo veía así.

Hayes se acercó a mí, se inclinó y me besó.

—Me encanta esta boca. Vuelvo en un momento.

—Oliver dijo algo interesante la otra noche...

—¿Ah, sí? —Se puso tenso.

—Dijo que la primera vez que me viste, aquella noche en Las Vegas, le dijiste: «¿Has visto a esa madre? Solo quiero metérsela en la boca». —Lo dejé ahí—. ¿Es verdad? ¿Dijiste eso?

Se quedó en silencio un momento, pensando.

—Mmm, eso suena a algo que podría haber dicho... Pero en mi defensa diré que era un chico de veinte años. Podemos llegar a ser vulgares.

—Hayes...

—Puto Oliver... Oh, vamos. ¿Qué dijiste cuando me viste por primera vez? ¿Qué te dijiste para ti misma?

—Probablemente algo como: «Oh, qué bonito».

—¿En serio? Mmm... Porque recuerdo con total claridad una conversación con alguien que dijo, y cito: «Dios, ojalá pudiera sentarme en la cara de ese chico y tirarle del pelo».

Sonreí.

—No sé —continuó—, pero eso se parece muchísimo a metérmela en la boca.

—Dicho a mi manera suena más delicado.

—¿*Delicado*? ¿Una follada bucal delicada? —Sonrió—. Bien. Estás loca, Solène, y por eso te quiero. —Me dio otro beso antes de dirigirse hacia la puerta—. Avísame cuando te apetezca una follada bucal delicada. Vuelvo enseguida.

Me desperté en medio de esa noche con la boca de Hayes recorriéndome la columna vertebral. Sus labios, su lengua, suaves, descendiendo. Hacia mi culo y entre mis piernas antes de que pudiera recordar bien dónde estábamos. Mis gritos, ahogados en la almohada. Y cuando terminó, me dio la vuelta y lo volvió a hacer.

Y no sabía si era por la ligereza del aire de la montaña, pero todo resultaba tan acentuado e intensificado que no estaba segura de quién era el cumpleaños que estábamos celebrando. La lengua de Hayes abriéndome. Sus dedos, largos y gruesos, y muy familiares. La manera en la que me exploró por completo, como si cada vez fuera la primera. Como si lo estuviera *disfrutando*. Nunca me cansaba. Levanté el culo de la cama para encontrarme con él. Tenía las manos en su pelo, agarrándole el cráneo. Las uñas en su cuero cabelludo. «La madre que me parió».

Me corrí con tanta fuerza que me pareció que toda la habitación daba vueltas.

—Joder —dijo tras alzar la cabeza y sonreírme—. No ha sido muy delicado, ¿no? Mis disculpas.

Hayes se secó la cara con el dorso de la mano y con la otra me agarró ambas muñecas y me las sujetó por encima de la cabeza.

Y, antes de que pudiera recuperarme, su verga estaba empujando dentro de mí. Y como siempre, esa primera embestida lo era todo. Me maravillé con cómo encajaba conmigo. Gruesa. Perfecta. Como nadie que lo hubiera precedido. Como si toda mi vida hubiera estado caminando con una vagina con forma de Hayes sin saberlo. La idea me hizo sonreír. Pero entonces, de forma completamente inesperada, empecé a llorar.

Dejó de moverse y con la mano libre me apartó el pelo de la cara.

—¿Estás bien?

Asentí.

—¿Estás segura?

—Sí.

—¿Por qué estás llorando? Es un poco desconcertante que estemos acostándonos y estés llorando. —Me acarició la mejilla con la palma de la mano.

—Perdón.

—¿Por qué lloras, Solène?

—Porque... te quiero. Porque esto es perfecto y no quiero que se termine. —Era lo más honesta que había sido con él. Era lo más honesta que había sido conmigo misma.

—¿Vas a ponerle fin?

Negué con la cabeza.

—Entonces no hay razón para llorar. No me voy a ir a ninguna parte. —Empezó a moverse de nuevo. Muy. Profundo. Joder.

—Se termina cada vez que te vas. Cada vez que vuelvo a mi vida y a mi puto ordenador, se termina.

—Bueno, pues te conseguiremos un ordenador nuevo. —Sonrió—. Mírame. *Mírame.* Somos solo nosotros. Solo somos tú y yo en esta relación. A la mierda todo lo demás.

El hecho de que me lo dijera con mis brazos inmovilizados sobre la cabeza y su verga deslizándose hacia dentro y hacia fuera, el hecho de que me sostuviera la mirada todo el tiempo, sin vacilar, sin perder el ritmo, el hecho de que pudiera olerme en su cara, fue increíblemente sexi. No quería que se terminara.

No quería que se terminara.

Cuando estuvo a punto de correrse, se inclinó y me mordió el labio inferior con tanta fuerza que anticipé el sabor a sangre, pero nunca llegó.

—Tú. Lo eres todo para mí —dijo. Su respiración era entrecortada—. No voy a irme a ninguna parte.

Después, cuando estaba disfrutando de la alegría del tercer orgasmo y Hayes se había quedado dormido a mi lado, con el cuerpo resbaladizo por el sudor, pensé largo y tendido en lo que había dicho. Solo éramos nosotros. A la mierda todo lo demás.

En todos los meses que llevábamos viajando a varios lugares, Hayes y yo nunca habíamos entrado y salido juntos de la misma terminal. Nunca habíamos salido y llegado como pareja. Era algo de lo que no me había percatado hasta que aterrizamos en el aeropuerto de Los Ángeles el lunes por la tarde.

—Ahí fuera va a ser una locura —dijo mientras nuestro avión estaba rodando—. Te lo advierto.

—¿En plan, fotógrafos?

—Fotógrafos, fans, todo eso. Es la semana de los Grammy. No va a ser agradable.

—Vale —contesté.

Pero «todo eso» no captaba del todo la locura. En la puerta nos recibieron no menos de tres escoltas del aeropuerto, los cuales nos acompañaron hasta la recogida de equipaje, y todo el tiempo, andando a un ritmo relativamente rápido, nos persiguieron un puñado de paparazis. Hayes caminaba un paso por delante de mí, aferrándose a mi mano, protegiéndome de lo peor. Y lo que más me llamó la atención no fue lo intrusivo de la experiencia, sino el aluvión de comentarios por parte de los chicos con las cámaras. «Hola, Hayes». «¡Feliz cumpleaños, Hayes!». «¿Qué se siente al tener veintiuno?». «¿Qué tal Aspen?». «Hola, Solène. ¿Habéis esquiado mucho?». «¿Saldréis a beber esta noche?». «¿A qué bares vais a ir?». «¿Estás emocionado por los Grammy?». «Te ves bien. Me encanta tu trabajo». «Me encanta el nuevo álbum». «Tu novia es muy guapa». «¿Qué opinas del nuevo tatuaje de Rory?». Madre mía. ¿Quiénes eran estas personas?

Y luego, cuando salimos al caos que era la recogida de equipaje, la fama de Hayes llegó a su apogeo. Había más de cien chicas chillando con las cámaras de los móviles, metiéndose en su camino, intentando hacerse *selfies*, gritando su nombre, cayéndose, llorando, y fue aterrador. Los destellos de los paparazis eran cegadores. Vi a Desmond con nuestro chófer, y ni su familiar cabeza pelirroja alivió mi pánico. Lo estaban tocando y tirando de él, y me apretaba la mano con más fuerza. Y a ratos se mostraban eufóricas, diplomáticas y violentas. «Quítate de en medio de una puta vez». «Abrid un camino». «Hola, Solène». «Eres muy guapa, Solène». «Chicas, dejadles pasar, por favor». «¡Feliz cumpleaños, Hayes!». «¿Me puedes firmar en la cara?». «Hay una chica en el suelo». ¡Madremía! ¡Madremía! ¡Madremía! «¿Puedo hacer una foto, por favor? «¡Dejadles pasar!». «¡Feliz cumpleaños!». «HayesHayesHayesHayesHayes». «¡Suéltalo!». «No quiere hacerse una foto». «¡Suéltalo! ¡Aléjate de él! ¡Van a pensar que somos animales!». «¡Muévete, zorra!». «Hayes, lamento mucho esto». «Chicas, dejadlo». ¡Hostia puta!

Cuando llegamos a la parte trasera del Escalade, estaba hiperventilando. Y él estaba fresco como una puta lechuga.

—Lo siento. Lo siento —dijo—. Lo lamento.

Tardé un minuto en recuperar el aliento, recomponerme, evaluar que no me habían hecho daño físico.

—Ya —contesté—. Solo somos tú y yo en esta relación. A la mierda todo lo demás.

Beverly Hills

La quincuagésima séptima entrega de los Grammy iba a tener lugar el domingo siguiente por la noche, en el Staples Center. Los chicos iban a tocar *Siete minutos*, el sencillo nominado. Su semana estuvo llena de eventos con la prensa como antesala a la entrega de premios y la gira, incluido un día en Santa Bárbara para grabar una entrevista exclusiva con Oprah. Y eso me impresionó un poco.

Después de la calma de las vacaciones, Marchand Raphel volvió a estar ocupado. Hamish Sullivan Jones, el curador del museo Whitney, iba a venir a la ciudad e iba a visitar el estudio de Anya Pashkov para ver más de su colección *Invisibles*. El hecho de que siguiera interesado era digno de mención. Si pudiéramos conseguirle una exposición a Anya en el nuevo Whitney con toda su expectación y bombo, sería un éxito. Al mismo tiempo, Lulit y yo estábamos organizando el envío de nuestras obras a Nueva York para el Armory Show de la primera semana de marzo.

Sentaba bien volver a la rutina del trabajo. No dedicarle demasiada energía a los mensajes de voz ofensivos y a las fans ocasionales que aparecían en la galería de manera aleatoria durante el día con la esperanza de vislumbrar a su ídolo. Josephine resolvió el problema colgando un cartel en la puerta que decía SOLO CON CITA PREVIA. Contestaba a las preguntas de los medios de comunicación con su habitual respuesta: «Lo siento. Según la política de Marchand Raphel no se hacen comentarios sobre la vida privada de ninguno de nuestros asociados». Parecía que se lo creían.

El viernes por la tarde, después de un día de entrevistas y un ensayo en el Staples Center, Hayes se pasó por la galería para ver la exposición de Finnsdottir y saludar. Matt y Josephine parecían tan encantados con su genuina afabilidad que cualquiera habría pensado que su fama no había sido un inconveniente para todos. Que no habíamos recibido amenazas de muerte.

Lulit era un hueso más duro de roer.

—Bueno... —dijo, acercándose de manera furtiva a ella en la cocina, donde se estaba preparando un capuchino—, he conocido a Oprah.

—Eso he oído.

—Y me hicieron un recorrido por su casa de Montecito...

Lo miré mientras se cruzaba de brazos y se recostaba contra la encimera, sonriendo, engreído.

—La ha reacondicionado hace poco y tiene una gran colección de arte... pero creo que le faltan algunas obras contemporáneas clave.

—¡Ja! —contestó Lulit con un atisbo de sonrisa—. ¿Le dijiste eso?

—Sí. Y le dije que conocía a las mujeres perfectas para vendérselo. Tiene algunas piezas africanas y hace obras de caridad en Sudáfrica, por eso le hablé específicamente de vosotras...

—No.

—Sí. Y dijo: «Que se ponga en contacto con mi gente». Así que... —Hayes buscó en los bolsillos de los vaqueros y sacó la cartera antes de ofrecerle una nota adhesiva doblada—. La gente de Oprah. Están esperando vuestra llamada.

Lulit se quedó quieta con una expresión tonta en el rostro y, luego, se giró hacia mí, en la puerta. Me encogí de hombros.

—Me estás tomando el pelo —dijo.

—Te prometo que no. ¿Y sabes quiénes son muy muy buenos amigos de Oprah?

Lulit y yo nos miramos y sonreímos.

—Los Obama.

—Los Obama —repitió Hayes—. Y la última vez que lo comprobé, Sasha todavía estaba en la edad óptima de August Moon.

—Cállate. —Lulit se rio.

—Y pensabas que que tu mejor amiga saliera con un chico de una *boy band* no iba a traer más que problemas.

—Yo nunca he dicho eso.

Hayes ladeó la cabeza y puso los ojos en blanco antes de salir.

—Joder, es bueno. —Me sonrió.

Asentí.

—Es bueno.

Después, recogimos a Isabelle de su clase de esgrima y la expresión de su cara cuando Hayes entró al gimnasio no tuvo precio.

—Menudo atuendo. —Sonrió—. Pareces un mosquetero.

Se rio. Una risa grande, brillante y segura. Hacía dos semanas que le habían quitado los aparatos y la estaba compartiendo con el mundo.

—Mierda. —Hayes se volvió hacia mí—. *Es tu boca.*

Le lancé una mirada significativa, se dio la vuelta y no volvimos a hablar de ello nunca.

Tomamos un rápido desvío a Whole Foods, en Brentwood, y nadie lo detuvo para pedirle una foto, un autógrafo ni su tiempo. Y ver cómo escogía un vino en público mientras que Isabelle examinaba la selección de quesos me provocó una satisfacción que hacía mucho tiempo que no sentía. La idea de que a lo mejor esto podría funcionar.

Cenamos en casa: ratatouille y costillas de cordero. Los tres estábamos sentados alrededor de la mesa rectangular, con las luces de Santa Mónica parpadeando en la distancia. Hayes, a ratos divertido por las historias que contaba Isabelle sobre la escuela secundaria y, al parecer, enamorado, me lanzaba miradas furtivas, melancólico. Cuando Isabelle se levantó para recoger su plato, se inclinó hacia delante, con las manos apoyadas en el palisandro.

—¿Sabes en qué me hace pensar esta mesa? —Su voz era baja, ronca.

—Sí.

—Bien —dijo—. Siempre y cuando tú también estés pensando en ello.

Después de la cena, cuando Isabelle se excusó para hablar por FaceTime con sus amigas, aproveché la oportunidad para conducirlo a mi despacho con el pretexto de comprobar mi disponibilidad para las fechas de la gira por Sudamérica. Sin embargo, en el momento en que entró en la habitación, cerré la puerta.

—Tengo algo para ti. Quería dártelo antes de Aspen, pero no estaba listo.

Hayes alzó una ceja, curioso, mientras le entregaba el paquete grande y plano que había estado apoyado contra la pared del fondo.

—¿Me has comprado un regalo por mi cumpleaños? No tenías por qué.

—Es pequeño.

—No parece pequeño. ¿Es arte?

—Ábrelo.

Observé cómo desenvolvía con cuidado el papel marrón para revelar una acuarela enmarcada sobre paspartú. El amanecer visto desde nuestra habitación en Anguila. Durante unos segundos no habló mientras lo absorbía con los ojos, y cuando por fin me miró, estaban sonriendo.

—Lo has hecho tú.

—Lo he hecho yo.

—¿Me lo estás regalando?

—Te lo estoy regalando. *Lo hice para ti.*

—Es precioso, Solène. Es perfecto. —Dejó el marco antes de rodearme con los brazos—. Me encanta. Es el regalo perfecto.

Permanecimos así durante mucho tiempo, perdiéndonos en el cuadro, en el momento.

—No recuerdo haberte visto hacer este con estos colores. Son extraordinarios.

Lo eran. El agua de un verde azulado, las montañas con carboncillo, el sol estallando de color albaricoque bajo un cielo lila.

—Lo hice una mañana cuando todavía estabas dormido. Pensé que los colores complementarían las obras que tienes en Londres.

Me miró fijamente durante un minuto con una expresión inescrutable en el rostro. Se llevó la mano al labio inferior antes de hablar.

—¿Te acuerdas de la casa en la que nos quedamos en Malibú? Está a la venta. Lo miré ayer. Pensé que deberías saberlo.

Estaba cargado de significado. Lo que me estaba diciendo. Lo que estaba sacando de ello. Lo que pretendía que sacara de ello.

—Oh —contestó.

Se rio, inquieto.

—¿Crees que es una locura?

—Puede. Un poco.

—Sí. Yo también pensé lo mismo. Pero no tan locura como para no considerarlo.

August Moon no ganó ningún Grammy, pero eso no arruinó nuestra celebración. Me salté la entrega de premios y me uní a Hayes y al resto de ellos en el hotel Ace del centro para la fiesta de Universal. Había mucha gente y ruido y estaba lleno de pequeños grupos de aduladores que pululaban alrededor de personas como Rihanna y Katy Perry, y Sam Smith disfrutaba tras haber ganado innumerables trofeos.

Los chicos, cuya actuación en directo fue perfecta, estaban todos de subidón. Rory, con quien me crucé al entrar al ornamentado teatro, estaba sintiendo un subidón distinto. Tenía los ojos vidriosos y el rostro enterrado en el cuello de un ángel de Victoria's

Secret. Liam hablaba animadamente con una joven cantante que no reconocí. Ojos verdes brillantes, labios carnosos, pecas. Por muy adorable que fuera, nunca iba a ser el sexi. Simon y Oliver estaban en la mesa reservada para la banda, inmersos en una conversación, cuando llegué. Había un puñado de chicas guapas de pie alrededor del perímetro, esperando que les hicieran caso, cachorritas ansiosas vestidas con lentejuelas y licra. Me incliné para saludar a los chicos y Simon se levantó para abrazarme, pero Oliver no se movió.

—¿No vas a saludar?

—No. Me dijeron que no hablara más contigo. Así que no voy a hablar contigo.

—Vale. —Sonreí.

—Bonito vestido —dijo, y Simon se rio.

—No puedes evitarlo, hombre. Eres un puto desastre.

Ambos estaban un poquito ebrios.

—No tengo idea de dónde está tu novio. Se fue corriendo. ¿Champán?

Al rato, encontré a Hayes al otro lado del teatro, hablando con una modelo. Por el amor de Dios. Joven, delgada y ojos muy separados. Parecía brasileña o portuguesa. Alguna etnia exótica que era, sin duda, su tipo. Y durante un segundo lo sentí en las entrañas, el impulso de darme la vuelta y echar a correr. No obstante, alzó la vista y su expresión al verme fue tan de completo enamorado que, si había sentido una pizca de culpa, no lo demostró.

—Hola. Estás aquí.

—Estoy aquí.

Me agarró la cabeza entre las manos y me besó, y olía a cítricos, ámbar y *whisky* escocés. Y todo fue perdonado. Casi.

—Estás increíble —dijo en voz baja.

—Tú también.

—Esta es Solène. —Se giró hacia la modelo—. Y perdona, ¿cómo dijiste que te llamabas?

—Giovanna. —La modelo sonrió. Sus dientes no eran perfectos.

—Giovanna —repitió. Se giró hacia mí con una amplia sonrisa en el rostro—. Giovanna me estaba diciendo cuántos seguidores tiene en Instagram.

Intenté no reírme mientras Hayes hacía todo lo posible por retirarse y despedirse de su nueva amiga.

—¿Qué estás haciendo? —pregunté cuando estábamos regresando al otro lado del espacio, zigzagueando entre la multitud y los bonsáis de gran tamaño plantados en macetas.

—Estaba matando el tiempo hasta que llegaras.

—¿Con modelos de dieciocho años?

—Estaba evitando a Rihanna. —Se rio—. Para. Estás caminando demasiado rápido. Quiero mirarte.

Me giré para estar cara a cara con él. Era ridículo lo sexi que estaba, incluso para él. Traje negro, camisa negra transparente parcialmente desabrochada y un pañuelo largo de seda alrededor del cuello. Pelo despeinado de forma elegante. El hecho de que todavía llevara una ligera capa de maquillaje de la actuación ni siquiera me molestó.

—Hola —dijo otra vez.

—Hola. Siento que hayáis perdido.

Se encogió de hombros.

—Cosas que pasan. ¿De dónde es este vestido?

—Balmain —respondí—. De hace unos pocos años.

Era, sin duda alguna, una de las cosas más sexis que tenía. Un top de encaje intrincado, una falda ajustada de cintura alta con tachuelas que terminaba justo por encima de las rodillas, los zapatos con correas de Isabel Marant. Atrevido, negro, *rock and roll*.

Me di la vuelta y continué en dirección a la mesa, todavía enfadada por lo de la modelo.

Las manos de Hayes estaban en mis caderas, tirando de mí hacia él. Su boca en mi oreja.

—Joder, solo quiero metértela en el culo con este vestido.

Me reí.

—¿Quién demonios *eres*?

—Soy el que va a metértela en el culo con este vestido.

Sus palabras me detuvieron. Allí, en mitad del teatro del hotel Ace. Rodeada de ejecutivos de la música, aspirantes a estrellas y ganadores de Grammys. Mi novio estrella de *rock* se empujó contra mi espalda.

—¿Quieres irte *ya*?

—Quiero irme ya —respondió—. Hay una fiesta de *GQ* y de Armani en Hollywood, y tenemos que pasarnos porque tengo que dar la cara. Y luego nos pasaremos por la fiesta de Sam en Bel-Air porque le dije que lo haríamos. Y luego vamos a volver al hotel para que pueda metértela por el culo con este vestido... ¿Te parece bien?

—¿Tengo otra opción?

—Tú siempre tienes una opción.

—¿Tienes lubricante?

Se rio.

—Improvisaremos.

Su mano me abarcaba el abdomen y me presionaba contra él. Todo él.

—Vale. Llama a nuestro chófer.

—Hecho.

Más tarde, mucho más tarde, cuando Hayes se había quedado dormido en una *suite* exclusiva del SLS Beverly Hills, me quedé despierta mirando cómo dormía. La noche había transcurrido en una confusión de champán, música y sexo. Por la mañana iba a dolerme. Ya me estaba doliendo.

Recorrí la habitación con la mirada, lujosa y elegante con toques de Philippe Starck y una superabundancia de otomanas de cuero. El espejo que iba del suelo al techo delante de la cama era de todo menos sutil.

—¿Quién ha elegido este sitio? —le pregunté cuando llegamos, poco después de la una. ¿Las dos?—. Me siento como una prostituta.

—Te sentirás aún más como una prostituta cuando acabe contigo —respondió Hayes, lo que me hizo reír.

Fue duro. Y divertido. Y me encantó todo.

En un momento dado, cuando yacía encima de mí, dentro de mí, su pecho contra mi espalda, con sus brazos extendidos sobre los míos y con los dedos entrelazados, rozó la boca contra mi oreja y dijo en voz baja: «¿Sientes que podrías ser mi madre ahora?».

***

Se oyeron unos débiles golpes en el pasillo. Una especie de golpes a una puerta y gemidos. Miré para ver si Hayes lo había oído, pero estaba roncando, ajeno a todo. Su hibernación posorgasmo.

Agarré una bata y me asomé por la mirilla, pero no distinguí mucho: una figura solitaria en el pasillo, llamando a la puerta que había al otro lado del pasillo. Una chica.

—Liam, por favor, abre la puerta —decía en voz baja—. Por favor. Lo siento mucho. La he cagado. Por favor, abre.

Siguió llamando y gimiendo, y la puerta de Liam no se abrió y, al final, abrí la nuestra.

—¿Estás bien?

Era joven. Mucho. Cabello castaño, ojos grandes y marrones manchados de maquillaje. Estaba llorando.

—Me he quedado sin batería y no tengo cargador y mi amiga tiene mi cartera en su bolso pero no la encuentro y solo quiero irme a casa.

—Vale —dije—. Vale. ¿Qué necesitas? ¿Necesitas que te cargue el móvil?

—Por favor.

Escaneé el pasillo en busca de alguien de seguridad, pero no había nadie.

—¿Cómo has llegado hasta aquí?

Negó con la cabeza. Su vestido era demasiado maduro para su edad. Rojo, Hervé Léger. Mucho esfuerzo para una niña.

—¿Has venido con alguien?

—Simon —respondió al tiempo que se secaba los ojos. Estaba aferrada a un juego de llaves y a lo que parecía un carné de estudiante.

—¿Dónde está Simon ahora?

—En su habitación. Durmiendo.

—¿Cuál es la habitación de Simon?

Señaló la *suite* contigua a la nuestra.

Estaba confundida.

—Entonces, ¿por qué estás llamando a la puerta de Liam?

Sacudió la cabeza y las lágrimas empezaron a caer de nuevo.

—Vale. Vale. Dame tu móvil, lo cargaré, encontraremos a tu amiga y te llevaremos a casa.

Hayes se estaba moviendo en el dormitorio.

—¿Qué haces despierta? ¿Con quién estás hablando?

—Hay una chica en el pasillo. No sé si es una fan o una *groupie* o qué. Pero es joven, está ahí fuera y está llorando.

—Bueno, haz que Desmond se encargue.

—No sé dónde está Desmond. Son las cuatro de la mañana, Hayes. No hay seguridad ahí fuera.

—Joder. —Se dio la vuelta y hundió la cabeza debajo de la almohada.

—Vale. Supongo que me encargaré yo.

—No es problema tuyo. No te involucres.

—Es la hija de alguien, Hayes.

—Todo el mundo es hijo o hija de alguien, Solène. No te involucres.

Volví al pasillo junto a la chica una vez que puse su móvil a cargar.

—¿Dónde está la amiga con la que has venido?

Se encogió de hombros.

—Desapareció con el batería.

—¿Quién es tu batería? —Regresé a la *suite*. Hayes estaba levantado, en el salón, en ropa interior y buscando su móvil.

—Roger. —Suspiró—. Es un buen tipo.

—Sí, todos son buenos tipos. —Volví al pasillo—. ¿Dónde crees que podría estar ahora?

—El último mensaje que recibí de ella decía que se iba a casa. Y le dije que se fuera porque yo estaba con Simon y él dijo que me llevaría…

—Pero no lo ha hecho.

—Pero no lo ha hecho…

—¿Y acabaste con Liam?

Empezó a llorar otra vez.

Estaba intentando imaginar cómo se había desarrollado, y cada escenario posible era desagradable y me parecía muy poco propio de Simon/Liam. Pero ¿qué sabía yo? ¿Cuán bien conocía en realidad a estos chicos? ¿Y cuán loca estaba por haberles confiado a mi hija? Me disculpé y me reuní con Hayes en la *suite*.

—Desmond no contesta al móvil —dijo—. Fergus tampoco.

—Está hecha un desastre. No podemos dejarla ahí. Dejemos que se quede aquí dentro hasta que se cargue su móvil, encuentre a su amiga, podamos meterla en un taxi y enviarla a casa.

Sacudió la cabeza con los ojos muy abiertos y el pelo apuntando en sesenta y nueve direcciones.

—No puede entrar aquí. Está en estado de pánico. Te dije que no me van las mujeres que entran en pánico.

—¿Es una mujer o una niña? Porque a mí me parece una niña.

—Está al límite.

—Hayes, es la hija de alguien.

—Lo entiendo. Pero no puede entrar en esta habitación. —Lo dijo con tal convicción que me alarmó.

—Solo voy a asegurarme de que esté bien y pedirle un Uber.

—*No puede* entrar en esta habitación.

—¿Quién *eres*?

—¿Ahora mismo? Soy Hayes Campbell. Y el ADN de esa chica no puede entrar en mi habitación.

—¿Estás de broma?

—Mírame, Solène. Estoy totalmente serio ahora mismo. El ADN de esa chica no puede entrar en mi habitación de hotel. No sé qué ha pasado con Simon y Liam, y los quiero como hermanos, pero no puedo involucrarme.

—Bien. Vale. Ya me encargo yo. Pero dile a tus amigos que no pueden *acostarse* con niñas menores de edad y dejarlas llorando en el pasillo.

Tenía las manos en la cabeza y se estaba tirando del pelo.

—¿Ves? Por eso no voy por ahí con nadie menor de treinta años.

—Eso es porque tienes problemas maternales.

Ladeó la cabeza.

—¿Qué?

—Ya me has oído. Tú vete. Vuelve al dormitorio. Acuéstate en tu propio ADN. Ya me hago cargo yo.

<hr />

—¿Cuántos años tienes? Sé sincera —le dije a la chica de vuelta en el pasillo. Se le había corrido casi todo el pintalabios y me encontré preguntándome a quién le había chupado la verga.

—Dieciséis.

Mierda.

—¿Cuántos años les dijiste que tenías?

Hizo una pausa.

—Dieciocho.

Joder.

—Se supone que *no* deberías estar aquí.

—Lo sé. Solo quiero irme a casa.

—¿Necesitas ir a un hospital?

—No.

—¿Estás segura? Este sería el momento de ir si vas a ir. —Me sentí fatal por arrojar a Simon y a Liam a los leones. ¿Dónde estaba Desmond y por qué no estaba ocupándose de esto?

—Estoy segura. Estoy bien. Solo necesito irme a casa.

Suspiré.

—Está bien, te pediré un Uber.

—Gracias —dijo, mirándome con los ojos marrones manchados de rímel. Como un panda bebé. ¿Qué narices le habían hecho?

—Me suenas mucho —añadió en ese momento—. ¿Tienes una hija en Windwood?

Se me paró el corazón. Mierda.

—¿Cómo te llamas, cielo?

Me lo dijo.

—¿Dónde vives?

—Brentwood.

—Voy a entrar un segundo. Quédate aquí. No te muevas. ¿Vale?

Cuando volví a la habitación, Hayes estaba acostado en la cama, enviando mensajes como loco.

—¿Cómo está? —preguntó.

—Va a la misma escuela que Isabelle.

—Me cago en todo.

—Ya, no me digas. —Había localizado mi bolso y estaba buscando la cartera—. Le voy a dar dinero en efectivo para un taxi. No se puede ver reflejado en mi cuenta que pedí un Uber para llevar a una chica de dieciséis años de vuelta a Brentwood. ¿Cómo narices he acabado aquí? No firmé para esto. Esto no está bien, Hayes.

Soltó un profundo suspiro y dejó el móvil.

—He llamado a recepción. Van a pedirle a alguien que suba para asegurarse de que está bien, la van a meter en un coche de cortesía y la van a llevar a casa.

Me giré para mirarlo.

—¿En serio has hecho eso?

—En serio he hecho eso.

—Gracias.

Asintió.

—De nada. ¿Vuelves a la cama ya?

Por la mañana las cosas no fueron nada bien. Me dolía la cabeza, me dolía el cuerpo, ya no tenía veinticuatro años. Dios, ni siquiera tenía treinta y cinco años.

Nos duchamos, pedimos al servicio de habitaciones y luego volvimos a la cama. Ambos éramos conscientes de que se nos estaba acabando el tiempo. Que se iba. Que las cosas no iban a ser iguales. Me estaba empezando a hacer una idea de cómo era posible que fuera la vida de gira para él. Y no me gustó.

—Siento lo de anoche —dijo. Su voz era ronca, tenía los ojos rojos, pero para mí seguía siendo hermoso.

—Era joven.

—Lo sé. Lo siento.

—Quiero creer que si hubiera sido Isabelle, la habrías ayudado. No la habrías dejado ahí en el pasillo llorando a las cuatro de la mañana.

Hayes suspiró.

—Obviamente, habría ayudado a Isabelle porque *conozco* a Isabelle. Pero son muchísimas, Solène. Son muchísimas. Y no puedo conocerlas a todas.

»Ven aquí —dijo. Me atrajo hacia él y me metió en el recodo de su brazo—. Te voy a contar una historia, ¿vale? Pero no digas nada hasta que haya terminado.

—Vale...

—Hace dos años estábamos en Tokio, en la gira *Deslumbrante sonrisa*. Nos alojábamos en el hotel Palace, en el piso veinte más o menos. Unas vistas increíbles. Y después del concierto, una chica se volvió al hotel conmigo. No era muy joven. Unos veintitrés o así. Cuando terminamos, le dije de la manera más educada posible: «Ha estado genial, pero mañana tengo que despertarme muy temprano y sería mejor que no pasaras la noche aquí». Y me miró como si no entendiera lo que le estaba diciendo. A ver, es posible que *no* entendiera lo que le estaba diciendo, porque hablo como cinco palabras en japonés: *hola, por favor, buena suerte* y *gracias por el pescado*.

Lo miré estupefacta.

—Aunque no dije eso. Te lo prometo. Pero esas *son* las únicas cinco palabras que me sé. En fin, insiste en quedarse y le digo que no y, entonces, se levanta de la cama y camina hacia el otro lado de la habitación, y pienso que va a recoger su ropa, pero abre la puerta del balcón y sale, totalmente desnuda, se las apaña para subirse a la puta barandilla y amenaza con tirarse. Y está sentada encima, de cara a mí, pero reclinada hacia atrás y llorando de forma histérica, como si no estuviera jugando ni bromeando, estaba llorando a gritos, y lo único en lo que podía pensar era: «HostiaputaHostiaputaHostiaputaHostiaputa». Y no podía gritar para pedir ayuda porque pensé que eso la sacaría de quicio, no podía llamar ni escribirle a nadie porque mi móvil estaba en la habitación y no podía dejarla, y lo único que pude hacer fue suplicarle que bajara, y fueron los siete minutos más largos y horribles de mi vida. Y luego, por fin, por fin, la bajé de la barandilla y la volví a meter en la habitación y en la cama, y después la abracé hasta que dejó de llorar y se quedó dormida, lo que costó como dos horas, y en ese momento le escribí a Desmond y vino y la sacó de allí.

Durante unos segundos me quedé sin palabras. Y, entonces, me vino un pensamiento aleatorio a la mente.

—Siete minutos.

Asintió, despacio.

—Siete minutos, sí.

—¿La gente sabe de qué va?

—Nadie sabe de qué va. Bueno, tal vez Desmond...

—Oh, Hayes, lo siento.

—Ya, bueno... Me enseñó a ser un poco más selectivo a la hora de a quién me llevo a la habitación de los hoteles.

Me quedé callada un momento, respetuosa.

—Pensaba que iba de enamorarse.

Sacudió la cabeza.

—Va de caerse.

El martes, los chicos partieron hacia Bogotá. Y yo volví al trabajo.

Sudamérica

El viernes por la mañana, de camino a Marchand Raphel, Hayes llamó desde Colombia.

—Esto es una locura, Sol. Nunca habíamos tenido tanta seguridad. Son unos doscientos y están armados. En plan, especialistas militares. Nos siguen a todas partes.

—¿De qué os están protegiendo? ¿De chicas de catorce años que intentan besaros?

—Sí. —Se rio—. Exacto.

—En serio.

—Secuestradores. Al parecer es un problema.

—Cuídate, ¿vale?

—Cuídate *tú*. Yo tengo guardias armados que me siguen hasta al baño. Creo que estoy bien.

En ese momento, sonó el teléfono. La galería. Le dije a Hayes que llamaría después y cambié a una Lulit que sonaba agotada.

—¿Estás de camino?

—Sí, Cecilia Chen viene a las diez.

Cecilia era una fotógrafa establecida y directora de películas artísticas. Nacida en el Caribe, criada en Nueva York, había pasado los últimos veinte años en París acumulando un portfolio con trabajos excepcionales, y ahora buscaba mudarse a Los Ángeles. Venía recomendada por una de nuestras artistas actuales, Pilar Anchorena. Cecilia también resultaba ser negra, asiática y mujer, el santo triunvirato de Marchand Raphel. Lulit y yo estábamos deseando reunirnos con ella.

—Se ha cancelado —dijo Lulit—, pero... date prisa.

—¿Qué ocurre? ¿Ha pasado algo?

—No ha pasado nada. Esperándote nada más.

Pero no había sido sincera. Había dos coches patrulla delante de la galería cuando me acerqué, y se me erizaron los pelos de la nuca al instante. Tres agentes se habían congregado delante de nuestro edificio, hablando, dando vueltas, uno escribiendo en un cuaderno, un cuarto sentado en uno de los coches. Sí que había pasado algo.

Aparqué en mi sitio, detrás de la galería, y entré por la puerta trasera.

Lulit, Matt y Josephine estaban todos de pie en la cocina con unos rostros solemnes.

—¿Qué ha pasado? ¿Nos han robado?

Me miraron. Divertidos. Pero no decían nada. Matt le dio un sorbo a su expreso.

—*¿Qué ha pasado?*

—Ha habido un incidente —respondió Josephine—. No es gran cosa. Solo son grafitis.

—Entonces, ¿por qué está la policía aquí?

Lulit se tomó un momento para responder.

—Se lo están tomando muy en serio.

—¿El qué se están tomando muy en serio?

Sin hablar, me tomó de la mano y me acompañó a través de la galería hasta la entrada principal, y cruzamos la puerta. Allí, en la parte inferior de la pared de ladrillos blancos que no había visto con los coches de policía, estaban pintadas con aerosol en letras grandes y negras las palabras MUERE PUTA.

—Madre mía. Madremíamadremíamadremía. ¿Es para mí? ¿Se trata de mí? ¿Es por mi culpa? —La cabeza me daba vueltas y no sentía las piernas—. Creo que voy a vomitar.

—Vamos dentro —dijo Lulit mientras me tomaba del brazo.

—Voy a vomitar.

—No vas a vomitar. Vas a estar bien.

Había empezado a temblar.

—Putas fans. Putas fans locas.

—No pasa nada… Vamos a traerte un vaso de agua. Jo, ¿puedes traerle un poco de agua? Querrán hacerte algunas preguntas, pero no pasa nada.

—Sí que pasa.

—No va a pasar nada. Le han hecho fotos. Han buscado huellas. Van a comprobar las imágenes de la cámara. Lo más probable es que solo sean un par de chicas adolescentes. No va a pasar nada.

—Sí que pasa, Lulit.

—Mírame. Mírame. No pasa nada.

Me llevó de vuelta a nuestro despacho y me sentó, y no pude evitar que el agua se saliera del vaso de tanto que estaba temblando.

—¿Quién ha llamado a la policía?

—Josephine. Les contó lo que estaba pasando, las llamadas telefónicas, las amenazas. Vinieron de inmediato.

Josephine estaba nerviosa.

—Sé que dijiste que fuéramos discretos, sé que dijiste «sin comentarios», pero pensé que esto era algo muy serio. Lo siento.

—No. Has hecho lo correcto. —Mi mente iba a toda velocidad—. ¿Lo van a pintar? ¿Podemos pintarlo? ¿Podemos deshacernos de él antes de que se entere la prensa? Dios, no puedo creer que esté diciendo esto.

»Esas putas… *zorras* —dije. Y luego empecé a reírme. Todos lo hicimos—. No es gracioso. Me siento como si estuviera en el instituto. Salvo que ni siquiera llegué a salir con el chico guapo del instituto. ¿No puedo disfrutarlo y ya está? No es justo.

—Yo digo que encontremos a esas zorras —contestó Matt—, y les demos una paliza. ¿Quién se apunta? Tenemos cúteres en la parte de atrás.

Si alguna vez había dudado de mi equipo, esa mañana los aprecié de nuevo. La manera en la que levantaron el ánimo por mí. Estaban muy tranquilos y serenos, y pasaron el resto del día como si no nos hubiera puesto en peligro a todos.

—Gracias —le dije a Lulit esa misma tarde en el despacho.

—¿Por qué?

—Por no decir «te lo dije».

Se rio.

—Oye, ni siquiera a mí se me habría ocurrido esto. Simplemente te dije que usaras condón.

—Mmm. —Sonreí—. Lo hiciste.

Lulit me miró a los ojos durante un minuto y luego frunció el ceño y sacudió la cabeza.

—En fin. Es *tu* vagina.

Isabelle se quedaba a dormir en casa de Rose. La amistad de las chicas llevaba tensa desde noviembre, y sabía que era por culpa de mi romance con Hayes. La idea de que las relaciones de mi hija se estuvieran deshaciendo porque había encontrado el amor me parecía una broma cruel e inoportuna. Y otro recordatorio más de que no éramos «solo nosotros. A la mierda todo lo demás». Esa noche, Rose las había invitado a Georgia y a ella a ver *Viernes 13*, e Isabelle estaba encantada de volver a ser de su agrado. La dejé en Westwood y volví sola a casa, todavía un poco nerviosa por el incidente de esa mañana.

Apenas había entrado y estaba revisando el correo cuando encontré el paquete: un sobre grande de papel manila acolchado, sin remitente, con matasellos de Texas. Hasta donde yo sabía, no conocía a nadie en Texas. Pero eso no me impidió abrirlo y meter la mano. En el momento en que lo toqué, retrocedí, horrorizada. Supe, sin mirar, qué era con precisión. Y por segunda vez ese día estaba temblando, sudando y sintiéndome mal a nivel físico. Porque en el paquete había un consolador enorme. Había una nota que lo acompañaba. QUE TE DEN, decía, Y DEJA A NUESTRO CHICO EN PAZ.

Me habían encontrado. De alguna manera. Me habían rastreado y habían descubierto dónde vivía y me habían profanado de tal manera que era como si estuvieran en mi casa. Escuchaba jadeos mientras me apresuraba a encender la alarma y todas las luces, y tardé un momento en darme cuenta de que los jadeos eran míos. Todas las puertas de vidrio que daban a nuestras preciadas vistas estaban negras y eran fatídicas, e incluso cuando encendí las luces del patio no podía estar segura de que no hubiera alguien acechando. Y me parecía una tontería estar tan nerviosa por quienes estaba segura que eran chicas adolescentes, pero no podía racionalizarlo para alejarlo. El miedo.

Intenté llamarlo. Una y otra vez. Pero, como era lógico, no respondió. Estaba en el escenario de Colombia, ahogado por los gritos de treinta y cinco mil chicas. ¿Cómo iba a esperar que atendiera el teléfono?

Sentí el impulso de llamar a Daniel, pero me acordé de que llevaba desde el principio en contra de esto. Y la idea de que dejaría a su esposa embarazada de veintisiete semanas un viernes por la noche para venir a ver cómo estaba, cuando Isabelle ni siquiera estaba aquí, era absurda.

Y, en ese momento, me di cuenta de lo sola que estaba.

Llamé a mi madre y lloré. Y me escuchó quejarme de lo asustada y desgarrada que estaba a la vez que eufórica por haber encontrado a alguien que se había tomado el tiempo de conocerme a mí y todas las pequeñas cosas que me hacían tan feliz. Y cómo no quería dejarlo ir. Y por primera vez desde que tengo uso de razón, me pareció que no me estaba juzgando.

—C'est ça, l'amour, Solène. Ce n'est pas toujours parfait. Ni jamais exactement comme tu le souhaites. Mais, quand ça te tombe dessus, ça ne se controle pas.

El amor, dijo, no siempre era perfecto, y tampoco como te esperabas que fuera. Pero una vez que descendía sobre ti, era imposible controlarlo.

Hayes llamó en mitad de la noche. El concierto había ido bien, dijo, pero mis numerosos mensajes lo habían alarmado.

—¿Qué ha pasado? —Su voz era ronca. Eran casi las dos en su zona horaria. Por la mañana volaban hacia Perú.

Se lo conté todo.

—Oh, Sol —dijo cuando terminé de contarle la magnitud que había alcanzado la demencia del día—. Lo siento mucho.

—Es acoso, Hayes. Me están acosando sexualmente… Y sé que lo más probable es que sean chicas jóvenes inofensivas, pero no lo parece. Parece amenazador. Parece real.

Se quedó en silencio un momento y luego preguntó:

—¿Qué tipo de seguridad tienes allí en casa?

—Tengo un sistema de alarmas.

—¿Tienes cámaras?

Eso me resultó extremo.

—No.

—Necesitas cámaras.

—Hayes, esto es una locura. Son *chicas*. No necesito cámaras.

—Necesitas cámaras. Yo te las pago. Le diré a Rana que te llame mañana y ella se encargará de todo.

—Hayes…

—Deberías tener cámaras, Solène. ¿Por qué tu exmarido no puso cámaras? Sois una mujer preciosa y una niña de trece años que viven solas en las colinas. Deberías tener cámaras.

—Te quiero —dije.

—Yo también te quiero. Duerme un poco. Te llamo cuando lleguemos a Lima.

<hr />

Por la mañana, cuando recogí a Isabelle de la casa de Rose, no estaba tan alegre como siempre. Me esperaba historias de películas de terror y de charlas nocturnas de chicas, pero durante el camino a casa, se mostró solemne. Cada vez era más habitual.

—¿Qué pasa? —pregunté. Estábamos girando hacia el oeste por Sunset y nos acercábamos a la Interestatal 405. Isabelle estaba mirando por la ventanilla del copiloto, con el rostro inexpresivo.

Durante un rato no habló y luego, sin desviar su atención, dijo:

—No me gusta que la gente hable de ti.

—¿La gente habla de mí?

Asintió, en silencio.

—¿Tus *amigas* hablan de mí?

No respondió.

—No me molesta que la gente hable de mí, Izz. La gente habla. Eso es lo que hacen. Y vivimos en un mundo, una ciudad, obsesionada con la fama... y la gente habla. Y mucho de lo que dicen no es verdad. Así que lo ignoramos, ¿vale? No me importa lo que digan, porque sé quién soy. *Tú* sabes quién soy. Y no les permitimos que definan quiénes somos por nosotras.

La pesqué por el rabillo del ojo secándose una lágrima que le había caído en la mejilla, con la mirada todavía fija en la ventana.

—Oye. —Estiré la mano hacia ella y entrelacé nuestros dedos—. Estoy bien. Estamos bien. Vamos a estar bien.

Si lo decía lo suficiente, igual me lo acabaría creyendo de verdad.

Pasó la tarde leyendo en su habitación. Y las pocas veces que la visité parecía tan melancólica que me dolió el corazón. Pero no la presioné, porque hablar de ello solo parecía molestarla más. Así que la dejé sola.

Y, luego, fui en contra del consejo de Hayes y de todas las reglas que había establecido para mi hija y para mí, me metí en Internet y busqué mi nombre. Porque quería saberlo. A lo que me estaba enfrentando, lo que estaban diciendo, lo que los demás estaban consumiendo sin mi conocimiento. Quería saber lo peor.

Había mucho que mirar. Cotilleos de la prensa rosa, innumerables publicaciones en blogs y especulaciones. Cómo nos habíamos conocido, cuánto tiempo llevábamos juntos, cómo de serio era, cuántos años de diferencia había entre nosotros. *Daily Mail,*

Perez Hilton y TMZ. Cuentas falsas de Twitter e Instagram con variaciones de mi nombre escupiendo mentiras e inmundicias. Páginas web gestionadas por fans y perfiles de Tumblr con memes crueles. El que se quedó conmigo más tiempo fue «Solène Marchand: Marchando verga». Y fotos. Mucho más allá de la excursión en barco en Anguila y las fotos de nosotros saliendo del Edison Ballroom, nos habían descubierto más de diez veces. Fuera del hotel Ace, del SLS, del aeropuerto de Los Ángeles, del Bestia, de Whole Foods, del Nobu, lugares en los que ni siquiera recordaba haber visto fotógrafos. Y llevaba meses sucediendo. Ahí estaba yo: subiendo al barco en Saint-Tropez, saliendo del Chateau Marmont con él en mi coche, saliendo del London, en la cola de taxis frente al Grand Palais, esperando junto al aparcacoches en Miami, volviendo de correr en Central Park. Todos esos momentos en los que asumí que seguía siendo anónima, invisible, capturados.

Y bastaba decir que las cosas que decían (sobre todo las fans) no eran amables. Mordaces, cáusticas, insultantes, ofensivas. Sexistas, discriminatorias en contra de las personas mayores, horribles. Tuve que preguntarme cuáles de estas cosas le repetían las amigas de Isabelle. Y cuánto tiempo sería capaz de intentar ignorarlo. Porque, deduje, solo podía interiorizarlo durante un tiempo antes de que la destruyera.

Y, en ese momento, me di cuenta de que parte del problema con la política de Hayes de «no hacer comentarios sobre su vida personal» era que no iba a defender mi virtud. Tenía el lujo de vivir en su capullo porque el *fandom* siempre lo protegería. Lo veneraban. Lo adoraban. Era imposible saber lo que harían por él. Y en los casos más extremos, temía lo que eso significaba para mí y mi familia.

Volé a Buenos Aires el domingo siguiente para reunirme con la banda. En mi ausencia, habían actuado en Perú, Chile y Paraguay, con desvíos turísticos a Machu Picchu y la región de Los Lagos de Chile. Hayes se había mostrado entusiasmado al principio, pero su emoción había empezado a decaer.

—Es un poco asfixiante —había dicho por teléfono el sábado por la noche desde Paraguay—. Nos ha sido casi imposible salir porque había una barbaridad de gente. Vamos directamente del aeropuerto al hotel y del hotel al lugar del concierto y luego de vuelta, y todas las cosas que tenía la esperanza de ver no las estoy viendo. En Santiago hubo alrededor de setecientos fans fuera del hotel y se negaron a dispersarse. La otra noche cantaron nuestros tres álbumes de principio a fin. Con acento chileno. Fue bastante encantador. Pero muy escandaloso. Y no pude dormir.

—*Métro, boulot, dodo* —dije.

—¿Qué es eso?

—Es un dicho francés. Te levantas, vas a trabajar, te vas a casa, te vas a dormir. Es lo que hace el resto del mundo. No es para lo que firmaste, ¿eh?

Se rio.

—Supongo que no, no.

Cuando llegué al Four Seasons de Buenos Aires, eran casi las once y media de la mañana del lunes y los chicos ya se habían marchado para la prueba de sonido. Mejor así, porque saboreé la oportunidad de darme una ducha muy necesaria, meterme en nuestra cama y dormir.

Me desperté unas horas más tarde con el cuerpo de Hayes deslizándose contra el mío, rodeándome la cintura con el brazo y atrayéndome hacia su calidez. Como estar en un útero. Su aliento era suave contra mi nuca.

—Has vuelto junto a mí. —Sus labios zumbaron en mi oído.

—Pues claro. Liam.

Se rio.

—Espera. ¿De quién es esta habitación?

—Del señor Marchand.

—Mierda. Puede que me haya equivocado de habitación.

Sonrió y me giré para mirarlo.

—Holaaaa.

—Hola.

—¿Quieres venirte esta noche conmigo a un concierto de August Moon?

—Depende... —respondí.

—¿*Depende*?

—¿Tengo buenos asientos?

Me estaba trazando el pómulo con el dedo.

—Puedes sentarte en mi cara.

—Vale. En ese caso iré.

El estadio José Amalfitani, situado en el barrio de Liniers de Buenos Aires, era un estadio enorme con capacidad para unas cincuenta mil personas. August Moon había logrado agotar las entradas dos noches seguidas. Llegamos unas horas antes del concierto y ya había miles de chicas haciendo cola en la gran calle que conducía a la estructura. Nunca había visto más fans congregadas en un solo lugar. La banda y su séquito viajaban en caravana: nueve furgonetas intercaladas con policías en motos. La cabalgata se abría paso entre una multitud de chicas que gritaban. Barreras que contenían la aglomeración que había cerca del hotel y del estadio. A esto se refería Desmond cuando decía que Perú era una locura. Este nivel inimaginable de idolatría y pandemonio. Era difícil asimilarlo. Estaba en la furgoneta, sosteniendo la mano de Hayes y observando cómo se desataba la locura a ambos lados, preguntándome qué se le estaría pasando por la cabeza. ¿Cómo era posible siquiera empezar a procesar algo así? ¿Cómo?

En ese momento, se inclinó hacia mí, sintiendo mi ansiedad.

—Te acostumbrarás a ello, Sol.

Lo dijo de manera muy tranquilizadora, pero yo sabía que nunca podría acostumbrarme a esto.

En el interior, debajo del estadio, había un laberinto de túneles sinuosos. Habitaciones utilitarias y pasillos húmedos que se alargaban más y más. Los chicos estaban instalados en una serie de camerinos grandes: vestuario, peluquería y maquillaje, *catering*, un espacio para su banda. Vi cómo se preparaban, se vestían, se animaban los unos a los otros y se divertían con sus estilistas y asesores, y me pareció que volvían a ser jóvenes, frenéticos, como unos chicos de instituto antes de un partido importante.

En los minutos finales antes de que salieran, cuando los chicos estaban formando una fila y la multitud hacía tanto ruido que parecía que el techo temblaba, Hayes me llevó aparte y me entregó una caja.

—Ábrela antes de que subamos al escenario —dijo. Estaba jugueteando con la petaca que tenía en la parte trasera de los vaqueros y el cinturón que lo acompañaba.

—¿Me has comprado un regalo?

—Es algo que prometí que te daría… hace mucho tiempo. —Se inclinó y me besó antes de retroceder por el largo pasillo con el equipo de seguridad flanqueándole los costados—. Te quiero. Disfruta del concierto.

Observé cómo seguía a sus compañeros de banda por la curva hasta que dejé de verlo, y fue absorbido por las paredes reverberantes y los cánticos de cincuenta mil chicas. Y solo entonces abrí la caja. Dentro había un par de auriculares con reducción de ruido y una nota:

Te dije que habría una próxima vez.

Y así fue como pasé a ser una de las muchas mujeres que había esa noche en Buenos Aires llorando por Hayes Campbell.

A la mañana siguiente, luché contra el desfase horario para ir al gimnasio del hotel y, en el camino de regreso a la habitación, me encontré sola en un ascensor con Oliver. Incluso antes de que se cerraran las puertas, sentí la tensión.

—¿Qué tal ha ido el entrenamiento? —preguntó. Al igual que Hayes, tenía la voz ronca después de un concierto.

—Bien, gracias.

—Me alegro. —Se colocó delante de mí, en el lado opuesto del ascensor. Con los largos brazos cruzados sobre el pecho y los ojos penetrantes—. Tienes buen aspecto.

—¿De verdad? —Me reí—. ¿Mojada y sudada?

—Mojada y sudada. —Sonrió—. ¿Así es como le gustas?

Me puse rígida. Y, luego, recordé que estábamos en un ascensor y que había cámaras, y no iba a tocarme. Aquí.

—Creía que no debías hablar conmigo —comenté.

—Creo que se levantó la prohibición.

—¿La levantaste tú mismo?

Se encogió de hombros.

—¿Por qué insistes en joderme, Oliver?

—Porque puedo. —Esbozó una sonrisa astuta—. Porque me dejas. Los chicos intentarán salirse con la suya tanto como crean que pueden salirse con la suya. Incluso si eso significa joder a sus amigos. Pregúntale a tu novio. Él redactó el manual.

Y, en ese momento, lo supe. Sabía lo de Hayes y Penelope. Simplemente estaba esperando el momento.

Las puertas se estaban abriendo en el séptimo piso. Uno de los miembros de seguridad de la banda estaba haciendo guardia. Omnipresente.

—Me parece tierno que seas bastante leal. Obtienes puntos por eso —dijo Oliver mientras salía. Y luego, justo antes de que se cerraran las puertas, se volvió hacia mí—. Porque la mayoría del resto… no lo fueron.

No se lo mencioné a Hayes de inmediato. En parte porque estaba siendo egoísta y quería que disfrutáramos de la compañía del otro sin que nada oscuro o subversivo se cerniera sobre nosotros. Y en parte porque no quería hacerle daño. Vivían en un espacio muy reducido y tocaban juntos todas las noches. La naturaleza misma de su éxito hacía imperativo que se llevaran bien. Pero al mismo tiempo, no quería que atacara a Hayes por la espalda. Y me acordé de lo que dijo en Anguila. Que, si tuviera la oportunidad, pensaba que Oliver le haría daño. Y sabiendo eso, no podía posponerlo mucho tiempo.

El miércoles volamos en un avión privado a Uruguay. Hayes y yo nos sentamos en la parte trasera junto con Simon y Liam, y cuando se excusó para ir al baño, aproveché para regañarlos.

—¿Nos hemos metido en problemas? —Simon sonrió cuando les dije que quería sacar a relucir algo serio.

—Puede ser. —Bajé la voz y me incliné hacia delante sobre la mesa—. ¿Os acordáis de la chica del hotel SLS la noche de los Grammy? ¿La que dejasteis en el pasillo? No sé lo que pasó. No sé si *quiero* saber lo que pasó. No os estoy acusando de nada. Solo os digo que tenía dieciséis años y que en California eso es ilegal y tenéis que ser conscientes de ello.

Simon se puso serio.

—Tenía dieciocho años. Dijo que tenía dieciocho.

—Mintió.

—¿Qué chica? —Liam parecía confundido.

—La chica del vestido rojo —respondió Simon.

—¿La chica de la Universidad de California?

—Dijo que iba a la Universidad de California.

—Mintió —repetí.

—Tenía esa cosa de la Universidad de California. Un carné de estudiante...

—Y un llavero —añadió Liam.

Los miré a ambos.

—Mintió.

—Joder. —Simon se estaba tirando del pelo.

Estuve mucho tiempo sin decir nada mientras observaba cómo se retorcían los dos.

Al rato, Simon habló.

—¿Por qué me estás mirando así?

—¿Así cómo?

—Como una madre decepcionada.

—Porque *soy* una madre decepcionada. Te confié a mi hija…

—No toqué a tu hija…

—Sé que no lo hiciste. Pero hay que tener más cuidado. Os dais cuenta de que, como sus padres se enteren o se lo cuente a la persona equivocada, se acabó, ¿verdad? Esto, todo esto, se acabará y acabaréis en la cárcel. ¿Os dais cuenta de eso?

Simon asintió, sombrío. Liam no respondió. Se quedó ahí sentado, mordiéndose los gruesos labios y retorciéndose el pelo con nerviosismo. Parecía un niño pequeño. Y aun así…

—¿Liam? ¿Entiendes lo que estoy diciendo?

—Sí.

—Que no vuelva a ocurrir.

—Tengo que contarte algo. Y te va a molestar un poco, pero creo que necesitas escucharlo.

Era media tarde y la banda había vuelto a nuestro hotel en Montevideo después de haber grabado un programa de entrevistas en la ciudad. Las fans de fuera eran tan escandalosas que las escuchaba cantar desde nuestra *suite* en el cuarto piso. «Sin ropa», del álbum *Pequeños deseos*. La letra era retorcida, estimulante.

—¿Vas a cortar conmigo? —preguntó Hayes. Estaba acostado en la cama, descansando. Según había dicho, le dolía la cabeza.

En ese momento llevaban nueve fechas de la gira. Quedaban sesenta y seis.

—Si fuera a hacerlo, ¿crees que empezaría así?

Esbozó una leve sonrisa y su mano buscó la mía.

—No estoy seguro. A veces no sé leerte. ¿Qué es? —preguntó—. ¿Qué es lo que quieres decir?

—Oliver…

—Puto Oliver… ¿Qué ha hecho ahora?

—Me está jodiendo, Hayes. Te está jodiendo *a ti*, por una razón. Creo que lo sabe.

—¿Que sabe qué?

—Creo que sabe lo tuyo con su hermana.

Entonces, se apoyó sobre los codos y sus ojos buscaron los míos.

—No me jodas que dijiste algo.

—No.

—¿Dijiste algo, Solène?

—No. Nunca te haría eso. Pero le pasa algo y no pienso ser su peón, Hayes. No pienso dejar que juegue conmigo para llegar a ti. Es *tu* problema.

—Joder.

—Lo siento. Pensé que deberías saberlo.

❧❦❧

El viernes por la tarde estábamos en Brasil. Hayes y yo estábamos en nuestra *suite* del hotel Fasano en São Paulo, preparándonos para la cena, cuando Isabelle me llamó por FaceTime.

—¿Te estás divirtiendo mucho? ¿Es increíble?

—Es un poco locura —respondí—. Hay fans en todas partes. Aquí los quieren mucho, mucho, mucho.

—¿Más de lo que los quieren en Estados Unidos?

—No lo sé. No tengo nada con qué compararlo. Hayes —lo llamé al baño—, ¿os quieren más aquí que en Estados Unidos?

—Puede ser —respondió—. Creo que aquí son más apasionadas. Aunque, por otra parte, no entiendo lo que dicen. ¿Con quién estás hablando?

—Isabelle.

—Holaaaa, Isabelle. —Salió del baño en calzoncillos Calvin negros. Y nada más.

Sacudí la cabeza y le hice señas para que volviera a entrar.

—FaceTime —articulé.

—Adióóóós, Isabelle.

—Te echo de menos, peque. Te echo muchísimo de menos.

—Yo también te echo mucho de menos —dijo.

—¿Cómo está papá?

—Está bien. Está aquí. ¿Quieres hablar con él?

—No. ¿Quiere hablar conmigo?

—Lo dudo.

—Vale. —Me reí—. Te quiero. Hablamos mañana, ¿de acuerdo?

—Yo también te quiero. Espero que te lo estés pasando bien. *Bisous*.

Fue la manera en la que lo dijo. No pude evitar sentirme culpable.

—*Bisous*.

Regresé al baño, donde vi a Hayes secarse el cabello, cepillarse los dientes y hacer todas las pequeñas cosas de Hayes que había llegado a conocer tan bien.

—¿Qué? —preguntó después de que pasaran varios minutos—. ¿Por qué tienes esa cara?

—¿Qué estoy haciendo aquí?

Se secó la cara y colocó la toalla en el borde del lavabo antes de girarse hacia mí.

—Me estás haciendo compañía. Ven aquí.

Caminé hacia sus brazos.

—¿Echas de menos a tu hija?

—Echo de menos mi vida.

No dijo nada. Enterró el rostro en la parte superior de mi cabeza y me besó. Pero no dijo nada.

Esa noche cenamos en uno de los restaurantes del hotel junto con Rory, Simon, Raj y Andrew, el nuevo encargado de la gira del grupo, un británico alto y llamativo de treinta y tantos, piel suave y oscura y pómulos penetrantes.

—Dios, ¿dónde encontráis a esta gente? —le pregunté a Hayes cuando lo conocí.

Hayes se había reído.

—Beverly, nuestra encargada de vestuario, lo llama Idris.

—¿En su cara?

—No, en su cara no. Pero se ha popularizado y ahora todas las mujeres de la gira se refieren a él como Idris.

Luego, cuando ya llevábamos al menos dos caipiriñas, los chicos decidieron que querían ir a una discoteca que había en el barrio de Itaim Bibi. Con una población de once millones de habitantes, São Paulo era enorme y la única ciudad que recuerdo haber visitado en la que la silueta de los edificios parecía extenderse a lo largo de todo el horizonte. No pretendía saber dónde estábamos ni adónde íbamos. Me resistí al principio, ya que me lo tomé como una expedición de pesca para Rory y Simon, quienes ya llevaban al menos dos países hablando de las modelos brasileñas. Pero cuando Petra, la peluquera y maquilladora del grupo, quiso venir con nosotros, acepté.

Y, una vez más, tuvo lugar la coordinación de la seguridad y la programación de una caravana, y de repente entendí cómo debía ser cada vez que Obama decidía ir por una hamburguesa.

Luces fucsias, música *house* y gente guapa y adinerada reinaban en el club Provocateur, donde la multitud se separó como el mar Rojo y nos escoltaban hasta una zona apartada y el alcohol fluía como el agua. Raj pidió tres botellas de Cristal al momento y los camareros nos las trajeron con bengalas, como si necesitáramos más atención. No tardó en acercarse a nuestra zona un grupo de jóvenes guapas y Rory y Simon estaban en su salsa, y yo era vieja y la madre de alguien y estaba a más de nueve mil kilómetros de casa.

—¿En qué piensas? —preguntó Hayes. Estábamos sentados en nuestro reservado, con su mano entre mis rodillas.

—Nada.

—Me estás mintiendo. Te conozco demasiado bien. Bailemos un rato y luego, si quieres, nos vamos.

—Acabamos de llegar.

—Quiero que estés feliz —dijo.

—Lo estoy.

—¿Segura?

—Segura.

Así pues, bailamos. Y bebimos. Y no nos fuimos hasta casi las tres. Rory y Simon con dos chicas cada uno. Y no estaba segura de si eran celestinas o qué, pero, sin duda, parecían comprometidas. Hubo algunas maquinaciones de alto nivel cuando nos escabullimos por la entrada trasera para subirnos a nuestro vehículo, y las chicas se fueron por separado y tomaron un taxi hasta el hotel, donde Trevor se reunió con ellas en el vestíbulo, y todo me pareció tan sórdido y ensayado que me pregunté a quién pensaban que estaban engañando.

—Siento impedirte tener dos chicas esta noche.

Hayes se rio.

—¿Eso es lo que estás haciendo?

Estábamos de vuelta en nuestra *suite*, en el piso dieciséis. Hayes estaba sentado en el sofá de cuero estilo Knoll y yo estaba de pie sobre él, con las manos a cada lado de sus hombros y la rodilla entre sus piernas.

—Deberías estar ahí fuera pasándotelo bien.

—¿Crees que no me lo estoy pasando bien?

—Tienes veintiún años.

—Sé la edad que tengo. —Sus manos se movieron sobre la falda de mi vestido, se deslizaron debajo del dobladillo, subieron por la parte posterior de mis muslos. Estaba borracho. Ambos lo estábamos.

Lo besé. Sabía a ron, lima, azúcar y felicidad. Y quería guardarlo bajo llave y recordarlo para siempre.

Sus manos se desplazaron hasta mis hombros, y con poco esfuerzo me quitó los tirantes finos y me desabrochó la parte trasera del vestido para liberar mis pechos.

—¿Qué haría con cuatro tetas si solo tengo una boca?

Me reí. Ya tenía la lengua en mi pezón.

—Creo que se te ocurriría algo.

—Es probable. Pero no sería tan divertido sin ti.

Me quedé callada, escuchando mi propia respiración, oliéndole el pelo. Tenía una mano en mi pecho y la otra había vuelto debajo de mi falda, donde ascendió y me apartó el tanga con habilidad.

Sus ojos se encontraron con los míos.

—Mira, ahora mismo estaría aprendiéndome sus nombres e intentando no confundirlos. Ya sé cómo te llamas. Podemos saltarnos todas las formalidades.

Sonreí antes de desenredarme de él, arrodillarme y desabrocharle el cinturón. Me miró con los ojos vidriosos y una media sonrisa bailándole sobre los labios. Le desabotoné los pantalones y le bajé la cremallera, y su pene estaba tan incomprensiblemente duro que me pareció incluso más grande que todas las veces que nos habíamos acostado antes. Y entonces ya era grande. Había algo muy atractivo en la cabeza que asomaba por debajo de su ropa interior. Como un regalo.

—Joder, te quiero —dije mientras le metía la mano en los calzoncillos.

—Y mira, eso sonaría extraño viniendo de las dos chicas que no conocía. —Se rio.

—Me encanta esta verga.

—Lo sé.

—Voy a echar de menos esta verga.

—No va a irse a ninguna parte.

—Se irá a Australia cuando yo me vaya a Nueva York.

—Pero luego te esperaremos en Japón. Te lo prometo. ¿Estás llorando? Joder, no llores.

—No estoy llorando —aseguré. Pero lo estaba.

—No tienes permitido llorar con mi verga en la boca… Solène. —Me puso la mano en el pelo—. No está bueno. Me va a cortar el rollo.

Me reí al tiempo que me secaba los ojos.

—Lo siento. Vale. Al lío.

Se corrió rápido. Y me encontré apreciando el zumo de piña y menta que se había tomado en el almuerzo.

—Te quiero, joder —dijo después. Sus manos a ambos lados de mi cara, su boca sobre la mía—. Vas a venir a Japón, ¿verdad? ¿Lo prometes?

—Lo prometo.

—No vas a cambiar de opinión.

—No voy a cambiar de opinión. Te lo prometo.

Hayes se quitó los pantalones y me subió la falda antes de sentarme sobre su regazo. Su grosor se deslizó dentro de mí. No hacía falta tiempo de recuperación. Y a pesar de lo ebria que estaba, me alegré de tener los recursos para recordar todo lo que pasó esa noche. Porque sabía, en mi corazón, que no íbamos a durar. Y porque cada momento fue extraordinario.

No escuché cómo empezó la pelea.

El domingo por la tarde, estábamos en el *backstage*, en el estadio Morumbi, un estadio que albergaba nada menos que sesenta y cinco mil asistentes. Era la segunda noche que los chicos tocaban en São Paulo ante un público que había agotado todas las entradas. Ya habían pasado por peluquería, maquillaje y un *meet and greet*. Después de su calentamiento vocal, estaban pasando el rato en uno de los camerinos, esperando para salir. Liam estaba haciendo flexiones, Rory tocaba la guitarra y chupaba una piruleta, y Simon y Hayes charlaban sobre esto y aquello, alternando sus voces entre susurros y carcajadas fuertes. Oliver estaba de pie no muy lejos de ellos. Había estado leyendo hasta ese momento y acababa de soltar el libro. Cómo pasó de cero a sesenta a quince minutos de que empezara el concierto iba más allá de mi comprensión. Y, como siempre, se oía el zumbido: los pisotones y los chillidos de las fans, el bajo de la banda local que hacía de telonera, las vibraciones en las paredes.

Me las apañé para desconectar de todo mientras redactaba correos electrónicos de trabajo desde mi sitio en la esquina. Se había convertido en mi ritual: intentar dirigir un negocio en el *backstage*. Y entonces lo escuché, el cambio de tono.

—Sí, Hayes es muy bueno guardando secretos. ¿No es así, Hayes? —había dicho Oliver.

—¿A qué te refieres?

—Creo que sabes a lo que me refiero.

—¿Hay algo que quieras decirme? Dilo entonces —escupió Hayes.

Hubo una pausa mesurada y luego:

—Lo sabía, cabrón. Lo sabía.

Se me erizaron los pelos. Lo iban a hacer. Ahora.

—Fue hace mucho tiempo.

—Eso no es lo que escuché —dijo Oliver—. Escuché que fue hace poco, como el año pasado...

La habitación se quedó en silencio. Rory dejó de rasguear; Liam paró de moverse. Y me di cuenta de dos cosas: ninguno de los demás sabía lo que estaba pasando y yo sabía menos de lo que pensaba.

—¿Quién te ha dicho eso? —preguntó Hayes, lento, brusco.

—No te preocupes por eso, amigo. Solo sé que lo sé.

—¿Quién narices te ha dicho eso?

Oliver se volvió hacia él, directo.

—*Ella.*

—No.

—*Sí*. Dijo, y cito: «Sí, me lo tiré, no fue para tanto».

Hubo un segundo en el que vi cómo se estremecía mi novio. La levísima punzada en el rabillo del ojo izquierdo. No estaba segura de si los demás lo habían visto, pero para mí lo decía todo.

—Mentira.

—¿En serio? ¿Quieres llamarla? ¿Preguntarle?

—Que te den.

—¿Que me den? ¿Te acuestas con mi hermana y tienes el descaro de decir que me den? Que te den *a ti*, Hayes. Que te den a ti y a tu puta habilidad de salirte siempre con la tuya.

—Está bien, ya basta. —Simon se levantó y se interpuso entre ellos. Con los brazos extendidos, aprovechando al máximo su envergadura de remero—. Salimos al escenario en quince minutos. Relajaos, ya.

Pero veía que Hayes seguía dolido y sabía que eso no iba a pasar.

—¿En serio? —dijo con tono burlón—. ¿Fui *yo* el que se salió con la suya? ¿O tu *hermana*?

Oliver entrecerró los ojos. Y entonces, de manera inesperada, se echó a reír.

—Hayes Campbell. No juega bien con otros.

Se estaba dando la vuelta, con una sonrisa engreída en su rostro aristocrático, cuando Hayes habló. Lo dijo en voz baja, pero con la suficiente claridad como para que todos lo oyéramos:

—Al menos no como te *gustaría* que lo hiciera.

Hubo un momento de silencio mientras todos registrábamos lo que Hayes había dicho, y luego sucedió en un segundo. Y creo que ninguno de nosotros quedó más sorprendido que Oliver, el elegante. Se dio la vuelta y lanzó el brazo hacia atrás, y este sobrevoló el hombro de Simon y golpeó a Hayes en el centro de su perfecto rostro. No fue hábil ni bonito, pero tuvo el efecto deseado. Hubo un ruido seco y luego sangre… por todas partes.

—¡¡Joder!!

—¡¡¡Me cago en la puta!!! —Rory saltó al otro extremo de la habitación.

—¡Joder! ¡¡Joder!! ¡¡¡Joder!!!

—¡¡¡¡¡¡Raj!!!!!! —gritó Liam. Un poco como una niña, pensé.

—¡La madre que me parió!

—¿Qué demonios? —Simon empujó a Oliver en el pecho y este se cayó al suelo—. ¿Qué narices haces?

Y Hayes, en medio de todo, con ambas manos en la nariz, con los ojos muy abiertos y llenos de incredulidad, y la sangre goteándole por los antebrazos y la barbilla hasta caer en su camisa de Saint Laurent. Y sobre sus botas, sus botas favoritas.

—¿Me has pegado? Nenaza.

Me levanté de un salto, agarré una toalla de la pila que había junto a la mesa de Petra y me acerqué a él.

—Echa la cabeza hacia atrás.

—Duele un huevo.

—Lo sé, cariño. Lo siento. Ven a sentarte. Liam, ve a buscar a Raj o a Andrew y diles que necesitamos un médico. Rory, tráenos algo de hielo. ¡Ya!

Simon nos ayudó a acercarnos al sofá que había junto a la pared cercana y enrolló una toalla para que Hayes apoyara la cabeza. Cuando terminó, dio un paso atrás y me miró con una sonrisa irónica en su rostro cincelado.

—¿Qué?

—Eres como la madre sexi que nunca tuve.

—¿En serio? ¿No la «madre decepcionada»?

—Campbell. —Se inclinó sobre Hayes y levantó los pulgares—. Es como la fantasía de MILF y la fantasía de enfermera juntas.

—Simon...

—Además, choca esos cinco por Penelope.

—Simon, *vete*. Y cámbiate la camiseta. Tienes sangre en la camiseta.

—¿Cambiármela para qué? Tampoco es que podamos salir sin él. —Se dio la vuelta para mirar a Oliver, que se encontraba al otro lado de la habitación—. La has cagado, HK.

En ese momento, Andrew apareció en la puerta con Liam y tres miembros de seguridad.

—¿Qué demonios ha pasado?

Durante un segundo nadie habló. Oliver estaba de pie con los brazos cruzados y con aspecto de estar arrepentido. Simón negó con la cabeza. Hayes tenía los ojos cerrados.

—Al parecer, Hayes se ha tirado a su hermana —respondió Liam. Y no dijo nada más.

La mirada de Andrew era de incredulidad.

—¿Hoy?

—Joder —dijo Hayes.

—Creo que hace mucho tiempo —intervino Simon.

—¿Y habéis elegido pelearos por eso *hoy*? Hay *sesenta y cinco mil* chicas que han pagado mucho dinero, que están gritando vuestros nombres y que esperan que salgáis en quince minutos, ¿y esto ocurre *ahora*? ¿Estáis *locos*?

—No —contestó Hayes, con la voz amortiguada por la toalla—. No más de lo habitual.

⁂

August Moon salió sin Hayes. Oliver le había fracturado un hueso de la nariz, que se hinchó enseguida, lo que inutilizó la voz de Hayes con eficacia durante las siguientes horas. El concierto comenzó con casi cuarenta minutos de retraso, los chicos discutieron con su entrenador vocal para ver quién haría qué solos y qué armonías, si es que había alguna, podían reestructurarse en tan poco tiempo. Lo sacaron adelante. Entre las fans que cantaban todo en voz alta y que gritaban en los momentos en los que no estaban cantando, la ausencia de Hayes no fue un factor decisivo.

—Quizá son mejores siendo cuatro —comentó.

—No seas tonto. Te necesitan. No son lo mismo sin ti. Es tu creación, ¿recuerdas?

Ya estaba más entrada la tarde y estábamos de vuelta en el hotel, repitiendo los acontecimientos de la noche: las horas en el hospital, la historia acordada de que se había tropezado y caído durante un ensayo, la decisión de posponer el realinear algo hasta que viera a un especialista en Estados Unidos.

—¿No es un poco excesivo? —le pregunté en la sala de reconocimiento, cuando tuvimos un momento a solas, ya que Raj había salido para hacer otra llamada y Desmond y los otros dos guardias de seguridad estaban justo fuera de la puerta.

—Se lo están tomando muy en serio —dijo.

—¿Quiénes? ¿Vuestros representantes?

—Nuestros representantes y... —Hizo una pausa durante un segundo—. Lloyd's of London. Mi cara está asegurada.

No pude evitar reírme.

—Pues claro que lo está, Hayes Campbell. Pues claro.

No obstante, de vuelta en el hotel, con la cara hinchada y cambiando de color, se había vuelto melancólico.

—Puto Oliver... —murmuró por enésima vez.

—Te *acostaste* con su hermana, Hayes. ¿Qué te esperabas?

Gruñó a modo de respuesta. Estábamos tumbados en la cama, con la cabeza apoyada en una pila de almohadas y un guante de látex lleno de hielo cubriéndole el puente de la nariz. Tenía un aspecto ridículo y, aun así, para mí estaba encantador.

—¿Por qué se lo habrá contado? —pregunté.

—No lo sé. —Sacudió la cabeza—. Igual creyó que había pasado tanto tiempo que no le importaría. O tal vez estaba enfadada conmigo y era su forma de vengarse... No lo sé.

—Lo siento.

Me apretó la mano.

—¿Por qué no me contaste que seguía sucediendo?

—No *sigue* sucediendo.

—Te acostaste con ella el año pasado.

—Fue antes de ti. ¿Importa?

—Tal y como lo dijiste, parecía que hacía años que no pasaba...

Soltó un profundo suspiro.

—Fue una vez el año pasado, Solène. Una vez. Durante las vacaciones de Navidad. Fue incluso antes de conocerte. Y evidentemente, «no fue para tanto». No te guardo rencor por nada de lo que hiciste antes de mí, ¿verdad? Todas las vergas que chupaste en los noventa...

—No hubo muchas vergas...

—Lo que sea. Fue *antes* de mí. Me da igual. De la misma manera, no deberías preocuparte por Penelope. —Cerró los ojos y, por un momento, ninguno de los dos habló.

Me quedé allí escuchando el zumbido del aire acondicionado. Una sirena sonó a lo lejos con un tono desconocido, un recordatorio de que estaba en una ciudad extranjera, lejos de casa.

—¿Qué pasó entre vosotros, Hayes?

—Lo sabes todo, Solène. No hay nada más que contar.

—No con Penelope. Con Oliver.

Abrió los ojos y se esforzó por mirarme.

—Nada.

—No voy a juzgar.

Estuvo un buen rato en silencio y luego lo repitió.

—Nada.

Deseaba creerle.

—Vale. —Asentí—. Vale.

—Hace tiempo me preguntaste cuál era mi mayor secreto —dijo en voz baja—. Te lo conté. Cualquier otro... no me corresponde a mí contarlo.

⌁⌁⌁

Por la mañana volamos a Río. El rostro de Hayes era una inspiradora paleta de morados y azules. Y mientras que el resto de los chicos se escabullían para ver un par de lugares de interés, nosotros nos quedamos en el hotel, poniendo hielo.

El martes, la banda tocó ante una multitud de cuarenta mil personas en el Parque dos Atletas. Petra pudo cubrir el verde de debajo de los ojos de Hayes y el concierto transcurrió sin problemas. Sus fans y sus compañeros de banda, incluido Oliver, estaban felices de tenerlo de vuelta. En ese último momento antes de dirigirse hacia el escenario, se apiñaron como de costumbre y fui testigo de cómo Oliver le daba unas palmaditas en la espalda y le susurraba algo al oído. Hayes sonrió y le apretó el hombro a Ol, y para el mundo exterior parecían estar bien. Y por ahora, tal vez bastaba con eso. Esta fachada. Y quizás no llegaría a saber nunca lo que ocurrió. Quizás una parte de mí no quería.

El miércoles volé a Nueva York y los chicos se dispersaron por todos los rincones del mundo. Tenían cinco días enteros para ellos mismos antes de presentarse en Australia para la siguiente etapa de la gira.

Japón

Pensé que me alegraría bajar del avión sin trabas. Pensé que sentiría un nuevo respeto por la capacidad de ir y venir a mi antojo, sin ser reconocida, el anonimato que había dado por sentado. Pensé que sentiría una libertad estimulante. Pero no fue así. Y tal vez estaba saliendo de la euforia de la gira, pero todo me parecía sombrío, dicromático, insuperable... como un paisaje de Wyeth.

Era posible que fuera el viaje o la falta de sueño, pero Nueva York me parecía triste. Llegué al Armory Show el jueves por la mañana, después de un vuelo de diez horas y una ducha rápida en el hotel Crosby Street. Y nada estaba del todo bien. Matt y Josephine llegaron a principios de semana para ayudar a Anders con la instalación de nuestro *stand* en el muelle 94. Lulit llegó el día anterior. Íbamos a exponer a cinco de nuestros artistas. Nuestras ventas ya habían superado las expectativas, pero no conseguía concentrarme. No pude evitar sentirme como si estuviera caminando en mitad de la niebla, sin una parte esencial de mí. Y no paraba de pensar en él.

Me había despertado el día anterior en Río con los brazos de Hayes abrazándome con tanta fuerza que no podía respirar. Y supe que sentía, incluso en sueños, que estaba llegando a su fin, y no quería dejarme ir. Y creo que temía que irme de Brasil significara irme para siempre. Creo que ambos lo temíamos.

Me desenredé, lo besé, le acaricié la cara magullada y susurré mil veces que lo quería. Y que lo vería en Japón. Se lo prometí. Se lo prometí.

Y que me desarraigaran de eso y me transplantaran a Manhattan para vender arte un jueves me resultó desequilibrado. Por dentro, temía que algo se estuviera muriendo.

Esa noche regresé al hotel, a la *suite* de nuestro primer encuentro, me metí en la cama y me vino el recuerdo de todo. Cómo, por aquel entonces, seguía siendo un extraño para mí. Lo nerviosa que había estado. Cómo me tocó, me abrió y me regaló su reloj. «Gracias por darme el placer», había dicho. Como si fuera el único que había obtenido un beneficio. Como si le hubiera hecho un favor.

El viernes recibimos la noticia de que a Anya Pashkov le habían ofrecido una exposición individual en el Whitney. Lo celebré con el resto de nuestro equipo y salimos a tomarnos unos cócteles al final del día, pero estuve presente solo en cuerpo.

Fue en el taxi de regreso al Soho, cuando cruzamos Times Square, que se me paró el corazón. Allí, a varios pisos de altura, había un cartel con la nueva campaña de TAG Heuer. Hayes en blanco y negro. Ojos conmovedores, boca generosa, deslumbrante. Lo habían capturado con tanta belleza que empecé a llorar.

La campaña debutó en una variedad de publicaciones esa primera semana de marzo: *Esquire*, *GQ*, *Vogue* y *Vanity Fair*. Salieron tres anuncios diferentes, cada foto más impresionante que la siguiente. Y así, Hayes Campbell se había separado con éxito del resto de su *boy band*. Se había redefinido.

—Son perfectas —le dije esa noche por teléfono.

—Solo lo dices porque eres mi novia.

—Me apuesto lo que sea a que podría encontrar veintidós millones de personas que estarían de acuerdo conmigo en Twitter.

Se rio con la voz apagada. Ese mismo día lo había tratado un cirujano plástico renombrado en Beverly Hills. El procedimiento tuvo lugar en un ambulatorio, y Raj se quedó a cargo de las tareas postoperatorias mientras que Hayes convalecía en el hotel Bel-Air. Odiaba saber que estaba en Los Ángeles sin mí.

—Te quiero —dije—. Ojalá estuvieras aquí.

—Lo estoy —contestó—. En tu corazón.

El sábado, Lulit y yo cenamos con Cecilia Chen, nuestra clienta en potencia cuya cita tuvimos que posponer el día en el que vandalizaron la galería. Estaba en Nueva York para la exhibición, así que nos reunimos en el Boulud Sud, cerca del Lincoln Center. Me gustaba. Mucho. Había vivido en París el tiempo suficiente como para que se le hubieran pegado todas las cosas buenas. Sus accesorios, su despreocupación, cómo movía la muñeca. Estábamos concluyendo con unos capuchinos y discutiendo el trabajo del director tunecino-francés Abdellatif Kechiche, cuando un hombre corpulento de mediana edad se acercó a nuestra mesa. Al principio, supuse que debía de conocer a Cecilia, o tal vez incluso a Lulit, pero cuando alternó el peso de su cuerpo de un pie a otro, vi por encima de su hombro a dos hijas adolescentes sosteniendo los móviles y lo supe.

—Disculpa —dijo—. ¿Eres Solène Marchand?

Asentí, aunque de mala gana.

—Siento mucho interrumpir tu comida, pero hemos venido de visita desde Chicago, y a mis hijas les encantaría hacerse una foto contigo.

No recuerdo haber dicho que sí, aunque, por algún motivo, sucedió. Recuerdo la expresión que se reflejaba en el rostro de Lulit: desconcierto, amonestación, desgarro. Cecilia miró confundida.

—Eres todavía más guapa en persona —dijeron las chicas—. Dile a Hayes que lo queremos.

Cuando se marcharon, intenté volver a la conversación como si no hubiera pasado nada, tal y como había visto hacer a Hayes un millón de veces. Pero Cecilia no se lo tragó.

—¿A qué ha venido todo eso? ¿De repente las niñas de diez años coleccionan arte en Chicago?

—Su novio es músico —intervino Lulit antes de que pudiera decir cualquier cosa—. Tiene seguidores.

Músico. Fue bastante diplomático por su parte.

No era la primera vez que sucedía esa semana. No menos de media docena de adolescentes me habían parado por la calle. No dejaban de aparecer visitantes aleatorios en nuestro *stand* fingiendo que miraban el arte. Lo sentía, ojos por todas partes. Hice todo lo que pude para ignorarlo y confié en que no afectara mi trabajo. Eso era lo que estaba intentando hacer ahora.

Volvimos al tema del cine francés contemporáneo y mi novio no volvió a salir a colación. Pero había visto la expresión de Cecilia, esa mirada de desdén tan parisina. Y supe que ese momento lo había cambiado todo.

El domingo por la mañana temprano, el día que tenía que tomar el avión, Amara se reunió conmigo en el Balthazar para desayunar. El bistró francés estaba a una manzana de mi hotel y era lo suficientemente ruidoso como para no tener que preocuparme de que la gente escuchara nuestra conversación a escondidas. Porque eso se había convertido en una preocupación: la privacidad.

Estábamos hablando de ella. Había conocido a alguien en Tinder. Llevaban tres meses saliendo y sentía un optimismo cauteloso.

—Es joven —dijo, sonriendo.

—¿Cómo de joven?

—Treinta y cinco...

Me reí.

—De donde vengo eso es prácticamente mayor.

—Y no quiere tener hijos. —Le dio un sorbo a su café con leche—. Qué suerte la mía, ¿verdad?

—Qué suerte la tuya.

—¿Hayes quiere tener hijos?

Era una pregunta completamente benigna y, sin embargo, me llamó la atención lo absurdo que era. Dejé mis utensilios y empecé a reírme.

—¿Qué narices estoy haciendo? No puedo creer que me hayas preguntado eso. Y no era una broma. Tiene veintiún años. No sabe lo que quiere. O sea, sí, dice que quiere tener hijos, pero... Dios, ¿qué estoy haciendo?

Amara se quedó callada un momento, mirándome, y tuve que preguntarme qué estaba viendo: una mujer a punto de perder la cabeza.

—¿Qué piensas? —preguntó después de un minuto.

—Pasé diez días con él de gira por Sudamérica, siguiéndolo por ahí nada más. Vamos de ciudad en ciudad. Del hotel al estadio y vuelta al hotel. Hay muros de chicas gritando por todas partes y estamos rodeados de seguridad siempre. Se pasean por nuestra planta. No podemos ir a ninguna parte solos. No podemos hacer turismo. No podemos tener una cena informal en un restaurante. No podemos salir a pasear. No podemos hacer nada sin un séquito y guardaespaldas, y esta es su vida durante meses al año. *Meses*. No puedo hacer eso.

Asintió.

—¿Lo quieres?

Mierda. Iba a llorar. Aquí. En el Balthazar. Bajo las luces doradas y los espejos franceses de gran tamaño. Mi tostada de aguacate y huevos escalfados se estaba enfriando.

—Lo quiero.

—Bien, entonces.

—Pero no sé si eso basta. Creo que Isabelle no está nada bien. No es ella misma. Sus fans me están acosando. Pintarrajearon nuestra galería; me mandan amenazas de muerte, consoladores a mi casa. Por no hablar del acoso en las redes sociales. No sé si puedo hacerlo...

—¿Qué es lo que más temes?

—Todo. —Sonreí, pero me pareció forzado—. Que Isabelle tenga un ataque de nervios. Y que sea mi culpa. Hacerme mayor.

Envejecer. Los pechos, los brazos, el culo. Todo. Acabará mirándome bien y dirá: «¡La hostia! ¡Tienes cuarenta años!».

Amara se rio.

—Te sale bien el acento.

—Gracias. —Mis pensamientos quedaron ahogados por el zumbido del restaurante. Las risas, el tintineo de los cubiertos, el roce de las sillas del bistró sobre las baldosas—. Pero incluso si todo fuera perfecto... incluso si el acoso cesara e Isabelle llegara a aceptarlo... ¿cómo sucedería? ¿Qué? ¿Nos mudamos juntos, cohabitamos, tenemos un hijo, nos casamos? ¿Él se va de gira y yo dirijo una galería? ¿Qué locura es esa?

Amara se encogió de hombros.

—No creo que haya respuestas reales. Creo que lo haces y ya está.

Suspiré y aparté el plato. Le había dado siete bocados y se me había quitado el apetito.

—¿Sabes qué es lo que más temo? Veo que Daniel y Eva van a tener un bebé y pienso: «Yo no puedo darle eso». Ya soy mayor. Para cuando esté preparado para tener hijos, seré demasiado vieja. ¿Qué estoy diciendo? Tiene veintiún años. Está en una *boy band*. No puedo tener un hijo con un chico de una *boy band*. Sería una locura.

—No se trata solo de «un chico de una *boy band*» —dijo Amara—. Es *Hayes*. Es Hayes. Y lo quieres.

El corazón se me subió a la garganta. Sentí cómo brotaban las lágrimas.

—Y te *adora*...

—Lo sé... Pero lo más seguro es que se acabe, ¿verdad? Un día se despertará y se dará cuenta de que tengo el doble de años. Y le dará un puto ataque de pánico y me dejará.

Amara extendió el brazo para apretarme la mano sobre la mesa. Permaneció en silencio durante un rato largo antes de hablar.

—Puede que no.

—Puede que no —admití—. Pero puede que sí.

Llegué a Los Ángeles aquella tarde noche. Solo unas horas después de que Hayes partiera hacia Australia. No obstante, puede que fuera lo mejor, porque lo único que me apetecía era acurrucarme con mi hija y que me hablara sobre su vida. No estaba tan excitada como siempre, pero me habló de la escuela, de las clases de esgrima, del musical para el que la habían escogido y de lo mucho que le gustaba Avi, el jugador de fútbol de último año. («¿Crees que se fijará en mí ahora que ya no llevo aparatos?», «¿Cómo iba a no hacerlo?»). Parecía estar funcionando con normalidad. Octavo curso.

Así pues, traté de no dejar que las otras cosas me molestaran. El montón de correo que había recibido sin remitente o con direcciones que no reconocía (cartas, tarjetas y paquetes) lo coloqué sin abrir en una caja, siguiendo las instrucciones del detective al que le habían asignado mi caso después de que vandalizaran la galería. Estaban monitoreando mi correo para ver si se había establecido un patrón de amenazas lo suficiente como para que se considerara acoso por ley. Al parecer, no bastaba un consolador.

El martes siguiente de haber vuelto, recibimos la noticia desde París: Cecilia Chen había decidido irse con otros. Afirmó que Cherry and Martin, otra galería mediana de buena reputación, encajaba mejor.

—Son un poco menos llamativos —dijo—, y eso me atrae.

Marchand Raphel era muchas cosas, pero llamativa no era una de ellas. Y, en ese momento, supe que nos había buscado a mí y a mi novio en Google y que había basado su decisión en eso.

—Solène. —Lulit me acorraló mientras salía del despacho esa tarde.

—Sé lo que vas a decir —dije—, y lo siento…

—No, no lo sabes —me interrumpió—. Lo que iba a decir es: me gusta Cecilia, mucho. Creo que nos habría venido genial. Creo que le habríamos venido genial. Pero tú me gustas más. Y quiero que seas feliz.

Su tono, su voz, su expresión eran tan sinceros que en ese momento me acordé de todo lo que me encantaba de mi mejor amiga y empecé a llorar.

—Me está haciendo pedazos. Lo quiero mucho. Y eso me está haciendo pedazos.

—Lo sé —contestó mientras me rodeaba con los brazos—. Sé que lo está haciendo. No pasa nada. Lo resolveremos. Haremos que funcione.

Pero, de nuevo, era incapaz de imaginar cómo sería.

Todavía me dolía cuando llegué aquella tarde a la escuela de Isabelle para recogerla después del ensayo. Pero no quería que lo viera, así que lo oculté, como solía hacer, y me metí en el área para vehículos compartidos con una sonrisa.

Estaba apartada cuando me acerqué. Había un grupo de chicas mayores a un lado de la entrada, riendo y mandando mensajes. Y me alegré de que no estuviera con ellas.

Isabelle se subió al coche y cerró la puerta antes de que pudiera aparcar.

—Conduce.

—Hola, tesoro. ¿Qué tal tu día?

—Conduce, mamá. Tú conduce.

—V-Vale. ¿Nada de «hola»? ¿Qué ha pasado? —Miré hacia las estudiantes mayores mientras salíamos—. ¿Conoces a esas chicas?

—*Ahora* sí.

—¿Qué ha pasado, Izz?

—Nada, mamá. Solo un grupo de chicas de secundaria que querían que te preguntara si podías conseguirles una foto del pene de Hayes Campbell. Ya sabes, cosas típicas de adolescentes.

Me dio un vuelco el estómago.

—¿Han dicho eso?

—No, en realidad han dicho «verga», pero pensé editarlo para que fuera educado.

En ese momento, detuve el coche, exhausta.

—Oh, cariño, lo siento mucho.

—Pero mientras seas feliz... —Empezó a llorar.

—Oh, Izz...

—Por favor, sigue conduciendo. Por favor, no te pares aquí. Por favor, no pares hasta que lleguemos a casa.

—Vale —contesté—. Vale. Vale.

No fue hasta que llegamos a la Interestatal 10 que agregó:

—¿Y te acuerdas de ese chico, Avi, el que creo que es muy guapo? Bueno, pues por fin ha hablado conmigo hoy...

Asentí, con la mente en otra parte.

—Se me ha acercado en el pasillo justo cuando estaba entrando en Competencias Básicas y me ha dicho: «Dile a tu madre que el mes que viene cumplo dieciocho». Así que sí, así ha ido mi día.

—Izz... —Apenas era capaz de encontrar la voz—. Lo siento mucho...

Estaba temblando y las lágrimas le corrían por el rostro. Todo lo que había retenido durante tanto tiempo, liberado.

—Podemos hablar con la directora de la escuela.

—¿Y decir qué? ¿Qué vas a decir? ¿Qué va a hacer? ¿Mandar un correo electrónico a toda la escuela advirtiendo contra las burlas a Isabelle Ford por las indiscreciones de su madre? ¿Qué va a hacer, mamá?

Tuve la sensación de que iba a vomitar. Allí, en el coche. Se me estaba subiendo la bilis, los nudillos se me estaban volviendo blancos contra el volante. Había empezado a sudar. No había ningún sitio en el que detenerme.

—¿Cuánto tiempo lleva pasando esto, Izz? ¿Por qué no me lo has contado?

—Desde enero. Desde esas estúpidas fotos de Anguila. Pero sé que eres feliz y sé que lo quieres. Y es muy bueno y mereces ser feliz. Porque papá es feliz. Y no quiero que estés sola.

—Oh, Isabelle. —Tenía el corazón desgarrado. Esos eran los pensamientos que habían consumido a mi hija.

—Podemos cambiarte de escuela —propuse—. No tienes por qué volver allí.

—Pero me *gusta* mi escuela —gritó—. Me gusta mi escuela. ¿Y *adónde* iría? ¿A qué escuela iría en la que haya otras chicas de trece años que *no* conozcan a Hayes Campbell? ¿Zimbabue?

El tráfico en la PCH se había paralizado. Obras. El sol se estaba poniendo sobre el Pacífico, púrpura y perfecto. Una vez más, maldije a California por tener un clima que no reflejara mi estado de ánimo.

Me incliné sobre el divisor para abrazarla mientras me caían las lágrimas.

—Lo siento, Izz. Lo siento mucho.

—Sé que me dijiste que lo ignorara, y lo he estado intentando, de verdad. Pero no puedo. No puedo, mamá. No puedo.

La abracé, sollocé con ella e inhalé su pelo hasta que el tráfico comenzó a moverse. Y lo supe.

Lo supe.

Y el resto de cosas no importaban.

Esa noche, después de prepararle a Isabelle un chocolate caliente y de que se calmara lo suficiente como para quedarse dormida, llamé a Hayes a Australia. Eran las tres de la tarde y acababan de llegar a Adelaida. Y, en cuanto escuché su familiar voz ronca, empecé a llorar.

—¿Qué ha pasado? —preguntó.

—No puedo hacer esto. No puedo hacerle esto.

—*¿Qué ha pasado?*

Se lo conté. Lo de Cecilia primero y luego lo de Isabelle. Y durante mucho tiempo no dijo nada.

—¿Estás ahí?

—Estoy aquí.

—Lo siento —dije—. Lo siento.

Tenía la respiración agitada.

—¿Podemos no discutir esto ahora mismo? ¿Podemos no...? ¿Podemos no tomar ninguna decisión ahora mismo? ¿Podemos lidiar con esto cuando lleguemos a Japón?

—¿No me estás escuchando? ¿No has oído nada de lo que he dicho?

—Te he escuchado. ¿Qué quieres que te diga? ¿«Está bien, terminemos»? No pienso decir eso. Te quiero, Solène. No voy a renunciar a ti sin luchar.

Me quedé callada.

—Y estoy como a trece mil kilómetros de ti. No puedo hacer nada desde aquí. No puedo... Joder. *Joder*. Me prometiste que vendrías a Japón.

—Lo sé.

—Me lo *prometiste*. —Le temblaba la voz.

—Lo sé.

—Por favor, ven y buscaremos una solución. Por favor. Por favor.

Las vacaciones de primavera de Windwood duraban dos semanas a finales de marzo. La familia de Georgia había invitado a Isabelle a acompañarlos en su viaje anual a Deer Valley para esquiar. La dejé que fuera. Que coincidiera con las fechas de la gira por Japón hizo maravillas para aliviar mi culpa.

El sábado por la tarde, después de que Isabelle se hubo marchado sana y salva, Daniel vino a casa para firmar el contrato de matrícula anual de la escuela. No mencionó a Hayes y conseguimos no discutir.

—No te olvides de mandarme tu itinerario por correo electrónico —dijo. Estábamos en el camino de entrada: él, apoyado contra su coche; yo, sacando cartas del buzón.

—Lo haré. En cuanto… —Me quedé helada. En mi mano había un gran sobre de papel manila. Sin remitente. Matasellos: Texas.

La solté, temblando.

—¿Qué ocurre? ¿Qué pasa, Solène?

No podía hablar.

—¿Qué es esto? —Daniel recogió el paquete del suelo. Vi el contorno fálico en su mano, burlándose.

—No lo abras.

—¿Qué *es* esto, Solène? —Abrió el sobre y miró dentro—. ¿Tú has pedido esto?

—Sí. Sí, por lo general pido consoladores y luego lloro cuando llegan.

Su tono cambió al darse cuenta.

—¿Alguien te ha mandado esto? ¿Qué narices? ¿Solène? ¿Alguien te ha mandado esto?

No respondí. Metió la mano en el sobre, sacó la nota adjunta y la leyó.

—¿Qué demonios? Solène, ¿quién ha mandado esto?

—Una fan.

—¿Una *fan*? ¿Qué *puta* clase de *fan* manda esto? Pensaba que todas eran niñas dulces como Isabelle.

—La mayoría lo son. Algunas no.

—¿Cuánto tiempo lleva pasando esto?

Se lo conté.

Se le cambió la cara.

—¿Por qué no has dicho nada? ¿Por qué no me lo has contado?

—No quería molestarte. No quería que me juzgaras. No pasa nada, ya me encargo yo.

—¿No querías que te *juzgara*? Solène. Me *preocupo* por ti. Siempre voy a preocuparme por ti. Si algo así sucede, es grave. Tienes que decírmelo. A la mierda que te juzgue.

Me quedé allí, secándome las lágrimas con el dorso de la mano. No quería que me viera sufrir. Lo anticipé: el gran «te lo dije».

Pero en vez de eso, me rodeó con los brazos y me abrazó con fuerza. Había pasado mucho tiempo. Me encontré buscando algo familiar.

—Lo siento —dijo—. Lo siento.

Cuando se subió al BMW, todavía tenía el paquete en la mano.

—Tengo que darle eso al detective.

—Lo guardo yo. No quiero este recordatorio en tu casa. Da un mal rollo que te cagas. —Y dicho esto, lanzó el paquete al asiento trasero y salió del camino de entrada.

<hr/>

Llegué a Osaka el lunes por la tarde. No tenía otro plan más allá de quererlo con toda la intensidad que me fuera posible. Y luego dejarlo ir. Me parecía la única opción verdadera.

Esa primera noche nos tumbamos en nuestra *suite* del hotel Imperial. Cerca, aferrándonos, poscoitales, mis dedos recorriéndole el rostro. No estábamos hablando de eso. De nosotros.

—Conque esta es la nueva nariz…

—Es la nariz antigua. Solo que 2.0. —Sonrió.

Le sostuve la barbilla con la mano y le incliné el rostro en una dirección y luego en la otra.

—¿Y bien?

—Es bastante perfecta.

—¿Boticelli?

—Boticelli. —Sonreí.

—De hecho, la hizo un uno por ciento más simétrica que antes. Podría haber ido a por un tres por ciento, pero no estábamos seguros de si afectaría de forma visible la simetría del resto de mis rasgos.

—Te das cuenta de lo ridícula que suena esta conversación, ¿no?

Sonrió, se le curvaron los labios y, tras colocar las manos en mi cintura, me puso encima de él.

—¿Te refieres a cuando todavía hay niñas desaparecidas en Nigeria? Sí, pues claro que me doy cuenta. Pero has sido tú la que ha dicho que era arte, así que…

Le besé la punta con delicadeza.

—Es arte. Todo tú eres arte.

—Por eso me quieres —dijo en voz baja. Como si me lo estuviera recordando.

—Por eso te quiero.

El martes por la tarde, después de la prueba de sonido de los chicos en el Kyocera Osaka Dome, Hayes y yo salimos por una entrada de servicio situada en la parte trasera del hotel, escoltados por Desmond, y caminamos por el adyacente parque Kema Sakuranomiya. Quien hubiera programado la gira *Sabio o desnudo* fue lo bastante inteligente como para coordinar sus fechas japonesas con la temporada alta de los cerezos en flor, y resultaba que nuestro hotel lindaba con el río Okawa y el paseo repleto de flores que lo bordeaba.

Caminamos de la mano, con Desmond unos pasos delante de nosotros. Fingiendo normalidad. Hayes con un sombrero de fieltro gris y las Ray-Ban Wayfarer, casi irreconocible.

—Bueno, hay algunos productores importantes que están interesados en reunirse conmigo —dijo después de haber caminado durante varios minutos, disfrutando del paisaje, de las marquesinas rosadas—. Para hablar sobre posibles colaboraciones. En parte por la nominación al Grammy, pero también por la campaña de TAG Heuer.

—Eso es genial. ¿Quiénes?

—Jim Abbiss, que ha hecho un montón de cosas brillantes. Paul Epworth, que es tremendo. Ambos han trabajado con Adele. Y Pharrell...

—¿En serio? Eso es *enorme*. ¿Y me lo estás diciendo ahora?

—Bueno, no especificaron que quisieran reunirse con August Moon. Solo conmigo. Lo cual es un poco incómodo.

—Hayes. —Dejé de caminar—. Es algo importante.

—Lo sé —contestó. Pude verlo en sus ojos, la emoción.

—¿Esas personas son menos pop?

Sonrió de oreja a oreja.

—Les va menos lo de ser *cuidadosos*.

El miércoles por la mañana, cuando se llevaron a los chicos a un programa de radio, salí a correr un buen rato por el paseo marítimo. Regresé al hotel por la entrada que había al lado del río y, de camino a los ascensores, pasé junto a Oliver en el espacioso salón. Por lo visto, los chicos habían terminado temprano. Estaba sentado en una mesa junto a la pared de cristal, de espaldas a mí, enfrascado en una conversación con una mujer que no reconocí: japonesa, de poco más de treinta años, vestida con elegancia, refinada. Su lenguaje corporal parecía ligeramente rígido, pero Oliver parecía inusualmente cómodo, y cuando doblé la curva le vi la cara. A mí me pareció feliz.

El jueves fuimos a Tokio, al Ritz-Carlton. Vi la conferencia de prensa de la banda desde el fondo de una sala llena. Anhelando ver a Hayes como lo veía el resto del mundo. Además de su publicista, a quien había conocido brevemente en el *backstage* en Osaka, había otras dos mujeres que los acompañaban, vestidas de forma elegante de negro de pies a cabeza, aferradas a sus tarjetas de notas y micrófonos. Y cuando empezaron las preguntas me di cuenta de dos cosas: estas mujeres eran las intérpretes de August Moon, y una de ellas era la mujer que vi en el salón del hotel Imperial.

Sentí una sensación de orgullo mientras observaba a los chicos. A pesar de su juventud competitiva de puertas adentro y sus bulliciosas travesuras sobre el escenario, era sorprendente lo equilibrados que estaban. Eran ingeniosos, encantadores y corteses. Intenté acordarme de qué impresión tuve de ellos aquella primera noche en el *meet and greet*. Lo hábiles que eran atrayendo a sus fans. Lo a gusto que estaban en sus cuerpos. Exageradamente simpáticos. Y nada de eso se perdió en la traducción.

Entre los *konnichiwa*, los *o-genki desu ka* y los *arigatos*, estaba el versátil *ganbatte*, al que Hayes y Rory se habían aficionado y que, por lo que había aprendido, se traducía como el sentimiento de «haz lo mejor que puedas, esfuérzate, buena suerte». Unos deseos alentadores, si alguna vez los hubo.

Esa misma tarde, Hayes y yo salimos a visitar el Museo de Arte Mori y explorar el distrito de Roppongi bajo la vigilancia de Desmond y regresamos ilesos. Lo consideré una bendición.

En el vestíbulo del hotel del piso cuarenta y cinco, nos topamos con Oliver y Reiko, la intérprete. Parecía que acababan de terminarse unos cócteles o que se acababan de reunir; no estaba del todo claro. Pero lo que sí que estaba claro era que se estaban yendo juntos al mismo tiempo. Nos quedamos junto al ascensor con ellos, quienes conversaron un poco. No sé por qué supuse que iban para abajo, pero cuando llegó el ascensor, los dos entraron detrás de nosotros, y Hayes y yo nos miramos como adolescentes que se habían topado con un exquisito cotilleo. Fuimos juntos en silencio y, cuando el ascensor disminuyó la velocidad a medida que nos acercábamos a la quincuagésima planta, la parada de Oliver, Hayes se inclinó hacia delante, le puso la mano sobre el hombro y dijo lo bastante alto como para que todos lo oyéramos:

—*Ganbatte*.

—Guau. ¿Tienen algo? —Nos reímos una vez que se cerraron las puertas.

—Lo *tendrán* en unos cinco minutos.

—¿Lo sabías? ¿Cuánto tiempo llevan?

—En la cabeza de Ol, unos tres años. Esta es la primera vez que ella ha reaccionado.

Me hizo gracia. Bien por Oliver.

—Tu amigo… es muy muy complejo.

—No. —Hayes sonrió—. Es complicado.

Llegamos al piso cincuenta y uno y vimos al equipo de seguridad mientras nos dirigíamos a la *suite* de la esquina. Hayes estaba trasteando con la tarjeta de acceso.

—¿Estás nervioso?

Sonrió, me acercó a él y me presionó contra la puerta.

—¿Te parece que estoy nervioso?

Me besó y luego se puso serio.

—No puedes dejarme. No puedes dejarme, Solène.

Me hizo temblar. Que lo llevara consigo, justo debajo de la superficie. Debajo de todo ese encanto y carisma de estrella del pop, estaba sufriendo.

—Vamos dentro —dije.

Pero dentro no mejoró. Incluso con nuestras impresionantes vistas, con las luces encendiéndose por todo Tokio y el Monte Fuji en el horizonte, estábamos atrapados en un mundo surrealista donde todo parecía perfecto y, aun así, éramos incapaces de hacer que funcionara.

—No quiero que esto se termine —dijo.

—Yo tampoco quiero que esto se termine.

—Estás dejando que ganen. Estás dejando que acaben con nosotros.

No dije nada.

—Me prometí a mí mismo que nunca les dejaría hacerlo. Nunca dejaría que dictaran mi felicidad. Y les estás permitiendo que nos lo hagan…

—Hayes, ya no se trata solo de nosotros.

—Lo sé. Lo sé… es Isabelle. Lo siento. —Las lágrimas caían. Se secó la cara—. Joder. Estoy llorando como una puta niña pequeña. Vale. Voy a estar bien. Voy a darme una ducha. Y vas a acompañarme. Y vamos a hacerlo. Y luego voy a estar bien.

Sonreí. Entre lágrimas, sonreí.

—Vale.

El viernes por la noche, August Moon realizó el primer concierto de cuatro en el Saitama Super Arena ante una audiencia de treinta mil personas que había agotado todas las entradas. Parecía que no había fin para la cantidad de fans que desembolsaban todas sus pagas, el dinero que ganaban cuidando niños y el botín del bat mitzvá para ver a los chicos actuar una y otra vez. En cierta ocasión, Hayes me dijo que quinientos dólares no era algo fuera de lo común por asientos en pista. Era sorprendente.

Salimos de la arena como siempre lo hacíamos, corriendo a un ritmo decente para que todos se subieran a las furgonetas o autobuses y se fueran del aparcamiento antes de que las fans salieran del estadio. Las chicas todavía estarían cantando *Eso fue lo que dijo* o *En la punta de la lengua,* una de las canciones del bis, mucho después de que los chicos hubieran abandonado el escenario. Sus voces viajaban a través de la noche, brillantes, dichosas. Era una barbaridad de poder. Intenté imaginar lo que haría falta para renunciar a eso. Pero no tuve el descaro de preguntárselo.

El sábado por la noche, después del concierto, todos nos congregamos en el vestíbulo del Ritz. Los chicos querían ir de discoteca con lo que parecía un tercio de su séquito. Era un grupo grande y armaban mucho escándalo, y mientras Raj se coordinaba con los chóferes y la seguridad, Hayes y yo decidimos excusarnos.

Cuando se marcharon, Hayes se dirigió desde la barra hasta el piano de media cola que había en la esquina. Lo seguí y me senté a su lado en el estrecho banco.

Empezó a tocar, y sus dedos se movían sobre las teclas con fluidez. Una melodía que no había escuchado antes. Era a la vez delicada e inquietante, pura. Y lo sentí casi al momento, las entrañas se me contrajeron. Era algo personal.

—¿Es algo que has escrito tú?

Durante un momento no respondió, y luego:

—Algo que estoy escribiendo.

—¿Cómo se llama?

—*S.* —Lo dijo con claridad, sin establecer contacto visual, sin interrumpir la música.

—¿Solo *S*? ¿Tiene letra?

—No que esté preparado para compartir.

Me quedé allí sentada, entumecida, mientras tocaba un minuto más en silencio. Luego, de forma muy abrupta, se detuvo.

—Creo que deberíamos subir ya.

—Yo también lo creo.

<hr/>

A medida que pasaban los días, fui cada vez más consciente de que nuestras emociones estaban dispersas. Pasábamos de reír a llorar y viceversa con tanta frecuencia que se convirtió en nuestra nueva normalidad. El domingo por la tarde fuimos de compras a la zona de Omotesandō-Aoyama. Empezamos en Céline, donde encontré un bolso caja clásico en gris. Decidí darme un capricho y, cuando le pedí a la dependienta que me lo cobrara, Hayes ofreció su tarjeta de crédito.

—¿Qué haces? —pregunté.

—Voy a comprártelo.

—No.

Enarcó una ceja.

—No seas tonta.

—Hayes, no.

—¿En serio no vas a dejarme que te lo compre?

—No voy a dejarte que me lo compres.

Se quedó allí, mirándome durante mucho tiempo, con una expresión de desconcierto en el rostro.

—V-Vale —dijo al rato.

Vi cómo la vendedora empaquetaba el bolso y lo ataba todo con un lazo, impecable. Cuando me volví hacia Hayes, tenía los ojos llenos de lágrimas.

—¿Qué?

—Haces que no quererte sea difícil en extremo —dijo con suavidad. Se levantó el cuello de la camiseta para secarse la mejilla, y pareció algo que haría un niño. Su abdomen quedó al descubierto durante una fracción de segundo: la tenue línea de pelo que descendía debajo del ombligo, el pliegue que le atravesaba la ingle. No había nada en su cuerpo que no conociera, y eso me consolaba al tiempo que me entristecía con intensidad.

Le rodeé la cintura con los brazos y lo abracé.

—Tú también.

Seguimos a Desmond hasta Alexander McQueen, un poco más abajo. Hayes llevaba gafas de sol, pero no sombrero, y aunque llamó la atención de varias personas, solo dos lo detuvieron para hacerse unas fotos.

Lo seguí a través de la tienda nueva y elegante, de un mármol blanco impecable y brillante, mientras recogía dos bufandas y una camisa. Estábamos arriba, hacia la parte de atrás, en la sección de hombres, cuando se nos acercó Desmond.

—Tenemos un pequeño problema.

No recordaba haberle oído decir esas palabras, y eso me alarmó. Nos acompañó hasta la parte delantera de la tienda, donde a través de los ventanales que iban desde el suelo hasta el techo vimos un enjambre de chicas reunidas abajo, al menos cincuenta. En el momento en el que vieron el rostro de Hayes, sus gritos atravesaron el aire.

—Mierda. ¿De dónde narices han salido?

—No tengo ni idea. Voy a decirle al chófer que venga, pero se están multiplicando muy rápido.

Oí un alboroto abajo, en la primera planta, y temí que algunas ya hubieran entrado a la fuerza, como langostas.

—Manteneos alejados del cristal —dijo Desmond—. Voy a contactar con seguridad para asegurarme de que cierren las puertas.

Había un puñado de clientes más en el nivel superior, y notaba cómo nos miraban con curiosidad. Una dependienta, tal vez al darse cuenta de quién era Hayes, se acercó e hizo una reverencia.

—Um, probablemente tendré que irme con un poco de prisa —le dijo con dulzura—. ¿Podrías cobrármelo, por favor? *O-negai shimasu.*

—*Hai.* —Hizo una reverencia y aceptó su tarjeta de crédito.

—Es como si un autobús turístico las hubiera depositado de la nada. ¿Estás entrando en pánico? No entres en pánico. —Hayes estiró el brazo para meterme un mechón de pelo detrás de la oreja—. Aquí estamos a salvo.

En cuanto lo dijo, una docena de chicas subieron corriendo la escalera de mármol, con los móviles con cámara en mano, gritando: «¡Hayes!». Resultaba extraño lo diferente que fue su comportamiento en comparación al occidental. No hubo nada del agarrar ni maltratar al que me había acostumbrado, sino más bien saltos de alegría y respeto por su espacio. No tenían que tocarlo físicamente; les bastaba con estar cerca.

Desmond había pedido refuerzos y esperamos otros veinte minutos más o menos antes de que Fergus llegara con dos guardaespaldas adicionales.

En el exterior reinaba el caos. La multitud había crecido hasta alcanzar proporciones aterradoras. Chicas con todo tipo de vestidos Harajuku, lazos como Minnie Mouse y medias de colegiala hasta las rodillas. Fanáticos con el pelo teñido de morado. No veía cómo íbamos a llegar al coche sin que nos pisotearan. Pero los guardaespaldas nos rodearon y nos movimos entre la multitud como salmones nadando en la dirección equivocada. Tal vez fue porque no entendía nada de lo que decían aparte de «HayesHayesHayesHayesHayes», pero sus voces eran tan agudas y cacofónicas que me sonaron como gatos maullando. Gatos en celo, chillones, ensordecedores. Y lo escucharía en mis sueños durante mucho tiempo.

—No te caigas —me pidió Hayes, como si fuera algo que estuviera considerando.

Hubo empujones, tirones y la sensación de que el mundo se me estaba viniendo encima, el miedo a la asfixia. Y, por fin, llegamos al coche. Y seguía sin sentirme segura. Nuestro chófer gritaba: «¡Sagattute! ¡Sagattute! ¡Retroceded!». Estaban golpeando las ventanas con fuerza.

Hayes me abrazó fuerte y hundió mi rostro en su pecho.

—Estás bien —dijo—. Estamos bien.

Pero no lo estaba.

❦

No lo hablamos cuando regresamos al hotel. Nos acostamos uno al lado del otro en nuestra habitación con vistas al Monte Fuji y nos abrazamos.

❦

El lunes por la mañana, el día de su último concierto en Tokio, el día antes de que me fuera, Hayes hizo ejercicio con Joss, su entrenador. Cuando regresó, yo estaba en el salón respondiendo correos electrónicos y ultimando los arreglos para la Frieze New York. Sin decir una palabra, se duchó, se vistió y luego se sentó delante de mí.

—No sé cómo decir esto —dijo en voz baja—. No sé por dónde empezar. Pero te quiero muchísimo y la idea de que te vayas me está rompiendo el puto corazón. Y sé... Entiendo todas las razones por las que lo haces, pero sigo sin verle el sentido. No tiene sentido que no podamos hacer que funcione.

—Hayes... Lo siento...

Había empezado a llorar.

—¿Por qué? ¿Por qué no puede funcionar? ¿Y si nos callamos al respecto? ¿Y si volvemos a no decir nada?

—Nunca hemos dicho nada —respondí—. Nunca hemos dicho nada y mira lo que nos han hecho. No quiero esconderme, Hayes. No quiero sentir que todo es un secreto. Quiero vivir mi vida. Y ahora mismo no puedo hacerlo contigo sin que eso destruya a Isabelle.

—Dijiste que no te irías, Solène. Dijiste que no te irías.

—¿Cuándo? ¿Cuándo dije eso?

—En el Bestia. En mi cena de cumpleaños...

Me estaba devanando los sesos para recordarlo. Dios, cómo encerraba todo bajo llave.

—¿Y si dejo la banda?

—No vas a dejar la banda, Hayes. Es una parte enorme de quien eres. En lo más profundo de tu ser. Es una parte extraordinaria de ti. Es un *regalo*. Y se te da bien y te encanta. La gente se pasa toda la vida buscando algo así.

»Tienes que ser fiel a ti mismo. No puedes hacerlo solo por mí. De lo contrario, te carcomerá por dentro y te destruirá y estarás *resentido* conmigo. Y no creo que ninguno de nosotros quiera eso.

Me estaba mirando con los ojos muy abiertos, pero no estaba segura de que estuviera registrando algo.

—Y no va a durar para siempre. Las *boy bands* no duran para siempre, así que disfrútalo. Porque, tarde o temprano, lo dejarás atrás. Pasarás página. Y alguien renunciará. Y alguien dejará a alguien embarazada. Y alguien seguirá su carrera en solitario. Y alguien saldrá del armario. Y alguien se casará con una rubia cuestionable y conseguirá un *reality show*. Y todo se habrá terminado. Y nunca podrás volver atrás. Así que *disfrútalo*.

Se quedó en silencio durante un minuto, con las lágrimas derramándose y la nariz goteando.

—Conque eso es todo... Ni siquiera vas a luchar por nosotros... Te estás rindiendo y ya está...

—No me estoy rindiendo, Hayes. Pero... estamos en fases vitales muy distintas. Y no puedo hacer esto. No puedo hacerle esto a Isabelle. No puedo hacerme esto a mí misma. No puedo seguirte por todo el mundo. No tengo veinte años. Tengo una carrera profesional, tengo una hija y tengo responsabilidades. Y hay otras personas que me necesitan...

—*Yo te necesito.* —Su voz emanaba una desesperación que me sobresaltó—. *Te necesito*, Solène. Te necesito.

En ese momento, lo sentí, cómo se le rompía el corazón. Y, de manera inesperada, algo dentro de mí se hizo añicos. Algo que ni siquiera sabía que existía. Y no sabía qué me dolía más: mi dolor o saber que había causado el suyo.

—No puedes irte, joder —gritó—. No puedes irte.

Me moví para rodearlo con los brazos y, durante mucho tiempo, lo sostuve tan fuerte como pude.

Cuando dejó de sollozar, le limpié la cara y le aparté el pelo de la frente. Su hermosa frente. No había nada en él que no me encantara.

—Vas a estar bien —dije—. Sé que duele, pero vas a estar bien. Tienes que saberlo. Tienes que *creerlo*. No soy la única persona a la que vas a amar.

Asintió despacio. Tenía los ojos hinchados, rojos. Cuánto daño había hecho.

—¿Cómo hemos llegado aquí? —Me escuché decir—. Se suponía que no iba a ser más que un almuerzo, ¿te acuerdas? Se suponía que no iba a ser más que un almuerzo.

—Tú —dijo. Su voz sonó desgastada, extraña.

—¿Yo?

—Tú. Tú me dejaste que te abriera.

Casa

Dolía.

Esas primeras semanas, cuando intentaba mantener la compostura, mantener ocupados mi tiempo y mi mente y convencerme de que podía volver a funcionar con normalidad. Pero no podía. Y me golpeaba en los momentos más extraños: en la salida de La Cienega, o comprando pastillas anticonceptivas en la farmacia, o luchando por que mis zapatos hicieran clic en la bicicleta durante la clase de *spinning*, y lo sentía en mi interior (su ausencia), y empezaba a llorar.

Cuando pasó de llamarme y escribirme varias veces al día a no hacerlo en absoluto, supuse que había pasado página. Que se lo estaba pasando demasiado bien en Bali o Yakarta o dondequiera que estuviera. Que estaba viviendo su vida y disfrutando de su juventud, tal y como le había dicho. Y solo yo tenía la culpa. Lo sentí entonces, cómo se me deshacían las entrañas.

El último sábado de abril, me salté la recaudación de fondos anual para la escuela de Isabelle por primera vez. Pero me era imposible salir a socializar y fingir que todo iba bien cuando me sangraba el corazón. Mentí y le dije que me estaba poniendo mala y me retiré temprano. Sin embargo, en algún momento de la noche, cuando supuse que estaba durmiendo, entró en mi habitación y se metió en mi cama. Me rodeó con el brazo y su cálido aliento llegó a mi nuca.

—¿Mamá? ¿Estás llorando?

Lo estaba.

—¿Por Hayes?

Asentí.

—Lo siento. Lo siento mucho.

Me abrazó y me permitió sollozar hasta que pareció que ya no había más lágrimas que derramar. Y me maravilló cómo había sucedido esto, cómo habíamos intercambiado lugares.

Cuando me calmé un poco, me di la vuelta y me giré hacia ella, y lo vi en su rostro: el desastre que debía de ser. Hueca, hinchada y pálida. Y no como su madre. Nunca me había visto así. Ni siquiera durante lo peor de Daniel. Lo había escondido muy bien.

Estaba callada, y extendió la mano para recorrerme el pómulo, el mapa de carreteras de capilares rotos, imaginé.

—Siento que estés sufriendo.

—No pasa nada, Izz. Estoy bien.

Asintió. Y luego, con la misma rapidez, sacudió la cabeza y empezó a llorar.

—*No* lo estás. Sé que no lo estás.

Su declaración fue inesperada.

—Lo *estaré*.

—Perdón por no haber podido ignorarlo —dijo con voz temblorosa—. Perdón por no haber sido lo suficientemente fuerte... por *ti*. Por él.

—Oh, Isabelle. —Le tomé la mano y entrelacé mis dedos con los suyos—. No es culpa tuya. Esto no es culpa tuya. Hay mil razones por las que lo nuestro no habría funcionado...

Se quedó quieta, mordiéndose el labio. Su boca muy francesa.

—¿Hayes lo sabía?

—Creo que sí. Creo que en el fondo lo sabía.

—¿Crees que él también está sufriendo tanto?

Asentí.

—Sí... Sí. Pero va a estar bien.

»El amor es algo muy valioso, Izz. Es una cosa valiosa y mágica. Pero no es *finito*. No hay una cantidad limitada disponible. Solo tienes que estar abierto a permitir que te encuentre. Permitir que suceda. —No estaba del todo segura de creer eso, pero necesitaba que *ella* lo creyera.

»Y durante mucho tiempo me cerré a él, porque era más fácil y seguro… Pero eso no significa que fuera feliz.

»Y Hayes es joven. Le quedan muchos, muchos años por delante. Y se enamorará otra vez. Y otra vez. Aunque no sea consciente de eso ahora, lo hará. Hayes va a estar bien. Te lo prometo.

Estuvo en silencio durante mucho tiempo, respirando hondo, de manera regular.

—¿Qué pasa contigo?

Conseguí sonreír. A pesar de las lágrimas, del zumbido en la cabeza y del dolor en el pecho, conseguí sonreír.

—Yo también voy a estar bien.

El jueves siguiente, era tarde ya cuando volví a saber de él. De la nada, poco después de medianoche, me envió un mensaje.

Abre la puerta.

Pensé que sería una broma. Se suponía que estaban en Europa. Pero, en efecto, allí estaba, en mi puerta. Tenía los ojos hinchados y lo primero que pensé fue que se había vuelto a pelear con Oliver. Y, acto seguido, me di cuenta de que había estado llorando.

—¿Qué estás haciendo aquí? ¿Qué estás haciendo aquí, Hayes?

—Tenía que verte. —Su voz ronca, baja, evocó todos los dulces recuerdos. Mi felicidad, mi amor.

—¿Y la gira? ¿Acabas de *irte*?

Estaba mirando por encima de mí, hacia el interior de la casa; perdido, al parecer.

—Tenemos tres días de descanso.

—¿Y has venido hasta aquí? Hayes, no puedo... No puedes estar aquí.

—Por favor, déjame entrar. Por favor, Solène. —Tenía los ojos llenos de lágrimas. Me pareció joven y mayor al mismo tiempo. Su rostro torturado era un duro recordatorio de que nos había destruido. Yo había hecho esto. Yo había hecho esto.

Me hice a un lado y cerré la puerta detrás de él.

—Isabelle está aquí. Está durmiendo.

—No voy a despertarla. Te lo prometo.

—Hayes, no podemos...

No me estaba escuchando. Me puso las manos en el pelo, en el cuello, me acarició la cara mientras me inhalaba y me besó con intensidad, con pasión, dándolo todo.

—¿Qué estás haciendo? No podemos hacer esto. —Mientras lo decía, era consciente de que mi cuerpo estaba comunicando lo contrario. Fundiéndose en él. Su mano debajo de mi camiseta. La sensación de su piel contra la mía. Su boca. Hayes Campbell. Como una puta droga.

—Te quiero. Te quiero muchísimo, joder. No puedes irte —susurró—. Dime que no lo sientes, Solène. Dime que no quieres esto...

Lo hice callar. Mi dedo en sus labios.

—Vas a despertar a Isabelle.

Se detuvo y sus ojos se clavaron en los míos en la penumbra. Suplicando. Y antes de que pudiera registrar lo que estaba haciendo, le sujeté la mano y lo conduje por el pasillo.

Sucedió rápido, la primera vez.

No me arrepentí. De no sentir su peso encima de mí ni sus caderas entre mis muslos, olerlo, familiar. Su boca moviéndose sobre la mía, sus dedos agarrándome el pelo y su verga... llenándome. Satisfaciéndome.

Nos corrimos rápido y al mismo tiempo. Y podríamos haber estado riéndonos y llorando cuando dije:

—Esto no sienta un precedente.

—No. —Sonrió mientras negaba con la cabeza.

—Lo digo en serio, Hayes. No podemos volver a hacerlo...

—Podemos en dos minutos. —Se acurrucó a mi lado, con la cabeza sobre mi pecho, los dedos entrelazados con los míos, y lo sentí: feliz—. Te he echado muchísimo de menos —dijo en voz baja.

—Yo también te he echado de menos. Pero lo digo en serio: esto no puede convertirse en un hábito. Me da igual lo lejos que hayas volado o el tiempo que haya pasado, no podemos volver a hacerlo. ¿Lo entiendes?

No respondió.

—¿Hayes?

—Te he oído.

Tenía la mano en su pelo, su codiciado cabello.

—Como sigas volviendo así, no vas a pasar página nunca, y *tienes* que pasar página.

Ambos nos quedamos callados. Su móvil vibró en la mesita de noche y lo ignoró.

Se apoyó en un codo y me miró al tiempo que me recorría las cejas, la mejilla con los dedos.

—¿Por qué? ¿Por qué tengo que pasar página?

—Porque no puedo ser tu novia. Y no voy a ser una de las amigas con las que te acuestas...

—¿Crees que sería capaz de pensar en ti de esa manera?

—No lo sé.

Sus dedos me delineaban los labios, me recorrían la barbilla, el cuello.

—Jamás sería capaz de pensar en ti de esa manera, Solène. No pensé en ti de esa manera al principio, ten por seguro que no pienso en ti de esa manera ahora.

Me quedé callada. Su móvil volvió a vibrar, sin respuesta. Descendió la mano por la clavícula, el pecho. Con la punta del dedo corazón, dibujó círculos alrededor del pezón.

—¿Qué estás haciendo?

—Te estoy queriendo unos minutos más antes de que me eches.
—Se le quebró la voz, y me di cuenta de que estaba llorando. Otra vez.

—No te voy a echar todavía, Hayes.

Asintió. Una lágrima me cayó sobre la cara y la secó con un beso.

—Lo siento.

Su móvil vibró una vez más y estiró el brazo para silenciarlo.

—Eres bastante popular esta noche.

Si había registrado o no lo que había dicho, no respondió. Sus dedos habían vuelto a mi pecho, descendieron, me recorrieron el vientre hasta el ombligo y volvieron a subir.

En ese momento, le detuve la mano con la mía y, sin decir una palabra, la guie hacia abajo, entre mis piernas.

Durante un segundo se resistió.

—Dijiste que no.

—Ahora digo que sí.

—Eres muy confusa. Te das cuenta, ¿no?

Asentí. Dios, sus dedos.

—Ya estás aquí.

—Entonces, si ya estoy aquí, no pasa nada. Pero si todavía no estoy aquí, ¿no puedo volver?

—Exacto.

—Bueno, en ese caso no me iré…

***

La segunda vez, se mostró controlado y concentrado, intenso. Era inusual lo callado que estaba, y sentí que cada movimiento era un esfuerzo coordinado para recuperarme. Sus embestidas, lentas y profundas, nuestras manos entrelazadas sobre mi cabeza, su mirada sosteniendo la mía, sin vacilar. Quería que lo sintiera, todo. Y recordarlo. Y lo haría.

—Mírame —dijo cuando me corrí—. Mírame, Solène. —Y el momento fue tan increíblemente emotivo que empecé a llorar.

Luego, me sostuvo cerca de él, ignorando su móvil, que seguía iluminándose sobre la mesita de noche.

—¿Quién no para de llamarte? —pregunté una vez que recuperé la capacidad de hablar.

—Jane —respondió en voz baja—. He dejado la banda.

—¡¿Qué?! —Era muy posible que no lo hubiera escuchado bien—. ¡¿Que has hecho qué?!

—He dejado la banda.

Me senté, alarmada.

—¿Qué quieres decir con que has dejado la banda? ¿Por qué harías algo así?

Me miró, confundido.

—Porque era lo único que nos separaba —contestó.

Era curioso cómo parecía que llevaba meses esperando que ocurriera. Y cuando por fin había llegado, tuvo el efecto completamente contrario en mí. Nada de esto era bueno.

—Oh, no. No no no no no. —Agarré mi camiseta del otro lado de la cama y me la puse—. No vas a hacerlo. Es un error.

—No es un error —dijo mientras se sentaba—. ¿Qué estás haciendo?

—Te vas a ir.

—No voy a irme.

—Te vas a ir. Voy a ir al baño y cuando vuelva, vas a irte.

❧❦❧

Cuando salí, seguía sentado en la cama, desnudo. Su expresión, perdida.

—Estás entrando en pánico. ¿Por qué estás entrando en pánico?

—No puedes dejar la banda, Hayes.

—Lo he hecho por nosotros.

—Entiendo por qué lo has hecho, pero no puedes. No quiero que lo hagas por nosotros. Necesitas permanecer en esa banda. Vas a hablar por teléfono ahora mismo, vas a llamar a Jane y le vas a decir que vas a volver. Dile que has cometido un error y que vas a volver.

—No voy a volver.

—Vas a volver. No pienso dejar que desperdicies esta oportunidad, este regalo, ¿por qué? ¿Sexo?

Me miró, sorprendido.

—Esto no es solo sexo, Solène. Te *quiero*.

—Sé que me quieres.

—Pensaba que tú también me querías.

—Eso no importa.

—Pues claro que importa.

La cabeza me daba vueltas. El corazón me iba a toda velocidad. Nada parecía claro.

—¿Qué es esto, Hayes? ¿Qué crees que va a pasar con nosotros? ¿Crees que nos vamos a mudar juntos? ¿Casarnos? ¿Tener niños? ¿Vas a ser padrastro? ¿Llevar a Isabelle a clases de esgrima y a visitarla a un campamento de verano en Maine? Piénsalo. *Piénsalo.*

—Lo *he* pensado.

—Entonces tienes que darte cuenta de lo loco que suena. Nada de nosotros tiene sentido.

—No digas eso. —Tenía los ojos llenos de lágrimas. Mierda.

—Eres joven, tienes toda la vida por delante…

—Deja de decir eso.

—Es la *verdad*. Crees que ahora sabes lo que quieres, pero va cambiar un millón de veces antes de que cumplas los treinta. No volverás a ser la misma persona dentro de diez años. Incluso dentro de cinco años. No vas a serlo.

—Para —dijo.

—No pienso dejar que lo hagas. No pienso dejar que desperdicies esta oportunidad por algo que crees que quieres ahora mismo. Y no voy a ser la puta Yoko Ono de August Moon. —Estaba llorando. No recordaba en qué momento había empezado, pero lo estaba—. No quiero la ira de tus fans. No quiero que tengamos la presión de hacer que funcione. No quiero sentirme culpable cuando no sea así. Tienes que llamar a Jane y decirle que vas a volver. *Ya.*

Se oyó un golpe contra la pared del fondo, y temí que hubiéramos despertado a Isabelle.

—Mierda. Vístete. Tienes que irte.

Se sentó quieto, al parecer, aturdido.

—Ya. —Recogí su ropa interior del suelo. Sus vaqueros negros, su camiseta. Sus botas—. Ya.

—No me creo que estés haciendo esto.

Me detuve un segundo y lo miré a los ojos, atormentados.

—Esto nunca iba a ser para siempre, Hayes… Tienes que pasar página.

Me agarró los brazos.

—No voy a dejar de quererte, Solène. *Jamás dejaré de quererte.*

—Es una decisión. Tú tomas una decisión.

—No piensas eso de verdad.

—Vístete. Tienes que irte.

Vi cómo se ponía la ropa. Llorando.

—¿Por qué estás haciendo esto? ¿Por qué me alejas?

No podía hablar. Tenía el pecho aplastado. El corazón me sangraba. Y pensé que igual esto era lo que se sentía cuando te ahogabas.

Lo conduje por el pasillo. Más allá de la habitación de Isabelle, más allá de las fotos mías embarazada, haciendo ballet, a los diecisiete años descubriendo quién se suponía que tenía que ser. Y hasta el aire nocturno.

—Me quieres —dijo—. Me querías. Dijiste que me querías. ¿Por qué estás haciendo esto?

Y, en ese momento, me di cuenta de que solo había una manera de dejarlo ir de verdad.

—Tal vez no era a ti —respondí—. Tal vez era la idea de tenerte.

Me miró fijamente durante un minuto, en silencio, con los ojos rojos y muy abiertos. Y cuando por fin habló, me pareció destrozado.

—Estás mintiendo —contestó—. Me estás mintiendo. Intentas alejarme. Otra vez. Y no sé si estás intentando convencerme. O estás intentando convencerte a ti misma. Pero sea como sea, sé que estás mintiendo.

—Tienes que irte, Hayes.

Las lágrimas caían, veloces, con facilidad.

—Dímelo. Dime que estás mintiendo, Solène.

—Tienes que irte.

—*Dime que estás mintiendo.*

—Por favor. Vete.

—Joder. Te quiero. No nos hagas esto.

—Lo siento —dije. Y volví a entrar en la casa y cerré la puerta.

Volvió a la banda. Y por lo que pude ver, en la prensa no apareció nada de que se había ido. Se había perdido un concierto en Suecia por la «gripe», según sus representantes. Pero yo sabía que no era así.

Me llamó. Al principio, todos los días. Varias veces. Aunque no respondía. Y mandó mensajes. Al principio con frecuencia, y luego cada dos o tres días más o menos. Esto continuó durante meses. Esos pequeños mensajes que me paralizaban. Y a los que me resistía a responder. Porque había tomado una decisión.

Te echo de menos.

Pienso en ti.

Todavía te quiero.

Y entonces, un día, pararon.

Mucho, mucho antes de que parara de amarlo.

¿TE GUSTÓ
ESTE LIBRO?

escríbenos y
cuéntanos tu opinión en

 /Sellotitania    /@Titania_ed

 /titania.ed

#SíSoyRomántica